DRESSLER

# LUPUS NOCTIS

von
Melissa C. Hill & Anja Stapor

Dressler Verlag · Hamburg

Liebe Leserin, lieber Leser,
unser Buch enthält einige Themen und Motive,
die für manche Menschen möglicherweise triggernd
wirken könnten. Um Spoiler zu vermeiden, findest du
die Triggerwarnung auf Seite 415.
*Melissa und Anja*

**Klimaneutral**
Druckprodukt
ClimatePartner.com/18652-2206-1001

Dieses Buch wurde klimaneutral produziert. Dadurch fördern wir anerkannte
Nachhaltigkeitsprojekte auf der ganzen Welt. Erfahre mehr über die Projekte,
die wir unterstützen, und begleite uns auf unserem Weg unter www.oetinger.de

MIX
Papier | Fördert
gute Waldnutzung
FSC® C014496

Originalausgabe
2. Auflage
© 2022 Dressler Verlag GmbH,
Max-Brauer-Allee 34, 22765 Hamburg
Alle Rechte vorbehalten
© Melissa C. Hill und Anja Stapor
© Umschlaggestaltung: Frauke Schneider
Satz: Sabine Conrad, Bad Nauheim
Druck und Bindung: GGP Media GmbH,
Karl-Marx-Straße 24, 07381 Pößneck, Deutschland
Printed 2023
ISBN 978-3-7513-0085-8
www.dressler-verlag.de

*Für unsere Mitwölfe*
*vom Schliersee, aus Gunzenhausen, in Würzburg ...*
*und überall sonst*

# Prolog

12:00 Uhr ist Werwolfstunde. Als sie das Spiel erfunden haben, stand das von Anfang an fest.

Er zählt die Schläge der Uhr. Seine Stunde hat geschlagen. Die Stunde der Wölfe. Zeit, auf die Jagd zu gehen, Zeit, den Durst nach Blut ein weiteres Mal zu stillen. Er reißt die Augen auf und sein Blick fällt als Erstes auf das Windlicht, das vor ihm auf dem Boden steht. Die Kerzenflamme flackert im Luftzug, der durch ein zerbrochenes Fenster hereinweht. Der zerschlissene Vorhang bläht sich immer wieder auf, als würde das Haus tiefe, gleichmäßige Atemzüge nehmen. Das Zimmer muss irgendwann einmal einem Kind gehört haben. Es gibt kein Spielzeug mehr, aber einen schmalen Kleiderschrank und ein Gitterbettchen ohne Matratze. Alles zurückgelassen als stumme Zeugen aus der Zeit, in der das Haus noch bewohnt gewesen ist.

Leise erhebt er sich aus dem Schneidersitz. Wer morden will, muss unentdeckt bleiben. Die letzte Nacht war ein Blutbad, aber das große Finale kommt erst noch. Heute Nacht geht es um Leben und Tod. Er ist wild entschlossen, heute zu gewinnen.

Auf den losen Holzdielen ist es eine besondere Herausforderung, den Raum unbemerkt zu verlassen, um sein Wolfsrudel zu treffen. Er setzt jeden Schritt mit Bedacht.

Jemand anderes ist heute Nacht offenbar nicht so vorsichtig. Die Schritte lassen auf schwere Stiefel schließen. So etwas trägt doch keiner von ihnen in einer Spielnacht.

An der Tür bleibt er stehen und lauscht. Noch etwas an den Schritten beunruhigt ihn. Sie klingen nicht nur unvorsichtig, sondern auch weit entfernt.

Eine Berührung an seinem Arm lässt ihn zusammenfahren. Doch es ist nur seine Wolfsgefährtin, die unruhig darauf wartet, dass sie ihr nächstes Opfer auswählen können. Sie ist bereit zu töten, ungeduldig, blutdurstig, wie er eben selbst noch. Sein Blick fällt automatisch auf ihre Füße. Leichte Stoffturnschuhe, die in der Dunkelheit weiß leuchten.

Er bedeutet ihr mit einer Handbewegung, leise zu sein und zu lauschen. Im Inneren des Hauses ist es so still, wie es in einem so alten Haus nur sein kann. Hier und da knacken Balken oder raschelt etwas im Wind. Hier und da bewegt sich vielleicht auch einer ihrer Mitspieler, dem seine zusammengekauerte Haltung unbequem wird. Ganz still kann es mit sechs Personen gar nicht sein.

Gerade will er sich in Bewegung setzen, da werden die Augen seiner Wolfsgefährtin groß. Dieses Mal hört sie es auch. Schritte auf knarrenden Dielen. Sie kommen aus dem Stockwerk unter ihnen.

»Nicht gut«, flüstert er. Ohne sich abzusprechen, setzen sich die beiden Nachtwölfe in Bewegung. Die anderen zu alarmieren, wird ihre Tarnung auffliegen lassen und das Spiel ruinieren. Aber es bringt alles nichts. Soeben sind die Wölfe zu den Gejagten geworden und da hilft nur eines: Flucht.

# Teil I

## Die Dorfbewohner

**Theo** / Samstag, 31.08., 15:45 Uhr

Dunkel, unübersichtlich, verwirrend – das Wohnzimmer der Bergers ist ein einziges Bücherlabyrinth. Aber ein wunderbar gemütliches! Theo blickt sich kopfschüttelnd um. Täuscht er sich, oder war dieser bedrohlich schwankende Bücherstapel neben dem Kamin bei seinem letzten Wochenendbesuch noch nicht da? Das sind doch mindestens – er schätzt die Höhe mit Kennerblick – 24 neue Bücher! Eine reife Leistung in nur 14 Tagen, selbst für seine bibliophilen Eltern. In den Regalen, die sämtliche Wohnzimmer- und Flurwände einnehmen, ist natürlich längst kein Platz mehr. Dort drängen sich Fachbücher, Klassiker und Lexika, viele davon auf Latein oder Altgriechisch. Normalerweise fiele ihm das Chaos hier überhaupt nicht auf. Aber ausgerechnet heute kommt Josefine, damit sie dann zusammen zum *Lupus Noctis*-Wochenende aufbrechen können. Er hat sie eingeladen, weil ihnen ohne Hanan eine Mitspielerin fehlt. Womöglich überlegt sie es sich noch mal anders, wenn sie diese Messie-Höhle erblickt.

»Wir sollten Menschen in der Dunkelheit kennenlernen. Dort zählt nur, was du hörst. Und nicht, was du siehst.«

Theo zuckt zusammen, als die scheinbar körperlose Stimme zu ihm spricht. Dann geht er um ein wackeliges Ikea-Regal herum und blickt in die Lese-Ecke. Arthur, Theos ältester Bruder, lümmelt in einem Sessel. Auf seinen Beinen liegen weitere Bücher, die ihn wunderbar tarnen.

»Herodot?«, rät Theo, nachdem er sich von seinem Schreck erholt hat.

Sein Bruder verzieht das Gesicht zu einem Grinsen. »Sinnspruch aus dem Metal-Forum«.

Theo seufzt. Er beginnt, vollgekritzelte Notizzettel auf einen Haufen zu schichten und die leeren Teetassen auf dem Wohnzimmertisch zu stapeln. Vielleicht schafft er es ja zumindest noch, einen Hauch von Ordnung hier hereinzubringen.

»Suchst du was, Schätzchen?« Theos Mutter kommt ins Zimmer. Sie hat ihre Lesebrille hoch in die grauen Haare geschoben und trägt Hannibal, den Hauskater, um die Schultern wie eine kostbare Nerzstola.

»Nein, Mum, ich will nur ein bisschen sauber machen.«

»Sauber machen? Bist du krank?« Stirnrunzelnd legt Theos Mutter ihre Hand an seine Stirn.

Theo zieht seinen Kopf weg. »Mir geht's gut. Ich erwarte nur Besuch.«

»Ach, wie schön, wer kommt denn?«

»Josefine, meine Nachhilfeschülerin.«

»Dieses reizende Mädchen mit den mangelhaften Rechenkünsten?«

Gerade als Theo zu einer Erwiderung ansetzt, öffnet sich die Wohnzimmertür und ein braun gebrannter, strubbeliger Kopf schiebt sich hindurch. Roland ist gerade erst von einer Exkursion aus Ägypten zurück und trägt seine Bräune wie eine Auszeichnung. »Mädchen? Unser kleiner Theo bekommt Besuch von einem Mädchen?«

Als hätte oben jemand auf das Stichwort gewartet, poltern sogleich Schritte die Treppe im Flur hinab. »Ja, wer ist denn die

Glückliche?« Bernhard hat deutlich an Gewicht zugelegt, seit er sich mithilfe von Gummibärchen und Chips durch seine philosophischen Schwarten ackert.

»Dass ich das noch erleben darf!« Die karierte Decke rutscht plötzlich vom Sofa neben Arthurs Sessel in der Lese-Ecke und enthüllt nun einen gähnenden jungen Mann mit strähnigem schwarzen Haar und Nickelbrille. Konrad hat vermutlich die ganze Nacht hindurch programmiert und ist zum unpassendsten Zeitpunkt erwacht.

Theo seufzt schicksalsergeben. Seine vier großen Brüder haben ihm gerade noch gefehlt. Schlimm genug, dass sie alle gleichzeitig Sommerferien haben und hier aufeinander hocken, aber dass sich ausgerechnet jetzt alle im Wohnzimmer versammeln müssen, ist wirklich eine besonders perfide Laune des Schicksals.

»Musst du nicht gleich los? Zu eurem Treffen?«, fragt Theos Mutter.

»Ein Date?«, greift Arthur die Frage auf. Seine Geschwister fallen sofort mit ein:

»Am Samstagnachmittag?«

»Das haben wir dir aber anders beigebracht.«

»So wird das nie was.«

»Da braucht wohl selbst jemand Nachhilfe.«

»Von Tantchen Kama Sutra.« Alle vier lachen.

Theo verdreht die Augen. »Es ist kein Date. Die ganze Gruppe trifft sich, ich nehme Josefine nur mit, weil wir sonst einer zu wenig wären.«

Theos Mutter streichelt den Kater, der seinen Schwanz träge vor ihrer Nase hin und her schwenkt. »Aber dann kannst du ja gar nicht mit zum Grillen zu Tante Bene!«

»Ja, schade …« Theo wird heiß unter seinem T-Shirt. »Aber

ich habe sie ja erst vorletzte Woche besucht.« Hoffentlich wird er jetzt nicht rot. Die Schwester seines Vaters wohnt in einem kleinen Hexenhäuschen am Rande des Burgstalls. Sie arbeitet im Gunzenhäuser Stadtarchiv und bietet Führungen mit fundiert historischem Hintergrund an. Und sie besitzt einen ganz bestimmten Schlüssel, einen, der sich gerade verbotenerweise in Theos linker Hosentasche befindet. Zum ersten Mal hat er etwas geklaut.

Schnell zieht Theo die Hand aus der Tasche. Wenn seine Familie jetzt etwas merkt, können sie das Wochenende vergessen. Für einen Moment lang hat er sich ertappt gefühlt. Arthur und seine unselige Neigung zu absurden Zitaten. »Wir sollten Menschen in der Dunkelheit kennenlernen.« Es passt fast zu gut auf sein heutiges Vorhaben. Hoffentlich hat er nicht auffällig reagiert. Zum Glück sind seine Brüder damit beschäftigt, ihn damit aufzuziehen, dass er Damenbesuch erwartet.

Eigentlich hat er den Schlüssel ja gar nicht wirklich geklaut, mehr so geliehen, nur für ein paar Tage. Tante Bene wird ihn während der kurzen Zeit bestimmt nicht vermissen. Dafür ist die Location, in die er die Gruppe heute hineinschmuggeln wird, einfach extrem cool. Cool und unheimlich. Die perfekte Kombi für ein spannendes Wochenende. Und für die vielleicht denkwürdigste Spielrunde aller Zeiten.

In diesem Moment knallt es so laut, dass Theo zusammenzuckt und Bernhard gegen ein Bücherregal stolpert. Bücher fallen zu Boden, eine Tasse zerbricht. Verwirrt blickt Theo um sich.

»Da!«, Arthur zeigt auf das Wohnzimmerfenster. Ein Sprung zieht sich durch das Glas.

»Runter! Da schießt jemand!«, schreit Konrad. Er lässt sich mit den Händen über den Kopf auf den Boden fallen. Roland geht hinter dem Sofa in Deckung und zerrt an Theos Hand. Er knickt um und spürt den harten Holzboden unter seinen Knien. Wo ist seine Mutter, was …?

»Ein Vogel«, sagt sie mit leiser Stimme.»Tot.« Sie steht an der Verandatür und blickt in den Garten hinaus. Hannibal streicht jetzt aufgeregt maunzend um ihre Beine. Theo rappelt sich auf und tritt neben sie. Vor dem Fenster liegt eine riesige Krähe, den Hals merkwürdig verdreht.

»Das Mistvieh ist gegen das Fenster geflogen.« Konrad klingt fassungslos.

»Von wegen ›da schießt jemand‹. Du hast wohl zu viel ›Call of Duty‹ gezockt.« Bernhard sammelt die Porzellanscherben auf. Seine Brüder beginnen sofort wieder damit, sich gegenseitig aufzuziehen.

Nur Theo starrt nach draußen. Eine tote Krähe, fast wie eine Botschaft für ihn. Pechschwarze Federn, geballte Dunkelheit. Er tastet nach dem Schlüssel in seiner Tasche. Wo bleibt Josefine? *Lupus Noctis* wartet.

## Lena / Samstag, 31.08., 16:00 Uhr

Lena starrt den Inhalt ihres Rucksacks an, den sie ohne große Umsicht auf das frisch gemachte Bett gekippt und dort ausgebreitet hat. Es ist alles noch da. Zwei dicke Norwegerpullover, ein kleiner Kulturbeutel mit dem Allernötigsten, ihr Geldbeutel und das Smartphone, dessen Display zwei neue Nachrichten anzeigt, der frisch bestückte Erste-Hilfe-Beutel und eine Trinkflasche mit Leitungswasser.

Trotzdem besteht kein Zweifel: Jemand muss an ihrer Tasche

gewesen sein. Er hat vielleicht nichts weggenommen, aber eindeutig etwas dagelassen.

Der Zettel liegt neben dem Chaos auf den rot-weißen Karos der Bettdecke, und obwohl er so unschuldig und harmlos aussieht, will Lena ihn gar nicht mehr anfassen. Sie wischt mit der Hand über ihre Jeans und kann dabei den Blick nicht von dem Stück Papier abwenden.

Es muss ein schlechter Scherz sein. Jemand muss den Zettel in ihren Rucksack gesteckt haben, um ihr eins auszuwischen. Jemand, der gestern Abend mit ihr im Zug nach Gunzenhausen gesessen hat. Oder gleichzeitig mit ihr am Bahnhof war. Jemand, der weiß oder zumindest ahnt, dass Lena etwas zu verbergen hat.

Lena greift nach dem roten Norwegerpullover und faltet ihn auseinander, aber weder in seinem Inneren noch in dem des blauen Exemplars findet sie Antworten oder irgendetwas Verdächtiges. Aber obwohl die Pullover unverändert aussehen, kommen sie ihr nun irgendwie beschmutzt vor. Jemand war an ihrer Tasche, hat mit seinen Fingern heimlich den Reißverschluss aufgezogen. Und das während sie ganz in der Nähe war. Im Zug lag der Rucksack neben ihr, am Bahnhof war er auf ihrem Rücken. Nein, nicht die ganze Zeit. Sie hat ihn abgesetzt, nachdem dieser Typ sie angerempelt und dabei seine Glasflasche zerbrochen hat. Um ihre Klamotten abzuwischen und ihm mit den Scherben zu helfen. Hat er nicht sogar mit einem Taschentuch an ihrem Gepäck herumgeschrubbt, während er sich hundertmal entschuldigt hat? Lena versucht, sich den Kerl ins Gedächtnis zu rufen, aber sie erinnert sich nur an eine eckige Brille und den Geruch der verschütteten Cola. Hätte er die Chance gehabt, ihr den Zettel zuzustecken? Aber wozu? Sie kennt ihn ja nicht einmal!

Lenas Blick wandert noch einmal prüfend über ihr ausgebreitetes Gepäck, dann durch den Rest ihres Zimmers. Man sieht dem Raum an, wie selten sie hier ist, seit sie studiert. Das einzig Neue hier ist das gerahmte Foto von Marcel und ihr auf dem Nachtkästchen. Sie hat es extra hier aufgestellt, damit es sie auch an den Wochenenden bei ihrer Familie daran erinnert, dass sie es endlich geschafft hat, Marcel für sich zu gewinnen.

Lena nimmt es in die Hände und betrachtet Marcel. Es ist eines der seltenen Fotos, auf denen er nicht für die Kamera lacht. Sie erkennt es daran, dass sein Lächeln ein bisschen schief ist. Er mag das nicht, aber Lena findet, dass es ihm steht. Und auf dem Foto gilt es ihr ganz allein.

Die Tür fliegt auf und knallt gegen den Schrank. Der Bilderrahmen rutscht Lena aus den Händen, schlägt gegen die Bettkante und fällt auf den Boden. Lena tritt beinahe darauf, als sie einen Schritt zurückstolpert, doch hinter ihr wirbelt nur ihre Schwester Anne ins Zimmer. Kein Axtmörder. Kein Drohbriefschreiber. Nur Anne.

»Na, bist du bald fertig?« Anne bleibt neben Lena stehen oder tänzelt vielmehr neben ihr hin und her, während sie das Chaos auf dem Bett begutachtet. »Sieht nicht gerade so aus.«

Lena erwidert nichts, während sie in die Hocke geht und das Foto aufhebt. Schon das Knirschen sagt alles. Sie ist normalerweise nicht so schreckhaft – Anne hat sich noch nie mit Anklopfen aufgehalten. Es muss die Anspannung wegen dieses Zettels sein.

Der Zettel! Hastig stellt Lena das kaputte Bild an seinen Platz zurück, rafft Geldbeutel, Wasserflasche und das Stück Papier zusammen und stopft alles in ihren leeren Rucksack. Zu spät fällt ihr auf, wie verdächtig ihre Schwester dieses Verhalten finden muss. Sie weiß genau, dass Lena normalerweise sogar ihre getragene Wäsche aus dem Studentenwohnheim gefaltet zum Waschen mit nach Hause bringt. »Ich hab nur noch mal nachgesehen, ob ich an alles gedacht habe.«

Anne sieht sie mitleidig an. »Als hättest du schon jemals irgendetwas vergessen.« Sie greift nach dem Kulturbeutel und hält ihn Lena entgegen. Ehe Lena das Täschchen aus Annes Händen nehmen kann, hat diese schon den Reißverschluss aufgezogen und hineingespäht. »Sag ich doch. Niemand außer dir würde Deo oder Puder mit in irgendeine leere Fabrikhalle nehmen. Oder wo steigt ihr dieses Mal ein?«

»Wir steigen überhaupt nirgends ein.« Lena reißt ihr den Kulturbeutel aus den Händen und steckt ihn, offen wie er ist, in den Rucksack zurück. Die Norwegerpullis und der restliche Kram folgen.

»Hab ich dir irgendwas getan?«

»Nein, Quatsch.« Lena verschließt ihren Rucksack und nestelt unnötig lange am Reißverschluss herum, ehe sie es schafft, sich ein Lächeln ins Gesicht zu zwingen. Natürlich hat Anne ihr nichts getan. Sie ahnt nichts von Lenas Geheimnis und auch nichts von dem Drohbrief in ihrer Tasche.

Ihre Schwester hat aufgehört, herumzutänzeln. Sie steht einfach da und mustert Lena von der Seite. »Also … bleibst du länger hier, jetzt wo du Sommerferien hast?«

Lena wendet ihrem Rucksack den Rücken zu und verschränkt die Arme vor der Brust. »Ich muss noch eine Hausarbeit fertig schreiben. Außerdem kann ich Pestalozzi nicht so lange alleine lassen.«

Annes Blick wandert für den Bruchteil einer Sekunde zu dem gerahmten Foto auf dem Nachtkästchen. Sie wissen beide, dass das Lenas wahrer Grund ist, ihre Sommerferien lieber in München als bei ihrer Familie zu verbringen. »Aber ich komme auf jeden Fall noch mal für eine Woche oder so nach Hause«, lenkt Lena schnell ein, ehe Anne den Gedanken aussprechen kann. »Und Pestalozzi bringe ich einfach mit.«

Anne verzieht das Gesicht. Mit Lenas Ratte hat sie noch nie viel anfangen können. »Und ihr spielt heute wieder euer Wolfsspiel?« Sie stellt diese Frage so betont beiläufig, dass Lena beinahe schon wieder nach dem Reißverschluss greift. Gerade noch so kann sie sich zusammenreißen und nickt stattdessen vage.

»Wo denn dieses Mal?«

»Weiß ich nicht«, erwidert Lena mit Nachdruck. »Theo hat sich um den Spielort gekümmert.«

Anne hebt einen Mundwinkel. »Ich würd's auch nicht sagen, wenn es nicht ganz legal ist.«

Nun kann Lena nicht mehr anders: Sie wirbelt herum und schnappt sich ihren Rucksack. »Gott, Anne«, stöhnt sie mit dem Rücken zu ihrer Schwester. »Du hast zu viel Fantasie. Es ist nur ein Spiel.«


**Marcel** / Samstag, 31.08., 16:10 Uhr

Direkt in Marcels Blickfeld baumelt ein Glücksbärchi im rosa Tutu von Eileens Rückspiegel. Wo sie das scheußliche Ding nur herhat? Leider fällt sein Blick immer wieder darauf, denn in Eileens Fiat 500 ist einfach alles nah an ihm dran. Er hat den Sitz bereits nach hinten geschoben, aber trotzdem stoßen seine Knie an das Handschuhfach. Auf der Rückbank liegt sein Rucksack eingequetscht zwischen Eileens ganzem Gepäck. Sie hat nicht nur einen kleinen Rollkoffer dabei – lächerlich, wenn man bedenkt, was für eine Art von Übernachtung vor ihnen liegt –, sondern auch einige Jutetaschen und einen Korb mit seltsam aussehendem Gemüse sowie eine Yogamatte.

»Musstest du dir unbedingt so eine Sardinenbüchse zulegen?« Eileen wirft ihm einen herausfordernden Blick zu und lässt eine Kaugummiblase vor seinem Gesicht platzen. »Du kannst jederzeit aussteigen, Sweetheart.«

»Aussteigen ist gut gesagt. Wahrscheinlich kann ich keinen Knochen mehr bewegen, wenn es mal so weit ist.«

»Ooooh, du Armer. Wie wär's, wenn du deine Zwangslage gleich mal auf TikTok postest? Da finden sich sicher ein paar Verehrerinnen, die dir helfen, deinen Unterleib wieder in Schwung zu bringen.«

Marcel muss sich ein Grinsen verkneifen. Vorsichtshalber wechselt er das Thema. »Hast du zufällig schon mal ›Among Us‹ gespielt?« Normalerweise ist Eileen die Erste, die neue Trends ausprobiert. Oft hat Marcel sogar das Gefühl, dass etwas nur deshalb zum Trend wird, weil Eileen es macht.

»Mal reingeschaut, warum?« Eileen überholt mit breitem Lächeln ein bunt bemaltes Wohnmobil. »Süß, oder? Dieses Raumschiff und die putzigen Männchen, mit denen man herumläuft.«

»Ich finde eher interessant, dass es da um ein ähnliches Spielprinzip geht wie bei *Lupus Noctis*. Bloß als Onlinegame.«

»Reale Auseinandersetzungen sind mir lieber.« Sie hupt einen LKW an, der vor ihnen die Landstraße entlangzockelt.

Marcel, den Eileens Fahrstil zunehmend nervös macht, gibt es auf, ein vernünftiges Gespräch führen zu wollen. Stattdessen schnuppert er in der Luft herum. »Ist das dein komisches Gemüse, was da so riecht, oder hast du noch andere Pflanzen am Start?«

»Andere Pflanzen?« Wenn Eileens Stimme derart unschuldig klingt, ist Vorsicht geboten.

»Unauffällige, getrocknete, ver-bo-te-ne Pflanzen mit hohem THC-Gehalt?«

»Oooh, Chéri, das ist bloß das Cannabis-Duftbäumchen.«

Marcel traut ihr sofort beides zu. Dass sie an der Tankstelle ein Cannabis-Duftbäumchen gesehen und für cool befunden hat, oder dass sie unter seinem Sitz eine Tüte Gras versteckt hat. Besser, wenn er gar nicht weiter nachfragt, dann kann er bei einer Polizeikontrolle schon nichts Falsches sagen. Hoffentlich sind sie bald da.

Er versucht, sein Handy aus der Hosentasche zu ziehen. Dafür muss er den Kopf schief legen, damit er nicht an das Dach stößt, und sich mit den Beinen vom Sitz hochdrücken.

»Vielleicht sollte ich eine neue Serie von Fitnesstipps drehen: So kräftige ich meine Muskulatur im Inneren eines Kleinwagens.«

»Darauf hat die Welt gewartet.«

»Hey, meine Follower mögen mich und meine Postings.«

»Dein inszeniertes Ich meinst du wohl.«

Marcel antwortet lieber nichts darauf. Wenn es um seine Tik-Tok-Postings geht, fühlt er sich Eileens spitzer Zunge manchmal nicht gewachsen. Trotzdem ist ihm ihre Meinung immer noch wichtig. Er gibt sich große Mühe, seine Videos so perfekt wie möglich hinzukriegen. Was er erklärt, wie er es sagt, welche Übungen er zeigt, welche Kameraeinstellung er wählt, welche Musik dazu passt … Für ihn ist das Arbeit, auch wenn er sie gerne macht.

»Übrigens gibt es erstaunlicherweise auch echte Menschen, die den echten Marcel mögen. Ganz abseits von TikTok und Co. Und einigen davon wirst du heute begegnen, wenn du dein Handy lange genug herunternimmst.« Eileen boxt ihm sacht gegen den Oberarm. »Wow, da war aber jemand im Gym, nicht schlecht!«

Marcel grinst in sich hinein. Näher wird Eileen einer Entschuldigung für ihre kritischen Kommentare zu seiner Influencer-Karriere nie kommen. Aber dass sie ihm gegenüber auch noch ein Kompliment ausspricht, zeugt von herausragend guter Laune. Das Kräftemessen mit ihr ist aufregend, aber mittlerweile findet Marcel die deutlich ruhigere Beziehung mit Lena viel entspannter. Sie unterstützt ihn, hört ihm zu und versteht, was ihn antreibt. Was für ein berauschendes Gefühl es ist, Vorbild für mehrere Tausend Leute zu sein! Er liebt es, wenn seine Follower ihn um Rat fragen oder berichten, wie sie seine Fitnesstipps umgesetzt haben. All das bringt ihn seinem Traum näher, als Personal Trainer zu arbeiten, Menschen zu motivieren, sein eigener Chef zu sein. Und dadurch die Freiheit zu haben, sein Leben genau so zu gestalten, wie – und mit wem – es ihm gefällt.

Unauffällig schaut er zu Eileen hinüber. Sie ist ganz auf das Fahren konzentriert, singt dabei leise den Popsong im Radio mit. »Paparazzi« von Lady Gaga, uralt inzwischen, aber immer noch gut. Das mag er an Eileen, dass ihr nichts peinlich ist. Er kann den Maracujaduft ihrer Haare riechen. Ein vertrauter Geruch für ihn, auch wenn ihre Haare gefühlt jedes Mal anders aussehen. Momentan trägt sie ihre Löwenmähne gefärbt, die Strähnen werden nach unten hin immer dunkler. Sieht gut aus, das muss er zugeben. Eigentlich unvorstellbar, dass Lena und Eileen beste Freundinnen sind. Und das schon seit der Schulzeit. Sie sind so unterschiedlich, schon was den Kleidungsstil angeht.

Natürlich trägt Eileen Leggins, schließlich hat sie kein Problem damit, wenn man ihre Figur sieht. Dazu einen grauen Kapuzenpulli mit einem Aufdruck der Universität Harvard. Wo sie den wohl mitgehen hat lassen? Oder ist er liegen geblieben, in ihrem Schlafzimmer womöglich, nach einer der Partys, auf denen sie so häufig anzutreffen ist und von denen sie sicher nicht jedes Mal alleine nach Hause geht?

Er wird ihr nicht den Gefallen tun, zu fragen. Schließlich kann es ihm komplett egal sein, wie sie ihre Nächte verbringt oder mit wem.

Sie singt noch immer. »*I'm your biggest fan, I'll follow you until you love me, papa-paparazzi.*«

Zum ersten Mal hört er den Text richtig. Ein Schauder läuft ihm über den Rücken.

»Mach das Lied aus.« Seine Stimme klingt gepresst.

Eileen tut, als habe sie nichts gehört. »*Promise, I'll be kind, but I won't stop until that boy is mine.*«

Marcel schließt die Augen, ihm wird übel. Bilder kommen hoch. Rote Rosen vor seiner Tür, er greift danach, ein scharfer Schmerz, ein Blutstropfen rinnt seinen Finger hinunter, auf den Zettel, der zwischen den Blumen steckt und den er gar nicht liest. Er wirft alles in den Mülleimer. Mitten in der Nacht, sein Handy klingelt. Anonymer Anruf. Er geht erst nicht ran, weiß schon, was kommen wird. Kann dann doch nicht anders. »Marcel, ich liebe dich. Du bist alles für mich!« Eine verstellte Stimme, immer dieselbe. Er schreit ins Telefon. »Lassen Sie mich in Ruhe, hören Sie, das muss aufhören!« Ein Nachmittag in den Pasing Arcaden. Sein Handy signalisiert den Eingang einer Mail. »Du siehst süß aus, wenn deine Haare so verstrubbelt sind …« Er zuckt zusammen, schaut sich um, wer ist es? Wo ist sie? Was will sie von ihm?

»*Baby, you'll be famous, chase you down until you love me, papa-paparazzi.*«

Eileen hat den Song noch lauter gedreht. Das macht sie mit Absicht! »Wechsel den Sender, Eileen!« Auch er wird jetzt lauter. Als sie nicht reagiert, kann er nicht anders. Seine Hand schnellt nach vorne, haut auf die Knöpfe des Radios. Es knistert, dann verliest jemand Staumeldungen.

»Hey! Spinnst du?« Eileen zeigt ihm den Vogel.

Marcels Hände fühlen sich eiskalt an, er hält das Handy ganz fest, damit Eileen nicht sieht, dass sie zittern.


### Josefine / Samstag, 31.08., 16:20 Uhr

Josefine findet es selbst etwas albern, aber ihr Herz vollführt eine Art Stepptanz, als dem zaghaften Fingerdruck auf den Klingelknopf ein blechernes Scheppern hinter der Haustüre folgt. Dicht gefolgt von nicht einer, sondern gleich drei tiefen Stimmen, deren Worte sie hier draußen nicht verstehen kann.

Wie befürchtet ist es dann auch nicht Theo, der die Türe aufreißt, sondern jemand, der wie eine etwas ältere, etwas bärtigere Version von ihm aussieht. Es kann eigentlich nur einer seiner Brüder sein.

»Ähm … ich bin Josefine.« Hastig setzt sie ein breites Grinsen auf. »Ich will zu Theo. Also … äh, er ist doch da, oder?«

»Selbstredend. Er erwartet dich schon sehnsüchtig.«

»Äh … ja, klar«, entgegnet sie wenig einfallsreich. Und dann, weil sie sich selbst gar nicht so kennt und normalerweise wirklich nicht auf den Mund gefallen ist: »Du weißt aber, dass er mein Nachhilfelehrer ist, und ich würde ja wohl nicht ernsthaft etwas mit meinem Lehrer anfangen. Das wäre wie … wie Will und Lake oder so, nur irgendwie in schräg.«

Die beiden buschigen Brauen ihres Gegenübers heben sich Richtung Haaransatz.

»Ja«, meint Josefine schulterzuckend. »Ich hab mir schon gedacht, dass du so was eher nicht liest. Ähm … vielleicht Lydia und Graham? Oh Gott, warum lese ich eigentlich so viele Bücher, in denen Schülerinnen was mit ihren Lehrern – «

Zum Glück unterbricht Theo jede weitere Erläuterung ihrerseits, indem er mit donnernden Schritten die Treppen hinunterkommt. »Ich hab doch gesagt, ich geh schon.«

»Und ich war schneller. Wirklich, Theo, ich verstehe nicht, warum du die Kleine so lange unter Verschluss gehalten hast. Von wegen Professionalität und in der Bücherei könne man sich besser konzentrieren.«

Dieses Argument seitens Theo hat Josefine jedenfalls nie zuvor so gut verstanden wie jetzt, als sie zum ersten Mal im Flur seines Zuhauses steht. Aus der Küche dringt neben einem halb süßen, halb angebrannt riechenden Aroma etwas, das sich verdächtig nach der Königin der Nacht aus Mozarts »Zauberflöte« anhört, und im oberen Stockwerk brüllt jemand quer durch das Haus, ob jemand sein »Elbisches Wörterbuch« gesehen hat.

»Ich bin noch nicht ganz fertig mit Packen.« Theo nickt in Richtung Treppe und fügt mit einem schnellen Seitenblick zu seinem Bruder hinzu: »Aber wir können in zwei Minuten los.«

»Schaut ihn euch an, nervös wie ein Schuljunge.« Sein Bruder schlägt Theo schwungvoll auf die Schulter. »Komm mit ins Wohnzimmer, Josefine. Anfänger. Sein Date lässt man doch nicht im Hausflur stehen.«

Theo zieht es erneut vor, dem nichts zu entgegnen. Es stimmt – er wirkt nervös. Aber Josefine bildet sich nicht ein, dass das tatsächlich an ihr liegt. Das hier ist kein Date und Theo und sie tatsächlich Nachhilfelehrer und Schülerin. Ihretwegen auch Freunde.

»Und, studierst du auch?« Theos Bruder ist ihr voran ins Wohnzimmer gegangen und hat sich auf eines der drei Zwei-

25

sitzersofas geworfen. Die anderen beiden, das davor stehende Tischchen und der Boden sind mit Bücherstapeln bedeckt. Zwischen weiteren Bücherreihen thront auf einem Klavier eine Büste von Bach. Es könnte das einzige irgendwie Spießige in diesem Raum sein, wenn sie nicht einen Cowboyhut tragen würde. Aus Leder, mit Stern und allem.

»Nein. Also, noch nicht. Ich fange im Oktober mit Germanistik an. In Heidelberg.«

»Hat sich die Nachhilfe von meinem Brüderchen also gelohnt.«

Josefine zieht es vor, ihn in diesem Glauben zu lassen und nicht zu erwähnen, dass Theo ihr zwar seit mittlerweile fünf Jahren Nachhilfe in sämtlichen Naturwissenschaften gibt, sie was Sprachen angeht aber ziemlich auf einer Wellenlänge sein müssten.

»Schon fertig!« Theo erscheint im Türrahmen, einen Rucksack auf der linken Schulter, eine große Holzkiste unter dem rechten Arm und die Brille ein bisschen schief auf der Nase, weil er sich offenbar ziemlich beeilt hat.

»Ja, dann … bis irgendwann mal«, grüßt Josefine vage in den Raum, ehe sie Theo nach draußen in die ungepflasterte Einfahrt folgt. Sofort drückt er ihr die Holzkiste in die Hände. Sie ist unerwartet leicht und etwas rutscht in ihrem Inneren geräuschvoll hin und her.

»Brauchen wir das alles für das Spiel?«

Theo bejaht, ohne sich zu ihr umzudrehen, und zerrt einen hölzernen Leiterwagen aus dem Chaos der Garage. »Rein mit dem guten Stück.« Er bedeutet Josefine, die Kiste darin abzustellen, und wirft schwungvoll seinen eigenen Rucksack hinein. Auch darin scheppert es, als wäre er vollgestopft mit allem möglichen Kram.

»Hässlich, aber praktisch«, befindet Josefine, stellt ihren eigenen Rucksack auf die Kiste und greift nach der Zugstange. »Ist ja nicht weit, oder?«

Theo grinst. »Bis zur Berufsschule, das weißt du ja eigentlich schon. Strenggenommen darf das auch keiner genauer wissen. Das ist eine der Regeln bei *Lupus Noctis*: Normalerweise kennt nur der Organisator den genauen Spielort, bevor es losgeht. Den anderen hab ich nur geschrieben, wo wir uns treffen.«

»Okay, verstanden, Käpt'n.« Immerhin ist die Berufsschule nur ein paar Gehminuten entfernt und sie müssen mit dem Leiterwagen nicht auch noch den Marktplatz überqueren. Dafür hat der Sturm letzte Nacht hier schlimm gewütet. Sie ziehen den Leiterwagen über abgebrochene Äste, die unter seinen Rädern knacken, und kommen an einem Mülleimer vorbei, der aus seiner Verankerung gerissen wurde. Als hätte heute Nacht auch in Gunzenhausen ein Rudel Werwölfe ihr Unwesen getrieben.

»Und euer Spiel funktioniert wie ›Die Werwölfe von Düsterwald‹ oder ›Nacht in Palermo‹ und so?«

»So ähnlich.«

»Aber ihr spielt es mit Werwölfen und Dorfbewohnern?«, hakt Josefine nach. Endlich kann sie Fragen stellen, auch wenn Theo immer noch ausweichend reagiert. »Also … jeder bekommt eine geheime Rolle? Die Werwölfe wollen die Dorfbewohner umbringen und die Dorfbewohner die Werwölfe, ja?«

»Ehrlich gesagt haben wir keine normalen Dorfbewohner. Nur Wölfe und Sonderrollen. Ist ein bisschen langweilig, ein ganzes Spiel ohne besondere Fähigkeiten zu verbringen.«

»Aber das Spiel dauert doch nicht besonders lange.« Der Leiterwagen verkeilt sich in einem besonders großen Ast auf dem Gehweg. Er ist fast armdick und die abgebrochene Stelle sieht tatsächlich ein bisschen so aus, als hätten scharfe Fangzähne und nicht nur Naturgewalten ihn vom Rest des Baumes gerissen.

»Normalerweise nicht.« Theo bleibt stehen, als er bemerkt, dass Josefine nicht nachkommt. »Aber bei uns, also bei *Lupus Noctis,* schon. So mit drei, vier Stunden solltest du rechnen. Manchmal mehr. Deshalb spielen wir auch immer nur eine einzige Runde.«

»Und bist du der Erzähler? Dann kannst du selbst ja gar nicht mitspielen.«

»Wir brauchen keinen Erzähler.« Theo seufzt, greift nach dem Leiterwagen und hilft Josefine, das verkeilte Rad zu befreien. »Das Spiel ist in Tag- und Nachtphasen unterteilt.« Jetzt ist Theo in seinem Element. Josefine kennt das schon: Während der Nachhilfestunden hat er *Lupus Noctis* immer wieder erwähnt. Immerhin hat er selbst sich die Spielregeln für die Gruppe ausgedacht, nachdem er und seine Freunde bereits alle bekannten Rollenspiele dieser Art ausprobiert hatten. Er kann gar nicht anders, als begeistert davon zu erzählen. »Das kennst du ja wahrscheinlich. In den Nachtphasen greifen die Werwölfe an. In den Tagphasen wird verhandelt und gegebenenfalls verurteilt. Bei uns sind die Nachtphasen zusätzlich in Stunden untergliedert. Jede Figur hat ihre eigene Uhrzeit, wann sie aufwachen und ihre besondere Fähigkeit ausspielen darf. Zum Beispiel erwachen die Werwölfe natürlich zur Geisterstunde und haben dann bis genau 01:00 Uhr Zeit, sich ihr Opfer zu suchen.«

»Du meinst jetzt aber nicht wirklich 01:00 Uhr, oder? Dann würde ja eine einzige Nachtphase schon mehrere Stunden dauern.«

Theo schüttelt den Kopf. »Eine Nacht dauert bei *Lupus Noctis* vierzig Minuten. Immer nach fünf Minuten schlägt die Kirchturmuhr und kündigt allen Spielern die neue Stunde an. Die einen legen sich schlafen, die anderen erwachen. Um 06:00 Uhr ist die Nacht vorbei und wir treffen uns auf dem Marktplatz, um die Tagphase zu eröffnen. Und die dauert so lange, bis wir uns auf eine Verurteilung oder einen Freispruch einigen konnten.«

»Und wer verurteilt wird …«

»… kommt an den Galgen und ist damit raus, genau«, ergänzt Theo. »Wie bei den anderen Spielen auch. Dann darf man zuschauen, aber kein Wort mehr sagen. Wenn alle Wölfe tot sind, haben die Dorfbewohner gewonnen. Wenn alle Dorfbewohner tot sind, haben die Werwölfe gewonnen.«

»Und wenn alle tot sind«, versucht Josefine zu scherzen, der bei Theos Worten trotz der Sommersonne über ihnen ein Schauer über den Rücken läuft.

»… dann ist etwas schiefgelaufen, würde ich sagen.«


## Hanan / Samstag, 31.08., 16:30

Hanan geht nervös in dem schmalen Gang auf und ab. Ihre Schritte hallen leise auf dem Steinfußboden, während sie versucht, sich den Aminosäuren- und Nukleotidstoffwechsel ins Gedächtnis zu rufen. Biochemie ist einfach verflixt schwer. Die Nachprüfung muss sie jetzt unbedingt bestehen, sonst wird sie nicht zum Physikum zugelassen.

Zum Glück ist es hier in einem der Nebengebäude der Universität schön kühl und sie schwitzt nicht allzu sehr in ihrem türkisfarbenen Kleid und den knöchellangen Leggins. Der Hijab ist schon warm genug, auch wenn sie das Kopftuch immer in hellen, freundlichen Farben trägt.

»Purinsynthese, Pyrimidinsynthese«, geht sie einige Stichworte im Kopf noch mal durch. Warum nur hat sie die Prüfung nicht schon im Juni bestanden! Dann könnte sie jetzt mit ihren

Freunden ein ausgelassenes Wochenende in Gunzenhausen verbringen.

Sie liebt diese Nächte, in denen sie sich an verlassene Orte zurückziehen und bei Kerzenschein als Werwölfe, Hexen oder furchtsame Dorfbewohner durch die Dunkelheit schleichen.

Schon bei ihrer ersten Spielrunde ist ihr klargeworden, was den besonderen Reiz von *Lupus Noctis* ausmacht. Das Schlüpfen in unterschiedliche Rollen, der Nervenkitzel beim nächtlichen Herumschleichen und die regen Diskussionen am Tag, wenn die Dorfbewohner verzweifelt herauszufinden versuchen, wer unter ihnen insgeheim ein gemeingefährlicher Werwolf ist.

Hanans Lieblingsrolle ist der Wächter, der jede Nacht einen der anderen Spieler vor den Werwölfen beschützen und so dessen Leben retten kann. Aber auch die Hexe zu spielen, macht ihr Spaß, weil sie das Leben eines eben getöteten Dorfbewohners retten kann, wenn sie es geschickt anstellt.

Noch zehn Minuten. Vor lauter Nervosität ist Hanan viel zu früh gekommen, aber langsam füllt sich der Gang mit weiteren Studierenden. Hanan geht einige Meter weiter und lässt sich mit gekreuzten Beinen auf dem Boden nieder. Sie holt ihre Biochemie-Zusammenfassung aus der Tasche und schlägt das Skript wahllos auf. Bunt angemarkerte lateinische Begriffe buhlen um ihre Aufmerksamkeit, doch Hanan kann nicht verhindern, dass ihre Gedanken erneut abschweifen.

Wo die anderen wohl heute Nacht schlafen werden? Als Hanan sich in der Oberstufe mit Lena angefreundet hat und bald schon zum ersten Mal mit zu den Spielabenden genommen wurde, haben sie sich an möglichst leicht zugänglichen Orten getroffen: einem halb verfallenen Häuschen in Unterwurmbach, dem Limesturm im Burgstall oder einem alten Fabrikgebäude. Einmal auch in einem ziemlich verfallenen, leer stehenden

Haus am Waldrand – ein Abend, der Hanan deshalb in lebhafter Erinnerung geblieben ist, weil sie beinahe entdeckt worden wären.

Mit der Zeit sind ihre Ansprüche gewachsen: Kaum hat Jakob seinen Führerschein gemacht, haben sie eine Übernachtung auf dem Uhlberg geplant. Um die verfallene Kapelle mitten im Wald ranken sich viele Sagen und Legenden. Statt Satanisten, Blutspuren an den Mauerresten und der legendären weißen Gespensterfrau haben sie jedoch nur freche Eichhörnchen und einige Kerzenreste gefunden.

Seit sie die verschiedenen Studiengänge in alle Ecken Bayerns verschlagen haben, sehen sie sich nicht mehr so häufig und die *Lupus Noctis*-Treffen bleiben auf die Sommerferien beschränkt. Hanan fehlen ihre Freunde sehr, ist sie doch die Einzige, die in Erlangen studiert. Ihre Eltern hätten es nie erlaubt, dass sie alleine oder in einer WG wohnt, sodass sie mit ihr nach Erlangen gezogen sind. Nur Hanans großer Bruder Isam ist in Gunzenhausen geblieben und bietet ihr seitdem Unterschlupf, wenn sie sich mit ihren Freunden treffen will, ohne davor erst lange mit ihrer Mutter diskutieren zu müssen.

Plötzlich öffnet ein HiWi die Tür und bittet die Studenten mit lauter Stimme, hereinzukommen und ihre Ausweise zur Identitätsüberprüfung bereitzuhalten. Während Hanan langsam hinter ihren Kommilitonen den Prüfungsraum betritt, hält sie sich an einem Gedanken fest: Wenn sie die Klausur überstanden hat, wird sie kurz nach Hause fahren, ihre Sachen packen und ihren Eltern verkünden, dass sie spontan zu Isam fährt. Und wer weiß, vielleicht kommt sie ja doch noch rechtzeitig nach Gunzenhausen, um sich den anderen anzuschließen.

»Du kannst dir nicht vorstellen, wie blau das Meer dort ist. Und die vielen kleinen Inseln. Die berühmteste ist natürlich Key West.« Linda beendet ihren Monolog nur, um sich eine mandel-getoppte Marzipanpraline in den Mund zu stecken. Während sie kaut, betrachtet sie ihre sorgfältig manikürten Nägel.

Jakob will ebenfalls nach einer Praline greifen, aber Klara ist schneller, zieht die ganze Schachtel zu sich und beginnt, die Abbildungen auf dem Rand zu studieren.

»Ach, das klingt traumhaft!«, seufzt ihre Mutter.

»Klara, du musst unbedingt auch mal in die Vereinigten Staaten reisen.« Linda ergattert die Pralinenschachtel zurück und pickt sich die letzte Marzipanpraline heraus.

»Ich habe diesen Sommer überhaupt keine Zeit für Urlaub.« Klara streicht sich eine imaginäre Haarsträhne hinter das Ohr. »Wobei ich im Herbst geschäftlich nach Amsterdam fliege. Ich bezweifle allerdings, dass ich viel Zeit für Sehenswürdigkeiten oder Land und Leute haben werde. Die meiste Zeit werde ich in verschiedenen Meetings und Besprechungen verbringen.«

»Immer so fleißig. Ich wusste immer schon, dass du es mal weit bringen wirst.« Ihre Mutter reicht die Pralinenschachtel von Linda zu Klara, ohne sich selbst eine zu nehmen oder Jakob eine anzubieten.

»Ich hab übrigens die Zulassung für Ansbach bekommen.« Jakob könnte sich auf die Zunge beißen, kaum dass die Worte über seine Lippen gerutscht sind. Verdammt, das klingt jetzt, als wolle er um jeden Preis mit seinen älteren Schwestern mithalten.

»Ach, wie schön.« Seine Mutter zieht die Mundwinkel hoch. »Siehst du, da hast du dich ganz umsonst gesorgt.«

Jakob runzelt die Stirn. Er hat sich kein bisschen gesorgt, so dringend will er diesen Studienplatz nun wirklich nicht. Eigentlich mehr, um sich und seinen Eltern zu beweisen, dass er es immer noch zu etwas bringen kann – trotz des nicht bestandenen Abis im vergangenen Jahr.

»Sag mal, Linda«, fährt seine Mutter auch schon fort. »Du hast noch gar nicht erzählt, wie euer Hotel auf Key West war. War das Essen okay?«

Linda studiert noch einen Moment die Pralinen, findet keine mit Marzipan mehr und stellt die Schachtel schließlich und endlich vor Jakob auf den Tisch. Der nimmt sich eine der verbleibenden drei mit dunkler Schokolade, beißt darauf und verzieht das Gesicht. Sahnetrüffel, großartig.

Während er kaut, wirft er einen verstohlenen Blick auf die Uhr. Zum Glück muss er jetzt sowieso los.

Seine Fingerspitzen fangen vor Nervosität an zu kribbeln, wenn er an das Bevorstehende denkt. Die *Lupus Noctis*-Treffen sind immer besonders, aber er hat so eine Ahnung, dass es dieses Mal noch spannender wird. Jakob greift nach seiner Tasche, die er neben dem Küchentisch abgestellt hat. Das orangefarbene Papier, das zum offenen Reißverschluss herausragt, raschelt bei der Berührung.

»Sag mal, Brüderchen, du hast doch nicht etwa eine Freundin?«, unterbricht Klara Lindas Ausführungen. »Das sind doch Blumen, oder hab ich was an den Augen?«

Jakob nestelt an seiner Tasche herum. »Doch, das sind schon Blumen. Ich will gleich noch bei Oma vorbeischauen.«

Die Reaktion seiner Familie wartet Jakob nicht mehr ab. Er greift nach seinem Rucksack, stellt sicher, dass die Blumen gut verstaut sind, und schlüpft nahezu unbemerkt aus der Küche. Mit dem Fahrrad sind es keine zwei Minuten zum neuen Friedhof am Weinberg.

Um diese Jahreszeit dominiert Grün diesen so vertrauten Ort. Hohe Bäume sind über den ganzen Friedhof verteilt und vermitteln normalerweise das Gefühl von Geborgenheit und Ruhe. Heute sieht der Friedhof allerdings ziemlich wüst aus. Der Sturm hat eine Menge Blätter und ganze Äste von den Bäumen gerissen. Sie liegen im Gras, auf den Wegen und sogar auf den Gräbern. Einige zarte Grabblümchen haben sie regelrecht zermatscht. Jakob befreit Omas Grab von den Überbleibseln des Sturms und ein paar vertrockneten Blüten. Dann setzt er sich neben dem Grab ins Gras und beginnt, die Blumen aus ihrer Papierverpackung zu wickeln.

Er betrachtet den üppigen Strauß in seinen Händen, der bei diesen Temperaturen schon in ein paar Tagen verblüht sein wird. So vergänglich, wie alles Schöne, sogar die Freundschaft, auch wenn man das natürlich nicht wahrhaben will. Aber immerhin treffen sie sich heute wieder einmal zu einer Runde ihres alten Lieblingsspiels. Obwohl sie mittlerweile alle in unterschiedlichen Städten wohnen und obwohl Jakob der Einzige ist, der noch hier zu Hause in Gunzenhausen sitzt, dazu verdammt, die Schule noch ein weiteres Jahr ohne seine Freunde zu besuchen. Die nicht bemerken, oder nicht bemerken wollen, welchen Anteil sie an allem haben. Doch seine Befürchtung, mit der Zeit würden sie ihn über ihrem geschäftigen Studentenleben vergessen, hat sich nicht bewahrheitet. Wieder einmal ist es *Lupus Noctis*, das sie verbindet und alle hierher zurückbringt.

Manchmal fragt Jakob sich, wo sie alle heute wären, wenn sie dieses Spiel nicht erfunden hätten. Ob sie noch Freunde wären. Und ob er der wäre, der er ist.

Mit einem Ruck versucht er, diese Gedanken aus seinem Kopf zu schütteln, erhebt sich und steckt die mitgebrachten Blumen in ein Schraubglas. Alle, bis auf eine. Eine Lilie zieht er aus dem

Strauß und nimmt sie mit zu dem anderen Grab, das er gelegentlich besucht. Es ist wie immer sehr gepflegt und offenbar sogar frisch gegossen. Ein steinerner Engel kniet vor dem Grabstein auf der dunklen Graberde, die Hände gefaltet und den Kopf gesenkt. Letztes Mal war er noch nicht da. Vielleicht ein trauriger Ersatz für ein Geburtstagsgeschenk von der Familie. Jakob legt seine Lilie vor den Engel und betrachtet das Grab noch einen Moment. Er will gerade die Aufschrift auf dem Stein lesen, wie er es immer tut, da spürt er ein Kribbeln im Nacken.

Überzeugt, dass jemand den Friedhof betreten und ihn entdeckt haben muss, dreht er sich um. Er setzt sogar ein unverbindlich grüßendes Gesicht auf, um Fragen vorzubeugen, was er genau an diesem Grab verloren hat. Doch da ist niemand.

Jakob reibt sich mit der Hand über den Nacken. Er ist sich so sicher gewesen, dass ihn jemand beobachtet. Aber zwischen den Bäumen und Grabreihen kann er keine Menschenseele entdecken.

Mit einem drückenden Gefühl in der Magengrube wäscht er seine Hände am nächstgelegenen Brunnen und macht sich auf den Weg zu seinem Fahrrad. Es wird Zeit, die anderen sollen nicht auf ihn warten. Nicht heute, wo sie endlich wieder spielen.

**Eileen** / Samstag, 31.08., 16:50 Uhr

Inzwischen sind sie kurz vor Gunzenhausen. Eileen wirft Marcel einen schnellen Blick zu. Er sieht irgendwie verloren aus, wie er aus dem Fenster starrt, vielleicht hätte sie ihn doch nicht aufziehen sollen.

Sie nimmt eine Hand vom Lenkrad und streckt sie entlang des

Armaturenbretts in Richtung Marcel aus. Sie weiß selbst nicht so genau, was sie eigentlich vorhat. Ihn beschwichtigend tätscheln? Die Hand zur Versöhnung reichen? Doch bevor sie auch nur in seine Nähe gekommen ist, schießt ein scharfer Schmerz ihren Finger hinauf. Sie zuckt zurück, wirft einen raschen Blick darauf, dann heften sich ihre Augen wieder auf die Straße. Doch der Moment hat ausgereicht, um die Blutstropfen zu sehen, die aus ihrem Finger hervorquellen.

»Wie ist das passiert? Mensch, das blutet aber heftig!« Marcel versucht, ein Taschentuch um Eileens Finger zu wickeln, während sie das Steuer umklammert hält.

»Mist, das Lenkrad wird ganz rutschig.« Das Taschentuch färbt sich rot.

»Du solltest anhalten.« Marcel klingt beunruhigt. »Wenn du willst, fahre ich weiter.«

»Ist schwierig hier, mitten auf der Bundesstraße.« Eileen führt die verletzte Hand an den Mund und zerrt das Taschentuch mit den Zähnen weg. Dann steckt sie den Finger in den Mund. Der übelkeitserregende Geschmack von Eisen wird für einen Moment übermächtig. Sie keucht auf.

Marcel tastet das Armaturenbrett ab. »Hier, da steht eine Nadel vor«, meldet er und macht sich vorsichtig daran zu schaffen. »Anscheinend bist du daran hängen geblieben und hast dir die Fingerkuppe aufgerissen.«

»Ich habe neulich einen alten Pin entfernt. Offenbar habe ich da was übersehen.« Sie erwähnt nicht, dass es ein Pin von einer Demo war, die sie gemeinsam mit Marcel besucht hat. Eileen lässt den Finger im Mund, bis sie merkt, dass die Blutung aufhört. So muss sie auch nichts weiter sagen. Mehrfach spürt sie Marcels Blick auf sich, doch sie blickt konzentriert geradeaus.

Immerhin scheint er die Stalkergeschichte wieder verdrängt

zu haben. Die Zeit, die den Tiefpunkt ihrer Beziehung markiert. Eileen erinnert sich, dass sie einmal einen Wutanfall bekommen hat und eine von Marcels Hanteln auf das Foto von ihnen beiden auf dem Abiball geworfen hat. Die irre Briefeschreiberin hat nämlich erwähnt, wie niedlich sie Marcels Bauchnabel findet, der wie ein kleines Schneckenhaus geformt ist. Und das kann ja nun wirklich nur jemand wissen, der Marcel schon einmal ganz nah gekommen ist.

Marcel hat nur dagestanden und sie verstört angestarrt – und dann Besen und Kehrschaufel geholt, statt ihr zu versichern, dass er immer treu gewesen sei. Da hat sie es gewusst. Schon vorher waren ihr diese dämlichen Ausreden, warum er nicht bei ihr übernachten konnte, verdächtig vorgekommen. Weil er noch was für die Uni machen musste – na klar – weil sein Vater heute noch anrufen wollte – sicherlich – oder weil er solche Kopfschmerzen hatte – wer's glaubt. Dass sie Schluss gemacht hat, war die beste Entscheidung ihres Lebens.

Wobei er ja recht gut aussieht. Leider. Geil. Eileen gefällt sein Hautton, der sie an Waldhonig erinnert, und der wunderbar zu seinen hellgrauen Augen und den dunklen Haaren passt. Den Teint hat er von seiner Mutter. Natürlich hat ihr Sonnyboy auch noch brasilianische Vorfahren. Lenas Sonnyboy, korrigiert sie sich schnell. Eileen hat ihr schon ein Foto geschickt, wie Marcel mit Gepäckstücken beladen auf seinem Sitz kauert und das Gesicht verzieht. Lena hat einen lauthals lachenden Smiley zurückgeschickt und zwei Küsschen. Eins für Marcel, eins für Eileen.

Marcel stöbert nun in ihrem randvollen Essenskorb herum. Eileen muss sich ein Grinsen verkneifen, denn der Inhalt wird kaum seinen Geschmack treffen: Chiabrot, Topinamburknollen, die man auch roh essen kann, Alfalfasprossen, Minikiwis, Hanfsamenkekse und Matcha-Tee.

»Du weißt schon, dass wir nur eine Nacht dort sind, oder?«, fragt Marcel.

Eileen ignoriert das. »Hoffentlich ist der Spielort wieder irgendwas Abgefahrenes, vielleicht einer von den alten Eiskellern? Da soll es irgendwo im Burgstall welche geben. Warum hat Theo sonst gesagt, dass wir was Warmes zum Anziehen mitnehmen sollen?«

»Ein Eiskeller?« Wenn Eileen Marcel nicht so gut kennen würde, würde sie fast denken, dass er irgendwie nervös ist. Seine Finger ziehen fahrig an dem Lederarmband um sein Handgelenk. »Glaube ich nicht«, fährt er fort. »Vielleicht eher etwas unter freiem Himmel. Wie damals auf dem Uhlberg.«

»Ich finde es ja immer noch schade, dass wir keine Satanisten getroffen haben.«

»Lenas und dein ständiges Gekichere hat wahrscheinlich alle potenziellen Satanisten in die Flucht geschlagen.«

»Ich glaube eher, es war das stundenlange Blitzen deiner Selfies«, gibt Eileen zurück.

»Mein strahlendes Lächeln kommt mit Blitz eben besser zur Geltung.«

Eileen ist versucht, etwas darauf zu erwidern, aber sie lässt es lieber bleiben. Das Gespräch würde sonst zu sehr nach Flirt klingen. Und sie flirtet nicht mit Ex-Freunden. Schon gar nicht mit Ex-Freunden, die jetzt mit ihrer besten Freundin zusammen sind. Sie zerknüllt das blutige Taschentuch in der Faust. Ihr Finger pocht unangenehm. Es wird Zeit, dass sie mit den anderen zusammentreffen. Alleine mit Marcel zu sein, tut ihr nicht gut. Da kommen Erinnerungen hoch. Und Gefühle. Und leider nicht nur die negativen.

Erst als Eileen auf den komplett leeren Parkplatz der Gunzenhäuser Berufs- und Wirtschaftsschule einbiegt und ihr Autochen
quer über zwei Parkslots abstellt, wird Marcel bewusst, was für
ein seltsamer Treffpunkt das eigentlich ist. Was will Theo hier?
Zugegeben, eine Schule ohne Schüler wäre ein ungewöhnlicher
Übernachtungsort, aber er wird doch wohl nicht einbrechen
wollen? Jetzt in den Sommerferien ist das Gebäude bestimmt
gut gesichert.

Eileen blickt sich ebenfalls um. »Tote Hose hier. Schade, dass
mein Fiat nicht länger ist, sonst könnte ich drei Parkplätze gleichzeitig belegen.« Sie wirft einen prüfenden Blick in den Rückspiegel, wuschelt ihre Löwenmähne noch ein wenig zurecht, sodass
sie gekonnt zerzaust aussieht, und steigt dann aus. Marcel folgt
ihr ächzend und streckt erst mal seine Arme und Beine.

»Marcel, endlich!« Lena kommt mit raschen Schritten auf ihn
zu. Er sieht ihr an, dass sie am liebsten gerannt wäre, um ihn
zu begrüßen, sich aber wegen Eileen nicht recht traut. Darüber
muss er lächeln. In ihren braunen Rehaugen sieht er immer, was
gerade in ihr vorgeht. »Hallo Kleines! Schön, dich zu sehen.« Er
legt die Hände um Lenas Gesicht und drückt ihr einen Kuss auf
den Mund.

Nun begrüßt Lena auch Eileen, mit den drei angedeuteten
Wangenküsschen, auf die Eileen besteht, seit sie in München
studiert. Weil das die Schickeria so macht oder Eileen sich das
zumindest einbildet.

»Ihr seid die Letzten, die anderen drei warten schon.« Klingt
da ein Vorwurf in Lenas Stimme mit?

Eileen überhört so etwas grundsätzlich. »Die drei? Wieso? Ich
dachte, Hanan kommt nicht?«, fragt sie stattdessen.

»Theo hat einen Überraschungsgast im Schlepptau.«

»Oh, ich liebe Überraschungen! Ist es einer seiner großen Brüder? Der eine sieht mittlerweile gar nicht so schlecht aus, zumindest letztes Jahr auf der Kirchweih, man muss natürlich dieses leicht Verpeilte mögen, aber ich sage immer …«, entzückt plappert Eileen vor sich hin und belädt sich währenddessen mit ihren Jutetaschen, dem Korb und dem Rollkoffer. Die Yogamatte drückt sie Lena in die Hand.

»Was hast du denn da am Finger? Hast du dich geschnitten?« Lena wühlt sofort in ihrer Tasche und zaubert ein Pflaster hervor.

»Mein Autochen hat seine Stacheln ausgefahren. Du bist ein Goldstück, Dankeschön!« Eileen lässt sich verarzten, während Marcel das Gepäck übernimmt. »Also wer ist denn nun der neue Mitspieler?«, fragt er neugierig. Es ist lange nicht mehr vorgekommen, dass sie den vertrauten Kreis erweitert haben.

»Es ist ein *Mädchen*.« Lena spricht das Wort so gedehnt aus, als sei es ein Schimpfwort.

»Buh! Ein Mädchen, schwach, echt schwach.« Eileen gibt sich empört, dann singt sie plötzlich leise »*I kissed a girl – and I liked it*«.

Marcel wirft Lena einen schiefen Blick zu und sieht, dass auch sie grinsen muss. Gemeinsam nähern sie sich der Schule, die aus mehreren Gebäudeteilen besteht, von denen einer auf Säulen ruhend den halben Vorplatz überdeckt. Die Fensterrahmen sind in einem seltsamen Grünton gehalten, der wohl das triste Betongrau der Mauern etwas abmildern soll.

Neben einer der Säulen steht Theo und wirft einen Schlüsselbund in die Luft, um ihn wieder aufzufangen und erneut zu werfen. Seine roten Haare beißen sich wunderbar mit der ebenfalls grün umrahmten Eingangstür. Im Näherkommen mustert

Marcel das Mädchen hinter ihm. Sie ist klein und sieht mit ihren rundlichen Körperformen alles andere als sportlich aus. Ihre langen Haare sind dunkelrot gefärbt, die Augen stark geschminkt. Mit den Chucks und den Festivalbändchen ums Handgelenk wirkt sie wie eine Rockerbraut, allerdings ist auf ihrem T-Shirt eine Mickymaus aus glitzerndem Roségold, darüber trägt sie einen schwarzen Cardigan. Theo hat offenbar einen ungewöhnlichen Geschmack, was Frauen anbetrifft. Sein T-Shirt mit dem Archaeopteryx-Skelett darauf passt jedenfalls super zu Micky. Marcel grinst in sich hinein.

Die Röte im Gesicht des Mädchens zeugt entweder davon, dass sie die sommerlichen Temperaturen nicht gut verträgt, oder dass sie das Gespräch mit Jakob ganz und gar faszinierend findet. Jakob hat sich auf den Rand eines der Balkonkübel gesetzt, die wohl theoretisch so etwas wie Blumen enthalten sollten, nach dem gestrigen Sturm aber nur noch zerfetzte Pflanzenteile zu bieten haben. Aufmerksam hört er dem Mädchen zu und sieht dabei wie immer aus, als befinde er sich in einer anderen Klimazone.

Marcel selbst geht in die Sonne, um braun zu werden, und zieht sich dann auch entsprechend an, oder eben aus. Jakob dagegen hockt mit schwarzem T-Shirt und langen Jeans in der Sonne und sieht dabei genauso blass und schmächtig aus wie immer. Seine schwarzen Haare sind bestimmt nicht deshalb verstrubbelt, weil er sie wie Marcel mithilfe von Gel und Wasser in eine extra windzerzauste Form gebracht hat, sondern weil sie einfach natürlich so fallen. Und die rahmenlose Brille trägt er nicht als modisches Statement, sondern weil er sie zum Lesen braucht.

Als sie herangekommen sind, stellt Theo Josefine vor. Sie besucht das musische Gymnasium in Ansbach, was wahrscheinlich der Grund dafür ist, dass Marcel sie noch nie zuvor gesehen hat. Josefine winkt verlegen in die Runde. Theo klopft ihr aufmunternd auf die Schulter, verweigert Eileens Wangenküsschen, als sie ihn begrüßen will, und breitet dann die Arme aus. »Seid gegrüßt, Freunde der Nacht. Wir steigen dann jetzt hinunter in das alte Gunzenhäuser Hilfskrankenhaus, eine atomar abgeschirmte Bunkeranlage aus der Zeit des Kalten Krieges, die sich genau hier unter der Berufsschule befindet!« Theo hat ein derart breites Grinsen im Gesicht, dass man meinen könnte, er hätte im Drogenrausch erfahren, dass Weihnachten, Silvester und sein Geburtstag auf einen Tag fallen. Marcel fühlt sich ähnlich benommen. Nur ohne die Euphorie. Erst so nach und nach wird ihm bewusst, was Theo da gesagt hat.

Ein Bunker. Unter der Erde. In der Dunkelheit. Ohne Tageslicht. Marcels Herz hämmert plötzlich hart und schnell gegen seine Rippen. Er hat das Gefühl, schlecht Luft zu bekommen, und muss sich zwingen, erst auszuatmen, bevor er weiteren Sauerstoff in seine Lungen pumpt.

Gott sei Dank sind die anderen zu beschäftigt damit, Theo mit Begeisterungsausrufen, Kommentaren und Fragen zu überhäufen, um auf Marcel zu achten.

»Ein unterirdisches Krankenhaus? Hier unter der Schule? Du machst Witze!«, ruft Eileen.

»Oh nein, das ist ausnahmsweise mein voller Ernst, Blondie. Das ist eines der besonders spannenden Geheimnisse unserer idyllischen Kleinstadt.«

Jakob wuschelt sich aufgeregt durch die eh schon zerzausten Haare. »Ist das cool! Ich war vor Ewigkeiten mal mit einer Führung drinnen, aber damals wäre ich nie auf die Idee gekommen, dass wir tatsächlich dort spielen würden. Dabei ist es perfekt!«

Theo rückt seine Brille zurecht. »Jaaa, war gar nicht so einfach, an den Schlüssel zu kommen.«

Lena blickt sich um. »Ist ja verrückt. Ich bin in Gunzenhausen geboren und aufgewachsen und niemand hat es für nötig gehalten, mir zu sagen, dass wir über einem überdimensionalen Maulwurfbau leben! Überlegt mal, hier laufen täglich Hunderte Schüler herum, nichtsahnend, dass unter den Sohlen ihrer Turnschuhe ein Atombunker liegt!«

»Der Wahnsinn!« Eileen stampft mit den Füßen auf den Boden. »Wie kommt man runter? Gibt es vielleicht irgendwo eine Falltür? Theo, ich feiere dich!«

Theo verneigt sich übermütig. »Cui honorem, honorem! Ehre, wem Ehre gebührt!« Er breitet die Arme aus: »Dann kommt mal mit in die Unterwelt, in den Gunzenhäuser Hades! Die Bunkergeister erwarten euch.«

Marcel hat noch immer kein Wort gesagt. Ohne sich zu bewegen, sieht er zu, wie Theo auf eine Treppe zugeht, die wenige Meter von ihnen entfernt im Boden verschwindet und der Marcel bis dahin überhaupt keine Aufmerksamkeit geschenkt hat. Es sieht harmlos aus, wie der Zugang zum Hausmeisterkeller oder so was. Nur, dass es ganz und gar nicht harmlos ist. Der Rest der Gruppe drängt Theo hinterher. Marcel macht ebenfalls ein paar zögernde Schritte auf die Treppe zu, während er sich eigentlich am liebsten umdrehen und weit weg rennen will, irgendwo hin, wo es hell ist und weit, auf einen Berggipfel zum Beispiel.

Er kann da nicht runter, er kann einfach nicht. Allein, wenn er daran denkt, wie er zwischen den engen Mauern steht und es um ihn herum dunkel wird, wird ihm ganz schlecht. Die Angst sitzt tief in seinem Magen und bohrt in seinen Eingeweiden.

Wie kommt er jetzt aus der Situation raus? Die Übernachtung ist lange geplant und das *Lupus Noctis*-Spielen können sie vergessen, wenn er so plötzlich aussteigt. Mit weniger als sechs Spielern wären die Teams nicht ausgeglichen. Er würde allen das Wochenende verderben. Aber was soll er sonst machen?

Unmöglich kann er da hinunter. Eine halbe Stunde vielleicht, wenn er sich zusammenreißt und es gut beleuchtet ist. Aber eine ganze Nacht?

Lena schaut schon zu ihm hin. Das gibt den Ausschlag. Unmöglich kann er vor ihr einen Rückzieher machen. Marcel schließt für einen Moment die Augen und zwingt sich, seine Hände zu entspannen, die er zu Fäusten geballt hat. Er muss sich ablenken, an etwas anderes denken. Sich erinnern, was er in der Therapie gelernt hat. Die Angst ist nicht real. Er kann frei entscheiden, was er tun möchte. Daran muss er denken. Sonst packt er das nicht.

Er wird es zumindest versuchen. Wenn es gar nicht geht, kann er immer noch behaupten, er sei krank und müsse nach Hause. Im Ausredenerfinden ist er gut. Sein halbes Leben besteht aus Ausreden.


**Lena** / Samstag, 31.08., 17:20 Uhr

Einer nach dem anderen folgen sie Theo die Treppe hinab zu der mächtigen Gittertür. Josefine klebt ihm regelrecht an den Fersen, kann es offenbar gar nicht erwarten, das schaurige Hilfskrankenhaus zu betreten, und auch Jakob zögert nicht. Eileen stößt schnaubend die Luft aus, als wäre es unter ihrer Würde, so etwas wie Nervosität zu zeigen, dann schleppt sie ihr umfangreiches Gepäck die Treppen hinunter.

Jetzt wäre es an Marcel, sich in Bewegung zu setzen und den

anderen zu folgen. Er steht näher an der Treppe als Lena. Den Blick hat er hinunter in den Treppenschacht gerichtet, aber seine Beine scheinen im Boden verwurzelt.

»Na, wollen wir?«, fragt Lena betont beschwingt und hakt sich mit der freien Hand bei ihm unter. Unter dem anderen Arm trägt sie immer noch Eileens pinke Yogamatte. Es versetzt ihr einen Stich, dass Marcel die Berührung so gar nicht erwidert. Irgendetwas stimmt nicht mit ihm. Es ist nicht das erste Mal in den vergangenen Tagen, dass dieser Gedanke sich in Lenas Kopf einnistet und tief eingräbt. Oder rührt das hässliche Gefühl in ihrem Bauch nur daher, dass Marcel gar nicht auf die Idee gekommen ist, gestern Abend gemeinsam mit ihr mit dem Zug nach Hause zu fahren? Lieber hat er sich heute in Eileens winzigen Fiat gequetscht. Das Foto von ihm, zusammengefaltet wie ein frisch gebügeltes Hemd, ist zum Totlachen, aber einen kleinen Stich versetzt es Lena doch, dass er lieber heute mit Eileen als gestern mit ihr angereist ist.

Lena schüttelt den Kopf über sich selbst. Marcel ist glücklich mit ihr, das kann jeder sehen. Viel glücklicher als er es mit Eileen war. Sie sind beide tolle Menschen – neben ihrer Familie die wichtigsten in Lenas Leben –, aber eben einfach hochgradig inkompatibel.

»Ich hab eine Idee.« Lena lässt Marcels Arm los und ihr eigener fühlt sich augenblicklich kalt und leer an. »Ich filme, wie du die Treppe runtergehst.« Sie stellt die aufgerollte Yogamatte ab und schlüpft aus einem ihrer Rucksackträger, um ihr Handy aus der vorderen Tasche zu angeln.

»Hm?«, macht Marcel. Er hat ihr gar nicht richtig zugehört.

»Du gehst die Treppe runter und in den gruseligen Finsterbunker und ich filme dich für deinen Feed. Macht doch sicher richtig was her. 10 Fitnessideen aus dem Bunker, oder so.«

Sie sieht das Funkeln in Marcels Augen und weiß, dass sie ihn geködert hat. In diesem Punkt ist Marcel leicht zu durchschauen und deshalb auch leicht um den Finger zu wickeln. Seine Liebe zum Rampenlicht ist sein schwacher Punkt und niemand weiß das besser als Lena.

»Klappe, die erste!« Mit einer Hand versucht Lena, ihr Smartphone möglichst stabil zu halten, mit der anderen drückt sie auf den Aufnahmeknopf.

Marcel setzt sein OnTheReis-Grinsen auf, hält einen Daumen hoch und sprintet dann die Treppe hinab, die er eben nicht einmal zögerlich betreten wollte.

»Super!«, ruft ihm Lena hinterher und beendet die Aufnahme, als Marcel auch schon wieder nach oben gejoggt kommt.

»Nee, das ging viel zu schnell. Da fehlt die Spannung.« Er wendet sich wieder der Treppe zu und streicht sich über die sorgfältig gekürzten Bartstoppeln. »Noch mal langsamer.«

Lena korrigiert den Bildausschnitt auf ihrem Handy, weil sie weiß, wie wichtig es ist, dass alles gerade ist. Dann drückt sie den Aufnahmeknopf. »Klappe, die zweite.«

Marcel hält den Daumen hoch und joggt zum zweiten Mal die Treppe zum Bunker hinunter. Er ist kaum an der Stahltür angekommen, da steckt Theo den Kopf heraus. »Äh, habt ihr euch verlaufen oder wo bleibt ihr?«

Lena beeilt sich, zu den beiden Jungs hinunterzusteigen, und deutet auf die Gittertür zum Bunker. »Jetzt lass mal sehen, was du da Schönes gefunden hast.«

Ein Strahlen geht über Theos Gesicht und ein Schatten über das von Marcel. Aber keiner der beiden sagt etwas. Theo hält ihnen die Tür auf, aber viel vom Bunkerkrankenhaus bekommen sie erst mal nicht zu sehen, weil der Gang mit seinen nackten Wänden nach links abknickt.

»Das sieht ja gemütlich aus.« Lena schnuppert und riecht abgestandene Luft, die an einen besonders modrigen Keller erinnert. Einen, der selten betreten wird und in dem alle möglichen alten Dinge vor sich hin schimmeln. Oder verwesen. Lena schüttelt den Gedanken ab. »Dann wollen wir mal.« An Marcels Seite betritt sie den Bunker. Sie würde gerne nach seiner Hand greifen, hat aber Angst, dass er den Druck nicht erwidert.

Ihr Herz macht einen kleinen erschrockenen Hüpfer, als Theo die Gittertür mit Gewalt ins Schloss zwängt. Schon tritt er neben sie und fordert sie mit ausschweifender Geste dazu auf, dem Gang zu folgen, der sie mit jedem Schritt tiefer in die Dunkelheit des unterirdischen Bunkers führt. »Willkommen im Gunzenhäuser Hilfskrankenhaus, würde ich sagen.«

## Josefine / Samstag, 31.08., 17:30 Uhr

»Das ist so verdammt cool!« Josefine weiß, dass sie die Einzige ist, die mehr als zwei Sätze gesprochen hat, seitdem Theo die Neonröhre im Eingangsbereich des Bunkers angeknipst hat, und sie weiß auch, dass quasi alle ihre Sätze mit drei Ausrufezeichen enden, aber sie kann nicht anders: Die angestaute Nervosität und die überschäumende Begeisterung für diesen Ort müssen heraus.

»Schaut mal, ein Lageplan!« Sie schiebt sich an Theo vorbei und übernimmt die Führung. »Verdammt, das Ding ist ja riesig! Das sind …« Sie beginnt zu zählen, gibt es aber schnell wieder auf. »… ganz schön viele Räume. Das Teil muss unter dem gesamten Gelände der Berufsschule sein!«

»Um genau zu sein, erstreckt es sich sogar bis hoch zur

Frickenfelder Straße und westlich bis zum Gelände der Hensoltshöhe.« Theo hat zu ihr aufgeschlossen und positioniert sich neben dem Bunkerplan wie ein Lehrer vor einer Tafel. »Es ist über 4000 Quadratmeter groß und war seinerzeit für rund 600 Personen ausgelegt.«

Eileen zieht die sorgfältig gepuderte Nase kraus. »Mit 600 Leuten in diesem unterirdischen Schuhkarton?«

»Ja, und ich dachte, zu zweit in einem Fiat 500 wäre schlimm.« Marcel erntet für diese Bemerkung gleich zwei böse Blicke: einen von Eileen selbst und einen von Lena, die dicht an seiner linken Seite steht und sich ziemlich unwohl zu fühlen scheint. Jedenfalls klammert sie sich an Marcels Arm und hat die Schultern hochgezogen.

»Den Ernstfall mit 600 Mann hat es nie gegeben«, doziert Theo unbeirrt weiter. »Das Hilfskrankenhaus war nur dreimal in Betrieb und auch nie so richtig. In den Achtzigern gab es mal eine mehrtägige Übung und im Laufe der Jahre hat es zweimal als Flüchtlingsunterkunft gedient.«

»Na, herzlich willkommen in Deutschland, würde ich sagen«, murmelt Lena. »Da sag noch mal einer, die Flüchtlinge leben bei uns in Saus und Braus.«

»In beiden Fällen sind natürlich die Türen offen geblieben.« Theo deutet auf eine massive Stahltür zu seiner Linken. »Anders als es im Katastrophenfall gewesen wäre.«

»Was denn für ein Katastrophenfall? Überfüllte Krankenhäuser im ganzen Landkreis, oder was?« Lena lehnt sich noch etwas dichter an Marcel, schmiegt sich regelrecht an seine Schulter.

»Das Hilfskrankenhaus wurde für den Fall eines Atomangriffs gebaut. Im Kalten Krieg.« Josefines Worten folgt bleiernes Schweigen.

Eileen fängt sich als Erste wieder. »Und wer ist auf die brillante Idee gekommen, ausgerechnet ein Kaff wie Gunzenhausen könnte Ziel eines atomaren Anschlages werden?«

»Nicht Gunzenhausen, sondern der Großraum Nürnberg. Ihr könnt euch ja denken, dass der im Zweiten Weltkrieg ein lohnendes Ziel für Bombardements der Alliierten war.« Niemand unterbricht Theo, um nachzuhaken. »Jedenfalls sollten die Patienten des Fürther Krankenhauses hierher ausgelagert und bis zu vierzehn Tage im abgeschotteten Bunker notversorgt werden. Was zum Glück nie passiert ist.«

Josefine spürt einen leisen Schauer durch ihren Körper rieseln. Sie hat genug Fantasie, um eine ganze Reihe ziemlich gruseliger Bilder in ihrem Kopf auftauchen zu lassen. Atompilze und vergiftete Regenwolken, Hautgeschwüre und ausgefallene Haare. Eine Mischung aus allem, was aus dem Geschichtsbuch und dem Film »Die Wolke« irgendwo in ihrem Gedächtnis hängen geblieben ist und sich jetzt unheimlich miteinander vermengt.

Theo schließt die Stahltür auf und führt sie tiefer ins Innere des Bunkers. Josefines Blick wandert über niedrige Decken mit schwarzen Schimmelflecken, verschlossene Türen und surrende Neonröhren an der Decke und ihr Herz klopft bei diesem angenehmen Gruseln, das auch ein guter Thriller oder Horrorfilm zurücklässt.

Bis Eileen aufschreit. Ihr markerschütternder Schrei hallt in den leeren Bunkerfluren wider und vibriert auf Josefines Trommelfell nach. Vor Schreck fühlt sie sich wie versteinert – im Gegensatz zu Lena, die ohne nachzudenken zu Eileen stürzt, um sie vor was auch immer zu retten.

Doch dann fängt sie an zu lachen. »Das ist doch nur eine Ratte.« Sie legt einen Arm um ihre Freundin und zieht sie ein Stückchen zurück. Jetzt sieht Josefine das Tier auch: Dunkel und zusammengekrümmt liegt es auf dem nackten Boden, die schwarzen Knopfaugen starren ins Leere und die steife Schnauze offenbart kleine gelbe Nagezähne.

»Armes kleines Ding«, meint Lena. Eine komische Art, mit Eileen zu sprechen, findet Josefine, bis sie kapiert, dass Lena die Ratte meint. »Bestimmt ist sie hier unten verhungert.«

»Lena mag Ratten«, erklärt Theo, der Josefines irritierten Blick offenbar bemerkt hat. »Sie hat eine, die auf den klangvollen Namen Pestalozzi hört.«

Damit hat Josefine nicht gerechnet. Wenn sie ein Haustier für Lena hätte aussuchen müssen, dann wäre es ein flauschiges Kätzchen gewesen. Vielleicht auch ein Häschen.

»Glaubst du, hier unten gibt es noch mehr von denen?« Sie lässt den Blick am Boden entlangwandern und rechnet jeden Moment mit einer schnellen, huschenden Bewegung am Rande ihres Blickfeldes. Aber der Boden ist fleckig und leer.

»Sagt euch der Name *Vapor* etwas?«, wechselt sie schnell das Thema. Sie sieht in erster Linie Theo an, der die Stahltür sorgfältig hinter der Gruppe verschließt. Marcel wirft Theo einen Blick zu, den dieser mit einem Schulterzucken erwidert. »Es soll ja niemand Verdacht schöpfen, dass jemand hier unten ist.« Er dreht den Schlüssel im Schloss, zieht ihn ab und betrachtet ihn einen Moment. Als Anhänger baumelt ein kleiner, Sonnenbrille tragender Maulwurf daran. Schließlich steckt Theo den Schlüssel zur Verwahrung wieder ins Schloss der Stahltür und wendet sich an Josefine: »Was für ein Name?«

»*Vapor.* Er ist YouTuber und filmt Lost Places. Das sind verlassene, zerfallene und meistens ein bisschen unheimliche Orte. So wie dieser hier.«

Theos Augenbrauen zucken. »Ich weiß, was Lost Places sind. Aber der Name *Vapor* sagt mir nichts.«

»Seine Videos sind der Wahnsinn«, sprudelt es aus Josefine

heraus. »Er hat so eine absolut geniale Art, die Schauplätze noch unheimlicher und mystischer zu machen, indem er literarische Szenen dort nachstellt. Meistens Kämpfe oder Tode, um ehrlich zu sein. In einem alten Turm hat er ein Video über Dumbledores Tod gemacht, das war Gänsehaut pur. Jedenfalls vergleicht er die Lost Places durch die Szenen, die er nachstellt, immer mit mystischen Orten aus Romanen. Hogwarts, Mordor oder Cair Paravel ... und das hier sieht ein bisschen aus wie ... wie ...«

»... Snapes Büro?«, schlägt Jakob vor. »Na ja, nicht wirklich. Keine toten, eingelegten Tiere in Gläsern. Eigentlich hat es eher etwas von einer Tiefgarage.«

»Ja, Tiefgaragen sind wahnsinnig literarisch.« Lena schiebt den Träger ihres Rucksacks auf ihrer Schulter hin und her. Ihr ganzer Körper strahlt Unbehagen aus, auch wenn Josefine nicht versteht, warum sie und Marcel so missmutige Gesichter ziehen.

»Jedenfalls«, fährt Josefine an Theo gewandt fort, »hat *Vapor* erst vor Kurzem ein Video über das Gunzenhäuser Hilfskrankenhaus angekündigt. Und jetzt sehe ich es vorher sogar in Echt. Das ist einfach verdammt cool!«

Josefine klappt den Mund zu und beschließt, Theo erst einmal wieder das Wort ergreifen zu lassen. Lena sieht sie ohnehin schon an, als würde sie ihr bei der nächsten Erwähnung von »verdammt cool« einen von Eileens Jutebeuteln in den Mund stopfen. Und außerdem will Josefine natürlich alles über den Bunker erfahren, was Theo weiß – was, wie sie ihn kennt, eine ganze Menge sein wird. Sie kann wirklich nicht glauben, dass sie an dem Ort ist, an dem *Vapor* auch bald drehen will. Ganz egal, was Lena denkt, es ist wirklich einfach nur verdammt cool.

Jakob hält sich dicht an Theo, während dieser sie von einem unterirdischen Raum in den anderen führt. Er kennt das Hilfskrankenhaus, aber es ist etwas ganz anderes, ohne geführte Reisegruppe hier unten zu sein. Die Stimmen scheinen stärker zu hallen, das Licht viel häufiger zu flackern und die schiere Größe des Bunkers ist ihm nie zuvor so bewusst gewesen. In den vielen noch voll ausgestatteten Räumen und vollgestopften Lagern könnten sie vermutlich ein ziemlich unheimliches Versteckspiel inszenieren. Und so etwas Ähnliches haben sie ja auch vor.

»… und alles original Siebzigerjahre.« Theos Stimme dringt aus einem Raum, dessen Tür mit einem vergilbten Schild mit der Aufschrift »16 – Wäschelager« versehen ist. Jakob bleibt im Türrahmen stehen und sieht zu, wie Theo die anderen durch Gänge zwischen windschiefen Türmen aus Kartons hindurchführt. Ein schimmeliger Geruch geht von der feuchten Pappe aus und aufgeschreckt durch das Licht huscht eine dicke Spinne über den Boden. Jakob achtet genau darauf, wo er hintritt.

»Schnabeltassen, Babykleidung, Bettwäsche«, zählt Theo gerade auf.

»Nicht zu fassen, dass sie das alles hier unten zurückgelassen haben, als das Krankenhaus aufgelöst wurde.« Josefine studiert die dunkelgrünen Klapptüren an der rechten Raumseite. Jede von ihnen ist mit einem gelben Zettel versehen, auf dem handschriftlich und äußerst ordentlich ihr Inhalt notiert ist. »Molton-Windeln, 60 Stück«, liest sie vor. »Spielhöschen, 90 Stück, Krankenhauskittel für Kinder … irgendwie ist der Gedanke echt heftig, dass die in diesem finsteren Bunker auch Kinder versorgen wollten.«

»Besser im finsteren Bunker als in der atomverseuchten

Außenwelt«, rutscht es Jakob heraus. »Hast du ›Die Wolke‹ gelesen?«

Josefines Augen leuchten auf. »Ja! Grauenhafte Vorstellung das alles. Ich hab meine Eltern damals überredet, auf Ökostrom umzusteigen.«

»Was ja kein Schaden ist«, mischt Eileen sich ein. »Im Gegensatz zu diesen Krankenhaushemdchen. Igitt.« Mit spitzen Fingern hebt sie eines aus einem Karton und lässt es sofort wieder fallen.

Jakob klinkt sich schnell wieder aus dem Gespräch aus und späht stattdessen in einige der Pappschachteln, bis er sich unverhofft alleine im Wäschelager wiederfindet. Schnell lässt er den Karton wieder zuklappen und folgt seinen Freunden in den Flur hinaus. Er kann Theos Stimme hören, wie er irgendetwas über Röntgengeräte und Strahlenschutz doziert. Allerdings ist es in diesem Labyrinth von einem Bunker gar nicht so einfach, festzustellen, aus welcher Richtung die Geräusche kommen. Jakob biegt rechts ab und erreicht das Ende des Flurs, ohne auf die anderen zu stoßen. Irritiert wendet er sich um und lauscht dem vielfachen Widerhall der Stimmen.

Langsam muss er Josefine zustimmen: Dieser Ort ist tatsächlich ziemlich unheimlich. Während der Touristenführung, mit der er zum ersten Mal hier unten war, ist ihm das gar nicht so sehr aufgefallen. So alleine ist das eine ganz andere Hausnummer.

Unwillkürlich beschleunigt er seine Schritte den Gang hinab. Die Stimmen werden hier eindeutig lauter. Und tatsächlich findet er die anderen in einem kleinen Untersuchungsraum, den sie gerade in Richtung Patientenzimmer verlassen, wie Theo verkündet.

Jakob heftet sich ihnen wieder an die Fersen, entschlossen,

nicht noch einmal zurückzubleiben. In diesen unzähligen verzweigten Gängen kann man sich garantiert auch richtig übel verlaufen.

Im Trakt mit den Patientenräumen wird das nicht besser, hier sieht ein Raum wie der andere aus. Stockbett an Stockbett, weiße Wände, keine Fenster. Natürlich nicht. Sie sind unter der Erde. Marcels merkliche Anspannung tut ihr Übriges, um vermutlich jedem von ihnen einen Schauer über den Rücken zu jagen. Sie ist sprichwörtlich mit Händen greifbar, auch wenn Lena die Einzige ist, die tatsächlich Marcels bestimmt schweißnasse Hand hält.

»Ach du meine Güte«, entfährt es Lena, als Theo sie in einen kleinen Raum führt, bei dem niemand von ihnen das Türschild lesen muss, um seinen ursprünglichen Zweck zu erfassen. Im Zentrum steht eine Metallliege, auf der allerhand Gerätschaften aufgereiht sind. Ein Stethoskop, Pinzetten, Plastiktüten voller Spritzennadeln und besonders prominent ausgestellt eine Säge.

»Die wollten hier unten aber nicht wirklich Leute operieren?« Josefine drängt sich als Letzte in den engen Raum und steht nun so dicht neben Jakob, dass er beinahe damit rechnet, sie könne jeden Moment seine Hand ergreifen. Natürlich tut sie das nicht, aber alleine der Gedanke verursacht ein leichtes Zucken in seinen Fingern. Als könnten sie sich nicht entscheiden, ob sie auf eine solche Berührung warten oder sich doch lieber in die Sicherheit seiner Hosentasche zurückziehen wollen.

»Selbstverständlich.« Theo tätschelt den OP-Tisch. »Das hier war ein voll ausgestattetes Krankenhaus und für eine umfassende Versorgung der Patienten ausgelegt. Operationen natürlich inklusive. So, im Großen und Ganzen war es das.« Damit nickt er in Richtung Tür. »Jetzt brauchen wir nur noch ein lauschiges Plätzchen, an dem wir schlafen wollen. Ich hätte eines der Patientenzimmer vorgeschlagen, wenn euch das recht ist. Ihr habt sogar die freie Auswahl.«

Jakob nickt, weil Theo ihn direkt ansieht. Recht ist ihm alles, vor allem, wenn sie aus der Enge dieses Operationssaals herauskommen und er ein wenig Abstand zwischen sich und Josefine bringen kann. Und dann will er endlich loslegen.

## Marcel / Samstag, 31.08., 17:55 Uhr

Es ist schlimm, aber nicht so schlimm wie befürchtet. Marcel kann langsam wieder normal atmen und auch sein Gehirn scheint nicht länger durch die Panik blockiert zu sein. Gut, sie befinden sich zwischen meterdicken Betonwänden unter der Erde in einem Bunker. Ungewöhnlich große Spinnen weben ihre Netze und lauern auf Beute. Und jeder Schritt hallt zwischen den Bunkermauern wider, weshalb Marcel ständig den Drang hat, sich umzusehen, als ob er verfolgt würde. Aber zumindest ist es hell hier unten. Die Stromversorgung funktioniert problemlos und Marcel kann langsam nachvollziehen, was seine Freunde an diesem Ort so fasziniert. Man fühlt sich wie in einem ausgefeilten Katastrophenszenario.

Sie haben ihr Gepäck in eines der Patientenzimmer geschleppt, ein beklemmender Raum, der durch die Stockbetten noch niedriger wirkt. Es ist wenig Platz, sich zwischen ihnen zu bewegen. Auf den nüchternen weißen Metallgestellen liegt oben und unten je eine dünne Matratze und ein Kopfkissen. Der grau gestreifte Matratzenbezug erinnert Marcel an eine Gefängniszelle. Aber in einer Zelle gäbe es wenigstens Fenster, wenn auch vergittert. Seine Schuhe quietschen leise auf dem Linoleumboden. Auf Schulterhöhe läuft ein olivgrüner Streifen die Wand entlang – ein schwacher Versuch, die Eintönigkeit der Wände zu durchbrechen?

Direkt über Marcels Kopf befindet sich ein viereckiger, verkleideter Schacht, der die ganze Länge der Decke entlang geht und wahrscheinlich der Belüftung dient. Marcel legt den Kopf in den Nacken und stellt sich vor, wie er zusammen mit dem verbrauchten Sauerstoff nach draußen gelangt, in die Helligkeit des Augusttages.

Um ihn herum ist die Diskussion in vollem Gange, wer wo schlafen wird. Eileen klettert nacheinander auf verschiedene Stockbetten, um die bequemste Matratze zu finden, während Josefine mehrere Bücher ans Fußende ihres Bettes stapelt. Theo rüttelt an den Bettgestellen, wahrscheinlich um ihre Stabilität zu prüfen.

Obwohl er von Theos Erklärungen nicht viel mitbekommen hat, kann Marcel nicht anders, als den Architekten und Ingenieuren, die damals am Werk waren, seine Hochachtung zu zollen. So kalt und unheimlich diese Räume auch wirken, sie waren gedacht, um Leben zu retten. Und ganz offensichtlich hat jemand seine Aufgabe sehr ernst genommen. Marcel ist direkt dankbar, dass Lampen, die helles Licht spenden, für ein Bunkerkrankenhaus offensichtlich als unerlässlich angesehen wurden. Er atmet einmal tief ein und aus.

Als er Lenas besorgten Blick auf sich gerichtet sieht, bemüht er sich um ein Grinsen. »Schon recht kühl hier unten, oder? Puh, ich hätte mir doch was Wärmeres mitnehmen sollen.« Eigentlich friert er nur deshalb, weil sein Körper die letzten zehn Minuten im Angstmodus für kühlenden Schweiß gesorgt hat und jetzt langsam in den Normalzustand runterfährt. Seine Kleidung fühlt sich unangenehm klamm an und er würde am liebsten eine heiße Dusche nehmen, nein, ein dampfendes Vollbad in einem hellen, weißgefliesten Raum mit großen Fenstern.

Lena lächelt ihn erleichtert an. »Marcellino, da hab ich genau das Richtige für dich dabei, Moment!« Sie beginnt in ihrem Rucksack zu wühlen und zerrt einen Pullover heraus. Bevor sie ihn Marcel überreicht, dreht sie ihn kurz suchend in der Hand und faltet ihn auseinander. Erst dann hält sie ihn Marcel entgegen. »Ein Norwegerpulli. Ich dachte, das wäre genau das Richtige für solche Übernachtungswochenenden. Ich habe den gleichen. In Rot.«

»Das ist ja lieb, danke!« Marcel schnappt sich den hellblauen Pulli. Es sind Schneeflocken und ein weiß-dunkelblaues Zickzackmuster hineingestrickt und den Rollkragen kann man mit einem Reißverschluss öffnen. Normalerweise gar nicht sein Fall, aber dieser hier ist aus weicher Wolle und fühlt sich tatsächlich sehr warm an. Außerdem weiß er, dass Lena sich freuen wird, wenn er ihn trägt. Ohne groß zu überlegen, streift er sein leichtes Oberteil und das verschwitzte T-Shirt ab.

»Na, da lohnt sich mein Aussichtspunkt ja richtig.« Eileen ist auf ein weiteres Stockbett geklettert und wirft ihnen eine Kusshand zu. »Los, Josefine, komm rauf, wenn du unseren Marcelschnucki von seiner Schokoladenseite kennenlernen willst.« Sie lacht, als Josefine irritiert zu ihr hinaufschaut. Marcel zieht grinsend den Norwegerpulli über, während Lena ihr Bestes gibt, möglichst viel von ihm zu verdecken.

Theo rollt seinen Schlafsack auf einem der unteren Betten aus. »Allerliebst«, bemerkt er trocken bei Marcels Anblick, als der mit dem neuen Pulli hinter Lenas ausgebreiteten Armen hervortritt. »Da gibt sich jemand aber große Mühe, wie ein unschuldiges Schäfchen auszusehen. Glaub ja nicht, dass wir uns heute Nacht bei *Lupus Noctis* davon täuschen lassen.«

»Bestimmt ist er der Wolf im Schafspelz«, pflichtet Jakob ihm bei. »Ein schickes Fell hast du ihm ausgesucht, Lena.«

*»Baby, komm, steig ein und wir fahren durch die Stadt. Das Outfit, das du heute trägst, verwirrt meinen Verstand. Ja, sie regt mich manchmal auf und macht mich manchmal krank. Aber jeden meiner Gucci-Pullis wäscht sie mit der Hand«,* singt Eileen lauthals vom oberen Stockbett herunter.

»Mann, Eileen, kannst du dir nicht mal niveauvollere Liedtexte merken?« Theo schüttelt den Kopf.

»Capital Bra hat vielleicht kein Niveau, aber voll ist er bestimmt oft genug.« Eileen kringelt sich vor Lachen über ihren eigenen Witz. Lena wirft ein Kissen nach ihr.

Marcel wendet sich Lena zu. »Sollen wir unsere Matratzen nicht einfach aus den Betten holen und auf dem Boden zusammenschieben? Bei diesen schmalen Betten kann ich nicht garantieren, dass ich nachts nicht runterfalle, wenn ich mich umdrehe. Erstaunlich, dass die oberen Betten gar nicht gesichert sind. Hatten sie geplant, die Patienten darauf festzuschnallen oder wie?«

Ein Leuchten geht über Lenas Gesicht. »Oh ja, wir machen uns ein gemütliches Bettenlager!«

Eileen springt vom Stockbett und hilft Lena, ihre Matratze in die Ecke zu ziehen. »Ooooh, das wird cool, so wie früher!« Eileen beschwört eine Menge gemeinsamer Erinnerungen herauf. Lena fällt eifrig ein und nun schleppen auch Josefine, Theo und Jakob ihre Matratzen hinterher. Josefine keucht etwas, was Theo gar nicht aufzufallen scheint, sodass stattdessen Jakob ritterlich mit anpackt. Marcel wundert sich für einen Moment lang. Normalerweise ist Jakob der Schüchternste von ihnen, der sich schwer damit tut, neue Freundschaften zu schließen. Doch dann sieht er, wie Josefine ein Asthmaspray aus der Tasche ihres schwarzen Cardigans holt und sich eine Dosis in den Mund sprüht. Jakob scheint in dem Fall sehr viel aufmerksamer gewesen zu sein als Theo. Dafür koordiniert der jetzt den Bettenaufbau. »Morgen müssen wir unbedingt alles wieder ordentlich zurückstellen. Tante Bene ruft glatt die Polizei, wenn sie einen Hinweis darauf findet, dass Eindringlinge hier unten waren!«

»Aye Captain Theodosius!« Eileen salutiert vor ihm.

Marcel sieht sich um. Sie haben mehrere Bettgestelle verschoben. »Ich kann das morgen gerne machen. Aber hat sich überhaupt jemand gemerkt, wie sie ursprünglich standen?«

Theo nickt. »Das kriegen wir hin. Jetzt ist es eh besser, wenn sie näher an der Wand stehen. Dann laufen wir später nicht Gefahr, dagegen zu rumpeln, wenn wir das Licht ausmachen.«

Marcel kann nicht anders, als ihn anstarren. Theo hat also tatsächlich vor, *Lupus Noctis* im Dunkeln zu spielen. Nur wenn sie hier das Licht löschen, dann wird es, anders als an bisherigen Locations, *völlig* dunkel sein. Kein Mondschein, kein Sternenlicht, kein Lagerfeuer, nichts. Marcel räuspert sich. »Ich stelle mir das schwierig vor. Da hätten wir doch Taschenlampen mitbringen müssen, sonst ist es zu gefährlich.«

Theo grinst. »Was ihr noch nicht wisst: Es gibt hier fluoreszierende Leuchtstreifen an den Wänden. Die waren für den Notfall gedacht, wenn der Strom mal ausfiel, damit die Belegschaft und die Patienten sich trotzdem in den Räumen zurechtfinden konnten.«

Zu Marcels Entsetzen sind Josefine und Eileen begeistert davon.

»Wie wäre es, wenn wir nur das Licht in den Gängen anlassen?«, fragt er leise.

»Fände ich sinnvoll. Wir müssen uns ja von einem Raum zum anderen bewegen und das kann ewig dauern, wenn man mehr oder weniger blind herumstolpert. Schließlich hat bei den

Nachtzeiten jeder immer nur 5 Minuten für seine Handlung.« Jakob tippt auf seine Armbanduhr.

Lena stimmt ihm zu. »Ich würde mich im Dunkeln bestimmt verlaufen und irgendwo in einem total gruseligen Raum landen ...«

»... bei den atomar verseuchten Skeletten, die Theo uns bisher vorenthalten hat«, bemerkt Josefine trocken.

Jakob zwinkert ihr zu. »Die leuchten im Dunkeln mindestens so hell wie Theos faszinierende Leuchtstreifen.« Kurz wandert sein Blick zu Marcel hinüber, der sich ebenfalls ein Lächeln abringt.

»Oh Mann, ihr Angsthasen!« Theo sieht enttäuscht aus. »Da sind wir mal an so einem extrem coolen Ort und ihr wollt es nicht richtig nutzen. Lasst es uns doch wenigstens in der ersten Nacht probieren.«

Dem stimmt einer nach dem anderen zu. Dass Marcel gar nichts sagt, scheint niemandem aufzufallen. Die aufsteigende Angst blockiert sein Denken. Wenigstens ist da noch die Taschenlampe, die er zur Sicherheit immer im Gepäck hat. Er wird sie mit in seinen Raum nehmen und anknipsen, wenn er es nicht mehr aushält. Scheiß drauf, ob das dann jemand mitkriegt.

Josefine deutet auf die *Lupus Noctis*-Truhe, die Theo neben der Tür an die Wand gestellt hat. »Wann fangen wir denn an mit dem Spiel? Muss ich noch was dazu wissen?«

Bevor Theo sich in eine seiner ausführlichen Erklärungen stürzen kann, springt Eileen auf. »Erst mal brauche ich was Richtiges in den Magen, bevor ich zum Nachtisch ein paar Dorfbewohner verspeise!« Sie macht sich an ihrem Fresskorb zu schaffen. Lena kniet sich neben sie, um ihr beim Auspacken zu helfen. Theo lädt Josefine derweil ein, ihm nach dem Essen bei den Spielvorbereitungen zu helfen. »Ich zeige dir die Utensilien für die verschiedenen Sonderrollen, dann kannst du sie dir bestimmt besser merken.«

Bald sitzen sie kauend mit einer Scheibe Brot, einigen Radieschen und einem Stück Käse in der Hand da. Eileen schüttelt Alfalfasprossen aus ihrem Keimgefäß und verteilt sie großzügig an Jakob, Josefine und Marcel. Theo hat stattdessen eine geräucherte Wurst aus seiner Brotzeitdose geholt und Lena löffelt Müsli aus einem Joghurtglas.

»So ein Festmahl hat hier unten bestimmt noch nie stattgefunden.« Marcel bemüht sich um einen humorvollen Ton und zupft eine Sprosse aus Lenas Pferdeschwanz.

Eileen fletscht die Zähne und knurrt wie ein bissiger Wolf. »Das war die Henkersmahlzeit, mein Lieber.«


**Theo** / Samstag, 31.08., 18:15 Uhr

Der Raum Nr. 9, das Zimmer des Chefarztes, ist klein und übersichtlich und trägt als einziges Zimmer Hinweise auf tatsächliche Benutzung. In der Ecke steht ein Stockbett mit gleich drei Liegen übereinander. Schlimmer als in einem Schlafwagenabteil. Aber natürlich ist hier alles auf Effizienz ausgelegt und so platzsparend wie möglich. Die Wand dahinter glänzt feucht. Bestimmt wuchert in den Ecken der Schimmel vor sich hin. Theo will das lieber nicht so genau wissen.

Auf dem Schreibtisch liegen mehrere Ordner, Papiere und ein Telefonbuch – wozu auch immer das gut sein soll hier unten. Theo weiß, dass das Chefarztzimmer hin und wieder von den Bunkerführern genutzt wird, da es direkt am Eingang liegt. Er zieht sich den Schreibtischstuhl heran und setzt sich rittlings

61

darauf. Seltsam, wie allein dieser leicht chaotische Schreibtisch das ganze Zimmer wohnlicher wirken lässt als der Rest des Bunkers. Die Atmosphäre hier drinnen ist spürbar entspannter, aber vielleicht liegt es auch daran, dass er und Josefine jetzt alleine sind. Genau wie bei den Nachhilfestunden.

Er rollt mit dem Stuhl zur Spieltruhe hinüber. »Dann wollen wir mal. Bereit für eine ordentliche Dosis Nerdigkeit?«

»Immer doch!« Das Glitzern in ihren Augen bringt Theo zum Grinsen. Feierlich öffnet er die Truhe, die er selbst gebaut hat, und zeigt Josefine die sechs kleineren Spielertruhen, die darin verstaut sind. Auch das Säckchen mit den Rollenutensilien liegt dabei. *Lupus Noctis* ist sein Baby. Gemeinsam mit Jakob hat er tage- und nächtelang getüftelt, um die Spielregeln immer weiter zu verfeinern. So ist aus dem ursprünglichen Gesellschaftsspiel »Mafia«, das Spieleentwickler Andrew Plotkin später in ein Werwolfsetting übertragen hat, noch mal etwas Neues entstanden. Früher haben sie mit unterschiedlicher Besetzung gespielt, mal waren Mitschüler dabei, mal Jakobs Cousine oder eine von Eileens nervigen Reiterhoffreundinnen. Doch nach und nach hat sich eine feste Kerngruppe gebildet.

Er hat eine Möglichkeit gefunden, wie sie ohne Spielleiter auskommen, sodass wirklich alle Teilnehmer im Spiel aktiv sein können. Über sein Handy und zwei kleine Bluetoothboxen werden in den Nachtphasen Glockentöne eingespielt, die verkünden, wie spät es ist. Die Rollen, die nachts aktiv werden, haben je eine eigene Uhrzeit zugewiesen bekommen und können während dieser Minuten herumschleichen und ihre Mission erfüllen.

»Du weißt ja schon, dass es zwei Teams gibt. Allgemein gesagt ist das Spielziel der Dorfbewohner, alle Werwölfe auszuschalten. Das Ziel der Werwölfe entsprechend, alle Bürger zu töten.« Theo fühlt sich richtig euphorisch, als er beginnt, Josefine die Finessen von *Lupus Noctis* nahe zu bringen. So etwas macht ihm Spaß. Das kalte Bunkerlicht tut sein Übriges, den Spielutensilien eine gruselige Bedeutung zu verleihen. Er reicht ihr die Teelichter, die sich in jeder Spielertruhe befinden. Sie werden zu Beginn des Spieles angezündet und zeigen an, wer noch am Leben ist.

Josefine betrachtet skeptisch das unscheinbare Teelicht in ihrer Hand. »Und was, wenn das aus Versehen erlischt? Zugluft oder so?«

»In jeder Truhe ist ein Schraubglas ohne Deckel. Da stellt man das Teelicht rein. Wenn es trotzdem ausgeht, hat man Pech gehabt. Das wäre dann so, als würde zufällig jemand vom Blitz getroffen oder unter einer Bücherlawine begraben. Passiert im realen Leben ja auch ab und zu.« Na ja, zumindest wenn Theo an das Wohnzimmer seiner Eltern denkt, ist eine Bücherlawine ein durchaus nicht unwahrscheinliches Ereignis. Er sieht Josefine an, dass sie die Vorstellung sehr reizvoll findet.

»Das muss ich mal unter eines von *Vapors* Videos kommentieren! Das wäre ein ganz spezieller literarischer Tod.« Sie zieht ihr Handy aus der Jeans und legt eine Notiz an. Von diesem *Vapor* scheint sie ja echt begeistert zu sein. Josefine blickt wieder hoch. »Und wenn ein Teelicht ausgeht, weil das Spiel einfach sehr lange dauert, dann stirbt derjenige quasi an Altersschwäche, oder?«, fragt sie eifrig.

»Ha! Gute Idee! Auch, wenn das bisher sehr selten vorkam.« Nach kurzem Zögern sucht Theo eine der Werwolftruhen heraus und hält sie Josefine hin.

»Wenn du ein Werwolf bist, wirst du heute Nacht das hier zu sehen bekommen …« Er spricht mit absichtlich tiefer Stimme und beobachtet, wie Josefine das Kästchen öffnet und einen silbernen Fingerhut herauszieht.

Josefine streicht über den eingravierten Wolfskopf auf dem Fingerhut. »Wahnsinn! Sind die cool!«

Theo erklärt, dass die Werwölfe sich nachts treffen und entscheiden, wen sie töten und wer von ihnen der Vollstrecker ist. Derjenige schleicht dann zu dem betreffenden Dorfbewohner und löscht mit seinem Fingerhut das Lebenslicht aus. Es ist wichtig, wer die Tötungsmission ausführt, da es dabei Überraschungen geben kann. Beispielsweise, wenn der scheinbar harmlose Bürger eigentlich der Ritter ist und den Wolf beim nächtlichen Überfall tödlich verwundet …

»Gruselig!« Aus Josefines Mund klingt das nach einer ordentlichen Portion Vorfreude. Theo kommt eine Idee. »Du bist doch horrorfilmabgehärtet, oder?«

»Definitiv!«

»Dann stelle ich dir jetzt den Urwolf vor, meine Lieblingsfigur. Mach mal kurz die Augen zu!«

Josefine sieht ihn misstrauisch an, schließt aber brav die Augen. Theo zieht ein Stück Fell aus einem weiteren Kästchen und streicht Josefine damit über die Wange.

Ruckartig zieht sie den Kopf zurück und starrt auf das haarige Viereck in Theos Hand. »Iiiiiih! Was ist das denn bitte?«

»Der Urwolf treibt um 02:00 Uhr nachts sein Unwesen. Er ist ein derart potenter Wolf, dass er einmal im Spiel einen Bürger in einen Werwolf verwandeln kann. Zu diesem Zweck berührt er ihn mit seiner haarigen Pranke.«

»Na immerhin beißt er nicht zu. Wobei das fast angenehmer wäre als dieses eklige Ding.« Josefine wischt ihre Finger an der Jeans ab, obwohl sie das Fell nicht mal angefasst hat.

»Dann weiß ich ja, bei wem sich das Erschrecken richtig lohnt, falls ich der Glückliche bin.« Theo grinst und rückt seine Brille zurecht. »Der Urwolf hat übrigens zwei Fingerhüte in seiner Spielertruhe. Einen davon gibt er an den Spieler weiter, den er verwandelt hat.«

»Okay, was hast du noch für mich? Nicht zufällig einen Wolf, der glibberigen grünen Sabber über sein Opfer speit? Oder einen Nudisten, der nachts unbekleidet sein Unwesen treibt?«

»Hervorragende Ideen! Faszinierend!« Theo kratzt sich mit dem Bleistift am Kopf. »Ich sehe schon, Jakob und ich haben einfach keine ausreichend perverse Fantasie!«

»Dann lass mal hören, was ihr euch ansonsten so ausgedacht habt.« Josefine rückt noch näher an die Truhen heran.

Theo berichtet vom weißen Wolf, der ebenfalls um 02:00 aktiv werden kann, wenn er möchte. Dieser hat als Erkennungszeichen wie alle anderen Werwölfe einen Fingerhut, allerdings besitzt sein eingravierter Wolf rote Augen. Er darf einmal im Spiel einen seiner Mitwölfe töten. »Sein Spielziel ist es, als einziger Wolf zu überleben.«

»Also quasi ein Verräterw-«

In diesem Moment ertönt ein lauter Knall, dessen Echo durch die Bunkerräume hallt. Josefine zuckt zusammen und Theo rutscht der Fingerhut aus der Hand.

Josefine starrt ihn an. »Was war das?«, wispert sie.

Theo horcht einen Moment, dann steht er auf, öffnet die Tür und schaut den Gang entlang. Nichts Auffälliges zu sehen oder zu hören. Kein Luftzug, keine Bewegung, keine verhallenden Schritte, nur die kahlen Wände mit dem aufgemalten Leuchtstreifen. Für einen Moment muss er an die tote Krähe denken, die ihn heute Nachmittag so erschreckt hat. Aber so etwas kann hier unten jedenfalls nicht passieren. »Idioten! Was machen die bloß?« Kopfschüttelnd geht er zu seinem Stuhl zurück. »Vielleicht hat jemand eine Tür zugeschlagen? Ich hoffe bloß, sie haben nichts kaputt gemacht.« Beklommen denkt er daran, was passieren würde, wenn nach dem Wochenende jemand merkt, dass Eindringlinge hier unten waren. Schlimmstenfalls, bevor er den Schlüssel heimlich zu Tante Bene zurückbringen kann.

Josefine lacht nervös. »Es wird doch nicht jemand hier unten sein – außer uns meine ich?« Ihr Mund ist zu einem Lächeln verzogen, aber ihre Stimme zittert ganz leicht.

»Quatsch!« Theo legt so viel Überzeugung wie möglich in seine Worte. »Hier kommt niemand her!«

»Das klang fast wie ein Schuss.« Auch Josefine schlägt nun wieder einen lockeren Ton an. »Anscheinend macht da schon jemand Jagd auf Werwölfe. Die muss man doch mit silbernen Kugeln erschießen, oder?«

Theo ist dankbar für den Themenwechsel. »Also bei uns haben die Dorfbewohner verschiedene Möglichkeiten gefunden, der Werwolfplage Herr zu werden. Der Priester darf zum Beispiel einmal im Spiel Weihwasser auf jemand spritzen, den er für einen Wolf hält.« Theo zeigt Josefine eine gut gefüllte, aber kleine und handliche Spritzpistole.

»Wie gemein! Hoffentlich erwischt es mich nicht!« Josefine verzieht das Gesicht wie über ihren Matheaufgaben.

»Ich verrate jetzt mal nicht, ob der Priester diesmal dabei ist oder nicht, das würde dir ja den ganzen Spaß verderben.« Theo überlegt einen Moment. Da nicht alle Rollen im Spiel sind, wird er Josefine nur die wichtigsten genauer erklären. Es ist auch so schon kompliziert genug, sich innerhalb kurzer Zeit die Spielregeln zu merken. Vorsichtig stellt er alle Spielerkästchen in einer Reihe auf den Boden, um die Utensilien nachher wieder einzusortieren. Es muss alles genau passen, da während des Spiels ohne Spielleiter kaum eine Möglichkeit besteht, Irrtümer zu korrigieren.

»Auch bei den Bürgern gibt es sehr unterschiedliche Sonderrollen. Der Wächter darf zu Beginn jeder Nacht eine Person auswählen, die er beschützt. Dann gibt es noch den Narr und das wilde Kind und den Ritter, von dem ich ja schon berichtet habe.«

»Ich muss mir das aufschreiben.« Josefine holt wieder ihr Handy hervor.

»Stopp! Handys sind eigentlich tabu während des Spiels! Man darf höchstens Musik damit hören, wenn man zum Beispiel ein Dorfbewohner ohne eigenen nächtlichen Zeitslot ist und nachts wirklich nur herumsitzt. Da kann das Warten im Dunkeln schon mal lange werden.«

Josefine sieht Theo zweifelnd an. »Aber was, wenn ich den Spielverlauf crashe, weil ich vergesse, wann ich dran bin oder wie ich mich verhalten soll? Ich könnte mir vorstellen, dass dann der eine oder *die* andere nicht so gut auf mich zu sprechen wäre.« So wie sie es betont, hat Theo das Gefühl, dass sie von Lena spricht. Er überlegt kurz. An sich werden die *Lupus Noctis*-Nächte nicht dadurch gestört, dass Josefine in ihrem Zimmer ab und an aufs Handy sieht. »Von mir aus. Schreib dir die Zeiten und Aktionen ruhig mit. Du kannst dich ja dafür mit dem Rücken zum Eingang setzen, dann siehst du trotzdem nicht, wenn jemand hereinkommt.«

Josefine beugt sich über ihr Handy und beginnt emsig zu tippen. Ihre rot gefärbten Haare streifen das Holz der Truhe.

»Du würdest dich als Hure sehr gut machen«, entfährt es Theo. Josefine sieht zwar aus wie ein kleiner Emo, aber ein attraktiver. Der Stil passt zu ihr.

»Na, vielen Dank, das ist ein Kompliment, das ich noch in keinem Buch gelesen habe! Da können Edward und Mr. Darcy einpacken. Sehr kreativ!« Sie grinst ihn an. »Also gibt es doch was in Richtung Nudist?«

Theo ist erleichtert, dass Josefine seinen verbalen Ausrutscher mit Humor nimmt. Während er mit dem Bleistift herumfuchtelt und hin und wieder seine Brille zurechtrückt, erklärt er ihr, was es mit der Hure auf sich hat. Sie gehört zu den Bürgern und sucht sich nach Anbruch der Nacht einen Schlafplatz im Raum eines anderen Spielers, wo sie sich einschleicht und versteckt, und erst in den frühen Morgenstunden zu ihrem Zimmer und ihrem Lebenslicht zurückkehrt. Ist dieses erloschen, hat also jemand einen Anschlag auf sie verübt, darf sie es wieder anzünden, denn sie kann ja nicht getötet worden sein, wenn sie gar nicht da war. Falls ihr Hausherr nachts allerdings stirbt, ganz egal, woran, stirbt sie automatisch auch. Sie darf auch nicht zweimal hintereinander am selben Ort nächtigen, sondern zieht von Freier zu Freier.

Damit die Hure unerkannt bleiben kann, zählt zu den Regeln, dass während der Nachtzeiten alle Spieler mit geschlossenen Augen in ihren Lagern sitzen müssen.

Josefine akzeptiert diese Vorschrift ohne Einwände. Sie spielt mit dem pinken Feuerzeug, das in der Truhe der Hure liegt, damit sie ihr Lichtlein beliebig oft wiederanzünden kann. »Also, wenn ich die Rollen verteilen müsste, wäre Marcel die Hure.«

Theo ist im ersten Moment zu überrascht, um zu antworten. Interessant, dass Josefine das so schnell durchschaut hat. Wahrscheinlich hätten sich die meisten Menschen für Eileen als Hure entschieden. Aber tatsächlich ist es Marcel, der Bestätigung bei anderen sucht und für Streicheleinheiten seines Egos auch gerne mal von einem zum anderen zieht.

Während er nach dem Aufräumen neben Josefine zurück zu ihrem Lager im Patientenzimmer schlendert, geht ihm immer wieder eine Frage durch den Kopf. Welche Rolle würde seinem eigenen Charakter denn entsprechen?

Eileen wäscht sich im Mädchen-Waschraum gerade die Hände mit eiskaltem Bunkerwasser, als sie Schritte den Gang entlangkommen hört. So alleine neben diesen abgeranzten Toilettenverkleidungen wäre das fast etwas unheimlich, wenn nicht Theos eifrige Stimme und Josefines fragende Zwischenrufe sofort verraten hätten, wer auf dem Weg zurück zum Bettenlager ist. Anscheinend haben die beiden die Spielvorbereitungen abgeschlossen.

Man hört sofort, dass Theo voll in seinem Element ist. Eileen kann sich bestens vorstellen, wie er in seinen Geschichtsseminaren darüber referiert, warum Zar Alexander der Soundsovielte ganz offensichtlich an Syphilis verstorben ist statt an einer Fieberattacke. In diesem Moment scheint er allerdings ganz in seiner *Lupus Noctis*-Rollenanalyse aufzugehen.

»Besonders mächtig ist die Hexe. In unserer Spielvariante darf sie zwar nicht töten, dafür aber zur Stunde der Werwölfe herumschleichen und versuchen, herauszufinden, wer ihre pelzigen Gegenspieler sind. Dabei muss sie natürlich aufpassen, dass sie nicht ins Visier der Wölfe gerät. Und einmal im Spiel darf sie nachts zusätzlich einen Spieler heilen, indem sie sein Lebenslicht wieder anzündet.«

»Und dass man die Hexe ist, erkennt man an der Truhe mit der Streichholzschachtel, in der nur ein einziges Streichholz liegt, richtig?«

Eileen lächelt, als sie Josefines kaum verhüllte Aufregung wahrnimmt. Sie wirft einen Blick in den Spiegel und trocknet sich die Hände mit einem Papiertuch ab. Denen sieht man wenigstens nicht an, ob sie 50 Jahre alt sind oder nicht. So, jetzt müssten Theo und Josefine zurück im Patientenraum sein. Zeit, für ein wenig optische Abwechslung in all diesem Bunkergrau. Sie bleibt einen Moment im Türrahmen stehen, bevor sie in den Bettenraum hinein schlendert, den sie zu ihrem Lager erklärt haben. So kann sie sicher sein, dass niemand ihren Auftritt verpasst. Und tatsächlich streifen sie die Blicke aller Anwesenden mehr oder weniger intensiv, Theos spöttisch, Lenas ungläubig, Josefines bewundernd, Jakobs amüsiert. Dabei kommt es ihr insgeheim nur auf einen an, auf Marcels Blick nämlich.

Eileen hat sich im Waschraum umgezogen und trägt jetzt eine enge Hose und einen beigen Strickpulli, der mehr ein leicht gewebtes Netz als ein warmes Kleidungsstück ist. Sie weiß, dass ihre Haut, noch von der Sommersonne gebräunt, verführerisch hindurchschimmert. Erotik hat nichts damit zu tun, möglichst viel zu zeigen, nein, die Kunst ist es, die Fantasie des Gegenübers anzuregen, damit er an genau die Stellen denkt, die im Verborgenen liegen.

Sie schlendert zu ihrer Matratze, die auf der Mädchenseite zwischen der von Lena und Josefine liegt.

»Sicher, dass du dir nicht lieber was anderes anziehen willst? Du bist doch sonst so eine Frostbeule.« Theo wirft ihr einen alten Krankenhauskittel zu, den er aus unerfindlichen Gründen über seinen Schlafsack gelegt hat. »Dein Drang zu modischen Statements in allen Ehren, aber ich will nicht derjenige sein, der dir deine steifgefrorenen Käsefüße heute Nacht amputieren muss.«

Eileen faltet das Hemd auseinander. Es besitzt eine dünne Schnur am Kragen, um es im Nacken zu binden. Hinten ist es komplett offen. Sie zieht die Augenbrauen hoch. »Netter Versuch, Theo, aber so einfach kriegst du meinen heißen Hintern nicht zu sehen.«

Marcel steht unvermittelt auf. »Ich weiß nicht, wie es euch geht, aber bei dem Gerede von kalten Füßen könnte ich was

Warmes vertragen. Ich schau mal in die Küche, ob wir da Wasser aufwärmen können. Vielleicht ist ja ein Kaffee für uns alle drin.«

»Oh ja, das wäre …«, setzt Lena an.

»Super Idee, ich könnte töten für einen Flat White!« Eileen springt ebenfalls auf. »Los, lass uns gehen!«

»Der Flat White wird wohl eher ein Kaffeegranulatgemisch mit abgestandenem Mineralwasser.« Marcel zeigt ihr die Dose Anrührkaffee in seiner Hand.

»Da muss dein armes brasilianisches Herz ja fürchterlich bluten! Ich werde zur Vorsicht eine Koronargefäßklammer bereithalten, die kam neulich in ›Grey's Anatomy‹ vor. Selten so ein sexy Instrument gesehen.« Sie folgt Marcel, der zusätzlich zu dem Kaffeepulver zwei Flaschen Mineralwasser trägt.

Um zur Küche zu kommen, müssen sie mehrmals abbiegen und für einen Moment hat Eileen das Gefühl, die Orientierung zu verlieren. Suchend blickt sie in einen abzweigenden Gang und sieht ein Krankenhausrollbett, das dort abgestellt worden ist. Sie will sich gerade umwenden und Marcel sagen, dass das vermutlich eine Sackgasse ist, als ihr etwas auffällt. Mit zwei schnellen Schritten steht sie vor dem Bett. Tatsächlich. Das Bettzeug ist mit einer Plane abgedeckt, jedoch ist eine deutlich sichtbare Mulde in Form eines menschlichen Körpers hineingedrückt. Eileen streicht mit der Hand darüber. Der Abdruck eines auf der Seite liegenden menschlichen Körpers mit angezogenen Knien. Jemand hat hier gelegen, in Embryohaltung. Ein Schauer läuft ihr über den Rücken. Wie lange kann so ein Abdruck erhalten bleiben? Jahre? Jahrzehnte? Oder ist vielleicht erst kürzlich jemand hier gewesen?

»Eileen, wo bleibst du?« Marcels Stimme reißt sie aus ihrer Erstarrung. Schnell folgt sie ihm in den nächsten Gang hinein. Kaffee statt Geisterspuk, das braucht sie jetzt.

Nach kurzem Suchen finden sie den anvisierten Raum Nr. 34. Von Theos Bunkerführung erinnert Eileen sich daran, dass die Küchenutensilien in den hüfthohen Schränken in der Raummitte zu finden sind, deren Farbgebung an Erbseneintopf erinnert. An in riesigen Gulaschkanonen gekochten und drei Tage stehen gelassenen Erbseneintopf wohlgemerkt.

Versuchsweise schaltet sie den Herd ein und hält einen Finger an eine der vier Platten, bis sie merkt, dass es warm wird. »Das scheint zu funktionieren, jetzt her mit dem Topf.«

»Ich bin unschlüssig, welchen würdest du nehmen?« Marcel kniet vor einem der Schränke und hält Eileen zwei unterschiedlich große Druckkochtöpfe mit roten Deckeln entgegen. Seine dunklen Haare glänzen selbst in diesem ungemütlichen Licht. Wenn er sie noch ein paar Wochen wachsen lässt, werden sie anfangen, sich zu locken. Das mag er zwar nicht, aber es sieht wirklich süß aus. Eileen beißt sich auf die Lippe. Marcel ist ihr plötzlich wieder so vertraut. Es kommt ihr vor wie damals …

Irritiert blickt er sie an. Dann muss er lachen. »Du hast wieder deine außerirdischen fünf Minuten. Bodenstation an Alien Eileen: Welcher Topf? Welcher Topf? Antwort erbeten!«

»Keinen davon!« Eileen schüttelt wild den Kopf, sodass ihre Löwenmähne fliegt. Sie kniet sich neben Marcel und steckt dicht neben ihm den Kopf in den Schrank, wühlt durch die Schöpfkellen und schiebt eine gefährlich aussehende Fleischgabel zur Seite. Dann hält sie plötzlich inne. Ganz leicht dreht sie den Kopf und sucht Marcels Blick. Die Iris um seine Pupillen herum ist von einem aufregenden Wolfsgrau. Er sieht sie fragend an, dann, als Eileen ihre Augen für einen Moment lang zu seinen Lippen hinunter wandern lässt, kräuseln sich diese zu einem Lächeln.

»Das ist nicht dein Ernst.«

»Was denn?« Sie hofft, dass es unschuldig klingt.

»Ich kenne diesen Blick sehr gut, Eileen.«

»Ach …«

Er schweigt für einen Moment. »Das geht doch nicht.« Seine Stimme klingt rau.

»Echt nicht?«

Sie sind sich jetzt so nahe, dass Eileen die Hitze spürt, die Marcels angespannter Körper ausstrahlt. Sie denkt daran, wie sich seine Muskeln unter ihren Fingern anfühlen und wie sein Dreitagebart ihren Hals kitzelt, wenn er seinen Mund ihre Kehle hinab wandern lässt.

Das Seltsame ist, dass ihre Haut sich an seine Berührung erinnert. Dass er sie gar nicht anzufassen braucht, um einen wohligen Schauder auszulösen.

Marcel lächelt, als er sieht, wie die feinen Härchen auf Eileens Armen sich aufrichten. »Dein Körper verrät dich.«

»Dabei hast doch eigentlich du die verräterische Anatomie.« Eileen hat plötzlich das Gefühl, außer Atem zu sein. Gleichzeitig fühlt sie sich so lebendig wie lange nicht.

Marcel beißt sich auf die Lippe.

Eileen beugt sich noch ein winziges bisschen näher zu ihm.

»Braucht ihr Hilfe?« Lena steht im Türrahmen, ganz verloren in ihrem zu großen Norwegerpulli. Die Stimme ist etwas zu hoch, um beiläufig zu klingen.


**Hanan** / Samstag, 31.08., 18:50 Uhr

Normalerweise zerpflückt Hanan die Prüfungsfragen im Nachhinein im Kopf oder blättert in ihren Unterlagen, ob sie alles einigermaßen richtig beantwortet hat. Aber nicht heute. Dabei hätte sie eigentlich Zeit, während sie im Zug sitzt und die Landschaft vor den Fenstern an ihr vorbeizieht.

Aber ihre Gedanken sind dem Zug weit voraus und schon in Gunzenhausen angekommen. Erst das Gepäck bei Isam abliefern und ihm die zahlreichen Tupperdosen mit Essen übergeben, die ihre Mutter ihr aufgedrängt hat.

Dann wird sie sich auf die Suche nach den anderen machen. Hoffentlich ist der heutige Spielort wirklich direkt in der Stadt oder der unmittelbaren Umgebung. Wenn sie in irgendein unbekanntes Dorf im Nirgendwo gefahren sind, hat Hanan keine Chance, sie zu finden. Zum ersten Mal ärgert sie sich über die Regel, dass der Spielort bis zum Treffen ein Geheimnis bleibt.

Sie klappt den Deckel ihrer Schultertasche auf und kramt ihr Handy hervor. Noch in der Uni hat sie Lena geschrieben, damit sie ihr verrät, wo sie sind, aber schon der Blick auf den Sperrbildschirm zeigt ihr, dass sie keine neuen Nachrichten hat. Trotzdem öffnet sie den Messenger und sieht noch einmal nach. Zur Sicherheit. Aber nichts. Das einsame graue Häkchen lässt sogar darauf schließen, dass Lena die Nachricht noch nicht einmal bekommen hat.

Hanan sucht in ihren Kontakten nach Marcel. Wenn jemand sein Handy immer an und auch noch stets in Reichweite hat, dann ist das er. Sie leitet die Nachricht an ihn weiter und starrt auf das graue Häkchen, doch auch hier tut sich nichts. Mist. Es sieht ganz so aus, als wären ihre Freunde heute doch irgendwo, weitab von jedem Handynetz.

Im Kopf geht Hanan alle Orte durch, an denen sie schon gespielt haben. Leere Fabrikhallen, Ruinen, verlassene Häuser, düstere Wälder. Bestimmt hat Theo keinen Ort gewählt, an dem sie schon einmal waren. Was bleibt also noch? Sie haben schon seit Langem überlegt, ob es vielleicht möglich ist, in das alte Muna-

Gelände am Brombachsee einzusteigen. Und hat Jakob nicht irgendwann einmal einen Steinbruch bei Langenaltheim erwähnt?

Noch ein Blick auf den Chatverlauf. Ihre Nachricht schwirrt offenbar immer noch irgendwo im Nichts herum. Das ist doch nicht zu fassen. Musste Theo ausgerechnet heute einen derart abgelegenen Ort wählen? Andererseits überrascht es Hanan nicht gerade – Theo gibt sich schon lange nicht mehr mit mittelmäßigen Schauplätzen zufrieden.

## Jakob / Samstag, 31.08., 19:00 Uhr

»Wir sollten Menschen in der Dunkelheit kennenlernen. Dort zählt nur, was du hörst. Und nicht, was du siehst.« Theo öffnet mit ausladender Geste die große Truhe und wie immer überkommt Jakob ein kurzer, heftiger Schauer – obwohl er gleichzeitig die Augen rollen will, weil diese theatralische Szene so typisch für Theo ist.

»Klingt wie ein Songtext«, meint Eileen. »Aber wahrscheinlich hat Theolein es eher von einem großen Philosophen.«

»So ähnlich.« Theos Grinsen ist unergründlich. »Komm schon, Eileen, Ladies first.«

Eileen beginnt wieder zu singen – »*Come on Eileen, oh I swear what he means at this moment, you mean everything*« –, zögert aber nicht, sich eine der kleinen Truhen aus der großen zu nehmen. Jakob ertappt sich dabei, wie er die Ohren spitzt, um sich möglicherweise einen kleinen Vorteil zu verschaffen, indem er errät, was sich in Eileens Truhe befindet. Abgesehen von einem Teelicht. Aber die anderen sind zu laut, um Rückschlüsse darauf zuzulassen.

Nacheinander ziehen sie ihre Rollen. Jakob ist als Letzter an der Reihe, als sich nur noch zwei Kästchen in der großen Truhe befinden: eines für ihn und eines für Spielemacher Theo, der sich mit dem Restposten begnügen muss.

»Noch nicht.« Theo hält Josefines Hand fest, die sich am Deckel ihrer Truhe zu schaffen macht. »Du öffnest die Truhe erst in deinem Lager, wenn keiner zusieht. Das Teelicht stellst du in der Nähe des Eingangs auf, alles, was sonst noch drinnen ist, steckst du ein. Zum Anzünden der Kerzen treffen wir uns auf dem Marktplatz. Ich dachte dafür an das Labor vorne beim Eingang. Eure Lager sucht ihr euch, wie immer, selbst. Ich würde vorschlagen, wir konzentrieren uns auf den mittleren Teil des Bunkers. Dieser Raum hier ...« Er zieht eine mit Herzchen bedruckte Geschenktasche aus seinem Rucksack. »... wird das Domizil unserer Liebenden. Da können sie es sich richtig gemütlich machen.« Damit stellt er das Tütchen mitten in ihr Matratzenlager und fördert einen Spitzentischläufer und ein rosa Kästchen mit bunten Sternen darauf zutage. Er breitet die Tischdecke zwischen den Schlafsäcken aus und drückt ein Knöpfchen an der sternenbedruckten Box, die zu leuchten beginnt – nicht grell, sondern ganz sanft und schummerig. Ein Nachtlicht für Kinder.

»Wie romantisch«, kommentiert Marcel, während Theo zu guter Letzt noch eine Packung Ferrero Küsschen und eine Miniflasche rosafarbenen Prosecco aus seiner Geschenktüte zieht.

»Funktioniert das mit dem Liebespaar wie bei den anderen Spielvarianten auch?« Josefines Blick huscht von den Pralinen zu Jakob und dann zu Theo. Jakob würde einiges dafür geben, zu wissen, was ihr gerade durch den Kopf geht. Das Mädchen hat zu viel Fantasie, so viel steht fest. Das Los der Lesenden – er weiß, wovon er spricht.

Theo nickt. »Fast. Unabhängig von ihren Rollen im Spiel ist es das Ziel der beiden, gemeinsam zu überleben. Und zwar als einzige.«

Theo greift abermals in seinen Rucksack und präsentiert ein kleines Stoffsäckchen. Als er es schüttelt, klappert es darin. »Das Liebespaar wird verdeckt ausgelost. Um 03:00 Uhr jede Nacht treffen die beiden sich hier und können Pläne schmieden.«

»Oder einfach Pralinen futtern«, wirft Josefine ein.

»Sinnvoller wäre es, sich darauf zu verständigen, wen sie gemeinsam am nächsten Tag anklagen wollen. Aber das bleibt dem Paar überlassen. Strengstens verboten ist es lediglich, irgendwelche Hinweise auf die eigene Rolle zu geben.«

Josefine nickt. »Verstanden. Und wenn einer der beiden stirbt …«

»… dann gilt das tragischerweise für beide«, beendet Theo ihren Satz. »Völlig egal, ob es den Liebenden am Tag oder in der Nacht erwischt, sein Partner ist automatisch auch aus dem Spiel.«

»Tödlicher Liebeskummer«, bemerkt Eileen sarkastisch. »Sehr tragisch.«

»Dann wollen wir doch gleich mal sehen, welche beiden hier so unsterblich ineinander verliebt sind, dass sie einfach nicht ohne einander auskommen.« Theo löst die Kordel und hält das geöffnete Säckchen in die Mitte.

»Auf den Steinen der Liebenden ist ein kleines Herz«, erläutert Jakob, weil Josefine zögert, während alle anderen der Reihe nach in das Säckchen greifen und ihren Kiesel ziehen. Er selbst tut es ihnen gleich und öffnet dann für eine knappe Sekunde die Faust, um seinen Stein zu begutachten.

Hastig forscht er in den Gesichtern der anderen. Theo grinst leicht dämlich, Lenas Blick huscht nervös durch die Runde und

Marcels ganzer Körper steht unter Spannung. Eileen hat ihr Pokerface aufgesetzt und Josefine tritt unruhig von einem Bein auf das andere. Jeder von ihnen könnte eines der Herzen gezogen haben. Jakob kann nur sicher sagen, dass sein Stein ganz und gar herzlos und leer ist.

»Also dann, Zeit, die Lager auszuwählen. Wir treffen uns in fünf Minuten mit Teelicht im Labor.«

»Mir gehört der OP, damit das gleich klar ist«, verkündet Eileen.

Lena verzieht das Gesicht. »Den macht dir bestimmt niemand streitig. Im Dunkeln setze ich mich da nicht rein.«

»Wunderbar. Du kannst dir stattdessen das Wäschelager mit den Ratten teilen.« Eileen lächelt zuckersüß und beide kichern los.

»Ratten sind zutiefst missverstandene Wesen«, behauptet Lena. »Mal ehrlich, wenn es Kaninchen wären, würde sich doch auch niemand fürchten.«

»Du denkst an Pestalozzi. Nicht an eklige, riesige, atomar verseuchte Bunkerratten mit glühenden Augen und Fangzähnen.«

»Ratten haben keine Fangzähne.«

»Und wir nehmen einfach irgendeinen Raum, ja?« Josefine sieht sich hilfesuchend um und wird sogleich von Mentor Theo unter die Fittiche genommen. »Komm mit, wir suchen gemeinsam nach einem Plätzchen für dich. Wir wäre es mit dem Schacht für vergiftete Kleidung?«

»Auf keinen Fall!«

»Dann vielleicht die Dusche oder ein Personalraum. Wir finden schon etwas.«

Jakob ist der Letzte, der den Raum verlässt. Der Schacht für vergiftete Kleidung mag vielleicht Josefine abschrecken, aber er findet Theos Idee großartig. Das Kästchen in seiner Hand klappert bei jedem Schritt leise. Jakob sieht, wie Marcel das Chefarztzimmer bezieht und Lena in die entgegengesetzte Richtung eilt. Den Raum mit der Aufschrift »Schleuse« betritt keiner von ihnen. Nur Josefine huscht tatsächlich nebenan in die »Aufnahme« mit den Gemeinschaftsduschen.

Nirgendwo wird der eigentliche Zweck des Bunkers so deutlich wie hier in der Schleuse. Jakob stellt sich für einen Augenblick vor, wie die atomar verseuchten Menschen hier ankommen und sich für Tage oder Wochen – oder für immer – vom Tageslicht verabschieden. Wie sie ihre kontaminierte Kleidung in den kaum hüfthohen Schacht werfen, neben dem das kleine Schildchen mit den gänsehauterregenden Worten »vergiftete Kleidung« hängt. Das perfekte Lager – so viel steht fest.

Er muss auf den Knien hineinrutschen, doch direkt hinter der unheimlichen Luke könnte er sogar stehen. Aber er bleibt auf dem Boden sitzen und öffnet im Licht, das von draußen zu ihm hereinfällt, seine Truhe. Das Teelicht wartet unbenutzt in einem deckellosen Schraubglas, ansonsten wirkt die Truhe leer. Keine Streichholzschachtel, kein Fingerhut. Jakob hat so eine Ahnung, was das bedeutet. Und tatsächlich, als er das Windlicht heraushebt, kommt darunter ein winziges Stück Papier zum Vorschein. Er nimmt es heraus. Es ist ein Totenkopfsticker.

Der Ritter also. Nicht die spannendste Rolle, aber auch nicht völlig reizlos. Mächtig immerhin gegen die Werwölfe, so viel steht fest. Denn welcher Wolf auch immer es wagt, Jakobs Teelicht auszulöschen, der wird unweigerlich mit ihm sterben. Nicht sofort, aber bei Sonnenaufgang, tödlich verletzt von der Lanze des Ritters, der zwar sein eigenes Leben nicht retten konnte, sich aber dennoch nicht kampflos ergeben hat.

Sorgfältig bringt Jakob den Aufkleber am Boden seines Schraubglases an und achtet beim Verlassen des Schachtes darauf, es so zu halten, dass keiner einen Blick darunter erhaschen kann.

Er ist einer der Letzten im Labor, außer ihm fehlt nur noch Lena. Theo ist gerade dabei, mit einem Plastikschädel den Friedhof in einer Ecke des Raumes zu markieren und Josefine währenddessen ein paar letzte Informationen weiterzugeben: »Hier müssen die Toten ausharren, bis das Spiel vorbei ist. Sie dürfen zuschauen, aber kein Wort mehr sprechen.«

»Was in der Natur der Sache liegt«, meint Jakob. »Wo ist Lena?«

»Schon hier!«, ertönt es aus Richtung der Tür. Lenas Wangen sind gerötet und sie wirkt außer Atem. Ihr Lager muss weiter entfernt sein als die der anderen.

Theo strahlt sie an: »Habe ich das richtig mitbekommen, dass du dein Lager beim Notstromaggregat aufgeschlagen hast? In diesem Fall habe ich für dich noch eine besondere Aufgabe, die uns allen eine Menge Arbeit spart. Du darfst heute Nyx und Helios spielen und für uns alle das Licht an- und ausschalten.«

»Ach ja? Sind alle Lichtschalter spontan kaputtgegangen?« Lena wirkt immer noch angespannt, auch wenn sie es hinter einem nervösen Lachen über ihren eigenen Witz zu verbergen versucht.

»Nein, aber es sind viel zu viele«, erklärt Theo. »Stattdessen kommt dir die Ehre zu, den Hauptschalter in der Zentrale umzulegen, wenn es Nacht wird. Und am Morgen auch wieder anzuschalten. Großartig, nicht wahr?«

»Ja, grandios. Solange du mir zeigst, wo das Ding ist. Damit ich nicht stattdessen einen Notruf absetze oder das Notstromaggregat in Betrieb nehme.«

»Selbstredend.« Theo zieht ein Feuerzeug aus seiner Hosentasche. »Aber zuerst entzünden wir das *lupus-noctische* Feuer.«

Alle halten ihm ihre Teelichter entgegen – nur Josefine muss noch einmal loshasten, um ihres zu holen. Jakob achtet sorgfältig darauf, den Totenkopf mit der Hand zu verbergen. Mit jeder entflammenden Kerze wird die vorfreudige Anspannung im Raum greifbarer.

Zuletzt entzündet Theo seine eigene Kerze, legt das Feuerzeug auf dem Tisch an der Stirnseite des Raumes ab und blickt erwartungsvoll in die Runde. »Wohlauf, Gefährten. Lasset die Spiele beginnen!«

# Teil II

# Das blinzelnde Mädchen

## Josefine / Samstag, 31.08., 19:10 Uhr

Josefine kann ihren eigenen Herzschlag hören, während sie mitten im Aufnahmeraum steht und darauf wartet, dass das Licht ausgeht. Es ist ein bisschen wie das Gefühl beim Achterbahnfahren, kurz bevor der Zug die Spitze des ersten Hügels erreicht und beinahe zum Stillstand zu kommen scheint, ehe er in die Tiefe rast.

Ihre Hand wandert hastig noch einmal zur Tasche ihrer Lieblingsjeans, in der eine Streichholzschachtel mit nur einem Hölzchen steckt. Sie musste nicht lange nachdenken, um sich zu erinnern, für welche Sonderrolle dieses Hilfsmittel steht. Ein Streichholz, ein gerettetes Leben. Als Hexe darf sie die Kerze eines Mitspielers wieder anzünden, wenn die Wölfe diese bereits ausgelöscht haben.

Vielleicht bildet Josefine es sich nur ein, aber die Neonröhren an der Decke scheinen zu flackern. Definitiv summen sie leise. Ansonsten ist die Stille im Bunker beinahe mit den Händen greifbar, alle scheinen so angespannt zu warten wie Josefine. Alle außer Lena, die vermutlich noch auf der Suche nach dem Hauptschalter ist oder … mit einem Knacken wird es stockdunkel.

Josefine entfährt ein leises Keuchen. Genau wie beim Achterbahnfahren ist es keine echte Angst, eher diese Schrecksekunde, wenn das Unvermeidliche, das eigentlich Erwartete dann eintrifft und man sich im freien Fall befindet.

Sie atmet tief ein und aus und starrt in die Finsternis, die mit jedem Atemzug weniger undurchdringlich wird. Theo hatte recht: Die hässlichen gelben Streifen an den Wänden sind eine besonders flächige Variante der gelben Plastiksterne, die Josefine früher an der Decke ihres Kinderzimmers kleben hatte. Sie leuchten. Es ist kein Lichtschein, der wirklich den Raum erhellt, aber zugegeben eine wirklich clevere Lösung für den Ernstfall. Weil die Streifen den gesamten Raum umschließen, hat man eine ziemlich genaue Vorstellung davon, wo man sich befindet, wie groß das Zimmer ist, wo die Wände liegen und wo die Tür. Die ist sogar besonders prominent, weil dort der fluoreszierende Streifen unterbrochen ist. Stattdessen leuchtet dort ihr Teelicht, das durch die offen stehende Tür ein Stück weit in den Flur hinausstrahlt, damit jeder sieht, dass dieser Raum bewohnt ist. Josefine fragt sich, ob sie bei dieser Dunkelheit trotz geschlossener Augen merken wird, wenn ihr Lebenslicht verlischt. Das stellt sie sich, offen gesagt, ziemlich gruselig vor.

Geschlossene Augen, ach ja. Noch einmal tief durchatmend lässt sie sich im Schneidersitz mitten im Raum auf den Boden sinken, wie abgesprochen von der Tür abgewandt, und macht die Augen zu. Sie hat nicht damit gerechnet, wie schwer ihr das fallen würde. In diesem Moment dringt ein gespenstischer Gong durch die Gänge des alten Bunkers. Das Geräusch lässt die Haare in Josefines Nacken zu Berge stehen. Es klingt wie eine antike Kirchturmuhr – lang nachhallend, voll und tief –, nur viel leiser. Unbewusst zählt Josefine die Schläge. Es sind zehn. 22:00 Uhr also. Sie will ihr Smartphone aus der Tasche ziehen, doch ihre Hand findet zunächst nur die beinahe leere Streichholzschachtel. In der anderen Hosentasche wird sie fündig und ruft schnell die Notiz auf. Ein Blick darauf, dann die Augen gleich wieder zu.

*22:00 Uhr – Wächter.* Jetzt also schleicht einer der anderen durch die Gänge, um einen anderen Spieler zu schützen. Oder nicht? So angestrengt Josefine auch lauscht, sie hört keine Schritte, keine knarrende Tür, gar nichts.

Nun versteht sie auch, warum Theo darauf hingewiesen hat, dass es erlaubt ist, Musik zu hören oder sich anderweitig im Dunkeln zu beschäftigen – die fünf Minuten bis zum nächsten Schlagen der Kirchturmuhr kommen ihr vor wie eine Ewigkeit. Fast vermutet sie schon, dass Theos Lautsprecher den Geist aufgegeben haben, doch da kommt der erlösende Gong – elfmal.

*23:00 Uhr – Hure.* Marcel oder wer auch immer. Dieses Mal ist Josefine sich ziemlich sicher, dass die Rolle im Spiel sein muss, denn irgendwo schabt eine Tür über den Boden. Dann ist es wieder still. Die Hure hat, wie es scheint, ihr Nachtlager gewählt.

Da fällt ihr siedend heiß ein, was Theo gesagt hat: Die Hexe in *Lupus Noctis* ist gleichzeitig die Seherin und darf zur Uhrzeit der Wölfe durch die Gänge schleichen. Plötzlich klopft ihr das Herz bis zum Hals. Die Wölfe sind um Mitternacht an der Reihe – also jeden Moment.

Ihre Beine zittern ein wenig, als sie sich leise aufrichtet. Sie hat sich keinen Plan zurechtgelegt. Soll sie hinausgehen oder in der Sicherheit ihres Lagers bleiben?

Als die Turmuhr zwölfmal schlägt, hat Josefine ihre Entscheidung gefällt, reißt die Augen auf und nutzt die Geräuschkulisse des letzten Schlages, um hinauszuhechten. Sie flüchtet in einen Seitengang, der im Dunkel liegt. Hier leuchtet keine Kerze, hier wird sie niemandem begegnen.

Ihr Atem geht schwer, fast befürchtet sie, dass er sie verraten wird. Über das Geräusch hinweg entgehen ihr fast die Schritte im Hauptflur, den sie eben verlassen hat. Schwere Schritte, bemüht leise, aber bei Weitem nicht lautlos. Die zweite Person bemerkt sie erst, als die beiden dort draußen anfangen zu flüstern. Wobei Flüstern übertrieben ist – sie raunen, lassen kaum einen hörbaren Laut über ihre Lippen. Josefine kann nicht einmal sagen, ob es eine Männer- oder eine Frauenstimme ist, die sie hört. Sie überlegt, ob sie näher herangehen soll, aber das Risiko ist einfach zu groß.

So steht sie immer noch wie angewurzelt da, als die Schritte sich leise entfernen. Wohin? Zur Aufnahme, um Josefines Licht auszulöschen? Sie wird es bald erfahren, denn es vergeht kaum Zeit, bis die Turmuhr einmal dröhnend schlägt und die Geisterstunde beendet.

Josefine gibt den Wölfen eine halbe Minute Zeit, um in ihre Lager zurückzukommen, dann wagt sie sich aus ihrem finsteren Seitengang. Die fluoreszierenden Streifen sind eine gute Orientierung, aber sie braucht trotzdem eine Weile, um den Rückweg zu finden. Ein kurzer Blick bestätigt ihr, dass ihr eigenes Lebenslicht noch brennt, und auch das von Jakob flackert noch munter vor sich hin. Marcels überprüft sie nur, weil es ohnehin in der Nähe ist, dann huscht sie los, um nach den anderen zu sehen. 01:00 Uhr ist die Stunde der Hexe und eine wertvolle Minute davon ist schon vergangen. Sie muss das verloschene Licht finden und entscheiden, ob sie ihr Streichholz opfern und es wieder entzünden soll.

Nachdem es weder ihre eigene Kerze noch die ihres Lagernachbarn Jakob ist, hat Josefine schon beinahe entschieden, dass sie ihr Streichholz lieber aufsparen will. Wie soll sie ein verloschenes Teelicht auch überhaupt im Dunkeln finden? Letzten Endes ist es die offene Tür, die sie auf die richtige Fährte lockt. Ein kleiner Raum zu ihrer Linken, dessen fluoreszierender Streifen teilweise von Regalen verdeckt ist. Ihr Blick huscht hastig einmal rundherum. Wo ist sie hier? Beim OP? Bei der Zentrale mit dem Notstromaggregat? Nein, der Weg dorthin ist weiter. Das muss Theos Lager sein.

Aus Angst, über ihn zu stolpern, schiebt sie ganz behutsam einen Fuß vor den anderen und zuckt zurück, als ihre Schuhspitze gegen etwas Hartes stößt. Wie in Zeitlupe lässt sie sich auf die Knie sinken und tastet nach dem Etwas. Da, wie sie es sich gedacht hat: das Schraubglas mit dem verloschenen Teelicht. Theos Licht – ausgerechnet. Theo, auf dessen Hilfe sie doch im weiteren Spielverlauf gezählt hat. Theo, der offenbar kein Werwolf ist, denn sonst hätte das Pack ihn ja nicht getötet!

Ihre Hände zittern, als sie die Streichholzschachtel hervorzerren und das einzige Hölzchen aus der Pappschublade holen will. Sie zittern so sehr, dass es beim Versuch, es an der Packung entlangzustreichen, mitten hindurchbricht.

»Verdammt«, entfährt es Josefine. Ihr einziges Streichholz! Falls Theo sie gehört und erkannt hat, so lässt er sich in seinem Versteck nichts anmerken. Es bleibt mucksmäuschenstill in seinem Lager.

Im Dunkeln tastet Josefine nach der vorderen Hälfte ihres Streichholzes. Wie viel Zeit bleibt ihr noch? Muss es nicht jeden Moment 02:00 Uhr schlagen? Wer kommt dann? Sie hat keine Zeit, auf ihrem Handy nachzusehen. War es nicht der Urwolf? Was, wenn sie dann noch hier herumsitzt und zündelt? Dann ist sie spätestens nächste Nacht erledigt!

Endlich hat sie das Streichholz wieder, greift das kurze Stückchen so gut sie kann und drückt es fest gegen die Verpackung. Einmal kräftig entlanggestrichen und es brennt. Sie lässt es mehr in das Schraubglas fallen, als es hineinzustecken, doch es funktioniert trotzdem. Der Docht fängt Feuer. Hastig rafft sie die Verpackung und die zweite Hälfte ihres Streichholzes zusammen und stürzt zurück in den Aufnahmeraum. Vermutlich hat sie jeder gehört, aber das spielt jetzt keine Rolle, denn schon dröhnen zwei Glockenschläge durch den Bunker. Ihre Zeit ist abgelaufen.

## Lena / Samstag, 31.08., 19:25 Uhr

Eigentlich müsste die Dunkelheit ihr Angst machen, aber es ist – im Gegenteil – das Licht, das sie zum Zusammenzucken bringt. Der Kerzenschein fällt aus dem Chefarztzimmer in den Bunkerflur und zwingt Lena dazu, jeden Schritt mit Bedacht zu wählen. Ob Marcel sich an die Regeln hält und die Augen geschlossen hat? Und was hindert sie eigentlich daran, zu ihm in das kerzenlichtdurchflutete Zimmer zu huschen statt an der offenen Tür vorbei?

Nur der bleischwere Zettel in ihrer Hosentasche.

Während sie kaum zu atmen wagt, ruft sie sich noch einmal die Drohung aus dem Brief in Erinnerung: Während des Spiels mit ihren Freunden habe sie eine besondere Aufgabe zu erledigen, wenn sie nicht wolle, dass die anderen ihr kleines Geheimnis erfahren. Sie solle den Bunkerschlüssel an sich nehmen und in die Dunkelkammer legen.

Beinahe dringt ein hysterisches Lachen über Lenas zusammengepresste Lippen. Der Briefeschreiber hat vielleicht geglaubt, das wäre eine schier unmögliche Aufgabe, aber er hat die Rechnung ohne Theos Organisationsfaible gemacht: Vor lauter Angst, den Schlüssel irgendwo im Bunker zu verlegen, hat Theo ihn kurzerhand stecken lassen.

Jeder könnte ihn dort wegnehmen. Trotzdem hat Lena die erste Spielnacht für ihre Mission gewählt. Zur Sicherheit, um nicht erwischt zu werden. Praktischerweise erlaubt ihr die Rolle, die sie gezogen hat, gleich zwei nächtliche Spaziergänge – einen gemeinsam mit ihrem Wolfsgefährten und einen alleine.

Trotzdem hämmert ihr eigener Herzschlag in ihren Ohren, als sie endlich die Stahltür erreicht und mit den Händen nach der Klinke tastet. Probehalber drückt sie sie nach unten – abgeschlossen. Natürlich. Sie tastet tiefer und spürt Plüsch und Metall. Fest umschließt sie Schlüssel und Anhänger mit der Hand, um das verräterische Klirren zu dämpfen. Trotzdem kommt es ihr irrsinnig laut vor, als sie den Schlüssel aus dem Schloss zieht.

Jetzt muss sie schnell machen. Ihre Zeit ist fast abgelaufen. Die Dunkelkammer muss gleich auf der anderen Flurseite sein. Wieder vorbei an der offenen Tür zum Chefarztzimmer. Wieder das beinahe übermächtige Verlangen, stattdessen in Marcels Arme zu flüchten und ihm alles zu erzählen. Aber das geht nicht.

Die Dunkelkammer ist ein winziger Raum und beinahe leer. Nicht einmal fluoreszierende Leuchtstreifen gibt es hier. Nur der fahle Schein aus dem Flur lässt erahnen, dass eine Anrichte oder ein Tisch sich über eine der Wände erstreckt. Lena verschwendet keine Zeit und platziert den Schlüssel darauf.

Ob jeder von ihnen eine Aufgabe bekommen hat? Ist das am Ende einfach Theos Idee von einer besonders spannenden Spielrunde? Lena klammert sich an die Hoffnung, dass es so ist. Denn wenn das hier kein Teil des Spiels ist, dann kennt der Erpresser tatsächlich ihr dunkelstes Geheimnis.

An, aus. An, aus. An. Marcel, der Urwolf, drückt immer wieder auf den Schalter seiner Taschenlampe. Dabei schirmt er das Licht mit einer Hand ab, so gut es geht. Aber falls gerade draußen jemand herumschleicht, sieht er vermutlich unheimliches Flackerlicht aus dem Büro des Chefarztes in den Gang fallen.

Die nun fast stockdunklen Gänge des Bunkers zerren gehörig an seinen Nerven. Nein, schlimmer, sie rufen die Panik hervor, die er seit ihrem Abstieg hier runter nur mühsam in Schach hält. Wenn er doch bloß nicht mitgekommen wäre. Wenn ihm doch bloß schnell genug etwas eingefallen wäre, warum er dringend wieder zurück nach München muss. Aber dann hätte er aufgegeben, statt es überhaupt zu probieren. In der Therapie hat er eins gelernt: Die Angst kann nicht ewig andauern. Irgendwann hat sie einen Peak erreicht und dann nimmt sie ab. Bis dahin gilt es, durchzuhalten. Schnell der Griff zur Taschenlampe. An, aus. An.

Er ist sich nicht sicher, ob Lena etwas mitbekommen hat. Als vorhin die Uhr die Wolfsstunde eingeläutet hat, hat er es kaum über sich gebracht, sein Zimmer zu verlassen. Die Angst war einfach zu übermächtig. Er hat die ersten Meter schließlich mithilfe der Taschenlampe überwunden und sie so spät wie möglich ausgeknipst. Dann hat er dagestanden. Schwitzend und zitternd im Dunkeln, kurz davor, in Tränen oder in Schreien auszubrechen. Es ist Lenas Stimme gewesen, die ihn aus seiner Panik zurückgeholt hat. Ihre erleichterte Umarmung, als sie ihn erkannt hat, ihre kühle Hand in seiner, ihre Pläne, wie sie als Werwolf-Traumpaar gewinnen können, denn anscheinend gibt es diesmal nur zwei Werwölfe. Das hat ihn abgelenkt und ihm ein wenig Sicherheit zurückgegeben. Lena hat seine Hand so ungewohnt fest umklammert gehalten, als hätte sie selbst große

Angst. Deshalb hat Marcel es übernommen, das Lebenslicht ihres auserwählten Opfers auszulöschen. Pflichtbewusst hat er auch kurz die Unterseite des Schraubglases abgetastet, ob nicht vielleicht ein Totenkopfsticker fühlbar ist, was Marcels baldigen Tod bedeutet hätte. Aber nein, der kühle Glasboden barg keine Überraschungen. Also ist er als erfolgreicher Killer zu Lena zurückgekehrt.

Für sein Empfinden reicht es damit erst mal mit den Heldentaten. Marcel hat beschlossen, dass er zumindest diese Nacht sein Privileg, um 02:00 Uhr als Urwolf herumzuschleichen und einen ahnungslosen Bürger zu verwandeln, nicht ausüben wird. Stattdessen hat er es sich in seinem Chefarztzimmer so bequem wie möglich eingerichtet. Er hat eine der drei Matratzen aus dem Bettgestell an der Wand geholt und auf den Boden gelegt, dicht an der Tür. Er liegt nun bäuchlings darauf. Das Teelicht fast direkt vor der Nase, als könne er den Lichtschein in sich aufsaugen, die Lider alibimäßig halb geschlossen. So ein kleines Licht, so viel Dunkelheit.

Er hat eh nur eine kurze Verschnaufpause, dann muss er schon wieder los. Er kann es selbst nicht fassen, wie viel Pech er beim Auslosen gehabt hat. Denn neben dem Stückchen Fell in der Tasche seiner Jogginghose ruht ein Kieselstein mit aufgemaltem Herz. Damit ist er ein Teil des Liebespaares.

»Dong! Dong! Dong!« Dreimal hallt der Klang der Kirchturmuhr durch die Bunkerräume. Zeit für die Liebenden, sich zum Stelldichein zu treffen. Marcel holt tief Luft und sieht sich ein letztes Mal nach seinem tapfer brennenden Lebenslicht um, bevor er aus dem Zimmer schleicht. Die Taschenlampe hält er fest umklammert.

Es ist gar nicht dunkel, nicht richtig dunkel, alles in Ordnung, da sind die Leuchtstreifen, du siehst genug, alles in Ordnung.

Marcel blickt starr vor sich hin. Bloß keinen Blick in die dunkel gähnenden Schlünde der unbewohnten Räume werfen. Einfach weiterlaufen, nur noch ein kleines Stück.

An der ersten Gabelung links, dann gleich rechts, dann … Hier hält er für einen Moment inne. Wenn er sich nicht geirrt hat, ist das schräg vor ihm der Eingang zu Theos Refugium, dem Schmutzwäscheraum Nr. 72. Marcel hat dessen Lebenslicht erst vor wenigen Minuten ausgelöscht. Doch nun glaubt er, einen Lichtschein aus der Türöffnung dringen zu sehen. Soll er nachsehen? Marcel zögert für einen Moment. Nein, die Zeit ist zu knapp. Er muss zu seinem Blind Date. Da ist der Patientenraum. Das Nachtlicht mit den bunten Sternen wirft rosa getöntes Licht an die Wände, die Decke und über ihr Bettenlager. Schummriges Licht, aber immerhin Licht. Pralinen und ein Fläschchen Prosecco stehen ebenfalls bereit. Als würde er auch nur einen einzigen Bissen herunterbekommen. Sein Hals ist wie zugeschnürt von der unterdrückten Angst. Seltsam, dass er alleine hier ist.

»Hallo?« Er flüstert es in die Finsternis der anderen Raumseite.

»Buona sera, mein geliebter Romeo!« Ein schlanker Schatten huscht zwischen den Bettgestellen, die sie zusammengeschoben haben, um Platz für ihr Lager zu schaffen, hervor. Marcel riecht den Duft ihres Shampoos, bevor er sie erkennt. Eileen.

»Machen wir es uns bequem, Chéri, du weißt: Die Zeit rennt.« Eileen greift nach seiner Hand und zieht ihn neben sich auf das Spitzendeckchen. Wo auch immer Theo das ausgegraben hat, wahrscheinlich aus der Aussteuertruhe seiner Urgroßmutter.

Marcel muss daran denken, dass vor kaum einer Viertelstunde Lena seine Hand gehalten hat. Er drückt Eileens Finger kurz und lässt dann los. Eileen lächelt und greift stattdessen nach der Proseccoflasche. »Man muss die Feste feiern, wie sie fallen. Wer weiß, ob ich den morgigen Tag überhaupt noch erlebe. Wobei, zumindest als ich gerade meinen OP-Raum verlassen habe, mein Lichtlein noch brav gebrannt hat.« Sie entfernt den Verschluss und stößt einen leisen Schrei aus, als der Sekt überschäumt und sich über ihre Hand und Marcels Hosenbein ergießt. »Theo, dieser Hund! Das hat er mit Absicht gemacht!«

Marcel greift nach dem Krankenhauskittel, der noch immer über Theos Schlafsack liegt. Er trocknet Eileens Hand und die Flasche ab.

»Jetzt ich.« Eileen beginnt, mit dem dünnen Stoff auf Marcels Hosenbein herumzutupfen. Sie sieht so bemüht unschuldig dabei aus, dass Marcel lachen muss. Er hält ihre Hand fest, als sie sich in Richtung seines Schritts vorarbeitet. »Du bist doch sonst nicht so fürsorglich.«

Eileen reißt die Augen noch weiter auf. »Doch, doch! Fürsorglich und harmlos sind meine zweiten Vornamen, Chéri!«

»Du siehst in etwa so harmlos aus wie eine Katze, die vor dem Mauseloch sitzt und so tut, als würde sie sich putzen.«

»Ich hätte gleich höher zielen sollen.« Eileen grinst. »Für einen zweiten Anschlag auf deine Unschuld reicht die Zeit nicht.«

Marcel fährt auf. »Mist! Jetzt haben wir überhaupt nicht besprochen, wie wir uns am Tag verhalten wollen. Wie spät ist es?«

Eileen zuckt die Schultern. »Wir haben ja noch kaum Anhaltspunkte, welche Rollen im Spiel sind, und dürfen uns außerdem nicht sagen, wer wir sind.«

Marcel überlegt einen Moment. Richtig, Eileen hat natürlich keine Ahnung, dass er ein Werwolf ist. Trotzdem ist das praktisch, so kann er nachts darüber wachen, dass ihr nichts geschieht. Er muss nur Lena zuverlässig davon abhalten, Eileen beißen zu wollen. Oder er könnte … Ihm kommt eine Idee, die ihn innerlich grinsen lässt. Vielleicht eine gute Möglichkeit, wie sie ihrem Ziel, als Liebespaar gemeinsam zu überleben und so das Spiel zu gewinnen, einen Schritt näher kommen. Oder einen Biss. »Lass uns am Morgen einfach darauf achten, dass weder du noch ich gehängt werden. Falls es eine ernst gemeinte Anklage gegen einen der anderen gibt, können wir uns ja unauffällig anschließen. Dann hätten wir schon mal bessere Chancen«, sagt er stattdessen.

»Oh ja, im blutdurstigen Mob mache ich mich ganz besonders gut!«

»Das kann ich mir vorstellen. Du hast hier ja auch schon einiges weggebechert.« Marcel schraubt rasch den halbleeren Prosecco zu, stellt ihn in sicherer Entfernung auf den Boden und zieht das zerknitterte Spitzendeckchen glatt. »Wir müssen zurück.« Er zieht Eileen mit sich zur Tür. »Glaubst du echt, Theo hat den Prosecco absichtlich geschüttelt, um dem Liebespaar eine Falle zu stellen?«, flüstert er im Hinausgehen.

»Zuzutrauen wäre es ihm.« Eileen lacht. »Aber er hätte garantiert nicht gewollt, dass sein Schlafsack nach Billigprosecco riecht.«


**Theo** / Samstag, 31.08., 19:40 Uhr

»Dong, dong, dong, dong …!« Theo zählt die Schläge der Kirchturmuhr, die gespenstisch blechern durch den Bunker hallen. Endlich ist die Stunde der Hure wieder gekommen und er kann aus seinem ungemütlichen Versteck verschwinden. Er hat heute bei Jakob genächtigt, der bewegungslos und stumm wie eine Statue in seinem Schacht in der Aufnahme gehockt hat.

Theoretisch wäre dies nach der Schleuse das erste Zimmer

gewesen, das die Patienten im Ernstfall zu sehen bekommen hätten. Hier wären sie mithilfe des Uraltcomputers auf dem Schreibtisch registriert worden, die Strahlungsbelastung wäre gemessen und die Menschen erst mal unter die Dusche geschickt worden. Ein 7-Kräuter-Shampoo steht bereit und zwei Hemdchen an Kleiderbügeln zeigen, was die frisch abgeschrubbten Patienten anzuziehen bekommen hätten, wenn sie sich ihrer Hosen, Pullis und Wäsche im Schacht für vergiftete Kleidung entledigt hätten.

Als Theo Richtung Ausgang schleicht, kann er nach rechts direkt ins Zimmer des Chefarztes blicken, da Marcel die Tür weit geöffnet hat. Das Teelicht brennt und direkt daneben auf dem Boden ist ein menschlicher Schatten zu erahnen.

Auch aus seinem eigenen Lager, dem Raum Nr. 72, leuchtet Theo ein Lichtlein entgegen. Seine Kerze brennt noch, sehr gut. Als Theo sich im Schneidersitz niederlässt und das Schraubglas mit der Kerze zu sich heranzieht, stutzt er. Was ist das denn? Stirnrunzelnd betrachtet er sein Teelicht. In dem flüssigen Wachs steckt ein halb verbranntes Streichholz! Das war zu Beginn der Nacht definitiv noch nicht da. Nur die Hexe verfügt über ein Streichholz. Irgendwann, während Theo als Hure bei Jakob genächtigt hat, muss die Hexe ihm hier also einen Besuch abgestattet und ein Zündelexperiment ausgeführt haben. Dann war sein Lebenslicht vorher wahrscheinlich verloschen. Das heißt aber auch, dass die bissigen Viecher versucht haben müssen, ihn auszuschalten. Na warte! Den Wölfen wird er am Morgen ihre Reißzähne schon ziehen!

Immerhin hat sein Trick, einen möglichst unübersichtlichen Raum als Quartier auszuwählen, scheinbar gut funktioniert. Hier im Wäschelager steht genug Gerümpel herum. Anscheinend haben in diesem Chaos weder die Werwölfe bemerkt, dass er gar nicht da ist, noch die Hexe, als sie sein Lichtlein wieder angezündet hat. Was für eine Verschwendung ihrer Heilkraft, nebenbei gesagt! Schließlich hätte er seine Kerze selbst wieder anzünden dürfen, dazu hat die Hure ja ihr schickes pinkes Feuerzeug. Nun ja, vielleicht probieren die Wölfe es nächste Nacht ja erneut, wenn sie feststellen, dass er heute überlebt hat.

Es schlägt 05:00, doch Theo weiß, dass zu dieser Uhrzeit nichts passieren kann, da er den Alten nicht unter die Spielertruhen gemischt hat. Er wartet die anschließenden fünf Minuten ruhig ab und wie erwartet bleibt es völlig still. Als die Kirchturmuhr mit sechs Schlägen das Anbrechen der Morgendämmerung verkündet, geht wie von Zauberhand auch das Licht an. Lena hat offensichtlich den richtigen Schalter erwischt. Theo blinzelt für einen Moment in der ungewohnten Helligkeit. Komisch, wie ihm die fahlen Glühbirnen nun so unerwartet hell erscheinen.

Sie treffen sich im Labor, das für die Führungen mittlerweile aber primär als Besucherinforaum genutzt wird. Hier stehen ausreichend Stühle, die aussehen, als hätte der Schulhausmeister sie aus seinem Fundus gesponsert. Mit Jakobs und Josefines Hilfe stellt Theo sechs Stühle in einem Kreis auf. Er will alle Spieler gut im Blick haben, um jedes nervöse Zucken, jedes Herumdrucksen und jeden Anflug von Röte registrieren zu können. Ha! Fehlt nur noch ein grell blendender Scheinwerfer wie bei Stasiverhören.

Josefine setzt sich zwischen Jakob und Theo. Sie hat sich in ihre Strickjacke eingekuschelt und hat vor Aufregung ganz rote Wangen. Jakob lächelt sie aufmunternd an und zeigt ihr Daumen hoch für ihr brennendes Teelicht.

Marcel, den sein Norwegerpulli etwas blass wirken lässt, wählt den Stuhl neben Jakob und hält auf seiner linken Seite einen Platz für Lena frei. Er sitzt mit übergeschlagenen Beinen da. Es sieht aus, als müsse er dringend aufs Klo. Theo findet das etwas merkwürdig, verkneift sich jedoch einen Kommentar. Vielleicht hat er ja Eileens selbstgezogene Sprossen nicht vertragen. Theo grinst in sich hinein. Falls das zutrifft, wird er als Hure jedenfalls nicht bei Marcel nächtigen. Höchstens mit Gasmaske.

Eileen greift nach dem Stuhl neben Theo und dreht ihn herum, sodass sie ihre Arme auf der Lehne abstützen kann. »Na, Theolein. Du siehst so zufrieden aus. Hast du etwa einen leckeren Mitternachtsimbiss gehabt?«

»Oh ja, etwas Quinoa und dazu ein paar deiner schmackhaften Walhalla-Sprossen. Du weißt ja, meine Holde, dass ich mich streng vegetarisch ernähre!«

»Dir Banause werde ich meine delikaten Alfalfasprossen garantiert nicht mehr anbieten!«

Lena im roten Norwegerpulli kommt atemlos herein. »Sorry für die Verspätung, ich …«

»… war nur kurz für kleine Werwölfe?«, fragt Eileen.

»… musste noch eine Runde den Mond anheulen?«, vermutet Jakob.

»… habe mein Teelicht im Technikraum stehen lassen«, erklärt Lena. Sie setzt sich auf den freien Platz zwischen Marcel und Eileen. Jetzt sind sie komplett. Theo beäugt die sechs Teelichter, die auf dem Boden stehen und friedlich vor sich hin brennen. »Und zu unserer unsagbaren Erleichterung sind alle wieder aus ihrem Schlaf erwacht! Wie kann das sein? Haben die Werwölfe unter Magenverstimmung gelitten?« Hier nimmt er Marcel ins Visier. »Oder hat ein Neuling sich eventuell nicht getraut, einen alteingesessenen Dorfbewohner zu killen?« Er wirft Josefine einen bedeutungsvollen Blick zu. »Oder haben wir es dem Wächter, der Hexe oder der Hure zu verdanken, dass ein Leben gerettet werden konnte? Ich bin gespannt auf eure Theorien, liebe Freunde!«

Marcel räuspert sich. »Also ich muss ganz klar sagen, dass aus meinem Chefarztzimmer heraus so einiges an nächtlichen Aktivitäten zu hören war. Am ehesten aus dem Aufnahmetrakt heraus, wo Jakob und Josefine sich verkrochen hatten.«

Interessant. Das passt zu dem, was Theo gehört hat. Obwohl er sich fast sicher ist, dass Jakob die Geräusche nicht verursacht hat.

»Deshalb tendiere ich dazu, einen der beiden anzuklagen.«

»Was? Ich bin doch kein Werwolf!« Josefine dreht nervös an einem ihrer Ohrstecker. »Ganz bestimmt nicht!«

Jakob nimmt sie und sich selbst in Schutz. »Nächtliche Aktivität per se sagt ja noch nicht viel aus. Der genaue Zeitpunkt wäre wichtig!«

»Interessant, wie du Josefine gleich verteidigst. Haben wir etwa unser Werwolfpärchen bereits identifiziert?«, fragt Theo.

»Ab mit ihrem Kopf!«, ruft Eileen.

Lena schaltet sich ein. »Macht es denn überhaupt Sinn, jetzt schon jemand anzuklagen? Ich hätte Bedenken, dass wir Bürger aus Versehen einen unserer Beschützer lynchen.« Da Lena fast immer dafür plädiert, lieber niemanden zu töten, wenn es sich vermeiden lässt, antwortet erst mal niemand darauf. Marcel drückt ihr einen Kuss auf die Wange und lächelt sie an. Dass die beiden im Norweger-Pärchen-Look nebeneinandersitzen, wirkt auf Theo wie eine überbetonte Demonstration ihrer glücklichen Beziehung.

»Theo ist so ungewöhnlich still! Findet ihr das nicht verdächtig?«, fragt Josefine. »Also bei den Nachhilfestunden redet er sonst immer ohne Punkt und Komma.«

»Da ist was dran«, murmelt Lena.

»Ab mit seinem Kopf!«

»Ich versuche, mir ein Bild von den vorherrschenden Koalitionen zu machen.« Theo rückt seine Brille zurecht. »Das könnte im weiteren Spielverlauf wichtig werden und helfen, die pelzigen Monster unter uns zu entlarven!«

Jakob grinst. »Das hätte ich an deiner Stelle jetzt auch gesagt. Aber was ist denn mit Marcel? Er hat ja gerade betont, wie günstig sein Zimmer für Beobachtungen liegt. Ist das dann nicht auch ein idealer Ausgangspunkt für einen nächtlichen Werwolfspaziergang?«

»Von wegen. Ich habe friedlich in meinem Bettchen gelegen und geschlafen!«

»Ab mit seinem Kopf!«

Leicht genervt wendet Theo sich an Eileen. »Du bist weder die rote Königin aus ›Alice im Wunderland‹ noch ein Papagei. Wir köpfen nicht, wir hängen die Werwölfe, schon vergessen?«

»Hängen ist echt oldschool! Wie wäre es mit einem elektrischen Sofa? Oder einer Guillotine?«

Lena reißt die Augen auf. »Bring ihn bloß nicht auf solche Ideen, Eileen! Theo ist imstande und schleppt nächstes Mal einen verkabelten Lesesessel an, der Stromstöße verteilt.«

»… Guillotine …« Theo überlegt. »Wusstet ihr, dass der Mann, der die Guillotine erfunden hat, Arzt war und zudem ein Gegner der Todesstrafe? Er hat versucht, die Urteilsvollstreckung angenehmer zu gestalten als die bis dahin üblichen Methoden.«

Eileen zieht ihre kunstvoll gezupften Augenbrauen hoch. »Äußerst angenehm, in der Tat. Ein Wellnesswochenende ist nichts dagegen.«

Theo hebt belehrend den Finger. »Die Guillotine ist eine Maschine, die den Kopf im Handumdrehen entfernt …«

»… und das Opfer nichts anderes spüren lässt als ein Gefühl erfrischender Kühle.« Jakob führt den Satz zu Ende. »So hat er seine Erfindung 1790 beschrieben.«

Josefine beugt sich gespannt nach vorne: »*Vapor* hat auch mal ein Video zu dem Thema gedreht. Da ging es um prominente Hinrichtungsmethoden im Wandel der Zeit.«

Eileen schüttelt ihre Löwenmähne. »Wie wär's, wenn wir uns wieder auf das Spiel konzentrieren? Euch ist schon klar, dass unsere Teelichter auch irgendwann von alleine runterbrennen, wenn wir hier ewig rumtrödeln?«

Das gibt den Ausschlag.

»Ich stelle fest, dass anscheinend ein Konsens besteht, heute niemanden anzuklagen, ist das korrekt?« Theo blickt sich in der Runde um. Zustimmendes Gemurmel. Marcel zuckt die Achseln, offenbar will auch er seine anfängliche Verdächtigung von Jakob und Josefine nicht weiterverfolgen. »Dann ist es beschlossen. Die Dorfbewohner machen von ihrem Recht auf Selbstjustiz keinen Gebrauch und ziehen sich lieber in ihre Häuser zurück, da die Dämmerung naht.«

»Ich wünsche uns eine ereignislose Nacht«, sagt Jakob leise.

Theo wendet sich Lena zu. »Du bekommst einen kleinen Vorsprung. Alle gehen zurück in ihre Räume. Wenn du das Licht löschst, warte ich noch einen Moment, dann starte ich die nächtlichen Glockenschläge.«

Während sie mit ihrem Teelicht davoneilt und auch der Rest der Gruppe sich langsam zurückzieht, überlegt Theo, wo er als Hure diese Nacht verbringen möchte. Zu Jakob darf er nicht gleich wieder und Josefine ist ihm zu aktiv gewesen. Wer weiß, ob sie trotz ihrer Beteuerungen nicht doch als Werwolf unterwegs ist und womöglich noch die Zusatzrolle als weißer Wolf oder Urwolf hat. Lena käme infrage. Ihr traut er es durchaus zu, dass sie ihn als Hexe geheilt hat und aus Nervosität das Streichholz vergessen hat. Allerdings wird er von ihrem abgelegenen Kämmerchen wahrscheinlich die ganze Nacht über kaum etwas vom Geschehen im Bunker mitbekommen. Nein, besser, er probiert es mal bei Eileen. Wo sie ist, ist meist so einiges geboten.

In diesem Moment erlischt das Licht. Theo wartet einen Moment ab und startet dann den Timer. So schnell es ihm die Dunkelheit erlaubt, kehrt er mit dem Teelicht, das einen sanften Schein um ihn verbreitet, zu seinem Raum zurück. Da Theo weiß, dass auch der Wächter nicht im Spiel ist, achtet er gar nicht besonders darauf, dass die Uhr 10:00 schlägt.

Er will gerade seinen Knobelwürfel aus der Tasche ziehen, als er innehält. Was war das? Ein Rascheln, wie von Kleidung, die an der Wand streift. Sind das Schritte? Leise, kaum hörbar, doch der Hall in diesen Gängen trägt weit.

Wer zum Henker hält sich da nicht an die Regeln?

Theo will losstürmen, denjenigen zur Rede stellen, doch etwas hindert ihn daran. Es ist nur ein Gefühl, ein Gefühl, dass etwas nicht stimmt. Dass sich hier niemand in der Zeit vertan hat oder schummelt, sondern …

Er zuckt zusammen, als die Glockenschläge verkünden, dass die Stunde der Hure angebrochen ist.

Theo erhebt sich, so leise er kann. Seine Chance, nach dem Rechten zu sehen. Auf Zehenspitzen schleicht er die Gänge entlang, sich nur an den fluoreszierenden Leuchtstreifen orientierend. Zum ersten Mal empfindet er während des Spiels nicht nur Aufregung und Spannung. Die Gefühle scheinen sich gesteigert und ins Negative verkehrt zu haben.

Jetzt bereut er es fast, die anderen dazu überredet zu haben, dass sie in den Nachtphasen das elektrische Licht löschen. Er würde gerne mehr sehen, jede dunkle Ecke ausleuchten, die ihm jetzt wie ein potenzielles Versteck erscheint. Aber für wen bloß? Seine Zeit ist knapp, er kann nicht ewig hier herumwandern und nach einem Phantom suchen. Nach kurzem Zögern betritt er den Trakt, der für die notwendigen Operationen vorgesehen war, und geht in den OP-Saal, den Eileen für sich beansprucht hat. Doch schon in der Türöffnung bleibt er stehen. Und starrt auf das unerwartete Bild, das sich ihm bietet.

Eileen hat einige der chirurgischen Instrumente zur Seite geräumt und zu den gewalttätig aussehenden Werkzeugen auf ein Metalltischchen gelegt. Statt der Ausstellungsstücke liegt nun sie selbst auf der Folie, die die OP-Liege bedeckt, das lange Haar dekorativ um ihren Kopf herum ausgebreitet. Umgeben von in Plastik verpackten Pinzetten, diversen Scheren, der Knochensäge und einer nierenförmigen Schale mit Kanülen. Das Schraubglas mit dem flackernden Teelicht hält sie in ihren gefalteten Händen, die auf dem Bauch ruhen. Sie bewegt sich kein bisschen. Der Schein der Kerze beleuchtet ihr Gesicht von unten her. Die Augen sind geschlossen, die Gesichtszüge wirken vollkommen entspannt. Gruselig sieht das aus, wie bei einem schlafenden Vampir, der jederzeit die Augen öffnen und seine Fangzähne blecken kann.

Theo schaudert unwillkürlich. Er betrachtet Eileen einige Sekunden lang zunehmend irritiert, bis er feststellt, dass ihr Brustkorb sich unter den Atemzügen leicht hebt und senkt. Eine irre Selbstbeherrschung hat sie, das muss er Eileen bewundernd zugestehen. Sich selbst so schutzlos auf einer Liege zu präsentieren und keine Regung zu zeigen, obwohl sie gehört haben muss, dass jemand ins Zimmer gekommen ist. Eine großartige Inszenierung, ganz im Sinne des Spiels.

Allerdings gibt es für die Hure hier leider sehr wenig Möglichkeiten, sich zu verstecken. Theo blickt sich suchend um. Eigentlich bleibt ihm nur eins: Er geht auf die Knie und krabbelt unter die OP-Liege, wo er sich flach auf den kalten Boden legt. Noch unbequemer als die letzte Nacht bei Jakob, aber gar kein schlechtes Versteck. Wer auch immer hier hereinkommt, wird nur Augen für Dornröschen alias Eileen haben. Er zieht die durchsichtige Plane, die als Schutzbezug von der Liege herunterhängt, noch etwas zurecht. Jetzt heißt es warten. Und hoffen, dass Dornröschen keine mitternächtliche Verwandlung durchmacht.

Während Theo versucht, seine hektischen Atemzüge unter Kontrolle zu bekommen, geht ihm etwas durch den Kopf, das Josefine gesagt hat: »Es wird doch niemand hier unten sein – außer uns, meine ich?«

**Eileen** / Samstag, 31.08., 20:00 Uhr

Eigentlich ist so eine OP-Liege gar nicht so unbequem. Jetzt noch eine kuschelig warme Wolldecke zum Zudecken und Eileen könnte mehrere Stunden so ausharren. Mehrere reale Stunden – wenn da nicht der Unbekannte wäre, der sich unter ihrem Ruheplatz verkrochen hat und seitdem keinen Laut mehr von sich gegeben hat. Eileen hat schwer an sich halten müssen, die Augen geschlossen zu halten, als der Eindringling ihren Raum betreten hat. Sie hat versucht, sich dagegen zu wappnen, die Berührung an ihren Händen zu spüren, wenn derjenige ihr Lebenslicht auslöscht. Doch stattdessen ein schabendes Geräusch. Etwas ist gegen die Liege gestoßen, eine Bewegung direkt unter ihr. Was zum …?

Und dann nur noch leise Atemzüge, kaum einen Meter von ihr entfernt und nur in der absoluten Stille des Bunkers hörbar. Für einen kurzen Moment hat Eileen die Augen aufgeschlagen und in die Dunkelheit gestarrt. Jemand hat sich bei ihr eingenistet. Anscheinend hat die Hure Eileen für ein nächtliches

Stelldichein auserkoren. Sie hätte besser auf die Zeit achten sollen, dann wäre ihr früher klar geworden, dass es noch nicht die Stunde der Wölfe sein kann.

Wer es wohl ist, der jetzt unter ihr kauert?

Diese Konstellation hat etwas Intimes. Sie und der Unbekannte sind kaum einen Meter voneinander entfernt, beide gegenseitig auf ihre Atemzüge lauschend. Die Kirchturmuhr schlägt Mitternacht, dann 01:00. Eileen vernimmt zwar den einen oder anderen Laut, Schritte und einmal ein kurzes Räuspern, das sich eindeutig nach einem Mann anhört, aber weder die Werwölfe noch die Hexe, falls sie im Spiel ist, scheinen das Bedürfnis zu haben, Eileen aufzusuchen. Für die nächste Nacht wird sie sich definitiv Handy und Airpods bereitlegen.

Auch ihre eigene Sonderrolle ist wenig spektakulär, zumindest nachts nicht. Eileen ist die Priesterin des Dorfes. In ihrer Truhe hat eine Spritzpistole gelegen, geladen mit heiligem Weihwasser. Damit könnte sie tagsüber einen ihrer Mitspieler unter Beschuss nehmen. Das wäre zwar schon spaßig, macht aber nur Sinn, wenn sie tatsächlich den Verdacht hat, einen Werwolf identifiziert zu haben. Zum Beispiel Lena, die so seltsam schuldbewusst ausgesehen hat. Aber falls Eileen auf einen unschuldigen Dorfbewohner schießt, stirbt sie selbst an der misslungenen Attacke. Und das wäre nun wirklich schade.

Zum Glück beschränken sich ihre Aktivitäten nicht auf die Priesterinnenrolle. Sie ist ja auch noch unsterblich verliebt. Schmetterlinge im Bauch und Schampus gratis – eine Aufgabe ganz nach Eileens Geschmack.

Die blechernen Gongschläge der Uhr verkünden, dass es bereits 02:00 ist. Zum Glück, dann kann Eileen in wenigen Minuten los und –

In diesem Moment hört sie etwas. Schritte, ganz eindeutig.

Jemand betritt den Raum. Unwillkürlich hält Eileen den Atem an. Interessant, dass der aktuelle Besucher im Gegensatz zur Hure sehr zielstrebig unterwegs zu sein scheint. Kein irritiertes Innehalten, als er ihren ausgestreckten Körper auf der Liege erblickt.

Der Unbekannte ist so schnell bei ihr, dass Eileen keinen Moment Zeit hat, sich zu überlegen, was er will. Plötzlich eine unerwartete Berührung an ihrem Handrücken. Etwas widerlich Haariges. Sie stößt einen leisen Schrei aus, der in ein nervöses Lachen übergeht. Dann reißt sie sich zusammen und liegt wieder ganz still. Die Haare streichen weiter über die Innenseite ihrer Unterarme hinauf. Sie spürt die Berührung auf ihrer Haut. Jetzt ist ihr auch klar, was hier passiert. Es sind keine Haare, es ist ein Stück Fell. Besser gesagt ein Stück Wolfspelz. Der Urwolf hat sein Opfer ausgewählt. Eileens Zeit als unschuldige Dorfpriesterin ist anscheinend vorbei. Am Morgen wird sie als Werwolf erwachen.

Der Urwolf scheint seinen Spaß daran zu haben, mit seinem Opfer zu spielen. Er hat ihr linkes Schlüsselbein erreicht. Er fährt mit seinem pelzumwickelten Finger weiter den Hals hinauf. Eileen läuft ein Schauer über den Rücken. Für einen Moment kann sie nicht mehr zwischen Spiel und Realität unterscheiden. Mit geschlossenen Augen, der Berührung so unerwartet ausgeliefert, ist es schwer, sich nicht einen großen zottigen Wolf vorzustellen, der mit seiner Pranke ihre Kehle umfasst.

Bloß nicht reagieren. Nicht darüber nachdenken, wen sie vor sich hat, sondern den Moment zwischen Spannung, Ekel und Erregung auskosten. Ihre Sinne scheinen durch die Dunkelheit und die Stille geschärft, sie spürt jede Berührung so intensiv wie beim Tanzen mit geschlossenen Augen.

Der Urwolf streichelt über ihr Kinn, fährt am Mundwinkel

entlang und die Schläfe empor. Der pelzige Finger verharrt bei den Augenbrauen. Und damit verrät er sich. Denn Marcel ist der einzige Mensch der Welt, dem Eileen anvertraut hat, dass Augenbrauen eine erogene Zone für sie sind. Anscheinend hat er sich das gut gemerkt. Eileen achtet darauf, ihr unbewegtes Dornröschengesicht beizubehalten. Da muss er sie schon mit ganz anderen Sachen streicheln, um eine Reaktion zu bekommen!

Jetzt glaubt sie, auch den Geruch seines Deos wiederzuerkennen. Ein frischer, sportlicher Duft, der gut zu Marcel passt.

Plötzlich fällt ihr ein, dass derjenige, der unter ihrer Liege liegt, die ganze Szene mitbekommt. Dieser Gedanke ernüchtert sie schlagartig. Sehen kann der- oder diejenige zwar nicht viel, aber wirkt die Situation nicht verdächtig? Man könnte noch viel mehr hineininterpretieren, als tatsächlich geschieht.

Lass es nicht Lena sein, fleht sie stumm.

Eine warme Hand löst ihre Finger vom Lichterglas und drückt ihr einen Gegenstand in die Hand. Eileen schließt die Finger um das kühle Metall. Ein Fingerhut. Von jetzt an darf auch sie als Werwolf töten.

Eine Stimme raunt: »Willkommen im Club!« Dann ist er verschwunden.

Es kann kaum eine Minute vergangen sein, als die digitale Kirchturmuhr verkündet, dass die romantische Stunde anbricht. Eileen öffnet die Augen, reckt und streckt sich – schließlich hat sie eine aufregende Wandlung von der Priesterin zum Werwolf hinter sich – und steigt so elegant wie möglich von ihrer Liege herab.

Leider geht es nicht gänzlich geräuschlos. Natürlich bekommt die Hure das mit und wird sich ihren Teil denken. Heute Nacht herrscht ja Hochbetrieb im OP. Aber die Hure muss einen gewissen Preis dafür zahlen, dass sie so gut unterhalten wird. Zeit, um etwas zu spionieren. Eileen kniet sich hin und legt den Kopf mit den verwuschelten Haaren schief. Sie spürt die Kälte des Linoleumbelags durch ihre Leggins hindurch und ist froh, dass nicht sie es ist, die die ganze Zeit auf dem Boden gelegen hat, sondern …

Theo. Zusammengekauert und mit vorbildlich zusammengekniffenen Augen liegt er da, halb unter der herabhängenden Abdeckfolie verborgen. Die dunkelblaue Softshelljacke trägt er bestimmt zur Tarnung, aber sein Wuschelhaar und der spärliche Bart leuchten selbst im Dunkeln so rot, dass eine Verwechslung kaum möglich ist. Bestimmt kämpft er gerade gegen den Drang, zu blinzeln und zu gucken, was Eileen macht. Seine Hand, in der er einen hölzernen Würfel hält, zuckt nervös. Eileen hätte Lust, ihn an den Füßen zu kitzeln, unterlässt es dann aber. Unstillbare Sehnsucht nach ihrem Geliebten hat sie überfallen. Die Erkenntnis, dass Marcel anscheinend ein beeindruckendes Gebiss und den Hang zu nächtlichen Aktivitäten hat, macht ihn nur noch anziehender. So leise wie möglich nimmt sie eines der in Plastikfolie verpackten Skalpelle vom Tisch und legt es auf Kopfhöhe vor Theo auf den Boden. Eine Drohung. Wenn die Hure redet, wird sie die nächste Nacht nicht überleben. Dann schleicht sie sich hinaus. Auf Wolfspfoten bedeutend leichter als letzte Nacht im Priesterinnengewand.

Marcel wartet schon.

»Na, mein süßer Romeo, oder sollte ich besser sagen, mein haariger Potenzprotz?« Eileen lässt sich auf das Bettenlager plumpsen.

Marcel grinst nur.

»Jetzt können wir zusammen den Mond anheulen. A-uuuu-uuuuu.« Eileen legt den Kopf in den Nacken und gibt schauerliche Töne von sich, die im Bunker widerhallen.

»Psst! Bist du verrückt?«

Eileen lacht. »Komm schon, Chéri. Lass mich meine neuen Fähigkeiten genießen.«

Marcel schüttelt den Kopf. »Hätte ich mein Fell doch nur für mich behalten.«

»Zu spät.« Eileen greift nach den Pralinen, wickelt eine aus und schiebt sie Marcel in den Mund. Dann wirft sie sich selbst eine in den weit aufgerissenen Rachen. »Verwandelt werden macht hungrig!«

»Und verwandeln erst!« Marcel kaut. Er sieht zufrieden aus, auch wenn er es nicht zugeben will.

»Übrigens war mein Geheule gerade weit weniger riskant als deine ausführlichen Streicheleinheiten vorhin. Du hast schon bemerkt, dass die Hure unter meiner OP-Liege gelauert hat, oder?«

Marcel blickt sie erschrocken an. »Dein Ernst? Wer ist es?«

»Theo.«

»Falls er gerade mitbekommen hat, dass ich der Urwolf bin, kann er nächste Nacht einfach bei mir im Chefarztzimmer schlafen, und ist dort völlig sicher.«

»Raffiniert. Das traue ich Theo ohne Weiteres zu.«

Marcel runzelt die Stirn. »Er hat mich eh schon auf dem Kieker. Ich habe die gesamte Tagphase im Stuhlkreis mit übereinandergeschlagenen Beinen verbracht, damit keiner den nassen Proseccofleck auf meiner Hose sieht. Das war echt unbequem! Puh, Theo hat mich vielleicht angestarrt.«

Eileen schnappt sich noch eine Praline. »Wir müssen ihn ausschalten.«

Marcel sieht sie misstrauisch an. »Dann wäre es zur Abwechslung hilfreich, wenn bei der Diskussionsrunde von dir etwas anderes kommt als: ›ab mit seinem Kopf!‹«

»Du bist so ein Spießer, Chéri. Aber gut, wenn es dich glücklich macht, kann ich durchaus ernsthaft verhandeln.«

»Damit du Bescheid weißt: Heute Nacht hat Josefine das Zeitliche gesegnet. Und bleibt hoffentlich auch tot.«

»Ah, sie war also nicht dein Wolfskumpel? Wer ist es dann?«

»Lass dich überraschen.«

Eileen klimpert mit den getuschten Wimpern. »Ich liebe es, wenn du so dominant auftrittst, Wolfilein.«

Marcel stößt ein bedrohliches Knurren aus, das Eileen verzückt quietschen lässt. Es ist lustig mit Marcel. Lustig und irgendwie vertraut. Seltsam, dass sie erst jetzt bemerkt, wie sehr ihr das gefehlt hat. Oder ist es nur ihr Drang, mit dem Feuer zu spielen?


## Jakob / Samstag, 31.08., 20:30 Uhr

»Ein neuer Tag, aber nicht für unsere arme Josefine!« Theo ist ganz in seinem Element. Er geleitet seine Nachhilfeschülerin mit ihrem verloschenen Licht eigenhändig zum Schädel in der Zimmerecke und wirbelt dann zu den anderen herum: »Meine lieben Mitbürgerinnen und Mitbürger, das schreit nach Rache! Wir müssen den grässlichen Bestien, die das getan haben, Einhalt gebieten!«

Jakob staunt jedes Mal aufs Neue, wie sehr Theo sich in dieses Spiel hineinsteigern kann.

»Du weißt, dass du dich verdächtig verhältst, oder?« Eileen mustert Theo über ihr eigenes brennendes Licht hinweg. »Sie tut dir doch nicht wirklich leid. Du fandest sie wohl einfach zum Anbeißen.«

»Also, ich glaube ja, die Tür zum Chefarztbüro gehört zu haben«, mischt Jakob sich ein. »So um 12:00 rum.«

»Ich bitte dich, um diese Uhrzeit schläft doch jeder anständige Mensch«, widerspricht Marcel. Er wirkt seltsam blass, aber vielleicht liegt das nur am Licht der Neonröhren direkt über ihm. Schon in der ersten Tagphase hat er sich genau darunter platziert. Wie eine Eidechse, die am Tag möglichst viel Sonne tanken muss, um ihren wechselwarmen Körper aufzuheizen. Die anderen bemerken das wahrscheinlich gar nicht, aber Jakob weiß genau, wie schwer Marcel die Nachtphasen fallen müssen.

»Ich finde es ja eher verdächtig, wie wild du mal wieder mit Anschuldigungen um dich wirfst.« Lena stellt sich dicht neben Marcel – vielleicht bewirkt ja ihre Körperwärme, was die Neonröhre offenbar nicht kann. Wobei auch Lena ziemlich blass und verspannt wirkt. Sogar ihre Stimme klingt ungewohnt scharf: »Wie willst du von deinem Gruselschacht aus überhaupt wissen, ob das, was du gehört hast, wirklich die Tür zum Chefarztbüro war? Es könnte ja auch die der Aufnahme gewesen sein.«

»Genau. Und Josefine hat sich selbst ermordet.«

»Jedenfalls ist nicht gesagt, dass sie wirklich um 12:00 gestorben ist. Vielleicht war sie selbst ein Werwolf und hat sich mit dem Ritter angelegt.«

Jakob spielt dieses Szenario im Kopf kurz durch. Dagegen spricht schon einmal, dass er der Ritter ist. Aber das kann er natürlich nicht sagen. »Dann wäre der Ritter jetzt aber auch tot«, wendet er stattdessen ein.

»Es sei denn, die Hexe hat ihn geheilt.«

»Ich bin ziemlich sicher, dass die Hexe das schon letzte Nacht getan hat.« Theo hält sein Windlicht mit beiden Händen umschlossen. Genau wie Jakob, der immer noch darauf bedacht ist, den Totenkopf zu verstecken. Aber was sollte Theo verbergen?

»Soll heißen?«, fragt Eileen giftig.

»Dass ich nicht glaube, dass Josefine ein Werwolf war. Sondern eine von den Guten. Wir können nicht zulassen, dass diese Monster den Nächsten von uns holen!«, echauffiert sich Theo. »Niemals! Heute will ich Blut sehen.«

»Ich auch.« Eileen betrachtet ihre lackierten Nägel. »Am liebsten deines. Dir ist doch nicht zu trauen.«

»Ich finde, ehrlich gesagt, auch, dass er sich komisch verhält«, gibt Marcel zu bedenken. »Und sein Lager ist doch ganz in der Nähe von Josefines, oder? Er hat ihres ja sogar noch mit ihr ausgesucht und weiß ganz genau, wo es liegt!«

»Beziehungsweise lag«, fällt Eileen erneut ein. »Denn die Bedauernswerte ist ja tot.«

»Ja, die Bedauernswerte.« Marcel verschränkt die Arme vor der Brust. Aller Blicke ruhen nun auf Theo.

Der hebt die Hände in einer völlig überzogenen Unschuldsgeste und seine Augen wandern über den Kreis, der sich kaum merklich um ihn geschlossen hat. »Ihr glaubt doch nicht wirklich, dass ich Josefine hierherlocke, um sie dann gleich in der zweiten Nacht auszuschalten!«

Doch, ungefähr das glauben die anderen: Die Abstimmung fällt drei zu zwei gegen Theo aus und er muss sein Teelicht abgeben, damit die anderen es auspusten können.

»Na schön!« Theatralisch wirft er die Hände in die Luft und stapft zu Josefine auf den Friedhof. Jakob sieht selbst seinem Hinterkopf an, dass er sich wirklich ärgert. Es passt ihm nicht, an diesem coolen und von ihm vorbereiteten Spielort so früh aus dem Spiel zu fliegen. Mit überbetonter Gleichgültigkeit setzt er sich auf dem Friedhof auf den Fußboden, schnappt sich den Schädel und legt ihn sich in den Schoß, als wolle er ein Pläuschchen mit ihm halten.

Jetzt hätte Jakob nichts gegen die praktische, aber langweilige Enthüllungsregel aus den anderen Spielen. Doch bei *Lupus Noctis* bleiben die Identitäten auch dann verdeckt, wenn ein Spieler das Zeitliche segnet. So bleibt es leider auch ein Rätsel, mit wie vielen Wölfen Jakob es heute Nacht zu tun bekommt. Einem, falls Theo wirklich ein Werwolf war. Zwei, falls sie einen Unschuldigen hingerichtet haben. Immerhin hat er als Ritter noch etwas gegen das Monsterpack in der Hinterhand. Während er Theo und Josefine den Rücken kehrt und zu seinem Schacht zurückgeht, verdeckt er den Totenkopfsticker besonders sorgfältig.

## Lena / Samstag, 31.08., 20:40 Uhr

Lena starrt in ihr flackerndes Teelicht. Das Spiel wird nicht mehr lange dauern. Zwei Wölfe gegen zwei Dorfbewohner – keine guten Aussichten für die armen Sterblichen. Eine Nacht und ein Tag, dann haben Marcel und sie gewonnen. Dieser Gedanke alleine verbessert ihre Laune erheblich. Vielleicht kann sie Marcel überreden, heute Nacht Eileen auszuschalten, dann können sie sich am Tag Jakob widmen. Zwei gegen einen ist das dann kein Problem mehr.

Ein fernes Gongen unterbricht jäh ihre Gedankengänge. Sie war unaufmerksam, welche Stunde schlägt es? Lena presst die Lider fest zusammen, um besser zuhören zu können. Zwölf Schläge zählt sie – es ist Wolfsstunde. Schon ist sie auf den Beinen und macht sich auf den Weg hinaus in den Flur.

Gleich wird sie Marcel treffen und mit ihm auf die Jagd gehen. Gleich kann sie seine Hand halten und ihre rasenden Gedanken werden sich beruhigen. Sie beide als einsame Wölfe gegen den Rest der Welt – ihre Rollen hätten sie nicht besser ziehen können.

»Hey, pass auf, wo du hinrennst!« Das Zischen dicht neben ihr bringt Lena dazu, sprichwörtlich in die Luft zu springen. Ihr Herz scheint einen Schlag auszusetzen, um dann in verdoppeltem Tempo seine Arbeit wieder aufzunehmen.

»Wer …« Aber sie unterbricht ihre Frage. Die Stimme und die Silhouette vor dem Lichtschein, der aus dem OP dringt, lassen keinen Zweifel, wem sie hier gegenübersteht. »Eileen, hast du sie nicht mehr alle? Du bist um die falsche Zeit unterwegs!«

»Sagt wer?«, wispert Eileens Stimme aus der Dunkelheit zurück.

Lena ist immer noch vom heftigen Klopfen ihres Herzens abgelenkt. »Entweder das«, meint sie verärgert, »oder du bist die dümmste Hexe aller Zeiten, einfach so einen Werwolf anzusprechen.«

»Ach, Lena-Wölfchen, da kennst du mich aber schlecht.« Das Grinsen in ihrer Stimme ist nicht zu überhören. »Ich hab mir schon am ersten Tag gedacht, dass du ein Werwolf bist. Dazu muss ich gar nicht die Hexe sein. Du bist so leicht zu durchschauen, Schätzchen.«

»Das erklärt aber immer noch nicht –«

»Leise!« Eileen packt Lena so plötzlich am Handgelenk, dass deren Herzschlag sich sofort wieder beschleunigt. »War das ein Lichtkegel?«

Lena starrt in die Richtung, in die sie glaubt, dass Eileen blickt. Im Dunkeln ist das gar nicht so leicht festzustellen.

»Die Hexe?«, flüstert sie so gedämpft, dass Eileen es vielleicht gar nicht hört.

Doch scheinbar tut sie das, denn sie schüttelt spürbar den

Kopf. »Mit der Taschenlampe herumzurennen wäre ja wohl genau so dumm, wie einen Wolf anzusprechen.«

»Lena?«

Sofort beruhigt sich Lenas Herzschlag. Natürlich, Marcel. Sie hatte in den vergangenen Nächten schon den Verdacht, dass er verbotenerweise eine Taschenlampe benutzt hat, ehe sie sie gefunden hat. Dann hat sie sich also doch nicht getäuscht. »Hier«, flüstert sie und streckt die Hand in den dunklen Gang aus. »Nicht erschrecken, wir sind zu zweit.«

Die Frage ist nur, warum. Eileen muss ein Wolf sein, sonst wäre sie jetzt nicht hier.

Endlich hat Marcel sich zu ihnen vorgetastet. Sie erkennt seine Silhouette im fahlen Licht der Leuchtstreifen, und schon fühlt sie auch seine Hand, die sich um ihre schließt. »Deswegen wart ihr euch so einig!«, rutscht es ihr etwas lauter als beabsichtigt heraus.

Lena ärgert sich über sich selbst, dass sie es nicht schon am Tag erkannt hat, denn eigentlich ist es offensichtlich. Marcel muss Eileen verwandelt haben. Marcel, der Urwolf.

Eileen und Marcel ziehen es offenbar vor, nicht auf Lenas indirekte Anschuldigung einzugehen.

»Jetzt aber los, bevor unsere Zeit abgelaufen ist.« Eileen setzt sich bereits in Bewegung und wird von Marcel aufgehalten.

»Andere Richtung, Eileen. Jakob ist der letzte Dorfbewohner. In der Schleuse.«

»*It's the final countdown! Da da daaaaa da, dadada da da!*«

»Eileen, nicht jetzt!«, zischt Lena und hakt sich kurzerhand bei ihr unter. Marcel an der einen Hand und Eileen auf ihrer anderen Seite – beinahe muss Lena grinsen. So haushoch haben die Werwölfe selten gewonnen. So lautlos, wie drei Paar Schuhe über rutschiges Linoleum eilen können, begeben sie sich zur Tür der Schleuse.

»Dieses Mal bist du dran, Sweetheart«, erinnert Marcel Lena mit einem leichten Knuff an die Abmachung von letzter Nacht.

»Wir könnten auch Eileen die Ehre überlassen.«

»Ach, lass nur«, winkt diese jedoch ab. »Würde mir nicht im Traum einfallen, eure Absprache so zu unterwandern. Dein Auftritt, Lena.«

Lena schluckt. Eigentlich ist es albern. Sie muss ihren Fingerhut nicht verstecken – im Dunkeln werden die anderen beiden die roten Augen des eingravierten Wolfs sowieso nicht erkennen. Das müssen sie auch nicht, weil Lena sich ja schon in der allerersten Nacht dazu entschieden hat, als normaler Werwolf und nicht als weißer Wolf zu spielen. Als weißem Wolf steht ihr diese Entscheidung zum Glück offen.

Eileen gibt Lena einen kleinen Stups, damit sie sich endlich in Bewegung setzt. Widerwillig tut sie es. Die Schleuse ist ein größtenteils leerer Raum und durch Jakobs Teelicht gut ausgeleuchtet. Nur Jakob selbst ist auf den ersten Blick nicht zu finden, weil er tatsächlich in diesen fürchterlichen Schacht für vergiftete Kleidung gekrochen ist.

Lena tut es wirklich leid, sein Licht auszulöschen. Jakob ist nie so ein unerträglich schlechter Gewinner wie zum Beispiel Eileen mit ihren Dauerschleifen von »We Are the champions« und »So sehn Sieger aus«, aber er freut sich immer so sichtlich, wenn er zum Gewinnerteam gehört. Dann lächelt er zum Beispiel viel öfter oder macht Witze, die keiner versteht. Vor allem seit seinem nicht bestandenen Abi vor einem Jahr hat Lena diesen Jakob zu schätzen gelernt.

Aber sie hat keine Wahl: Jakob wird heute nicht gewinnen, auch wenn Lena es ihm noch so sehr gönnt. Ihr Fingerhut fühlt sich rutschig in ihren schwitzigen Fingern an und sie muss ihn extra fest umklammern. Vorsichtig fädelt sie ihn durch die schmale Öffnung des Schraubglases und versucht, die zunehmende Hitze der Flamme zu ignorieren.

Ihr Finger rutscht kurz ins heiße Wachs, aber die Flamme ist schon aus, als sie erschrocken zurückzuckt. Der Docht glüht noch, aber das war's. Mission erfüllt. Fast zumindest. Der Griff unter das Glas ist eher Routine. Lena lässt die Fingerkuppe über den glatten Boden des Glases fahren und bleibt an etwas Rauem hängen. Nein. Sie fährt erneut darüber und spürt deutlich die scharfen Kanten des Stickers. Der Traum von ihrem Sieg an Marcels Seite zerplatzt wie eine pralle Seifenblase. Jakob war der Ritter und bei Sonnenaufgang muss Lena ihr eigenes Teelicht löschen.

Zum Glück ist ihre Zeit mittlerweile so knapp, dass die anderen beiden keine Gelegenheit haben, Lena Fragen zu stellen. Eileen verschwindet summend im OP, Marcel nimmt sich noch die Zeit für einen innigen Siegeskuss, während bereits die Kirchturmuhr schlägt.

Lena kann den Kuss nicht genießen. Marcel und Eileen als gemeinsame Sieger. Ausgerechnet die beiden. Der Moment in der Küche geht Lena durch den Kopf. Der Moment, in dem Marcel und Eileen Seite an Seite aus dem Unterschränkchen aufgetaucht sind, irgendwie ertappt. Den Gedanken an einen gemeinsamen Sieg der beiden kann Lena kaum ertragen.

Es geht ihr immer noch durch den Kopf, als sie wieder in ihrem Lager in der Schaltzentrale sitzt und in ihr Teelicht starrt, das nur noch wenige Minuten zu brennen hat. Marcel und Eileen als Gewinner und sie, Lena, im letzten Moment ausgeschlossen von diesem Sieg. Sie, der weiße Wolf, der eigentlich alleine hätte gewinnen können! Aber sie war mal wieder mehr Schoßhund als Werwolf und jetzt darf sie Marcel und Eileen beim Gewinnen zusehen. Wenn es wenigstens nur Marcel wäre! Wenn er Eileen doch nie verwandelt hätte. Wenn …

Die Uhr schlägt 02:00 und Lena schluckt trocken. Es gibt eine Lösung. Ein bisschen Wachs krümelt auf den Fußboden, als Lena ihren Fingerhut aus der Tasche zieht. So nah bei ihrer eigenen brennenden Kerze sieht sie die roten Augen ihrer Wolfsfigur ganz deutlich. Als sie ihre Truhe geöffnet hat, war sie enttäuscht. Der weiße Wolf ist ihr unsympathisch. Schon dieser glühende Blick. Und dann seine zweifelhafte Sonderfähigkeit. Um 02:00 Uhr darf er losziehen und seinen Mitwolf ermorden – hinterrücks, gemein, falsch. Aber in diesem Fall …

Lena stemmt sich auf die Beine. Den Weg zum OP legt sie dieses Mal noch schneller zurück. Auf Zehenspitzen schleicht sie durch die OP-Vorbereitung und in den Saal und bleibt wie angewurzelt stehen. Jetzt weiß sie genau, warum Eileen diesen Raum gewählt hat. Nirgends sonst hätte sie sich so gekonnt in Szene setzen können wie hier.

Beinahe muss Lena lachen. Es sieht komisch und unheimlich zugleich aus, wie Eileen da auf der metallenen Liege ruht. Das Lachen bleibt Lena allerdings im Hals stecken, als ihr klar wird, dass Eileen ihr Windlicht in den Händen hält. Sie hat gehofft, ihren Plan möglichst unbemerkt ausführen zu können, aber das wird verflixt schwierig, wenn sie derart nah an Eileen heranmuss.

Kurzerhand schlüpft sie aus ihren Turnschuhen, holt noch einmal lange und tief Luft und hält dann den Atem an. Auf Strümpfen schleicht sie in den Operationssaal und zur Liege in dessen Mitte. Aus der Nähe ist Eileens Anblick überhaupt nicht mehr lustig. Das Kerzenlicht beleuchtet ihr Gesicht schauderhaft von unten und lässt sie wie eine Leiche aussehen. Immerhin eine Beobachtung trägt ein wenig zu Lenas Beruhigung bei: Zwischen Spritzen und Desinfektionsmittel liegt neben Eileen auch ihr Smartphone und zeigt eine Offline-Playlist von Spotify. Offenbar hört Eileen unter ihrer blonden Löwenmähne über ihre Airpods Musik, so sicher fühlt sie sich in dieser Nacht.

Mit zitternden Fingern hält Lena ihren Fingerhut über das Schraubglas. Sie darf das Glas nicht im Geringsten berühren, sonst bringen ihr auch Eileens Kopfhörer nichts. Die Erschütterung wird sie verraten. Millimeter für Millimeter senkt sie den Fingerhut in das Glas, spürt, wie er immer heißer wird, stülpt ihn über die Flamme und harrt die endlosen Sekunden aus, bis sie verlischt.

Eileen verzieht keine Miene, sie zuckt nicht einmal. Entweder sie ist eine verflixt gute Schauspielerin oder sie hat tatsächlich nichts mitbekommen. Linkin Park sei Dank. Wie gut, dass Eileen in ereignislosen Nachtphasen so gerne Musik hört.

Zurück im Flur muss Lena ein überdrehtes Lachen unterdrücken. Aus Eileens und Marcels gemeinsamem Triumph wird wohl nichts werden. Marcel wird alleine siegen und Lena wird ihn mit einem Kuss beglückwünschen. Und sobald sie morgen diesen finsteren Bunker verlassen, gehört Marcel wieder ganz alleine ihr. Keine verdächtigen Treffen in lauschigen Bunkerküchen mehr.

Lena kann es kaum erwarten. Diese Spielrunde war wirklich nicht das, was sie erwartet hat. Angefangen mit dem unheimlichen Brief. Aber das wird sie sich jetzt auch nicht mehr gefallen lassen. Oh nein. Für solche kindischen Spielchen ist sie nicht länger zu haben.

Die Turmuhr schlägt bereits 03:00 Uhr, als Lena abermals in die Dunkelkammer huscht. Sie greift nach dem Schlüssel auf der Tischplatte, will ihn an sich reißen und zurück an seinen Platz bringen. Sie tastet danach und spürt nur die kühle, glatte Oberfläche. Mit beiden Händen fährt sie von Kante zu Kante, geht in die Hocke, um im schwachen Licht der fluoreszierenden

Leuchtstreifen vor der Tür etwas erkennen zu können. Es schlägt 04:00 Uhr, bis Lena schließlich die Hände zurückzieht und die Arme um ihren eiskalt gewordenen Körper schlingt.

Der Schlüssel ist nicht mehr in der Dunkelkammer.


**Josefine** / Samstag, 31.08., 21:20 Uhr

»Was meinst du, wen bekommen wir als Nächstes als Gesellschaft?« Josefine kann im Dunkeln nur erahnen, dass Theo immer noch den Totenkopf in seinem Schoß tätschelt. Ein Zeichen dafür, dass er schmollt, weil er hier sitzen und warten muss, während die anderen weiterspielen.

»Jakob«, brummt er. »Oder Eileen. Unser Traumpaar hat Fangzähne, wenn du mich fragst.«

»Ich glaube ja eher, dass Eileen und nicht Lena der zweite Wolf ist. Dein Tod war ein abgekartetes Spiel zwischen ihr und Marcel.«

Als Antwort bekommt sie nur ein Brummen – sein Tod ist offenbar immer noch ein sensibles Thema. Zum Glück schlägt es in diesem Moment 06:00 Uhr.

Theo springt auf. »Na endlich!« Im fahlen Licht der Leuchtstreifen sieht Josefine, wie er ein paar Schritte vor und zurück tigert.

»Wir sind hier nicht bei ›The Walking Dead‹, Theo. Ich dachte, bei *Lupus Noctis* halten die Toten sich raus.«

»Ja, ja, schon gut.« Er hat sich kaum wieder auf dem Friedhof niedergelassen, als auch schon das Licht angeht und Jakob hereinkommt. Das erloschene Teelicht trägt er in einer Hand, ein resigniertes Grinsen auf dem Gesicht. Ohne zu zögern, kommt er zu ihnen auf den Friedhof und nimmt zwischen Josefine und dem Schädel Platz. Sofort überkommt Josefine der alberne Wunsch, den Arm um ihn zu legen oder so. Ihr ist ja schon bei Theo aufgefallen, wie tragisch der Spieltod für ihn war, und Jakobs Schweigen spricht auch nicht gerade von leichtfertiger Gleichgültigkeit.

Die nächsten beiden Rückkehrer sind Marcel und Eileen, die ziemlich verdächtig tuscheln und sofort verstummen, als ihr Blick auf die übrigen Anwesenden fällt. Marcels Teelicht flackert fröhlich in seinem Glas, das von Eileen ist verloschen. Dennoch macht sie vorerst keine Anstalten, zum Friedhof zu gehen. Mit zusammengekniffenen Augenbrauen lässt sie den Blick über die dort Versammelten gleiten. Schließlich sieht sie wieder zu Marcel und zuckt kaum merklich die Schultern. Also doch Bonnie und Clyde. Josefine ist sich ziemlich sicher, dass sie das Werwolfspaar sind, das soeben Jakob erledigt hat. Nur irgendetwas scheint nicht nach Plan gelaufen zu sein, denn immerhin ist Eileens Lebenslicht ebenfalls erloschen.

Doch da macht Lena auch schon das Chaos komplett, indem sie als Letzte den Marktplatz betritt. Auch ihr Licht ist verloschen und ihre Miene ernst.

»Was um alles in der Welt habt ihr beiden angestellt?« Marcel starrt seine Freundin an.

»Das würde ich ja auch zu gerne wissen«, stimmt Eileen zu, wird aber augenblicklich von Theo zum Schweigen gebracht, der seinen Lieblingssatz intoniert: »Die Toten sprechen nicht!«

»Aber hier stimmt doch was nicht«, setzt Eileen erneut an, doch Lena – die vorbildlich schweigt – nimmt sie an der Schulter und zieht sie mit sich zum Friedhof, wo sie nun alle versammelt sind – alle, außer Marcel. »Sieht so aus, als hätten wir einen Sieger«, platzt sie dort angekommen jedoch heraus.

Doch Marcel schüttelt den Kopf. Sein Blick wandert noch einmal der Reihe nach über sie alle, als würde er immer noch versuchen, das Rätsel zu lösen. Dann hebt er sein Teelicht ein wenig an. »Wie tragisch«, seufzt er theatralisch. »Wie unerwartet tragisch. Alle tot. Alle.«

»Außer dir«, meint Lena und macht Anstalten, zu ihm zu gehen, doch Marcel ignoriert sie – er ist offenbar noch nicht fertig mit seiner Show zum Spielende.

»Und meine Liebste – auch tot!«, fährt er fort. »Wie sollte ich da weiterleben?« Damit holt er tief Luft und bläst sein eigenes Teelicht aus.

»Was machst du denn da?« Nun tritt Lena doch an seine Seite.

»Mich aus Liebeskummer umbringen.« Marcel nimmt Lena am Arm und führt sie zum Friedhof zurück. »Und du bist auch tot, also pscht.« Er legt ihr den Arm um die Schultern und zieht sie mit sich zu Boden. Und da sitzen sie. Marcel und Lena, Eileen, Jakob, Theo und Josefine und keiner versteht so recht, was eben geschehen ist.

»Alle tot?«, fragt schließlich Theo. »Niemand hat gewonnen?«

Jakob ist es, der anfängt zu lachen. Er lacht so laut, wie Josefine es ihm niemals zugetraut hätte, und Lenas überraschtem Blick nach zu urteilen, ist das auch eher eine Ausnahme, wenn nicht eine Premiere. Vielleicht wirkt es auch deshalb so mitreißend auf die anderen – sogar Theo lacht, scheinbar endlich mit seinem vorzeitigen Ableben versöhnt.

Eileen lehnt vor lauter Lachen halb an Marcel. Er ist es auch, an den sie sich wendet, als sie sich ein wenig beruhigt hat: »Eines verstehe ich trotzdem nicht, *Liebster*.« Sie betont das letzte Wort. »Dein Selbstmord in allen Ehren, aber warum genau bin ich überhaupt tot?«

Aller Augen richten sich auf sie, bis Jakob sich räuspert. »Vermutlich, weil du mich ermordet hast.« Er runzelt irritiert die Stirn. »Oder etwa nicht? Du hast dich mit dem Ritter angelegt und wurdest tödlich verwundet.«

»Also, das wüsste ich ja wohl.«

Dieses Argument leuchtet Jakob offenbar ein, denn nun sieht auch er ziemlich verwirrt aus.

»Außerdem hat Lena dich umgebracht«, fährt Eileen fort. »Was erklärt, warum sie heute Morgen mausetot ist. Ich würde allerdings schon gerne wissen, wer sich an meinem Lebenslicht vergriffen hat.« Ihr Blick ruht nun auf Lena, die immer noch Marcels Arm um sich hat und sich dennoch sichtlich unwohl fühlt.

»Na schön«, seufzt sie, vergräbt die freie Hand in ihrer Hosentasche und wirft Eileen schließlich etwas Kleines, Silberfarbenes zu. Ihr Fingerhut.

Eileen platziert ihn gut sichtbar auf ihrer Handfläche. »Falsche Schlange«, meint sie schließlich mit verschlagenem Grinsen. »Oder sollte ich sagen: falscher Wolf? Du hast mich angegriffen! Dachtest, du kannst zwei Fliegen mit einer Klappe schlagen und Marcel und mich auf einmal loswerden – raffiniert. Aber sowas von hinterhältig.«

»Du weißt genau, dass ich diese Rolle hasse.« Lena sieht ihrer Freundin bei diesen Worten nicht in die Augen. »Ich hatte gar nicht vor, alleine zu gewinnen.«

»Offensichtlich nicht«, schaltet sich nun Theo ein, das Gesicht nachdenklich verzogen, als wenn er einen schwierigen mathematischen Sachverhalt zu erklären versucht. »Denn als du Eileen zum Nachtisch verspeist hast, hattest du Jakob bereits als Vorspeise.«

»Igitt, Theo!«

Theo wischt Eileens Protest beiseite und fährt fort: »Ergo

wusstest du bereits, dass du selbst bei Sonnenaufgang tot sein würdest.«

Josefine hat den Faden verloren, aber so wie Theo es sagt, klingt es, als hätte Lena etwas falsch gemacht. Eileens Gesicht nach zu urteilen, sieht sie das nach Theos Erklärung auch so. »Aber warum?« Entrüstet stemmt sie die Hände in die Hüften und schüttelt ihre blonde Mähne. »Da tun sich Abgründe auf, meine Liebe, mit denen ich nie gerechnet hätte! Wer hätte gedacht, dass du so missgünstig bist, deiner besten Freundin und deinem eigenen Freund den Sieg nicht zu gönnen!«

»Ja, den Gedankengang würde ich ja auch zu gerne mal erläutert bekommen«, pflichtet Theo bei.

Lena drückt sich fester in Marcels Arm. »Ich hatte halt einen Denkfehler. Das ging alles verflixt schnell, so genau habe ich das auch nicht umrissen. Ich wollte gar nicht ...« Sie verstummt.

»Mich gar nicht umbringen.« Eileen rollt die Augen. »Du hast nur etwas zu heftig über mein Lebenslicht geatmet, ja?«

»Ist das jetzt wirklich so wichtig?«

»Na, jedenfalls ...« Jakob hat lange geschwiegen, und wie das bei stillen Leuten oft ist, horchen alle auf, als er spricht, und lassen tatsächlich von Lena ab. »... jedenfalls hat sie uns ein denkwürdiges Ende für diese Runde beschert.«


**Hanan** / Samstag, 31.08., 21:35 Uhr


Der Tank von Isams Auto ist bald leer. Hanan ärgert sich, dass sie vor dem Losfahren nicht auf die Tankanzeige geachtet hat.

Aber nun ist sie ihrem Ziel schon zu nahe, um noch umzukehren. Sie hätte ihre Zeit nicht erst mit dem Muna-Gelände verschwenden sollen. Die Burgruine in Leonrod ist viel wahrscheinlicher als heutiger Spielort.

Leonrod ist ein verschlafenes Nest und um diese Zeit scheint es völlig verlassen. Hanan sieht auf die Uhr am Armaturenbrett: schon nach halb 10. Für *Lupus Noctis* kommt sie wahrscheinlich schon zu spät oder höchstens noch gerade rechtzeitig zum Finale, aber sie könnte den Abend gemeinsam mit ihren Freunden ausklingen lassen und die Nacht in der Burgruine verbringen. Das wäre die lange Suche und die weite Fahrt auf jeden Fall wert.

Sie parkt Isams Auto am Rande eines Siedlungsgebiets und folgt einem Feldweg in die Richtung, die sie vorher auf Google Maps recherchiert hat. Gleich da vorne muss die Ruine eigentlich sein. Aber im letzten Licht der fortschreitenden Dämmerung sieht Hanan nur eine Kapelle und eine Menge Bäume.

Zwei Gestalten kommen ihr auf dem Feldweg entgegen. Der Impuls, umzukehren, wird stärker, beinahe übermächtig. Den Silhouetten nach zu urteilen sind es ein Mann und ein Hund.

Hanan gibt sich einen Ruck und geht zielstrebig auf sie zu. »Guten Abend. Bitte entschuldigen Sie, aber ich suche die Burgruine.«

Der Terrier eilt voraus, um an Hanans Schuhen zu schnüffeln, und auch der Mann bleibt stehen. Sein Blick wandert, wie zu erwarten, zu ihrem Kopftuch.

»Gleich hinter den Bäumen da drüben. Am Tag sieht man sie viel besser.« Der Mann runzelt ein wenig die Stirn. »Und das Betreten ist strengstens verboten, wegen der Einsturzgefahr.«

»Das weiß ich«, versichert Hanan. »Ich will auch nur einen Blick darauf werfen.« Sie lächelt unverbindlich, aber offenbar nicht so beruhigend, wie sie glaubt.

»Diese Ruine hat mehrere Hundert Jahre auf dem Buckel. Ein falscher Schritt im Dunkeln und du könntest von einer einstürzenden Wand verschüttet werden oder in das Kellergeschoss einbrechen«, prophezeit der Hundebesitzer finster. »Und wer soll dich da finden? Da unten hättest du womöglich nicht einmal Handyempfang, um einen Notruf abzusetzen, und bis morgen Früh bist du erstickt oder erfroren oder – «

»Ich will mir die Ruine wirklich nur ansehen«, versichert Hanan schnell. Der Kerl kann einem ja wirklich Angst machen – und wahrscheinlich ist das genau seine Absicht. Möglichst höflich bedankt sie sich für seine Fürsorge und die Richtungsangabe und setzt ihren Weg fort.

Würde Theo wirklich eine Spielrunde in einer einsturzgefährdeten Ruine abhalten? Hanan beißt sich auf die Unterlippe. Natürlich würde er das. Es wäre nicht einmal das erste Mal, dass sie ein baufälliges Gebäude betreten, um dort zu spielen. Die Streunerkatzenvilla war immerhin auch ganz schön heruntergekommen und das verlassene Häuschen in Unterwurmbach auch kein Neubau.

Erst als sie schon fast da ist, sieht Hanan die Mauern der Ruine über den Bäumen hervorblitzen. Im Halbdunkel wäre sie glatt daran vorbeigelaufen, wenn sie nicht nach dem Weg gefragt hätte. Die ehemalige Burg ist wirklich komplett zugewachsen und überwuchert. Ihr Herz beginnt, schneller zu klopfen. Der perfekte Spielort für *Lupus Noctis*.


**Theo** / Samstag, 31.08., 21:45 Uhr

Erst als Theo sich gemeinsam mit den anderen auf ihrem Bettenlager niederlässt, merkt er, dass ihm während der letzten Stunden die Kälte in die Knochen gekrochen ist. Kein Wunder, wo er die meiste Zeit des Spiels auf kalten Fußböden verbracht hat. Er zieht den Reißverschluss seiner Softshelljacke bis zum Kinn hoch und reibt sich die Hände.

»Theolein, du siehst aus, als könntest du etwas Nervennahrung gebrauchen.« Eileen kramt aus ihren scheinbar unerschöpflichen Vorräten drei Tafeln Fairtradeschokolade und gelatinefreie Gummibärchen hervor. Theo muss an das Skalpell denken, das sie in der zweiten Nacht neben ihn gelegt hat. Er hat die Botschaft sehr wohl verstanden. Anscheinend bemüht sie sich nun, das wiedergutzumachen.

Jetzt, mitten unter seinen Freunden und bei normaler Beleuchtung, kommt ihm das Erlebnis während der Spielenacht wie ein seltsamer Traum vor. Es kann ja gar niemand mit ihnen hier unten sein, schließlich hat er abgesperrt. Er muss irgendein harmloses Geräusch fehlinterpretiert haben. Eine andere Erklärung gibt es nicht. Oder?

»Mist! Ich hab ja auch noch was für euch, habe ich ganz vergessen in der Aufregung!« Josefine beginnt in ihrem Rucksack zu kramen und fördert eine orangefarbene Tupperdose zutage. Sie öffnet den Deckel und lässt die Dose in der Runde herumgehen. Erwartungsvoll sieht sie zu, wie einer nach dem anderen hineinschaut.

»Ach süß, ist das ein Esel?« Lena nimmt sich ein Plätzchen.

»Wenn man es so herum hält, sieht es eher aus wie eine Sonnenblume«, meint Marcel.

Eileen mustert ihr Gebäckstück. »Ein Hahn würde ich sagen, mit gesträubtem Gefieder.«

Josefine sieht etwas enttäuscht aus. »Fast.«

»Leute, ich hätte mehr von euch erwartet! Das ist doch wohl eindeutig ein Wolf.« Theo lächelt Josefine an. »Ein Nachtwolf, stimmt's?«

Josefine nickt. »Ich habe einen Wolfsausstecher benutzt. Allerdings hat sich der Teig im Ofen dann etwas verformt.«

»Hauptsache, es ist nicht der Grimm!«, kommt es von Jakob.

»Was ist ein Grimm?«, nuschelt Eileen mit vollem Mund.

»Bildungslücke!« Theo rückt seine Brille zurecht. »Also echt, Eileen, wie lange sage ich dir schon, dass du endlich ›Harry Potter‹ lesen sollst? Ein Grimm ist ein riesiger Gespensterhund, der Vorbote eines nahenden Unglücks.«

»Eigentlich sogar eines Todesfalls«, stellt Jakob richtig.

»Stimmt. Wir hätten die grimmigen Plätzchen vor dem Spiel verspeisen sollen. Da hätte er ausreichend Todesfälle vorhersagen können!« Theo kann es immer noch nicht fassen, dass tatsächlich alle Spieler gestorben sind. Das gab es noch nie.

»Gut, ein derartiges Massensterben hatten wir zwar bisher nicht«, wirft Lena schnell ein, »aber wisst ihr noch, als wir in diesem alten, verfallenen Häuschen in Unterwurmbach waren und es plötzlich einen Werwolf zu viel gab?«

»Oh ja, das war der Knaller.« Marcel grinst. »Definitiv ein Glanzstück von Theos Spielkunst.« Er wendet sich an Josefine. »Dein schlauer Nachhilfelehrer hatte die Rolle als Hexe, wurde aber beim Spionieren um Mitternacht von den Werwölfen erwischt und hat dann einfach behauptet, dass er auch ein Werwolf sei. Hanan und ich haben es nicht gecheckt und uns bloß gewundert, dass er die ausgewählten Opfer nie selbst töten wollte – da wäre nämlich aufgefallen, dass er keinen Fingerhut hat.«

»Ist ja irre!«

Theo freut sich, dass Josefines Stimme so bewundernd klingt.

»Und an der Kapelle am Uhlberg hatten wir plötzlich alle keinen Handyempfang mehr.«

»Ausgerechnet, nachdem Theo uns mit Schauergeschichten über satanistische Rituale und merkwürdige Vorfälle unterhalten hat«, ergänzt Eileen. »War da nicht Stefan mit den Käsefüßen noch mit dabei? Was ist eigentlich aus dem geworden?«

»Er ist in die Schweiz ausgewandert«, steuert Theo trocken bei.

»Zu Beginn unserer Spielkarriere gab es noch mehrere und wechselnde Mitspieler«, erklärt Jakob Josefine. »Erst so nach und nach hat sich die Kerngruppe herauskristallisiert und Theo und ich haben *Lupus Noctis* entwickelt.«

»Und heute durfte ich mitspielen. Das ist echt wahnsinnig cool von euch!« Josefine strahlt. Theo muss über ihre Begeisterung lächeln. Es hat sich definitiv gelohnt, dass er ihr bei den Nachhilfestunden immer wieder mal von *Lupus Noctis* vorgeschwärmt hat.

Josefine plaudert fröhlich weiter. »So wie das klingt, habt ihr ja schon einige Lost Places abgeklappert. Richtig spannend, ganz ähnlich wie *Vapor*, der hat sich ja darauf spezialisiert, solche Orte vorzustellen. Seid ihr dabei denn nie erwischt worden? Ich glaube, das wäre meine größte Sorge!«

Für einen Moment herrscht Schweigen. Dann räuspert sich Marcel. »Einmal mussten wir tatsächlich eine Runde abbrechen, weil wir gehört haben, dass jemand kommt.«

»Das war in dieser gruseligen Streunerkatzenvilla.« Lena bohrt ihre Finger in die Maschen ihres Wollpullis, bis Marcel ihre Hände festhält und den Arm um sie legt.

»Zum Glück konnten wir durch ein Fenster im ersten Stock raus, über das Dach der Veranda klettern und abhauen. Das war echt knapp.« Eileen kämmt mit den Fingern ihre Löwenmähne. Die Haare fallen über die Schulter und verbergen ihr Gesicht.

»Echt knapp«, wiederholt Jakob. Er hat ein Lächeln aufgesetzt, das so gekünstelt aussieht, dass Theo schnell zu sprechen beginnt, um Josefines Aufmerksamkeit auf sich zu lenken. »Normalerweise suchen wir aber eher abgelegene Orte aus, wo nicht zufällig jemand vorbeikommt.«

Josefine nickt. »Ja, das würde ich auch so machen. Aber interessant, dass ihr die Streunerkatzenvilla mal von innen gesehen habt – das war doch die am Rand des Burgstalls? Die letztes Jahr abgebrannt ist, oder?«

»Wir waren kurz vorher noch drin. Zum Glück nicht am Tag des Brandes«, erklärt Lena.

Theo hat seinen Knobelwürfel aus der Hosentasche gezogen und fingert zerstreut daran herum.

Jakob verschränkt die Arme über seinem mageren Oberkörper. »Genauer gesagt ist das Feuer am Tag nach unserem Spiel ausgebrochen.«

»Wirklich? Direkt danach?« Marcel runzelt die Stirn. »Das war mir gar nicht so bewusst.«

»Da hattet ihr ja wahnsinniges Glück«, ruft Josefine.

Theo gähnt demonstrativ und stopft sich seinen Schlafsack als Kissen hinter den Rücken. Doch schnell zieht er ihn wieder heraus und betrachtet ihn im Licht der Lampe. »Da ist irgendwas Nasses …«

»Ups«, kommt es gar nicht schuldbewusst von Eileen.

Marcel hebt entschuldigend die Hände. »Das war dein Theo-Spezial-Prosecco. Wie bei James Bond: Geschüttelt, nicht gerührt.«

Theo verzieht das Gesicht. »Und ihr musstet ausgerechnet meinen Schlafsack als Untergrund für eure Sektorgien wählen?«

»Besser Sektorgien als Sexorgien«, kontert Eileen.

Lena sieht wenig erfreut aus, bietet jedoch sofort an, Theo dabei zu helfen, seinen Schlafsack trocken zu bekommen. »Ich habe hier irgendwo im Bunker auch noch Wolldecken gesehen. Du könntest dich darin einwickeln.«

Theo winkt ab. »So schlimm ist es nicht«, sagt er versöhnlich. Immerhin hat er sein Ziel erreicht. Das Thema Streunerkatzenvilla ist erst mal vergessen – und Theo wird sein Möglichstes tun, damit das so bleibt.

## Lena / Sonntag, 01.09., 02:10 Uhr

In einem fensterlosen Bunker verliert man jedes Zeitgefühl. Seit Stunden reden sie über Gott und die Welt – nur nicht über das, was Lena wirklich durch den Kopf geht: Wo ist der Schlüssel, wer hat ihn aus der Dunkelkammer genommen und, was sie fast noch mehr umtreibt, wer hat ihr den Zettel mit dem Befehl überhaupt zugesteckt, wenn das alles nicht ein ausgeklügelter Plan von Spielemacher Theo ist. Wenn dem so wäre, hätte sich doch längst einer der anderen verplappert und etwas von geheimnisvollen Zetteln und Aufgaben gesagt.

Stattdessen plaudern alle sorglos vor sich hin. Erst als Eileen auf ihrer Matratze eingeschlafen ist und auch Lenas Augen vor Müdigkeit brennen, wirft sie einen Blick auf ihr Smartphone. Hier unten taugt es nur als Uhr; die aber funktioniert immerhin einwandfrei und verrät ihr, dass es schon nach 02:00 ist.

»Wahrscheinlich sollten wir langsam mal schlafen.« Gähnend lässt sie den Kopf an Marcels Schulter sinken. Sein warmer Arm legt sich um sie, aber die Kälte kann selbst Marcel nicht ganz vertreiben. Lena dreht das Gesicht so, dass sie die Nase in Marcels Norwegerpulli vergraben kann, und atmet seinen vertrauten Duft ein. Eigentlich riecht er in erster Linie nach seinem Lieblingsdeo von Adidas, aber wenn man so nahe an seinem Körper ist wie Lena jetzt, dann ist da noch mehr. Marcel riecht nach

Sommer und Wärme, selbst durch den flauschigen Winterpulli hindurch. Nach Sicherheit und Zuhause. Nur daran will Lena jetzt denken.

»Hey, schläfst du jetzt auch ein?« Marcels Stimme klingt sanft. »Na komm, dann schlüpf wenigstens schon mal in den Schlafsack, damit du heute Nacht nicht erfrierst.«

»Passiert schon nicht. Du bist schön warm.« Lena versucht sich an einem Lächeln, aber es tut weh. Marcel – was auch immer hier vor sich geht, kann sie das Wertvollste kosten, was sie hat. Der zusammengefaltete Zettel in ihrer Hosentasche scheint eine Tonne zu wiegen. Und der Schlüssel ... wo ist er jetzt? Wer hat ihn an sich genommen? Und vor allem: Warum?

Marcel zieht sie fester an sich.

»Gott, nehmt euch ein Zimmer!«, ruft Theo.

»Halt die Klappe«, brummt Marcel, als Theo, Josefine und Jakob in Gelächter ausbrechen. »Ab ins Bett, Kleines.«

Lena hebt widerwillig den Kopf. »In den Schlafsack«, korrigiert sie. »Und zuerst Zähneputzen.«

»Ernsthaft jetzt?« Marcel seufzt. »Dann komme ich aber mit. In deinem Zustand verläufst du dich da draußen wahrscheinlich.«

Sie lassen Eileen schlafen, aber die anderen drei schließen sich ihnen an.

»Meint ihr, das Wasser hier unten ist trinkbar?« Lena lässt den Wasserhahn im Waschraum eine Weile laufen und starrt den Strahl prüfend an. »Das ist nicht irgendwie belastet, oder?«

»Atomar?« Theo hält seine Zahnbürste darunter. »Ziemlich sicher nicht.«

»Nicht atomar. Wegen der alten Leitungen. Sind die nicht manchmal schädlich? Asbestverseucht oder so?«

»Von Leitungen aus Asbest habe ich noch nie gehört und so

alt sind die hier ja nun auch wieder nicht. Der Bunker ist aus den Siebzigern – das ist neuer als so mancher Altbau, in dem man problemlos wohnen kann.«

Widerwillig hält Lena auch ihre Zahnbürste unter den Wasserstrahl. Stimmt, der Bunker ist gar nicht so alt, wie man denken könnte. Nur weil er verlassen ist und zu einem so unheimlichen, ihnen so fremd erscheinenden Zweck erbaut wurde, wirkt er wie aus einer anderen Welt. Theo beendet seine Katzenwäsche, und eine vor Müdigkeit ungewohnt schweigsame Josefine schließt sich ihm an, als er zurück in ihr Lager verschwindet. Schweigsam ist auch Jakob, auch wenn das nicht ganz ungewöhnlich ist. Nur während des Spiels war er voll in seinem Element und viel redseliger als im wahren Leben.

Lena spült ihren Mund aus und betrachtet sein Spiegelbild in dem kleinen, rechteckigen Spiegel über dem Waschbecken. Er ist gerade dabei, sich das Gesicht an einem mitgebrachten Handtuch abzutrocknen. Neben Marcel mit seinem dunklen Teint wirkt er im Licht der Neonröhren blass und kränklich. »Du siehst auch ganz schön müde aus.« Sie will nicht, dass es misstrauisch klingt, aber sie fragt sich, ob auch Jakob etwas bemerkt hat, ob auch er ahnt, dass hier unten etwas nicht stimmt. Er war immer schon ein Beobachter, einer, dem Dinge auffallen, die sonst alle übersehen.

»Ach, nur der Abistress.« Jakob sieht auf und Lena über den Spiegel in die Augen. »Na ja, ihr wisst ja, wie es ist.«

Lenas Argwohn schwingt augenblicklich in Sorge um. Mit der Zahnbürste noch in der Hand dreht sie sich zu Jakob um. »Stimmt, ein ziemlicher Horrortrip. Und du hast das jetzt zum zweiten Mal durch.«

»Jaah.« Jakob lacht ein kleines bisschen. »Dagegen wird das Studium ein Spaziergang.«

Lena beißt sich auf die Unterlippe. Das nicht bestandene Abi vor einem Jahr ist offenbar immer noch ein wunder Punkt bei Jakob. Sie kann das verstehen. Wenn sie es gewesen wäre, die das letzte Jahr wiederholen musste und das ohne ihre Freunde … allein der Gedanke macht sie traurig.

»Und jetzt geht's an die FH, ja? Hast du schon eine Wohnung?«

»Ich bleib zu Hause wohnen. Es ist ja nicht weit und eine Monatskarte für die Bahn ist billiger als Miete.«

Zwar hat Jakob jetzt zwei zusammenhängende Sätze gesprochen, aber was er da sagt, gefällt Lena gar nicht. »Zu Hause? Bist du sicher, dass das eine gute Idee ist?«

Sie kann ja noch ein Stückchen weit verstehen, dass ihre Schwester in Gunzenhausen bleiben will. Immerhin hat sie ein super Verhältnis zu ihren Eltern. Was man von Jakob und seiner Familie nicht gerade behaupten kann.

»Wäre es nicht … na ja, entspannter, etwas Eigenes zu haben? Dein eigenes Ding zu machen?«

Lena wirft einen hilfesuchenden Blick zu Marcel, doch der zuckt die Schultern. Er ist generell nicht der Typ, der sich in anderer Leute Angelegenheiten einmischt. Aber Lena fragt sich wirklich, ob Jakob sich damit einen Gefallen tut. Seine Eltern haben ja doch an allem etwas auszusetzen, das er anders macht als seine beiden älteren Schwestern. Am liebsten wäre es ihr fast, Jakob würde wie Eileen, Marcel und sie nach München kommen. Dann würde er nicht nur von zu Hause rauskommen, sondern hätte auch gleich Anschluss.

»So, Zeit für den Schlafsack«, bricht Marcel schließlich die leicht angespannte Stille. »Wie ich Theo kenne, scheucht er uns morgen in aller Herrgottsfrühe raus, um hier unten Klarschiff zu machen, ehe wir den Bunker verlassen. Und wehe, es ist auch nur ein Staubkorn nicht an seinem Platz!«

Sofort sind die Gedanken an den Schlüssel wieder da. Wenn Jakob gehen würde, könnte sie sich Marcel anvertrauen. Aber Jakob hält ihnen die Tür auf und sie kehren gemeinsam ins Lager zurück.

Lena schlüpft zwischen Eileen und Marcel in ihren Schlafsack, rollt sich auf die rechte Seite, bettet den Kopf auf ihren Arm und betrachtet Marcel, der es sich ebenfalls gemütlich macht.

Theo ist der Letzte, der noch im Zimmer herumräumt. »Ich hoffe, ihr habt alle Lebensmittel gut verpackt. Bevor wir heute Nacht Besuch von einer Horde Ratten bekommen.«

»Sei nicht geizig«, murmelt Lena. Trotz allem übermannt sie so langsam die Müdigkeit. »Die haben auch Hunger. Wir könnten ihnen einen Keks oder so vor die Tür –«

»Untersteh dich, die Bunkerratten zu füttern. Das sind nicht so flauschige Artgenossen wie dein Pestalozzi!«

»Schon gut, schon gut. Ich bin sowieso …« Lena gähnt. »… viel zu müde.« Sie rutscht ein bisschen näher zu Marcel und schließt die Augen – sie braucht seine Nähe, nur er kann die Gedanken in ihrem Kopf zum Schweigen bringen. »Ich liebe dich, Marcellino«, flüstert sie und schließt die Augen.

Aber der Schlaf will nicht kommen. Lena bekommt mit, wie Theo und Marcel flüsternd debattieren, ob das Licht ausgeschaltet oder angelassen werden soll. Jakob entscheidet, dass sie die Tür zum beleuchteten Flur offen stehen lassen, damit niemand im Stockdunkeln erwacht und nur den Leuchtstreifen an der Wand sieht. Ihr soll alles recht sein, wenn sie nur bald einschläft.

Eine Weile hört sie Theo und Jakob noch flüstern, dann wird es endgültig still im Patientenzimmer Nr. 68, nur irgendwo schnarcht einer von ihnen leise. Ein stetes Ploppen lässt erahnen, dass irgendwo Wasser tropft. Kein Wunder riecht es hier unten so modrig.

Eine Bewegung zu ihrer Rechten reißt sie aus den träge werdenden Gedanken. Marcels Schlafsack raschelt, und als Lena die Augen öffnet, sieht sie, wie Marcels Silhouette zum Lichtstreifen schleicht, der durch die halb offene Tür zu ihnen hereinfällt. Die Tür quietscht kaum merklich, als er nach draußen schlüpft.

Lena behält die Tür im Blick und wartet darauf, dass er zurückkommt, lauscht, ob sie von drüben aus den Waschräumen Wasser oder die Spülung rauschen hört. Doch es bleibt still und Marcel verschwunden.

So leise sie kann, schält sie sich ebenfalls aus ihrem Schlafsack.

Das Licht im Flur ist so grell, dass Lena einen Moment dagegen anblinzeln muss, ehe sie Marcel entdeckt, der nur ein paar Schritte neben der Tür auf dem Boden sitzt und den Rücken an die Wand gelehnt hat.

»Schlafwandelst du?« Die Kälte des Bodens dringt durch ihre Socken, als sie zu ihm schleicht und sich neben ihm niederlässt.

Marcels graue Augen finden ihre und er lächelt müde – irgendwie abgekämpft. Sofort bekommt Lena ein komisches Gefühl.

»Hab ich dich geweckt?«, fragt er rau.

Lena schüttelt nur den Kopf. »Geht's dir nicht gut?«

Die Neonröhre über ihren Köpfen flackert unvermittelt. Marcels Blick huscht nach oben, dann zurück zu Lena. »Du machst dir wie immer zu viele Sorgen.« Neckend stupst er sie mit dem Finger auf die Nasenspitze. »Ich konnte nur nicht schlafen.«

»Ich auch nicht«, gesteht Lena und ist froh, als Marcel den ersten Schritt macht, indem er den Arm um sie legt. Dankbar kuschelt sie sich an seine Schulter, deren Wärme in der nächtlichen Kälte einfach nur guttut. Sie könnte ihm alles erzählen: vom verschwundenen Schlüssel, von der Dunkelkammer und von dem Brief in ihrer Tasche. Aber was, wenn er Lena fragt, warum sie die Drohung so furchtbar ernst nimmt? Wenn er auf den Gedanken kommt, sie könnte wirklich ein Geheimnis haben, das niemals ans Licht kommen darf? Dann könnte sie ihm keine Antwort geben. Nicht, ohne ihn zu verlieren.

Schnell sucht sie nach etwas anderem, das sie sagen kann, um ihr langes Schweigen zu entschuldigen. »Der Gedanke, dass wir so tief unter der Erde sind … wenn es heute Nacht wieder stürmt, würden wir es nicht einmal mitbekommen. Wir sind hier unten komplett abgeschottet. Und ich darf gar nicht daran denken, wie es gewesen wäre, wenn sie das Ding hier wirklich in Betrieb genommen hätten.«

Marcel streicht ihr behutsam eine Haarsträhne hinter das Ohr. »Die gute Nachricht ist, dass wir das nicht miterlebt hätten. Um genau zu sein, hätte es dann vermutlich keinen von uns gegeben, weil unsere Eltern wahrscheinlich alle tot oder unfruchtbar –«

»Marcel!« Lena gibt ihm einen Klaps gegen die Schulter. »Das ist jetzt nicht gerade beruhigend!«

»Na gut, ich weiß etwas Besseres. Wirkt garantiert gegen unheimliche Gedanken.« Er lehnt sich zu ihr herüber und bringt sein Gesicht so nahe an ihres, dass ihre Nasen sich beinahe berühren. »Spürst du schon, wie gar kein Platz mehr für Angst ist?«

Lena hebt die Hände und sie finden ganz von alleine ihren Platz an Marcels Brust, wo sie seinen beruhigenden, kräftigen Herzschlag spüren kann. Ja, sie spürt es. Als würden sie sich in einer kleinen Seifenblase aus Wärme und Helligkeit befinden. Trotzdem schüttelt sie den Kopf. »Nein.« Sie schluckt; ihr Hals ist plötzlich ganz eng. »Ich glaube, da musst du dich noch ein bisschen mehr ins Zeug legen.«

Und das tut er. Er überbrückt die wenigen Zentimeter zwischen ihnen und küsst sie. Für diesen wunderbaren Moment sind um sie herum kein Bunker mehr, keine schimmeligen

Wände, keine abgestandene Luft oder unterirdische Kälte und schon gar kein anonymes Briefchen in ihrer Hosentasche. Da ist nur noch Marcel und er ist Zuhause und Sicherheit.

Als Lena die Augen wieder aufschlägt und seinen Blick sucht, ist auch darin keine Spur mehr von Anspannung oder Müdigkeit zu finden. Nur ein Funkeln.

»Die anderen schlafen doch alle, oder?«

»Warum fragst du?« Sie versucht, ihrer Stimme einen unschuldigen Klang zu geben, obwohl ihr verräterisches Herz schneller zu schlagen beginnt.

»Ach, ich überlege nur, ob sie sich Sorgen machen, wenn wir beide nicht mehr auftauchen.« Die Sache mit der unschuldigen Tonlage hat Marcel definitiv besser drauf als sie. »Was meinst du, wie wahrscheinlich ist es, dass Theo einen Suchtrupp losschickt?«

»Soll er doch.« Lena muss grinsen. »Dieser Bunker ist ziemlich groß und hat ziemlich viele Räume.«

»Jaaa, das hab ich auch gerade gedacht«, meint Marcel und lehnt sich für einen weiteren Kuss zu ihr, ehe er sie auf die Beine zieht.

# Teil III

# Der weiße Wolf

## Marcel / Sonntag, 01.09., 07:00 Uhr

Marcel fühlt sich so viel leichter, seit er mit dem Wissen aufgewacht ist, dass er innerhalb der nächsten Stunden den Bunker verlassen kann. Draußen wartet sicherlich ein strahlender Septembertag, genau richtig, um mit Lena zusammen noch ein Eis am Marktplatz zu essen. Er hat sich das so was von verdient! Eine ganze Nacht hat er unter der Erde ausgeharrt! Er hat nicht aufgegeben, hat das Treffen mit seinen Freunden nicht vorzeitig abgebrochen, obwohl er nahe dran war. Aber dann ist Lena zu ihm gekommen. Sie war da und dann wollte er nicht mehr gehen. Dass er höchstens drei Stunden geschlafen hat, merkt er kaum. Er fühlt sich euphorisch und vorfreudig. Licht! Sonne! Wärme! Freiheit!

Beschwingt hilft er Jakob und Josefine, alle Schlafsachen beiseitezuräumen, damit sie Platz fürs Frühstück haben. Theo ist derweil schon mit Packen beschäftigt. Vor sich hinmurmelnd zurrt er seinen Rucksack fest und aktualisiert ständig die To-do-Liste auf seinem Handy. »Patientenraum herrichten, Bettgestelle verschieben, abspülen, Kloräume prüfen, Handtücher nachlegen, zusammenkehren, Spieltruhen einsortieren ...«

Lena und Eileen kommen plaudernd und lachend aus der Küche zurück, beladen mit einem Stoß roter Plastiktabletts, Besteck und einem Suppenteller für jeden. »Ich freue mich schon auf Weihnachten, das sind nur noch 114 Tage ab heute!«, hört Marcel Lena sagen.

»Oh ja, ich auch! Wir müssen unbedingt alle Münchner Weihnachtsmärkte abklappern. Ich habe gehört, es gibt einen Mittelaltermarkt und dann natürlich den am Marienplatz und …«

»Wir könnten eine Liste machen und jede Woche einen anderen besuchen«, schlägt Lena vor.

Marcel muss über Lenas Weihnachtsbegeisterung lächeln. Bestimmt hat sie auch schon ein selbstgebasteltes Geschenk für ihn.

»Wir haben Obstsalat gemacht.« Lena strahlt ihn an.

»Nicht schlecht!« Jakob lugt in die Schüssel, die Eileen auf ihrem Geschirrberg balanciert. »Ähm, was genau davon ist der essbare Teil?«

Marcel verkneift sich ein Lachen, während Eileen empört aufzählt, was sie da Tolles zusammengemixt haben. »Das hier sind Gojibeeren – die asiatische Wunderfrucht schlechthin! Dazu schmecken die Minikiwis, die man mit Schale essen kann. Ich hatte noch Äpfel mit Hagelschaden, die ich aus der Tonne gerettet habe, in meinem Proviantkorb. Und selbst gepflückte Birnen von einem öffentlich zugänglichen Baum. Lena hat Biobananen beigesteuert. Und dann haben wir noch etwas Acaisaft drübergekippt, die Powerbeere macht müde Männer morgens munter!«

»Eine sehr schöne Alliteration!« Josefine stellt ihre Tupperdose mit den Wolfsplätzchen auf die improvisierte Tischdecke, die Jakob über den Matratzen ausgebreitet hat.

»Alle Achtung aber auch«, lässt er sich vernehmen.

Josefine wendet sich ihm zu. »Großherzige, galante Geber der guten Gaben …«

»… gegen geringe Gebühr!«, ergänzt Jakob.

Josefine legt den Kopf schief. »Naturnahe Nahrung, nigel-nagelneu?«

»Frisch vom Fass!«, bekräftigt Jakob.

»Gratulation! Gut gedichtet!« Sie reicht ihm ein Tablett und Marcel sieht Jakob zum ersten Mal seit Langem herzlich und ganz entspannt lächeln. Schwierig nachzuvollziehen, was Jakob gestern Abend über seine Zukunftspläne berichtet hat. Bei den Eltern wohnen bleiben, mit denen er sich nicht wirklich ver-steht? Marcel mischt sich da nicht ein, aber seltsam ist das schon. Jakob hat sich in den letzten zwei Jahren sehr verändert. Früher war er der Enthusiast in der Gruppe. Derjenige mit Träumen. Jemand, der stundenlang Pläne schmieden und gemeinsam mit Theo abgedrehte Gespräche führen konnte. Und dann? Dann ist er plötzlich immer stiller geworden, hat sich vor ihnen zurück-gezogen. Marcel weiß, dass Lena das sehr getroffen hat und dass ihr Jakobs Verhalten noch immer Sorgen bereitet.

Wenn Jakob allerdings beim Alliterationen-Battle mit Jose-fine wieder Spaß hat, dann scheint es ihm besser zu gehen. Nun legt er eine Bäckertüte mit einigen Semmeln und Brezen auf das Tuch und Marcel steuert noch einige Proteinriegel und eine Tüte Milch bei. »Hast du auch noch was fürs Frühstück dabei?«, fragt Marcel Theo, der gerade mit einem Besen in der Hand das Pa-tientenzimmer betritt.

»Oh, Frühstück, stimmt ja.« Theo lehnt den Besen vorsichtig an die Wand und holt einige hart gekochte Eier und ein Glas Marmelade aus seinem Rucksack. Dann setzt er sich zu Marcel und schnappt sich ebenfalls ein Tablett.

»Beim Kaffee ist Vorsicht geboten«, flüstert Lena Marcel zu. »Eileen ist recht großzügig mit dem Kaffeepulver umgegangen.«

»Schwarz wie ihre Seele«, brummt Marcel zurück.

Der Kaffee ist tatsächlich so stark und von öliger Konsistenz, dass Marcel lieber darauf verzichtet. Der Obstsalat schmeckt aber überraschend gut. Da er gestern vor lauter Anspannung kaum etwas gegessen hat, langt er nun ausgiebig zu. Wie zu erwarten war, ist Theo als Erster fertig und beginnt wieder mit dem Herumräumen. »Ich bringe schon mal die ersten Gepäckstücke zum Ausgang. Bitte denkt daran, nichts umzuschütten! Geschirr und Besteck gehört alles hier in die Küche! Nicht, dass jemand was davon einpackt!«

»Oh, schade, damit wollte ich meine Aussteuer ergänzen!« Eileen haucht auf ihren Löffel und poliert ihn hingebungsvoll mit dem Pulloverärmel. Heute trägt sie wieder ihren Harvard-Hoodie.

Marcel sammelt das benutzte Besteck der anderen ein und legt es auf einem Tablett zusammen. »Im Ernst, das könnte auf Ebay einiges einbringen, wenn man es richtig bewirbt. ›Originalbesteck aus dem Atombunker, rostet nicht, für Notoperationen am offenen Herzen geeignet‹.«

»Lena, da hast du eine tolle Geschenkidee zu Weihnachten für Marcellino!«, ruft Eileen.

»Ist notiert!« Lena streicht zärtlich über Marcels Haar.

Marcel will sich gerade über diesen Vorschlag entrüsten, da unterbricht ihn ein Schrei. Das Echo bricht sich an den Bunkerwänden und verhallt schließlich in den unzähligen Gängen. Josefine blickt mit weit aufgerissenen Augen zur Tür. Eileen runzelt die Stirn.

»Theo!«, ruft Lena mit zitternder Stimme. »Was ist los?«

Sie sehen sich irritiert an. Statt einer Antwort hören sie schnelle Schritte. Dann stürzt Theo ins Zimmer.

»Welcher von euch Hornochsen hat den Schlüssel eingesteckt?«
Theo baut sich zwischen den Übrigen und der Zimmertür auf
und erinnert bemerkenswert an Napoleon. Es besteht kein Zweifel daran, dass er niemanden auch nur zur Toilette wird gehen
lassen, ehe jemand beschämt und Entschuldigungen murmelnd
den Schlüssel herausgerückt hat. Doch niemand rührt sich.

»Schlüssel? Kannst du dich vielleicht mal ein bisschen prä-
ziser ausdrücken?« Eileen. Natürlich. »Von welchem Schlüssel
redest du eigentlich?«

Genau wie Jakob es hat kommen sehen: Theo explodiert.
»Von welchem Schlüssel? Welchem Schlüssel? *Dem* Schlüssel!
Tante Benes Bunkerschlüssel!« Er rauft sich die Haare. »Dem
Schlüssel, von dem ich schon tausendmal gesagt habe, dass ich
ihn unbemerkt und unbeschädigt wieder zurückbringen muss!
Ich hab ihn extra in der Tür stecken lassen, nachdem ich sie ab-
geschlossen habe. Und jetzt steckt er da nicht mehr!«

»Wie jetzt, da steckt er nicht mehr?« Lenas Stimme rutscht
mal eben eine gute Oktave höher. »Aber die Tür ist offen, oder?«

Theo spießt sie förmlich mit seinem Blick auf. »Wie soll die
Tür offen sein, wenn der Schlüssel weg ist?«, knurrt er. »Natürlich ist sie zu. Jeder schaut jetzt in seinen Hosentaschen nach!«

Jakob reagiert nicht. Auch die meisten der anderen stehen
und sitzen wie versteinert da, nur Josefine tastet tatsächlich die
Taschen ihrer Skinnyjeans ab, als erwarte sie, dort wie von Zauberhand den Schlüssel zu finden. Wahrscheinlich kann sie als
Theos Nachhilfeschülerin gar nicht anders, als seiner Anweisung
Folge zu leisten, und sei es aus reiner Gewohnheit. Jakob muss
beinahe grinsen. Als Nachhilfelehrer ist Theo bestimmt ein kleiner Diktator.

»Also, Theo, ich weiß nicht«, versucht Josefine es zaghaft mit einem Appell an Theos Vernunft. »Warum sollte denn jemand von uns den Schlüssel eingesteckt haben? Das macht doch überhaupt keinen Sinn.«

»Das würde mich auch mal interessieren! Ich hab ihn ja nicht ohne Grund im Schloss stecken lassen! Damit eben genau so etwas nicht passiert.«

»Was wetten wir, dass er ihn selbst eingesteckt hat?«, flüstert Eileen Lena unüberhörbar zu.

Theo sieht aus, als würde er liebend gerne etwas nach ihr werfen. Typisch für ihn, so überzureagieren. Jakob fühlt sich verpflichtet, beschwichtigend einzugreifen. »Wie sieht der Schlüssel denn aus?«, fragt er möglichst vernünftig. »Besteht die Möglichkeit, dass einer von uns ihn mit seinem eigenen verwechselt hat?«

»Nur wenn einer von euch einen Plüschmaulwurf als Schlüsselanhänger hat.«

Eileen entfährt ein Schnauben. »Ja, klar. Alle meine Schlüssel tragen gerne Maulwurf, das weiß doch jeder.«

Marcel muss lachen. Nur Lena ist kalkweiß geworden.

»Also an meinem Schlüsselbund hängt ein Niffler«, erklärt Josefine ernst und kramt das klappernde Ungetüm zum Beweis aus ihrem Rucksack. »Sieht ein bisschen aus wie ein Maulwurf, ist aber keiner.«

»Könnte dafür aber den Schlüssel geklaut haben«, kann Jakob sich nicht zurückhalten. »Theo, der Bunkerschlüssel glitzert doch nicht etwa, oder?«

»Glitzert?« Nun erntet Jakob selbst einen Blick des Todes. »Es ist ein ganz normaler silberner Schlüssel mit einem dieser Plüschanhänger. Ein schwarzer Maulwurf mit Hut und Sonnenbrille. Ungefähr so groß.« Er zeigt einen Abstand von ein paar Zentimetern zwischen Daumen und Zeigefinger.

»Ach, den fand ich so nett, den musste ich einfach einstecken«, zwitschert Eileen. »Dieser *putzige* Maulwurf!«

»Es war wahrscheinlich auch eher seine Schuld«, pflichtet Jakob mit unterdrücktem Grinsen bei. »Er hat dich halt einfach *angegraben.*«

Dieses Mal muss sogar Josefine lachen. Eigentlich lachen sie alle, abgesehen von Lena, die immer noch aussieht, als wäre ihr übel, und Theo, der jetzt den Tränen nahe scheint. »Schaut jetzt bitte einfach jeder in seiner Tasche nach? Es kann ja mal passieren, dass man ganz in Gedanken etwas einsteckt. Und irgendwo muss er ja sein.«

Der Umschwung seiner Laune von rasend zu verzweifelt gibt den Ausschlag. Jakob steckt brav beide Hände in die Hosentaschen und öffnet anschließend auch seinen Rucksack. Alles an Ort und Stelle und natürlich kein Schlüssel, der nicht dorthin gehört.

»Vielleicht liegt er auch unter den Matratzen«, fällt Lena schließlich ein, und weil sie die scheußlichen Dinger sowieso in ihre Gestelle zurückhieven müssen, machen sie sich sofort an die Arbeit. Aber natürlich ist darunter kein Maulwurf samt wertvoller Fracht vergraben.

»Ich schau mal im Waschraum nach«, verkündet Josefine und bekommt ein dankbares Nicken von Theo.

Jakob legt sich derweil bereitwillig auf den Boden, um gemeinsam mit Theo unter den Stockbetten nachzusehen. Ein paar Staubflusen fliegen herum, aber auch hier kein Maulwurf.

»Hast du ihn ganz sicher stecken lassen?«, hakt Marcel nach, während Lena alle Kissen einzeln anhebt und darunter nachsieht. »Ist beim Spielen jemand an der Tür vorbeigekommen und hat gesehen, dass er da ist? Oder … Lena, weißt du, ob er heute Nacht noch da war?«

»Warum heute Nacht?« Theo fährt so hastig auf, dass er sich den Kopf am Bettgestell anschlägt. Taumelnd und sich die Stirn reibend richtet er sich auf und starrt Lena an. Jakob taucht ebenfalls auf und sieht, wie Lena knallrot anläuft.

Eileen bricht in schallendes Gelächter aus. »Fitnesstipps aus dem Bunker«, prustet sie. »Trick 69 und 77! Lena, du überraschst mich!«

»Ihr ...« Theos Blick wandert von Marcels halb zufriedenem, halb ertapptem Gesicht zu Lenas hochrotem. »Wo?«, fragt er panisch. »Habt ihr irgendwas durcheinandergebracht? Ist irgendwas kaputtgegangen?«

Sofern möglich, wird Lena noch röter.

»Hast du zu viel *Twilight* geguckt, Theo?« Eileen rollt die Augen. »Wir reden hier von Marcel und Lena. Schlimmstenfalls musst du dir Gedanken um die Matratze machen.«

»Wo?«, wiederholt Theo, ohne Eileen zu beachten.

Marcel murmelt etwas, das Jakob nicht versteht, aber es klingt verdächtig nach »Chefarztzimmer«. Theo scheint es als Geständnis auszureichen, denn er stürmt so hastig aus dem Raum, dass er beinahe Josefine umrennt, die eben wieder hereinkommt.

»Im Waschraum ist der Schlüssel auch n-, ist ihm eingefallen, wo er ist?« Irritiert sieht sie Theo nach und lässt ihren Blick dann fragend durch den Raum wandern.

»Ähm ...«, macht Jakob dümmlich. »Nein. Theo will nur schnell nachsehen, ob auch im Chefarztzimmer alles ordentlich ist.«

»Und fleckenfrei«, schnaubt Eileen. »Wirken Neonröhren eigentlich wie Schwarzlicht?«

»Ist ja wieder gut jetzt.« Langsam bekommt Jakob Mitleid mit Lena. Außerdem meldet sich auch bei ihm ein mulmiges Gefühl im Bauch. Ohne den Schlüssel sitzen sie immerhin hier unten fest ... »Vielleicht sollten wir lieber mal den Weg zum Ausgang ablaufen und da nach dem Schlüssel suchen. Vielleicht ist er einfach runtergefallen und liegt irgendwo rum.«

## Hanan / Sonntag, 01.09., 07:30 Uhr

Hanan wacht erst gegen halb acht auf und prüft mit noch geschlossenen Augen die Düfte, die aus Isams Kochzeile zum Schlafsofa hinüber wabern. Zwiebeln, Eier, Knoblauch, viel Knoblauch!, Petersilie, verbranntes Brot ... Schlagartig reißt sie die Augen auf und tappt im Schlafanzug zu ihrem großen Bruder, der in hektische Betriebsamkeit ausgebrochen ist.

»Ähm, kann ich helfen?«

»Nein, der Toast hatte ein schönes Leben, aber jetzt hat er sich doch noch auf die dunkle Seite der Macht geschlagen!«

»Wer braucht schon Toast.« Hanan verschwindet kurz im Badezimmer und setzt sich dann mit dem Handy in der Hand in Isams Essecke. Seltsam, immer noch keine Nachricht von Lena oder den anderen. Sie vermisst das Gefühl der Freiheit, wenn sie in den Schlafsack gekuschelt den Sternenhimmel betrachtet. Sie vermisst die Spannung, wenn sie als Werwolf durch die Dunkelheit schleicht. Sie vermisst *Lupus Noctis* und all die schönen Erlebnisse, die sie durch das Spiel schon gehabt haben. Aber vor allem vermisst sie ihre Freunde.

Hanan tippt eine weitere Nachricht an Lena. »Alles gut bei euch? Haben die Wölfe euch am Leben gelassen? Bin noch bei Isam. Können uns später gerne noch auf einen Kaffee treffen, oder zum Lunch beim Bäcker.«

Isam trägt derweil mehrere Teller, randvoll mit Essen, heran und baut sie um Hanan herum auf. Rührei, Tomatensalat, Joghurt mit Honig und frischen Früchten und sogar Pancakes. »Wenn mein Schwesterchen mich schon mal besuchen kommt, muss ich ihr doch schließlich auch etwas bieten.« Isam kneift Hanan in die Wange, was sie erwidert, indem sie ihm einen linken Haken versetzt, den er spielend abwehrt.

Isam ist ein Hüne, der durch sein fast tägliches Boxtraining auch noch ordentlich Muskeln angesetzt hat. Hanan schmunzelt, als sie daran denkt, dass Marcel ihn noch vor zwei Jahren sehr bewundert hat. Er hat damals auffällig oft angeboten, Hanan zur Boxhalle zu begleiten, um einen Blick auf Isam und seine Kumpels beim Training zu erhaschen. Das ist so lange gut gegangen, bis Isam Marcel eines Tages in einen Geräteraum gedrängt und geradeheraus gefragt hat, ob dieser an seinem kleinen Schwesterchen interessiert sei.

Auf Marcels hastige Verneinung hin fragte Isam: »Wieso nicht? Ist sie dir etwa nicht hübsch genug?«

Panisch verstieg Marcel sich in allerlei Erklärungen, bis Isam in sein dröhnendes Lachen ausbrach, ihm auf die Schulter klopfte, sodass Marcel beinahe in die Knie ging, und rief: »Kleiner Scherz, Habibi!«

Eine Zeit lang hat Eileen nach diesem Vorfall jeden Morgen, wenn Marcel das Klassenzimmer betreten hat, den Song »Yallah habibi« von DJ Antoine, Sido und Moe Phoenix angestimmt.

*Yallah, yallah, habibi / Du hörst mir immer zu, so wie Siri / und bleibst so unerreichbar wie RiRi / erfüll mir meine Wünsche, so wie Dschinni / Yallah, yallah, habibi.*

Leise summt Hanan vor sich hin, während sie ihren Teller bis zum Anschlag mit Rührei, Toast und Protein-Pancakes mit Nusstopping füllt. Dann beginnt sie Isam von ihrer gestrigen Suche zu erzählen. »In der Burgruine von Leonrod habe ich keine Spur von ihnen gefunden. Und seitdem frage ich mich: Wo treiben die sich rum, dass ich keinen von ihnen erreiche?« Sie kratzt mit dem Messer auf der schwarzen Seite des Toastes herum. Krebserregendes Acrylamid lässt grüßen. Dann blickt sie wieder auf. »Ich meine, wo hat man heutzutage absolut keinen Empfang? Nicht eines ihrer Handys, und das für Stunden. So was ist doch mittlerweile ein seltenes Phänomen.«

»Auf dem Mond?«, schlägt Isam vor, während er seinen Pancake unter Nüssen begräbt.

»Mit Satellitentelefonie kein Problem!«

»Im Urwald von Papua Neuguinea?«

»Möglich, aber vielleicht dezent zu abgelegen für einen Weekendtrip.«

»Unter der Erde? Oder unter Wasser! In einem abgewrackten U-Boot?«

»Das im Altmühlsee rumschippert, oder wie?«

Isam scheint langsam Spaß an dem Ratespiel zu bekommen. »Im Gebirge?«

»Gebirge? Meinst du den Maulwurfshügel neben deinem Gartenzwerg?«

Isam ignoriert sie. »Im Flugzeug oder im Krankenhaus? Da soll man Mobiltelefone ja ausschalten.«

Krankenhaus. Normalerweise ein Ort, an dem Hanan sich wohl fühlt. Doch heute tauchen ungewohnt beängstigende Bilder in ihr auf. Ein Rettungswagen, der mit Blaulicht und schrillenden Sirenen über eine rote Ampel fährt. Eine Sanitäterin, die versucht, eine arterielle Blutung zu stoppen, während das Blut im Rhythmus des Herzschlags aus der Wunde spritzt. Eine Ärztin, die mit müdem Blick aus dem OP kommt. Hanan reibt sich über die Augen, um die Szenen zu vertreiben. Hoffentlich sind ihre Freunde in Sicherheit! In diesem Moment spürt sie, dass ein

Gedanke an die Oberfläche drängt. Es hängt mit etwas zusammen, das Isam gesagt hat. Und mit etwas, das sie gestern gehört oder gesehen hat. Sie hält den Atem an.

»Was ist? Schmeckt es dir nicht?« Isam sieht sie besorgt an.

Erst jetzt merkt Hanan, dass sie für einen Moment bewegungslos auf ihren halb leer gegessenen Teller gestarrt hat. Zerstreut nimmt sie Gabel und Messer wieder auf. Der flüchtige Gedanke ist verflogen, doch ein nagendes Gefühl bleibt. Das Gefühl, dass sie möglicherweise etwas übersehen hat.

**Eileen** / Sonntag, 01.09., 07:40 Uhr

Der Schlüssel bleibt verschwunden und so langsam kann selbst Eileen nichts mehr Komisches daran finden. Sie mag es nicht, wie Theo alle herumkommandiert und von einem Zimmer ins nächste scheucht. Warum hätte auch einer von ihnen den Schlüssel von der Tür abziehen sollen?

»Ganz ehrlich: Am wahrscheinlichsten ist doch, dass du den Schlüssel gestern an einem besonders sicheren Ort versteckt hast. Und dieser Ort ist so sicher, dass er dir jetzt selbst nicht mehr einfällt.« Eileen verschränkt die Arme über ihrem Harvard-Pulli, den sie kürzlich bei einem Kleidertauschevent ergattert hat. »Gib es doch einfach zu.«

Theo schüttelt verärgert den Kopf. »Blödsinn, ich habe den Schlüssel nicht angefasst, seit wir hier unten sind. Bitte denkt nach! Einer muss ihn gehabt haben.« Mit zusammengekniffenen Augen mustert er sie der Reihe nach. Lena senkt den Kopf, doch Eileen begegnet seinem Blick mit kühl emporgezogener Braue. »Du brauchst gar nicht so schauen, ich war es jedenfalls nicht.«

»Theo hat recht, wir müssen nachdenken! Begreift ihr denn nicht? Wir sind hier unten eingesperrt, solange der verdammte Schlüssel nicht auftaucht!« Marcels Stimme klingt ungewohnt schrill. Langsam ist niemandem mehr danach zumute, Witze zu reißen. Josefine dreht nervös an ihrem Ohrstecker und Jakob hat die Hände so tief in seinen Hosentaschen vergraben, dass er bestimmt demnächst ein Loch in den Stoff reißen wird.

Theo schüttelt den Kopf und breitet die Arme in einer hilflosen Geste aus. »Wir haben keine Wahl. Notfalls müssen wir den ganzen Bunker auf den Kopf stellen, so lange, bis der Schlüssel wieder auftaucht! Also, wer sucht wo?«

Jeder bietet an, einen oder mehrere Räume zu übernehmen. Lena will natürlich dort suchen, wo auch Marcel sucht, im Eingangsbereich, beim Röntgenraum und in der Dunkelkammer, aber Theo verbietet ihr das. »Fehlt gerade noch, dass ihr weiteren Unsinn anstellt!«

Als Eileen an das Stelldichein der beiden heute Nacht denkt, fühlt sie ihre Laune weiter sinken. Sie braucht einfach mal einen Moment für sich alleine, etwas Zeit zum Nachdenken, um mit sich selbst ins Reine zu kommen. Sie atmet tief durch. »Ich bin raus«, sagt sie kurz angebunden.

Theo mustert sie ungnädig. »Ah, das Fräulein kann teleportieren. Oder was soll ›Ich bin raus‹ bedeuten?«

»Das bedeutet: So lieb ich euch habe, ihr Schnuckis – ich brauche mal für fünf Minuten meine Ruhe!« Sie sagt es so ruhig wie möglich. »Wenn jemand mich sucht: Ich bin auf der Kinderkrankenstation.« Sie dreht allen, auch der fragend blickenden Lena, den Rücken zu und verlässt mit ihrer Yogamatte unter dem Arm den Raum.

In dem Zimmer, das für die kleinen Patienten vorgesehen war, ist Eileen nur einmal kurz während Theos Bunkerführung gewesen. Auf die Schnelle ist ihr kein anderes eingefallen, in dem sie ungestört sein kann. Es stehen vielleicht 30 Betten darin. Kindergitterbettchen mit Rollen, damit man sie herumschieben kann. Sonst nichts, nur die Betten, der Leuchtstreifen und der triste Linoleumboden.

Während Eileen sich umsieht, muss sie sich immer wieder vergegenwärtigen, dass hier nie Kinder drin lagen. Auch keine Babys, was fast noch schlimmer wäre. Trotzdem strahlt der Raum etwas Bedrückendes aus. Eine der Leuchtstoffröhren scheint kaputt zu sein, sodass der Raum auch noch dunkler ist als die übrigen Zimmer. Ihre pinke Matte wirkt hier völlig deplatziert. Vielleicht doch keine gute Wahl.

Sie atmet einmal tief ein und aus. Egal. Yoga kann man überall machen, denn es geht darum, bei sich selbst zu bleiben. Die Umgebung kann noch so unschön sein. Sie wird sich einfach ans Meer träumen.

Eileen überlegt, wo sie ihre Yogamatte ausbreiten soll. Schließlich schiebt sie zwei der Bettchen zur Seite, um mehr Platz zu haben. Ihr Blick fällt auf etwas, das merkwürdig zusammengestaucht auf dem Boden liegt und bisher unter dem Bett verborgen gewesen ist. Unwillkürlich zuckt sie zusammen. Kleine Händchen, blonde Locken, ein rosa Kleidchen. Erst als sie sich hinkniet, bemerkt sie den Glanz des Plastiks. Eine Puppe, eine fast lebensgroße Kleinkindpuppe. Wie kann das sein, wenn hier nie Kinder behandelt worden sind? Vorsichtig dreht sie das seltsame Spielzeug um. Blaue Glasaugen mit zu Schlitzen verengten Pupillen starren sie an. Erschrocken zieht Eileen die Hand weg. So ein gruseliges Ding. Das kann doch kein Spielzeug sein. Vielleicht ist die Puppe als anatomisches Modell benutzt worden? Überraschend schwer ist sie auch.

Mit einem Gefühl von Abscheu setzt Eileen die Puppe auf

eines der Betten, geht zurück zu ihrer Matte, um sie auszurollen. Doch die Augen der Puppe scheinen sie zu verfolgen. Sie spürt förmlich, wie der Blick aus schwarzen Pupillen sich in ihren Rücken bohrt. Ruckartig dreht sie sich um. Nichts, natürlich. Das kleine Mädchen sitzt bewegungslos auf dem Bettchen. Ein Lächeln liegt auf den Plastikgesichtszügen.

Eileen hastet zu ihr, hebt die Matratze hoch und legt die Puppe darunter. So, nun hat sie das grässliche Ding zumindest nicht ständig vor Augen. Mit Nachdruck schließt sie endlich die Tür hinter sich und zieht ihre Turnschuhe aus, um den Boden besser unter ihren Füßen spüren zu können. Zum Glück hat sie ihre Playlist auf dem Handy gespeichert. Sie startet die Musik und atmet mit geschlossenen Augen ein paarmal tief ein und aus.

Dann beginnt sie mit den Aufwärmübungen. Finger zusammen legen, Arme nach oben ausstrecken. Und nun die Gedanken in eine andere Richtung lenken. Was wäre denn, wenn Marcel und sie sich doch wieder annähern? So, wie sie es gestern Nacht empfunden hat, ist das nicht völlig ausgeschlossen. Aber natürlich kommt ein Verrat an Lena nicht in Frage. Außer …

Eine Handfläche zwischen die Schulterblätter legen. Mit dem anderen Arm übt sie sanften Druck aus, beugt ihre Beine. Einatmen, ausatmen. Seitenwechsel. Außer, wenn Lena von selbst bemerkt, dass Eileen und Marcel noch immer Gefühle füreinander haben. Würde sie dann Verständnis haben?

Eileen beginnt mit dem »Krieger zwei«. Ausfallschritt, das Knie bleibt über der Ferse, der linke Fuß ist leicht nach innen gedreht. Sie atmet ein und hebt die gestreckten Arme auf Schulterhöhe an.

Eileen erinnert sich, was Lena zu ihr gesagt hat, als sie ganz frisch mit Marcel zusammengekommen ist. Sie haben sich im Victorian House am Viktualienmarkt getroffen, zu einer stilvollen Runde englischem Tee und Scones. Eileen hat zur Feier des Freundinnentages ihren Minirock mit Schottenmuster getragen und löffelweise Marmelade auf ihren Scone gehäuft. Lena hat ihr zugeschaut, mit einem Blick, der verraten hat, dass sie gedanklich ganz woanders ist. Leise hat sie gesprochen, aber der Satz hat sich in Eileens Gedächtnis eingebrannt. »Weißt du, in seinen Armen, da vergesse ich ganz einfach die Welt um mich herum.«

Eileen geht tief in den herabschauenden Hund. Einatmen, nach vorne in die Planke. Noch mal nach hinten. Noch mal nach vorne. Atmen.

Auf Lenas offenkundige Verliebtheit hin hat Eileen die ganze Brötchenhälfte auf einmal in den Mund geschoben, damit sie nicht antworten muss. Sie hat nämlich fast so etwas wie Neid verspürt und sie ist es absolut nicht gewohnt, auf Lena neidisch zu sein. Nicht darum, dass sie jetzt mit Marcel zusammen ist. Sondern darum, dass Lena offensichtlich den einen Menschen gefunden hat, nach dem manche ihr Leben lang suchen.

Eileen versetzt die Füße nach vorne, nimmt die Hände näher an den Körper und stützt sich ab. Sie kommt in die Krähe, löst die Füße im Wechsel vom Boden, das ist jetzt richtig anstrengend.

Nein, sie muss Marcel in Ruhe lassen. Sie wird sich raushalten, was auch immer sie sich einbildet, was zwischen Marcel und ihr sein könnte. Es ist nicht wichtig gegen das, was Lena empfindet. Außer …

Plötzlich wird es dunkel um Eileen. Verwirrt rappelt sie sich auf und dreht sich um. Im Schimmer der fluoreszierenden Streifen nimmt sie eine Gestalt neben der Tür wahr. Doch nicht – die Puppe? Sie schreit auf und muss im nächsten Moment geblendet die Augen schließen. Eine Taschenlampe, direkt auf ihr Gesicht gerichtet. Sie hebt die Hände schützend davor. Hinter dem Meeresrauschen ihrer Playlist hört sie ein Geräusch. Das blendende Licht verschwindet, die Tür fällt ins Schloss.

Nach einer Schrecksekunde stürzt Eileen hin und reißt die Tür auf. Niemand zu sehen. Die Bunkergänge liegen verlassen, in der Ferne hört sie die Stimmen ihrer Freunde. Sie betätigt den Lichtschalter. Die Leuchtstoffröhren im Kinderkrankensaal erwachen flackernd zum Leben, nur die kaputte bleibt dunkel. Eileen achtet nicht darauf.

Sie starrt auf einen Gegenstand, der zwischen ihrer Yogamatte und der Tür auf dem Boden liegt.


## Josefine / Sonntag, 01.09., 08:00 Uhr

Nach einer erfolglosen Runde durch die Flure des Bunkers hat Josefine sich das Wäschelager vorgenommen. Immerhin hat Theo hier die Hälfte des Spiels verbracht und mittlerweile ist er sich selbst nicht mehr ganz sicher, ob der Schlüssel nicht doch einfach in seiner Tasche war und herausgefallen sein könnte. Immerhin – das betont er immer wieder wie ein verzweifeltes Mantra – muss er ja irgendwo sein. Irgendwo!

Falls er irgendwo hier drin ist, grenzt es an ein Wunder, ihn zu finden. Josefine wühlt sich durch auf dem Boden liegenden Kram, als wäre sie selbst ein Maulwurf. Dabei muss sie immer wieder innehalten, weil ihr Asthma ihr zu schaffen macht. Das Spray steckt dummerweise in der Vordertasche ihres Rucksacks und der steht in ihrem Lager. So versucht sie nur, gleichmäßig zu atmen, damit sie nicht mehr ganz so sehr klingt, als wäre sie gerade einen Marathon gelaufen.

Schnaufend stemmt sie sich auf einen großen Karton, der halb offen steht. Ein Schlüssel würde durch den Spalt im Deckel passen. Kurzerhand öffnet Josefine den Karton und schreckt augenblicklich zurück. Etwas Weißes wie verknäulte Gedärme wabert ihr entgegen. Verbandsmaterial, in aller Hast zusammengeknüllt und in die Kiste voller Krankenhaushemden gestopft.

»Verdammt, verdammt, verdammt!« In der Stimme, die hinter einem schiefen Berg aus Kartons erklingt, schwingt schiere Panik mit. Theo sticht so wild um die Ecke, dass er beinahe über sie stolpert.

»Schon gut, ich suche hier schon.« Josefine richtet sich auf, klappt den Kistendeckel über dem benutzten Verbandsmaterial hastig zu und versucht, ihre Gesichtszüge und ihren rebellierenden Magen unter Kontrolle zu bekommen. Doch bei Theos Anblick vergisst sie den Inhalt des Kartons beinahe. Sie hat ihren Nachhilfelehrer noch nie ratlos erlebt. In fünf Jahren Nachhilfeunterricht hat er noch immer auf alles eine Antwort oder zumindest einen blöden Spruch gewusst.

»Gut«, sagt er jetzt nur und beginnt trotzdem, mit seinem Handy in die Ritzen zwischen den Kisten zu leuchten. »Mach nur kein Durcheinander. Verdammt, Tante Bene bringt mich um.«

»Bestimmt hat sie noch gar nicht bemerkt, dass ihr Schlüssel fehlt. Oder hat sie in den nächsten Tagen eine Führung?«

»Glaube nicht.« Theo tastet nun mit der flachen Hand in den Spalt. »Hoffentlich nicht. Wenn sie hier runterkommt und hört, dass jemand hier drin ist, ruft sie glatt die Polizei und dann haben wir alle ein Gerichtsverfahren am Hals und –«

»Sie kann nicht runterkommen, Theo. Sie hat keinen Schlüssel.«

Theo sieht verwirrt auf. Josefine erkennt ihn kaum wieder und irgendein ziemlich verrückter Teil von ihr will ihn spontan in den Arm nehmen. »Hat schon jemand in der Küche gesucht?«, fragt sie stattdessen diplomatisch.

Theo schüttelt den Kopf. »Keine Ahnung. Lena vielleicht. Sie –«

Er unterbricht sich, als Jakob hereinstürzt. »Theo? Bist du hier drin?«

Der Gerufene springt auf und stolpert beinahe über eine Kiste. »Habt ihr ihn?«

Jakob schüttelt den Kopf. Josefine findet, dass er noch blasser aussieht als ohnehin schon. Wie ein Geist. »Du solltest vielleicht besser mitkommen. Ihr alle beide.« Sein Blick findet den von Josefine, der sofort ein Schauer über den Rücken läuft, der rein gar nichts damit zu tun hat, dass Jakob ihr irgendwie gefällt.

»Was ist passiert?« Ihre Stimme klingt irgendwie piepsig, das merkt sie selbst.

Jakob schüttelt den Kopf. »Das erzählt Eileen euch am besten selbst.«

Der Weg zu ihrem Lager ist nicht weit und schon im Flur hören sie die Stimmen der drei anderen. Eileens dringt am prominentesten zu ihnen nach draußen, obwohl sie zur Abwechslung einmal nicht singt, sondern eher schreit oder zumindest sehr laut spricht.

»… wenn das Theos Vorstellung von einem gelungenen Finale ist! Der hat doch nicht mehr alle Tassen im Schrank!«

Theo beschleunigt seine Schritte und stürmt noch vor Jakob und Josefine ins Patientenzimmer.

»Wenn man vom Teufel spricht«, empfängt ihn Eileen. »Ich glaube, dir sollte mal jemand einen guten Psychiater empfehlen.«

»Hat sie einen Nervenzusammenbruch?«, wagt Theo es, über Eileen hinweg die anderen beiden zu fragen, und Josefine wundert sich, dass er unter Eileens Blick nicht tot umfällt.

»Den hast ja wohl eher du, hier so einen Kindergarten abzuziehen!«, faucht sie ihn an. »War das deine Rache für das Skalpell in der letzten Nacht? Von wegen, der Schlüssel ist weg. Deine Darbietung war echt filmreif, Theo. Aber jetzt bist du zu weit gegangen, das sag ich dir!«

Theo wirft einen hilfesuchenden Blick zu Marcel, doch es ist Lena, die seine unausgesprochene Frage beantwortet: »Eileen wurde angegriffen.«

»Wie bitte?«

»Na ja, strenggenommen hat ihr niemand wirklich was getan«, beschwichtigt Marcel, als er Theos und Josefines Mienen sieht. Beruhigend legt er beim Sprechen einen Arm um Lena. »Sie hat sich ziemlich erschreckt, aber –«

»Aber zurecht!« Lena schlüpft aus Marcels Umarmung. »Jeder würde erschrecken, wenn plötzlich das Licht ausgeht und eine fürchterliche Gruselgestalt ihm mit der Taschenlampe ins Gesicht leuchtet!«

»Licht aus, Taschenlampe … ich kann nicht ganz folgen, Leute.«

»Theo, ich finde auch, dass es langsam reicht.« Lena macht ein ernstes Gesicht. »Du hast das Wochenende toll geplant und alles, aber das Spiel ist jetzt vorbei und wir wollen alle nach Hause. Niemand hat mehr Bedarf für eine Portion Extranervenkitzel oder was auch immer du dir dabei gedacht hast.«

»Ich weiß immer noch nicht, wovon ihr sprecht.« Theo fährt sich durch die Haare, die bereits ziemlich wüst aussehen. Josefine überlegt, ob sie ihn in Schutz nehmen soll, aber in dem Moment hält Eileen ihm die Hand entgegen und beim Anblick des kleinen Maulwurfs auf ihrer Handfläche entgleisen Theo so gründlich die Gesichtszüge, dass Josefine die Stimmung förmlich kippen spürt.

»Dann hattest du echt nichts damit zu tun?« Lena tritt einen Schritt näher zu Marcel, als wünsche sie sich plötzlich nichts mehr, als dass er wieder den Arm um sie legt. Doch Marcel ist damit beschäftigt, Theo zu mustern. »Wo warst du?«

»Im Wäschelager«, antwortet Jakob an seiner Stelle. »Mit Josefine.«

Normalerweise würde ihnen das einen blöden Spruch von Eileen einbringen, da ist Josefine sich sicher.

»Darf ich?« Theo streckt die Hand nach dem Maulwurfanhänger aus und hebt ihn hoch. Die Schlaufe an seinem Hut ist abgerissen und von einem Schlüsselring oder gar dem daran hängenden Schlüssel fehlt jede Spur. »Wo hast du den gefunden?«

»Den hat der Irre mit der Taschenlampe verloren. Theo, ernsthaft, du verarschst uns jetzt doch. Oder?« Wenn Josefine nicht alles täuscht, dann hofft Eileen fast darauf, dass Theo endlich gesteht. Mit der Alternative will sie sich ganz offensichtlich lieber nicht auseinandersetzen.

Theo hebt den abgerissenen Maulwurfanhänger hoch und fixiert Eileen mit seinem Blick. »Wo war das?«

»In einem Patientenzimmer. Dem gruseligen mit den vielen Babybetten.«

Theo wartet kaum, bis sie zu Ende gesprochen hat, da rennt er auch schon los. Josefine tauscht einen Blick mit Jakob, dann machen sie sich einvernehmlich auf den Weg, Theo zu folgen, und auch die anderen drei schließen sich ihnen an.

Theo hat den betreffenden Raum bereits erreicht. Er lässt sich von Eileen genau zeigen, wo sie gestanden hat und wo der Angreifer. Und wo der Schlüsselanhänger lag. »War jemand von euch in der Nähe?«, will er dann von Lena und Marcel wissen.

»Willst du wissen, ob wir etwas gehört haben oder ob wir dahinterstecken?«, fragt Lena.

»Gehört!«, entfährt es Josefine und alle zucken zusammen. »Theo, wir haben gestern etwas gehört! Im Chefarztzimmer, als du mir die Truhen gezeigt hast!« Sie zermartert sich das Hirn nach mehr Einzelheiten. »Ein Poltern im Flur. Du hattest Angst, die anderen hätten etwas kaputtgemacht. Weißt du noch?«

»Davon habt ihr gar nichts erzählt!« Lena sieht Theo anklagend an. »Aber ... Eileen wurde ja auch heute angegriffen und nicht gestern vor dem Spiel.«

Doch Theo schluckt hörbar. »Ich ... während *Lupus Noctis* habe ich mir auch eingebildet, etwas zu hören. Jemanden. Im Flur.«

»Theo!« Lena reißt die Augen auf. »Sag doch nicht so etwas Gruseliges!«

»Ich war mir nicht sicher!«, wehrt Theo sofort ab. »Und es hätte ja auch jemand von euch sein können.«

»Wer denn auch sonst?«, fragt Marcel. »Die Tür war doch von innen abgeschlossen.«

»Na ja ...« Josefine schlingt die Arme um ihren eigenen Körper, weil ihr der Raum plötzlich noch kälter als ohnehin schon erscheint. »Wahrscheinlich ist der Schlüssel, dessen Anhänger Eileen gefunden hat, ja nicht der einzige.«

Theo schüttelt den Kopf, beinahe mechanisch. »Warum habe ich nicht nachgesehen?«, murmelt er. »Warum haben wir beide nicht schon beim ersten Geräusch nachgesehen?«

»Weil wir dachten, dass es nur die anderen waren. Es kann doch keiner ahnen, dass ...«

»Dass was?« Lenas Blick wandert von Theo zu Josefine und schließlich zu Eileen. »Glaubst du, der Typ mit der Taschenlampe könnte ein Fremder gewesen sein?«

»Ich kann dir noch nicht mal sagen, ob es ein Typ war. Es war dunkel und er oder sie stand hinter der Taschenlampe.«

»Aber wenn es niemand von uns war …« Jakob scheint sie alle mit seinem Blick durchleuchten zu wollen.

»Wer soll es denn sonst gewesen sein?« Eileen sieht nicht überzeugt aus. Sie versucht sich an einem herablassenden Blick, aber Josefine nimmt ihn ihr nicht ganz ab.

»Was weiß ich denn.« Jakob zuckt unbehaglich die Schultern. »Einer der anderen Bunkerführer?«

»Wie in einem schlechten Horrorfilm.« Eileen sträubt sich immer noch gegen Jakobs Theorie. »Und wenn ich es mir recht überlege, ist dein Humor auch nicht immer besonders lustig.«

»Was willst du damit bitte sagen?«

»Wo warst *du* vorhin eigentlich?«, schnappt Eileen statt einer Antwort. »Auch im Wäschelager?«

»Im Labor, den Schlüssel suchen«, erwidert Jakob ruhig. »Kannst nachschauen, die Tür ist noch offen. Mache ich dann noch zu, versprochen«, fügt er hastig an Theo gewandt hinzu.

»Aber ich dachte, ich hätte einen Schrei gehört.«

»Das war Eileen«, erklärt Lena unnötigerweise. »Und Jakob kam wirklich total abgehetzt angerannt. Ich … ich kann mir nicht vorstellen, dass er dich angegriffen hat.« Sie legt einen Arm um Eileen, sodass Marcel und die beiden Mädchen zusammen-gekuschelt wie eine Pinguinkolonie dastehen. Josefine fände es witzig, wenn die Situation nicht so ernst wäre.

»Was, wenn wir gestern Abend wirklich gehört haben, wie jemand den Bunker betreten hat?«, wagt sie schließlich, in die Runde zu werfen.

»Aber wenn er ihn gestern Abend schon betreten hat …« Lena befeuchtet sich hektisch die Lippen, ehe sie weiterspricht. »… war er dann die ganze Zeit hier? Während des Spiels und … und heute Nacht?« Lena erschaudert sichtlich und sogar Marcel zieht sie nun ein wenig näher an sich.

»Mich beunruhigt ja etwas anderes ein kleines bisschen mehr.« Jakob hat die Hände wieder in den Hosentaschen vergraben. »Wenn derjenige den Bunker gestern betreten und unseren Schlüssel geklaut hat, und die gleiche Person Eileen eben beim Yoga erschreckt hat – ist er oder sie dann immer noch hier unten bei uns?«

Dieser Frage folgt erschüttertes Schweigen. Lena presst sich eine Hand auf den Mund, Theos Blick huscht immer wieder zur Tür des Patientenzimmers und Josefine hat angefangen, an ihren Nägeln zu kauen – sie kann einfach nicht anders.

»Okay, immer mit der Ruhe.« Marcel zieht sein Handy aus der Tasche. »Ich weiß, du würdest unseren Aufenthalt hier unten lieber geheim halten, Theo, aber ich glaube, es ist an der Zeit, Hilfe zu rufen.«

Theo widerspricht nicht, sondern sieht wie sie alle zu, wie Marcel das Smartphone entsperrt und eine Nummer aufruft. Es ist so still, dass Josefine darauf wartet, das Tuten in der Leitung zu hören, doch nichts passiert.

»Lass mich raten: Kein Empfang?«, fragt Theo mit belegter Stimme. »Ich hab euch doch gesagt, dass die Wände hier unten dafür gebaut sind, jede Art von Strahlung abzuhalten. Stahlbetonhülle, ihr wisst schon.«

»Aber … vielleicht gibt es irgendwo eine Schwachstelle!« Diese Hoffnung seitens Lena klingt nach einem Flehen. »Welches Netz hast du noch mal, Marcel? Ich hab D1, vielleicht …«

»Vielleicht beim Ausgang«, greift Marcel den Strohhalm auf. »Wir könnten verschiedene Räume durchprobieren.«

»Alleine gehe ich hier nirgends hin!«

»Dann zu zweit, ja, Sweetheart? Wir beide gehen in den Eingangsbereich und versuchen da unser Glück. Theo …«

Theo nickt ergeben. »Hast du dein Handy hier, Josefine?«

Josefine schüttelt den Kopf.

»Dann holen wir es schnell und versuchen unser Glück drüben bei der Küche. Ihr beiden geht in die andere Richtung. Und dann treffen wir uns wieder im Lager.«

»Du glaubst wirklich nicht, dass wir irgendwo Empfang haben«, fragt Josefine leise, als die anderen sich bereits auf den Weg gemacht haben. »Oder?«

Sie kann sich Theos Antwort schon denken, aber als er tatsächlich stumm den Kopf schüttelt, fühlt sie sich dennoch wie im freien Fall.

## Marcel / Sonntag, 01.09., 10:30 Uhr

Die Suche nach Empfang bleibt erfolglos. Marcel fühlt sich wie betäubt. Erst nach und nach kann er die Erkenntnis zulassen, dass sie hier unten eingesperrt sind. Sein schlimmster Albtraum wird damit wahr. Seltsamerweise hält sich die Panik noch im Hintergrund, solange er etwas zu tun hat. Solange er suchen kann und überlegen und Lena beruhigen, die ihn gleich zweimal gefragt hat, ob er auch in der Dunkelkammer gesucht habe. Anscheinend fühlt sie sich genauso hilflos wie Marcel selbst.

Nach und nach versammeln sich alle wieder im Lager. Dort weiß niemand so recht etwas mit sich anzufangen. Eileen liegt auf einem der oberen Betten, das gestreifte Kissen hinter sich gestopft und an die Wand gelehnt, gleich unter dem fluoreszierenden Leuchtstreifen. Ihre leichten Lippenbewegungen lassen vermuten, dass sie ihre Airpods in den Ohren hat und alles um sich herum vergessen will. Lena klettert zu ihr nach oben.

Marcel macht, was er meistens tut, um der Angst etwas entgegenzusetzen. Er beginnt mit Fitnessübungen, nachdem er Eileen gefragt hat, ob er ihre Yogamatte benutzen darf. Bewegung kann helfen, die durch Panik entstandenen Stresshormone abzubauen. Das weiß Marcel aus dem Studium – und aus eigener Erfahrung.

»Schon komisch, dieser Bunker«, lässt Josefine plötzlich verlauten. »Weißt du eigentlich, warum sie ihn nie einfach leer geräumt und den ganzen Kram bei eBay verscherbelt haben, Theo?«

Theo sieht von seiner To-do-Liste auf und runzelt die Stirn. »In allen anderen Bunkerkrankenhäusern deutschlandweit wurde das gemacht, leer geräumt und alles verkauft. Dieses hier ist das einzige, das theoretisch jederzeit in Betrieb genommen werden könnte, weil alles noch da ist. Ein bisschen veraltet zwar, aber funktionstüchtig.«

»Voll eingerichtet und bezugsfertig, als würden sie immer noch damit rechnen, dass es eines Tages gebraucht wird.« Lenas Stimme zittert leicht. Marcel überlegt, ob er zu Eileen und Lena aufs Stockbett klettern soll, doch in diesem Moment zieht Eileen sich die Airpods aus den Ohren und legt den Arm um Lena. »Lass dir von Theo keine Angst machen, Süße. Du weißt doch, dass er gerne Schauergeschichten erzählt.«

»Das sind Fakten, Eileen«, wehrt Theo ab. »Simple, nüchterne Fakten.« Eileen rollt die Augen und bietet Lena einen ihrer Airpods an, die dankbar zugreift.

Doch Marcel lässt es keine Ruhe, was Theo gesagt hat. »Aber warum ist dieses Hilfskrankenhaus als einziges von allen noch voll ausgestattet? Das macht ja eigentlich gar keinen Sinn.« Er unterbricht seine Crunches und bleibt einfach auf der Yogamatte liegen. Seine Augen sind weit aufgerissen, unverwandt auf die Lampe über seinem Kopf gerichtet. Denn sobald er sie schließt, nur für einen Sekundenbruchteil, drängen die Erinnerungen hervor. Eine raue Steinwand an seinem Rücken, das Zischen einer herunterbrennenden Fackel, der widersprüchliche Geruch nach Rauch und modriger Feuchtigkeit – und eine Kinderstimme, die in endlosen Gängen widerhallt: »Mamãe! Mamãeeeeee!«.

»Es wirkt so, als würden sie sich die Option offenhalten, es irgendwann noch in Betrieb zu nehmen.« Josefines fast neugierige Stimme holt Marcel in die Gegenwart zurück. Er spürt die weiche Turnmatte unter seinen Schultern. Die Lampe leuchtet zuverlässig. Er blickt zu Lena hinüber. Sie ist da, das ist das Wichtigste. Und Marcel versucht, sich wieder auf sein Training zu konzentrieren.

Er dreht sich auf der Matte herum und beginnt mit Liegestützen. Die sind wahre Fitness-Allrounder, wie er in seinen Videos immer wieder gerne erklärt.

»Guter Punkt, Josefine! Aber in welchem Fall?« Jakob klingt ehrlich interessiert und überhaupt nicht so, als würde der Gedanke ihn ängstigen. Auch Theos Gesicht leuchtet kurz auf – na klar, er liebt Verschwörungstheorien und hat sie schon zu Schulzeiten regelmäßig mit den verrücktesten Behauptungen zu John F. Kennedys Tod und dem Anschlag auf das World Trade Center unterhalten.

»Wahrscheinlich halten sie das Krankenhaus eher nicht für den Fall einer atomaren Katastrophe funktionsbereit«, überlegt er laut. »Aber was dann? Für heimliche Waffentests?«

»Oder Atomversuche?«, schlägt Jakob vor. »Das würde sich doch anbieten, oder? Mit der Stahlbetonhülle und dem Bleischutz und so weiter.«

Theo legt die Stirn in seine bekannten Denkerfalten und schiebt seine Brille zurecht. In diesem Moment wird Marcel klar, dass es Josefine und Jakob vielleicht primär darum geht,

Theo auf andere Gedanken zu bringen. Seine fieberhafte und offensichtlich sinnlose Suche nach dem Schlüssel scheint er zumindest für den Moment unterbrochen zu haben.

»Für Atomversuche bräuchte man ein Labor«, meint Theo jetzt. »Ein richtiges, mit entsprechenden Schutzmechanismen. Das frühere Labor hier ist ja mittlerweile zum Inforaum umfunktioniert.«

»Weißt du ganz sicher, dass es kein anderes Labor gibt?« Jakob scheint seine Idee zu gut zu gefallen, um sofort davon abzulassen. »Dieser Bunker ist riesig. Oder …«, seine Stimme überschlägt sich beinahe ein bisschen, »… das Labor könnte noch eine Etage tiefer liegen, unter dem Bunker!«

»So ein Labor baut man doch nicht in einer derart dicht besiedelten Gegend«, beharrt Theo. »Dafür würde sich ein ausgedientes Bergwerk oder so viel besser eignen.«

»Aber es ist eine perfekte Tarnung!«, fällt Josefine ein. »Und vielleicht müssen die Probanden und Versuchsleiter anschließend hier unten in Quarantäne bleiben, bis sie nicht mehr radioaktiv belastet sind! Dann würde es durchaus Sinn machen, dass Küche und Patientenzimmer noch voll ausgestattet sind. Und bemerkenswert staubfrei, findet ihr nicht auch?« Sie sieht Theo an, der tatsächlich voll und ganz in seinem Element zu sein scheint.

Marcel steht auf, schüttelt die Arme aus – wenn doch nur die innere Anspannung auch so einfach abzuschütteln wäre – und geht zu Kniebeugen über. Dazu schnappt er sich zwei von Josefines Büchern als Fersenerhöhung und lädt sich seinen Rucksack auf die Schultern. Eine Langhantel wäre zwar besser, aber er muss jetzt eben improvisieren.

»Die Führungen finden auch nur alle paar Wochen statt«, meint Theo nachdenklich. »Dazwischen ist der Bunker verschlossen und gut gesichert. Ehrlich gesagt, habe ich mich manchmal schon gefragt, warum Tante Bene sich immer gesträubt hat, mich mal außerhalb der Führungen mit runterzunehmen. Immerhin hatte sie einen Schlüssel.«

»Aber dass sie Bescheid weiß, glaubst du nicht, oder?«, fragt Marcel, um eine möglichst klare Aussprache ohne Keuchen bemüht. Das muss er sowieso für seine Fitnessvideos üben.

Theo verzieht das Gesicht. »Schwer vorstellbar. Ich halte Atomversuche auch immer noch für unwahrscheinlich. Aber was, wenn hier oder meinetwegen auf einer geheimen zweiten Etage waffenfähiges Material gelagert wird? Atomsprengköpfe aus dem Kalten Krieg zum Beispiel.«

Jakob nickt nachdenklich. »Aber für ein reines Endlager für alte Sprengköpfe bräuchte man weder Küche noch Betten.«

»Und wenn hier neue Waffen entwickelt werden?«, schlägt Josefine vor. »Ich glaube ja immer noch, dass die Patientenzimmer zur Quarantäne benutzt werden. Und solange hier unten Führungen stattfinden, hinterfragt immerhin niemand, warum alles eingerichtet bleibt. Dann dienen deine Tante Bene und die anderen Bunkerführer nur der Deckung.«

»Ich denke auch, die Drahtzieher werden weiter oben sitzen«, stimmt Jakob zu. »Vielleicht jemand von der Regierung.«

Da meint Josefine aufgeregt: »Oder das FBI! Das Ding hier kommt immerhin aus dem Kalten Krieg und Bayern war unter amerikanischer Besatzung. Was, wenn die Amerikaner den Bunker immer noch nutzen?«

»Auch möglich«, lenkt Jakob ein. »Haben wir irgendwo im Bunker etwas Verdächtiges gesehen?«

Marcel räuspert sich. »Was wäre denn was Verdächtiges? Ich finde, hier drin sieht so ziemlich alles verdächtig aus.«

»Auf einem der Rollbetten ist noch der Abdruck eines Körpers sichtbar. In irgendeinem düsteren Gang Richtung Küche. So, als hätte kürzlich jemand dort geschlafen«, kommt es überraschenderweise von Eileen.

»Sie sperren Eindringlinge einfach ein.« Jakob spricht so leise, dass Marcel sich kurz fragt, ob er sich verhört hat. Aber scheinbar nicht, denn Theos Miene schwingt von begeistert zu fieberhaft um. »Ja, wir sitzen hier unten fest, weil sie uns für Spione halten. Wir sind hier eingedrungen und haben in Dingen gestochert, die uns nichts angehen. Da haben sie uns festgesetzt.«

»Damit wir noch länger Zeit haben, ihr Geheimnis aufzudecken?« Lena scheint spöttisch klingen zu wollen, aber es gelingt ihr nicht so richtig. »Du merkst selbst, dass das nicht zusammenpasst, oder?«

»Aber was haben sie mit uns vor?«, murmelt Theo. Marcel kennt diesen besessenen Blick. Den hat Theo normalerweise für *Lupus Noctis* reserviert.

»Nur erschrecken?« Josefine hat die Arme um den Körper geschlungen, als würde ihr schwarzer Cardigan sie plötzlich nicht mehr ausreichend warm halten. »Doch nicht etwa ausschalten, oder?«

Lena lässt sich von ihrem Stockbett gleiten. »Ich lasse mir von euch beiden keine Angst einjagen.« Sie wirft erst Jakob und dann Theo einen bösen Blick zu. »Ihr habt zu viele Science-Fiction-Filme geschaut.«

»Vielleicht hat die Radioaktivität hier unten auch Auswirkungen auf ihr Denkvermögen«, schlägt Eileen vor.

Erschöpft lässt sich Marcel auf die Yogamatte fallen. Er starrt an die graue Bunkerdecke. Fünf Meter über ihm scheint die Sonne, weht der Wind, laufen Kinder zum Freibad oder fahren mit dem Fahrrad zum See. Fünf Meter über ihm wartet die Freiheit. Er hat plötzlich das Gefühl, schon ewig hier unten eingesperrt zu sein. Wie in einem düsteren Paralleluniversum. Das übliche Gefühl der Entspannung nach dem Training will einfach nicht aufkommen. Stattdessen die allgegenwärtige Angst. Lange wird er das nicht mehr aushalten.


## Hanan / Sonntag, 01.09., 11:00 Uhr

»Immer noch keine Antwort?« Isam sieht über sein Notebook zu Hanan, die auf seinem Sofa sitzt und bei jedem Blick auf ihr Handy entnervt aufseufzt.

»Nichts.« Hanan klickt sich durch die Chatverläufe. »Noch nicht mal abgerufen haben sie meine Nachrichten.«

»Wenn du magst, kannst du gerne noch bis morgen bleiben. Irgendwann melden sie sich bestimmt. Und wir könnten heute Nachmittag in der Boxhalle vorbeischauen.«

»Gute Idee!« Sie lächelt Isam an, steht aber im gleichen Atemzug auf und steckt ihr Handy in die aufgenähte Tasche ihres türkisfarbenen Kleides. Dazu trägt sie ihren hellrosa Hijab. »Ich geh erst mal noch eine Runde spazieren. Vielleicht schaue ich mal bei Jakob vorbei, ob er schon zu Hause ist.« Die Idee kommt ihr ganz spontan. Jakob wohnt auf dem Reutberg, gar nicht weit von dem Mehrfamilienhaus, in dem Isams Wohnung liegt. Der Weg wird sie höchstens fünf Minuten kosten und dann weiß sie wenigstens, ob die anderen immer noch an ihrem hochgeheimen Spielort sind.

Sie schlendert den Weinberg hinauf, vorbei am neuen Friedhof und durch einen Fußweg in das Siedlungsgebiet mit den geräumigen Einfamilienhäusern. Die Gärten sind gepflegt, vielleicht ein wenig trocken von der Sommerhitze, aber in vielen sprießt das Gras trotzdem üppig und bunte Blüten ergießen sich aus Blumenkästen wie denen am Balkon von Jakobs Zuhause.

Hanan wirft einen Blick zu den Garagen. Die Tore sind geschlossen und davor steht ein babyblauer Beetle. Rückschlüsse auf Jakobs Anwesenheit lässt das nicht zu. Aber vermutlich heißt es, dass eine seiner beiden älteren Schwestern zu Hause ist.

Klara ist es auch, die Hanan öffnet. Oft hat Hanan Jakobs Schwestern noch nicht zu Gesicht bekommen, denn bei Jakob zu Hause waren sie auch zu Schulzeiten fast nie. Er ist eigentlich immer froh gewesen, herauszukommen.

»Ja bitte?« Jakobs Schwester zieht die Augenbrauen hoch, als sie Hanan erblickt. »Sie gehören nicht zu den Zeugen Jehovas, oder?«

»Nein!« Hanan weiß nicht, ob sie lachen oder fassungslos den Kopf schütteln soll. »Ich bin eine Freundin von Jakob. Aus der Schule. Ich glaube, wir sind uns schon ab und zu begegnet.«

Klara runzelt die Stirn noch ein wenig mehr und sagt lieber nichts. Wahrscheinlich erinnert sie sich nicht an Hanan. Das ist okay, sie haben sich ja wirklich nicht oft gesehen und Klara hat sich nie besonders für die Freunde ihres kleinen Bruders interessiert. Vielleicht liegt das an den zehn Jahren Altersunterschied, denn bei Hanan und Isam ist das immer anders gewesen.

»Dann willst du zu meinem Bruder?«, fragt sie, dreht sich im gleichen Atemzug nach hinten um und ruft: »Jakob? Besuch für dich!«

»Also ist er schon zurück?«, fragt Hanan hoffnungsvoll. Sie lauscht gemeinsam mit Klara ins Treppenhaus, doch es kommt keine Antwort.

»Zurück?« Sie spricht in einer solchen Lautstärke, dass Jakobs Vater den Kopf durch die Garderobentür steckt und nachsieht, was los ist.

»Papa, hast du Jakob heute schon gesehen oder schläft der noch?«

»Der ist doch gar nicht da, dachte ich.«

»Nicht?« Klara wirkt überrascht. Doch dann nickt sie und meint: »Stimmt ja, der ist ja gestern Abend schon los. Wohin noch mal?«

Der Vater zuckt die Schultern. »Ist mit seinen Freunden unterwegs, dachte ich. Jedenfalls hat er wieder mal den ganzen Hightech-Kram mitgeschleift. Du weißt schon.« Er macht eine desinteressierte Geste und verschwindet, während Klara sich wieder an Hanan wendet: »Dann ist er wohl gar nicht da, tut mir leid.«

Sie will die Tür schon zumachen, als Hanan noch einfällt, was sie fragen kann, um wenigstens einen kleinen Anhaltspunkt zu bekommen: »Ist er mit dem Auto unterwegs?«

Klara stoppt die Tür gerade noch rechtzeitig, macht sich aber nicht die Mühe, sie noch mal komplett zu öffnen. »Ich glaub nicht«, meint sie durch den Türspalt. »Nein, definitiv nicht. Mama ist mit dem Astra unterwegs. Wahrscheinlich hat er das Fahrrad genommen.«

»Aber …« Hanan würde am liebsten einen Fuß in den Spalt stellen, damit Klara ihr nicht die Tür vor der Nase zumachen kann. »… müsste er nicht längst zurück sein? Hat er irgendwas gesagt, wann er wiederkommt?«

»Nicht, dass ich wüsste.«

Ihr gleichgültiger Blick auf ihre eigenen Fingernägel lässt bei Hanan eine Sicherung durchbrennen. »Und wenn ihm und den anderen etwas passiert ist? Am Handy ist niemand erreichbar – das ist doch nicht normal! Vielleicht hatten sie einen Unfall oder wurden –«

Nun sieht Klara alarmiert aus. Aber die Art, wie sie die Tür noch ein Stückchen weiter zumacht, lässt Hanan erahnen, dass sie eher Angst vor Hanans Ausbruch als um ihren Bruder hat. »Ich sag ihm, er soll sich sofort bei dir melden, wenn er nach Hause kommt. Okay? Ich schreib ihm sogar einen Zettel, wenn dir das weiterhilft. War's das dann?«

Hanan kann es nicht fassen. So eine komische Familie. Wenn sie da an ihre eigene Familie denkt – die würden niemanden so vor der halb geschlossenen Tür stehen lassen. Wahrscheinlich würden ihre Eltern jeden ihrer Freunde, der bei ihnen klingelt, sofort hereinschleppen und ihm Tee und Ghraibeh vorsetzen, selbst wenn Hanan nicht zu Hause wäre. Und wenn Hanan nicht wie abgesprochen heimkäme, wären sie definitiv außer sich. Aber Jakobs Familie war schon immer der Inbegriff der Reserviertheit, sogar Jakob selbst gegenüber. Wenigstens hat Hanan einen ersten Hinweis auf den Aufenthaltsort ihrer Freunde: Mit dem Fahrrad kann Jakob nicht weit gekommen sein. Das Muna-Gelände und die Burgruine waren damit schon mal reine Zeitverschwendung.

Dann also in der Stadt oder der direkten Umgebung. Nur wo in aller Welt gibt es hier so ein gigantisches Funkloch?

**Theo** / Sonntag, 01.09., 11:30 Uhr

Sie sitzen hier unten fest. Ohne den Schlüssel gibt es keine Möglichkeit, rauszukommen.

Mittlerweile ist es Theo schon fast egal, was passiert, wenn herauskommt, dass er Tante Bene den Schlüssel geklaut hat und sie unbefugt in den Bunker eingedrungen sind. Das erscheint langsam als das kleinere Problem gegenüber der Aussicht, über unbestimmte Zeit unter der Erde ausharren zu müssen. Bis irgendwann mal wieder jemand hier herunterkommt. Zu einer Führung, oder um nach dem Rechten zu sehen. Und rein theoretisch können bis dahin mehrere Wochen ins Land ziehen. Nicht Stunden, nicht Tage, Wochen!

Einige seiner Freunde scheinen das noch nicht ganz realisiert zu haben.

Gemeinsam mit Marcel ist er nach ihrer Diskussion über mögliche Verschwörungstheorien noch mal speziell auf der Suche nach einem Eindringling durch den Bunker gelaufen. Sie haben in jedes Zimmer geblickt, nirgends eine Spur davon, dass sie einen heimlichen Beobachter haben oder dass es irgendwo einen geheimen Eingang zu einem Labor oder einem Versteck für Waffen gibt.

Nur der abgerissene Schlüsselanhänger beweist, dass der Schlüssel nicht zufällig verschwunden ist. Jemand ist hier gewesen. Jemand, der sich jetzt entweder gut versteckt oder den Bunker längst wieder verlassen und sie hier unten eingesperrt hat. Immer wenn Theo an diesem Punkt angelangt ist, verbietet er sich das weitere Nachdenken und stürzt sich lieber wieder in die Suche.

Schließlich kommt er zurück ins Patientenzimmer, wo die anderen gerade an Resten vom Frühstück knabbern. Die Mädels sind dabei, eine Packung Zartbitter-Chiasamen-Kekse aufzuteilen. Jakob sitzt auf einem der unteren Stockbetten und liest. Marcel tigert mit einem Müsliriegel in der Hand auf und ab.

»Es hilft nichts, wir müssen das ganze Gepäck durchschauen. Bitte sucht ganz sorgfältig! Also richtig sorgfältig. Extrem sorgfältig!« Theo schließt für einen Moment die Augen. Er will nicht der Buhmann sein, der alle rumkommandiert. Aber er hat das Gefühl, wenn er nicht die Führung übernimmt, passiert gar nichts Sinnvolles.

Eileen schnaubt ungehalten, doch zumindest weigert sich niemand. Eine Weile herrscht geschäftiges Herumkramen, als alle nach und nach ihre Koffer, Rucksäcke und Taschen auspacken.

»Nichts«, vermeldet Marcel als Erster, der immer sehr wenig Gepäck hat.

Jakob schließt sich an.

»Hier auch nicht«, sagt Josefine.

»Ich habe nichts gefunden.« Lena wirft Theo einen entschuldigenden Blick zu.

Eileen braucht am längsten, da sie den meisten Kram mitgeschleppt hat. Doch schließlich richtet auch sie sich auf, wirft die Haare zurück und meint. »Niente!«

Theo vergräbt das Gesicht in den Händen. Nein, nein, nein. Schließlich blickt er auf. »Ihr habt vielleicht einfach nicht genau genug geschaut!« Er meint vor allem Eileen, die wieder mit einem Keks zwischen den weißen Zähnen dasitzt und Krümel von ihrer Leggins klopft. Sie war von Anfang an mit äußerst geringem Elan bei der Suche dabei. Vielleicht hat sie auch ihr eigenes Gepäck nur oberflächlich durchgeschaut.

»Darf ich?« Theo wartet ihre Erwiderung gar nicht ab, sondern zieht den Reißverschluss ihres Rollkoffers auf. Drinnen herrscht Eileen'sches Chaos. Auf den ersten Blick sieht er Kleidung, Schminkzeug, Schlafmaske und zwei Haarbürsten, wozu auch immer sie zwei davon braucht.

Theo nimmt ein Teil nach dem anderen in die Hand und legt es nach kurzer Überprüfung neben dem Koffer auf den Boden. Schnell und methodisch faltet er auch die Kleidungsstücke auseinander und schüttelt sie kurz, ob der Schlüssel sich womöglich in einem Ärmel oder einem Hosenbein verfangen hat. Plötzlich fühlt er etwas Kühles, Metallenes und zieht den Gegenstand triumphierend heraus. »Ha! Ich habs doch gewusst! Hier …« Theo verstummt. Ein schwarzer Spitzen-BH baumelt von seinem Finger. Kleine Röschen säumen die Träger und was Theo gespürt hat, ist ein Metallteil, das die Cups zusammenhält.

Eileen zieht die Augenbrauen in neue Rekordhöhen. »Wow, Schatzsucher Theo hat beinahe den Schlüssel entdeckt. Aber Moment, nein, es ist ja nur ein BH mit Magnetverschluss. Welch spektakulärer Fund!« Unwirsch nimmt sie Theo den BH weg und verstaut ihn wieder im Koffer. »Reicht es dir jetzt, du Perversling? Oder willst du meine restliche Unterwäsche auch noch durchwühlen?«

»Theo, du alter Schwerenöter.« Marcel klopft Theo gutmütig auf die Schulter.

»Tut mir leid. Sorry, Eileen! Das war echt blöd von mir.« Theo fühlt sich äußerst unwohl. Vielleicht hat er es doch übertrieben. Wenn er seinen Freunden nicht vertrauen kann, dann gar niemandem. Sie sind schließlich fast so etwas wie eine Familie für ihn. Im Gegensatz zu seinen Geschwistern sind sie sogar … In diesem Moment kommt ihm plötzlich ein Gedanke. Er lässt sich auf das nächste Bett plumpsen und starrt auf den schäbigen Linoleumboden.

Vielleicht hat seine Familie gestern doch mitbekommen, dass er etwas vor ihnen verheimlicht. Vielleicht haben sie anschließend beim Grillen bei Tante Bene festgestellt, dass der Bunkerschlüssel fehlt, und eins und eins zusammengezählt. Und einen Plan geschmiedet, wie sie ihnen einen gehörigen Schrecken einjagen können. Theo traut das seinen Brüdern durchaus zu. Tante Bene könnte sich von einem der anderen Fremdenführer einen Zweitschlüssel besorgt und nachts aufgesperrt haben. Seine Brüder haben den Schlüssel mitgehen lassen und einer ist heute Vormittag zurückgekommen, um Eileen den Streich mit dem Schlüsselanhänger zu spielen. Jetzt sitzen sie bestimmt oben um den Bunkereingang herum und überlegen, wann Theo und seine Freunde genug geschmort haben.

Als Theo dieses Szenario im Kopf durchgespielt und keinen offensichtlichen Widerspruch entdeckt hat, seufzt er erleichtert auf.

»Was ist?« Lena sieht ihn fragend an.

»Mir ist gerade was eingefallen.« Er berichtet von seiner Überlegung.

Josefine blickt ihn ungläubig an. »Traust du deinen Brüdern sowas zu?«

»Das wäre schon ein echt mieser Streich«, pflichtet Jakob ihr bei.

Theo zuckt die Achseln. »Auf jeden Fall ist das sehr viel wahrscheinlicher, als dass unter unseren Füßen Atomsprengköpfe lagern. Denke ich zumindest.«

Eileen beginnt zu grinsen. »Hätte dir das nicht einfallen können, *bevor* du meine Unterwäsche durchwühlt hast?«

Theo spürt, dass er rot wird, und Eileen tätschelt ihm lachend den Arm.

»Leute, dann lasst uns was unternehmen!« Marcel schaut hoffnungsvoll in die Runde. »Hier rumhocken bringt gar nichts! Lasst uns zum Bunkereingang gehen. Vielleicht hören sie uns, wenn wir schreien, dass sie uns rauslassen sollen!«

**Lena** / Sonntag, 01.09., 11:45 Uhr

Lena stimmt dem Vorschlag nur zu, weil er von Marcel kommt. Er scheint wirklich Hoffnung in diese Idee zu setzen und ein winzig kleiner Teil von ihr will ihm glauben, dass die Lösung so einfach sein könnte. Dass Theos Brüder ihr den Brief geschrieben und den Schlüssel aus der Dunkelkammer an sich genommen haben. Diese Erklärung hat gewaltige Lücken, aber immerhin ist sie logischer und beruhigender als die Idee mit den Atomsprengköpfen unter dem Bunker. Sogar Theo scheint dieser Meinung zu sein, denn er führt die Gruppe an und brüllt schon kurz vor den Bunkertüren: »Oi, es reicht jetzt! Lasst uns raus, ja? Konrad?« Er denkt kurz nach und scheint zu dem Schluss zu kommen, dass auch jeder andere seiner Brüder dort draußen stehen könnte – wenn nicht alle gemeinsam. »Bernhard, Arthur, Roland? Das war jetzt wirklich wahnsinnig witzig und ihr habt uns echt erschreckt, aber jetzt könnt ihr uns rauslassen!«

»Versteht man ihn überhaupt, so durch die Tür? Die ist doch aus Stahl, oder?«, wispert Lena Marcel zu. Der scheint ebenfalls so seine Bedenken zu haben, denn er tritt neben Theo und schlägt ein paarmal kräftig mit der Faust gegen das Metall. »Hallo? Könnt ihr uns hören? Hallo?«

Nun stimmen auch Jakob und Josefine mit ein, und weil Lena sich nutzlos vorkommt, wenn sie nur zusieht, versucht sie es auch mit ein paar zaghaften Rufen. Jakob pfeift schrill auf zwei Fingern, Marcel hämmert gegen die Tür, Theo, Josefine und Lena rufen abwechselnd »Hallo?« und »Hilfe!«, und Eileen übertönt sie alle, indem sie »Open up« intoniert.

»Leute, kommt schon!«, brüllt Theo, dessen Stimme ganz heiser klingt. »Wir haben unsere Lektion gelernt! Lasst uns raus. Bitte!« Das letzte Wort scheint ihn immense Überwindung zu kosten. Er bringt die anderen mit einer Geste zum Schweigen und presst das Ohr gegen die Tür. Sie horchen alle angestrengt in die Stille hinein, aber wenn Theos Brüder wirklich da sind, dann verhalten sie sich still und warten ab, ob die Eingesperrten noch mehr zu bieten haben.

»Ihr Pissnelken!«, brüllt Eileen. »Euer Humor ist ja noch schlechter als der von Theo!« Sie tritt kräftig mit dem Fuß gegen die Stahltür und ein Dröhnen geht durch das Metall.

Marcel tritt einen Schritt zurück und sieht sich suchend um. Lena glaubt für einen Moment, er suche sie, doch dann geht er geradewegs an ihr vorbei und reißt die Tür zum Labor auf, wo sie vor einer Ewigkeit ihr Spiel beendet haben. Schon einen Moment später kommt er mit einem Stuhl zurück. »Zurücktreten!«, weist er sie an und macht Anstalten, den Stuhl gegen die Stahltür zu donnern, doch Theo schreit: »Nein! Das bringt doch nichts!«

»Ach nein?« Marcel lässt den Stuhl nicht sinken. Er atmet so schwer, als hätte er bereits Kleinholz aus Stuhl und Tür gemacht. »Bitten bringt offenbar aber auch nichts! Ihr spinnt doch!«, brüllt er in Richtung Tür. »Alle miteinander!«

»Lackaffen! Hohlköpfe! Pissnelken!«, setzt Eileen hinzu.

Theo fährt sich mit beiden Händen durch das rote Haar, bis es ihm wild zu Berge steht und er verrückter denn je aussieht. »Ich glaube nicht, dass sie uns so rauslassen. Bernhard traue ich es zu, dass er uns bis heute Nacht hier unten schmoren lässt, wenn wir ihm jetzt auch noch blöd kommen.«

»Na großartig, du hättest dir ja vorher überlegen können, was für mittelalterliche Erziehungsmethoden deine irre Familie so draufhat«, faucht Eileen.

Theo klappt den Mund auf und wieder zu. Lena sieht ihm an, dass ihm eine Menge nicht besonders netter Dinge auf der Zunge liegen, aber offenbar hat er nach der Sache mit Eileens Unterwäsche noch ein schlechtes Gewissen und schluckt sie hinunter.

Lena beschließt, ihn aus seinem inneren Dilemma zu erlösen, und hakt sich bei Eileen unter. »Ich glaube, ich brauche einen

Kaffee. Und die anderen könnten vielleicht auch einen vertragen.« Zum Glück lässt Eileen sich bei diesem Stichwort widerstandslos Richtung Patientenzimmer mitziehen. »Vielleicht kann man Theos Brüder ja auch mit einer Tasse Kaffee erweichen, wer weiß.«

»Mit dem Gebräu? Träum weiter, Süße.«

»Glaubst du, irgendwann können wir darüber lachen?« Lena versucht, ihrer Stimme einen beiläufigen Klang zu geben, aber die Ernsthaftigkeit ihrer Frage ist unüberhörbar, das merkt sie selbst.

Eileen zieht einen Mundwinkel hoch. »Heute wahrscheinlich nicht mehr.«

Sie haben Patientenraum Nr. 68 erreicht und Lena kramt aus Marcels Tasche die Dose mit dem Kaffeepulver.

Eileen wirft einen verächtlichen Blick darauf. »Nächstes Mal muss ich definitv noch einen Kaffeevollautomaten mitschleppen. Erinnere mich daran.«

»Ich setze es auf die Packliste«, schmunzelt Lena.

»Und Lippenpflegebalsam«, bestellt Eileen und fährt sich mit der Zunge über die Unterlippe. »Für den Fall, dass wir es noch mal mit jahrzehntealter, schimmliger Bunkerluft zu tun bekommen.«

»Ich hab ein Döschen drüben im Kulturbeutel. Warte, ich hol es dir schnell!«

»Du bist wie immer ein Schatz.« Eileen wirft ihr eine Kusshand zu. »Meinst du, ich soll solange mal einen kleinen Blick auf Theos Unterwäsche werfen? Der Fairness halber?«

»Und dann wochenlang Albträume haben? Lieber nicht.«

»Hast auch wieder recht. Aber ich könnte ein Skalpell dazwischen verstecken. Diese Sprache versteht unser Theolein.«

Bei der Vorstellung von Theos Gesicht, wenn er zu Hause

ein Siebzigerjahre-Skalpell zwischen seinen Boxershorts findet, muss Lena lachen. Sie erwidert Eileens Kusshand und schlüpft aus dem Raum.

Ihr kunterbunter Kulturbeutel sieht im Grau des Waschraums irgendwie fehl am Platz aus. Sie überlegt, ihn direkt einzupacken – für den Fall, dass Marcel und die anderen doch noch Erfolg haben und sie demnächst hier herauskommen. Aber es wäre erst so richtig frustrierend, ihn dann noch einmal zurück in den Waschraum zu bringen. Wie lange sie wohl noch hier festsitzen werden?

Sie zieht den Reißverschluss ein Stückchen auf und tastet nach ihrem Lippenpflegestift. Er ist nicht in dem kleinen Netzfach, in das er gehört. Großartig, wer hat sich da bitte an ihren Sachen vergriffen? Weder Theo noch Jakob hat sie je Lippenbalsam verwenden sehen und Josefine traut sich bestimmt nicht, einfach in anderer Leute Kulturbeutel zu wühlen. Bleibt nur Marcel und das geht schon in Ordnung. Hoffentlich hat er ihn danach wieder in den Beutel gesteckt.

Lena öffnet den Reißverschluss komplett und späht hinein. Puderdose, Wimperntusche, Zahnbürste … Zettel. Reflexartig wandert ihre freie Hand zu ihrer Hosentasche, in der sie den Zettel aus dem Zug versteckt hat. Er ist noch da. Nicht in ihrem Kulturbeutel. Mit zitternden Fingern zieht Lena den neuen Zettel aus dem Beutel, wirft einen hektischen Blick zur Tür und faltet ihn auseinander. Der Waschraum um sie herum scheint mit einem Mal gefährlich zu wanken, als sie die kantigen Großbuchstaben wiedererkennt.

Nach einer geschlagenen Viertelstunde des Rufens und Hämmerns keucht Josefine, als hätte sie gerade einen neuen Weltrekord im Sprinten aufgestellt, und greift immer wieder nach dem Kragen ihres weißen Mickymaus-Shirts, als wäre er ihr plötzlich zu eng geworden.

»Setz dich ruhig einen Moment hin.« Jakob hat seine Stimme gesenkt, weil er die Aufmerksamkeit der anderen beiden nicht zu sehr auf Josefine lenken will – vermutlich wäre ihr das peinlich, so im Mittelpunkt zu stehen. »Es bringt ja keinem was, wenn du umkippst.«

Theo lässt beim Klang dieses Wortes von der Tür ab und reißt bei Josefines Anblick erschrocken die Augen auf. Mit zwei großen Schritten ist er bei ihr. »Hast du dein Spray schon genommen? Hilft es nicht? Ist es leer?«

»Weg«, keucht Josefine. »Dachte, es wäre – in meinem Rucksack.« Sie schüttelt den Kopf.

»Verdammt.«

Theo schaut sich hilfesuchend um und begegnet Jakobs Blick.

»Asthma?«, fragt dieser.

Theo nickt. »Normalerweise gut eingestellt, aber ich schätze, die Aufregung und die Luft hier unten …« Er lässt den Satz unvollendet. »Wo hast du das Spray denn zuletzt gesehen?«

»Na, wenn das mal nicht da ist, wo der verfluchte Schlüssel auch ist«, murmelt Marcel finster.

»Das ist jetzt nicht hilfreich«, knurrt Theo. »Schaut lieber, ob ihr es in unserem Lager irgendwo findet.«

Jakob und Marcel joggen zurück zu Zimmer Nr. 68, von dem sie Jakobs Meinung nach schon viel zu viel gesehen haben. Eigentlich sollten sie jetzt längst wieder zu Hause sein – bei ihren

Familien oder in ihren Wohnungen und Wohnheimszimmern. Im normalen Leben an der Oberfläche.

Im Lager treffen sie Eileen an, die gerade Lenas Rucksack durchwühlt. Von Lena selbst keine Spur. Als Marcel bei ihrem Anblick eine Augenbraue hochzieht, fragt sie: »Hast du eine Ahnung, wo deine Freundin die Zuckerdose versteckt hat? Sie hat gesagt: ganz oben im Rucksack, die kannst du gar nicht übersehen. Aber anscheinend brauche ich eine Brille.«

»Die Zuckerdose?« Marcel späht über Eileens Schulter ebenfalls in den Rucksack. »Ich dachte, die war in der Box mit dem Kaffeepulver und den Teebeuteln.«

»Na großartig, die hat Lena schon mit in die Küche geschleppt.«

»Und da ist sie jetzt alleine?« Nicht zum ersten Mal an diesem Tag fällt Jakob auf, dass Marcel angespannt wirkt. Angespannter als der Rest von ihnen, obwohl die Situation natürlich an ihrer aller Nerven zerrt. Er weiß auch ziemlich sicher, warum, aber für seelsorgerliche Gespräche mit Marcel ist jetzt wirklich keine Zeit. »Das Asthmaspray«, erinnert er. »Josefine braucht ihr Spray.«

»Stimmt ja.« Marcels Blick wandert hektisch zur Tür und dann zu Eileen. »Kannst du Jakob beim Suchen helfen? Ich geh nach Lena schauen.«

Eileen rollt die Augen. »Mach das, Romeo.«

»Und frag sie, ob sie das Spray irgendwo gesehen hat«, fügt Jakob hinzu, der bereits Josefines Rucksack ausgemacht hat und den Reißverschluss aufzieht. Kurz hat er ein schlechtes Gewissen, wenn er daran denkt, was Theo vorhin in Eileens Tasche gefunden hat, aber die Suche nach dem Spray geht jetzt eindeutig vor. Statt Unterwäsche findet er als Erstes ein ziemlich mitgenommenes Taschenbuch. Er selbst achtet immer darauf, keine Leserillen in Bücher zu machen und bloß keine Seiten umzuknicken. Etwas, das Josefine offenbar statt eines Lesezeichens nutzt.

»Was war das?« Jakob lässt das Buch zurück in den Rucksack fallen und für den Moment ist das Asthmaspray vergessen. Die Geräusche kommen von weit weg, aber weil der Bunker so still und so leer ist, dass alles dröhnend widerhallt, dringen sie dennoch gut hörbar zu ihnen durch. Schreie. Panische Schreie.

Kurz sind sie beide wie erstarrt. Auf Eileens Gesicht kann Jakob den gleichen Schrecken lesen, den auch er verspürt. Dann rennen sie los. Raus aus dem Patientenzimmer und durch die tiefgaragenartigen Gänge des Hilfskrankenhauses. Jakob versucht, sich auf seine Schritte zu konzentrieren statt auf die Ideen in seinem Kopf, was genau geschehen sein könnte. Vor allem, als ihm klar wird, dass die Schreie aus Richtung der Küche kommen.

Doch als sie in den Gang dorthin einbiegen, sehen sie, dass gar nicht die Küche der Schauplatz des Tumults ist, sondern der Raum gegenüber. Oder vielmehr das Stückchen Flur direkt vor diesem. Dort steht nämlich Marcel und rüttelt an einer Türklinke. Er ist es allerdings nicht, der geschrien hat. Beziehungsweise immer noch schreit. Das ist jemand im Inneren des Raumes. »Lasst – mich – raus! Bitte! Hilfe! Hört ihr mich? Könnt ihr – mich hören? Bitte! Ich will raus!«

Marcel rüttelt immer noch nutzlos an der offenbar verschlossenen oder klemmenden Tür. Jakob schiebt ihn zur Seite, hämmert zweimal kräftig gegen das Holz und schreit über Josefines verzweifelte Hilferufe hinweg: »Josefine! Wir können dich hören! Es ist okay, die Tür klemmt, aber wir lassen dich raus! Du musst dich beruhigen!«

Aber keines seiner Worte scheint bei Josefine anzukommen. Sie schlägt von innen gegen die Tür, rüttelt an der Klinke und ihre Schreie gehen langsam in eine hysterische Mischung aus Schluchzen und Keuchen über.

»Sie muss sich beruhigen!« Jakob sagt es zu niemand Bestimmtem, erinnert sich dann, dass man Bitten um Hilfe immer gezielt adressieren soll, um eine Verantwortungsdiffusion zu vermeiden, und gibt Theo, der gerade mit schiefhängender Brille angerannt kommt, die Anweisung: »Gleich umkehren, ins Lager. Hol deinen Geldbeutel. Eine Kreditkarte.«

So richtig funktioniert das nicht, denn es ist Eileen, die losrennt, während Theo hektisch fragt, was passiert ist. Aus Richtung Küche stürzt jetzt auch Lena zu ihnen.

Jakob wartet nicht länger auf Eileen, sondern rüttelt jetzt selbst an der Klinke – natürlich erfolglos. Er kann gerade noch ausweichen, als Marcel neben ihm auf die Idee kommt, mit der Schulter kräftig gegen die Holztür zu rammen, doch auch dabei gibt sie nicht nach.

Theo unterdessen lässt den Blick hektisch den Flur auf und ab wandern. »Das ist ein Personalraum, die sind abschließbar. Vielleicht passen die Schlüssel auch, wenn man sie tauscht.«

Jakob kann nicht folgen – nicht während Josefine hinter der Tür immer noch panisch um Hilfe ruft –, doch Theo eilt bereits los und studiert die Türschilder der nächsten Räume. Eileen rennt ihn beinahe um, als sie mit einer kleinen Plastikkarte in der Hand wiederkommt.

»Nicht zerbrechen!«, warnt sie Jakob, als er sie an sich reißt und sie zwischen Türblatt und Rahmen zwängt. In Filmen sieht das immer so verflixt einfach aus – einmal von oben nach unten durchziehen und die Tür ist offen. Aber dass Filme nicht immer die Realität widerspiegeln, ist Jakob klar. Die Tür bleibt jedenfalls fest verschlossen und Josefine dahinter schreit immer noch panisch um Hilfe.

Nun kommt auch Theo zurück und schiebt Jakob zur Seite. Dieser schnappt vor Erleichterung nach Luft, als er einen silbernen Schlüssel in Theos Hand sieht. Jetzt kapiert er auch, was er an den anderen Türen gesucht hat. »Es ist okay!«, brüllt Jakob nutzlos die Tür an. »Theo hat einen Schlüssel! Wir holen dich jetzt raus!«

Doch Theo schüttelt den Kopf. Der Schlüssel passt nicht.

»Könnt ihr mich hören? Hilfe, bitte!« Ein schabendes Geräusch ertönt, so als würde Josefine die Tür mit einem Gegenstand bearbeiten. »Bitte – ich ... ich bekomme – keine Luft!« Ein Wimmern, dann wird es still, bis auf Lenas Weinen, das Jakob nur ganz am Rande seines Bewusstseins wahrnimmt. Er wirft einen raschen Blick über die Schulter, ob Marcel sich um sie kümmert, doch der hastet davon – vielleicht noch einen anderen Schlüssel suchen, wer weiß. Aber dafür bleibt keine Zeit.

»Zusammen!«, fordert Jakob und tritt einen Schritt zurück, um sich gegen die Tür zu werfen. Sie versuchen es zu dritt, mehr Platz bietet das Türblatt nicht. Es ruckelt, aber der Aufprall ist zu schwach. »Noch mal!«

»Zurücktreten!« Marcel ist wieder da, einen Feuerlöscher in den Händen wie vorhin den Stuhl. Dieses Mal hält Theo ihn nicht auf, sondern springt wie die anderen zur Seite.

Der Feuerlöscher trifft die Tür mit einem berstenden Knall, hinterlässt aber nur eine ansehnliche Schramme im Holz.

»Das Schloss!«, brüllt Jakob. »Du musst das Schloss rausschlagen!« Am liebsten würde er Marcel den Feuerlöscher aus den Händen reißen, aber der vernünftige Teil in ihm weiß, dass Mr.OnTheReis einfach trainierter ist als er und dass er von ihnen allen die besten Karten hat, diese Tür aufzubrechen.

Trotzdem sorgt auch der zweite Versuch nur für eine verbogene Türklinke und eine tiefe Delle im Feuerlöscher.

Von Josefine ist jetzt nichts mehr zu hören. Oh Gott, was, wenn sie ohnmächtig ist? Hanan ist nicht hier – sie wüsste, was in diesem Fall zu tun wäre. Jakob zermartert sich das Hirn, was er vor Ewigkeiten im Erste-Hilfe-Kurs gelernt hat

Marcel tritt dieses Mal einen Schritt zurück, damit der Schlag auf die Türklinke mehr Wucht hat. Er holt aus und lässt den Feuerlöscher abermals gegen die Tür sausen und dieses Mal – endlich – splittert Holz und das Schloss gibt nach.

## Marcel / Sonntag, 01.09., 12:30 Uhr

Sie platzen als ungeordneter Haufen ins Zimmer. Josefine stützt sich mit einer Hand an der Wand ab und atmet schwer. »Jemand – hat – mich – eingesperrt«, keucht sie. Marcel sieht ihre zerschundenen und blutigen Fingerkuppen. Die Nägel sind eingerissen. Sie muss an der Tür gekratzt haben bis aufs Blut.

Lena stößt bei Josefines Anblick einen kleinen Schrei aus und schlägt die Hände vor den Mund. Theo stützt Josefine und hilft ihr, sich hinzusetzen und mit dem Rücken an die Wand zu lehnen. Josefine ringt sichtbar um Luft.

»Wie konnte das passieren?«, fragt Marcel erschrocken. Er kennt diese blinde Panik nur zu gut. Sobald ihn Dunkelheit umgibt, tut er alles, um wegzukommen. Da kann er nicht mehr denken, nicht mehr atmen. Aber er hat das noch nie bei einem anderen Menschen gesehen.

»Das Asthma!« Theo versucht, Josefine Luft zuzufächeln. »Verdammt, sie braucht ihr Spray! Es ging ihr zwischendurch besser und wir haben uns getrennt. Sie wollte noch mal in den Räumen schauen, die sie seit gestern betreten hat.«

»Nicht – gefunden«, keucht Josefine. »War – nicht – da.« Sie schluchzt auf.

»Heißt es nicht immer, man soll in eine Papiertüte atmen?«, fragt Marcel in dem Bemühen, zu helfen. »Soll ich so was suchen? Oder geht auch eine Plastiktüte?«

»Aber gilt das nicht nur fürs Hyperventilieren?« Eileen steht genauso ratlos herum wie die anderen. »Ich schaue trotzdem noch mal nach dem Spray!«, sagt sie und saust los Richtung Patientenzimmer.

»Auf jeden Fall musst du dich beruhigen, Josefine! Ganz ruhig!« Jakob hat sich auf den Boden gehockt und nimmt Josefines Hände in seine. Er drückt diese, bis Josefine den Kopf hebt und ihn anschaut. »Langsam, ganz in Ruhe. Es ist genug Luft da.« Die Panik in ihrem Blick jagt Marcel einen Schauer über den Rücken. Er kann es so gut verstehen. Furchtbar, plötzlich eingesperrt zu werden, von einem Phantom.

Jakob weicht Josefines angstvollem Blick nicht aus, er sieht sie an und wiederholt immer nur dieselben Sätze. »Einatmen, ausatmen, wir machen das zusammen. Ein … aus.«

Minuten vergehen, die Marcel wie Stunden vorkommen. Das rasselnde Keuchen aus Josefines Lungen wird nach und nach tatsächlich etwas leiser.

Theo zieht nervös immer wieder den Reißverschluss seiner Jacke auf und zu, bis Marcel ihn anstupst. Dann wendet er sich abrupt ab, um die zerstörte Tür in Augenschein zu nehmen.

Lena hat kein Wort gesagt, seit sie Josefine befreit haben. Stumm und wie erstarrt steht sie neben Marcel. Er greift nach ihrer Hand, die eiskalt ist.

Jakob blickt zu ihnen auf. »Ich glaube, es geht jetzt wieder.«

Josefine nickt. »Danke, Jakob«, sagt sie leise.

»Soll ich ein Glas Wasser bringen? Oder Tee, heißer Tee ist

immer gut. Ich koche dir welchen!« Lenas Stimme zittert leicht. Sie beißt sich auf die Unterlippe. Bittend sieht sie Marcel an. »Könntest du vielleicht …?«

»Klar, ich komme mit, du musst nicht alleine in die Küche«, bietet er sofort an.

»Lasst uns doch alle zusammen gehen«, schlägt Theo vor, der endlich von der Tür abgelassen hat. Marcel sieht ihm an, wie erschüttert er von dem Vorfall ist. Seine Sommersprossen treten viel stärker hervor, weil sein Gesicht so blass geworden ist. Wahrscheinlich macht er sich Vorwürfe, dass er Josefine überhaupt mit hierher gebracht hat. Aber er hat ja genauso wenig wie sie alle ahnen können, was geschehen würde.

Die Küche ist gleich auf der anderen Flurseite und Lena beginnt sofort damit, einen Topf mit Wasser zu füllen und auf den Herd zu stellen, während Jakob Josefine zum Waschbecken hilft, damit sie sich das Blut abwaschen kann. Marcel holt mehrere Tassen, wischt sie kurz mit dem Küchenhandtuch ab, und stellt sie in einer Reihe auf eines der mittigen Regale.

»Hast du nicht Pflaster und Verbände in deinem Erste-Hilfe-Kit, Lena?«, fragt Jakob.

»Klar, hole ich gleich«, sagt Lena, wobei sie es vermeidet, auf Josefines blutige Finger zu schauen. Marcel wundert sich darüber. Normalerweise befällt Lena bei Verletzungen aller Art ihr Helferdrang. Sie lässt dann nicht locker, bis der Splitter entfernt, der Verband angelegt oder der geschwollene Fuß rundum in Coolpacks verpackt ist. Sie hat sich da immer prima mit Hanan ergänzt. Heute scheint Jakob ihre Rolle zu übernehmen.

Auf einem Tablett neben dem Wasserhahn erkennt Marcel sein Anrührkaffeepulver, eine Tüte Milch, einen Zuckerstreuer und eine Dose mit verschiedenen Teebeuteln darin. Lena sucht zwei heraus und hängt sie in den Topf.

Eileen betritt die Küche. »Puh, zum Glück habe ich eure Stimmen gehört und konnte ihnen folgen. Kurzzeitig dachte ich schon, ihr seid jetzt alle verschwunden.«

»Sorry, wir hätten auf dich warten sollen«, sagt Marcel entschuldigend.

»Hast du das Spray gefunden?«, fragt Theo.

»Jep!« Triumphierend hält Eileen ihnen den kleinen Inhalationsbehälter mit dem blauen Mundstück entgegen. »Ist unter eines der Bettgestelle gerutscht. Einige Bücher waren davor gestapelt, sodass man es nicht gesehen hat.«

»Wahnsinn, vielen, vielen Dank!« Josefine nimmt ihr Spray entgegen wie einen besonders wertvollen Schatz. Sie schüttelt es kurz, neigt den Kopf nach hinten und inhaliert.

»Danke, Eileen«, sagt auch Lena.

Theo tritt von einem Fuß auf den anderen. »Leute, ich gehe noch mal zurück. Will mir genauer anschauen, ob man die Tür wieder reparieren kann. Wir sollten ja eigentlich nichts kaputtmachen, und …«

»Dein Ernst? Du machst dir Sorgen wegen der kack Tür, obwohl hier jemand rumschleicht und Anschläge auf uns verübt? Hast du sie noch alle?«

Theo zuckt unter Eileens harscher Kritik zusammen. »Na ja, bevor wir alle hier sinnlos rumsitzen.«

»Eins sag ich dir: Wenn du als Nächstes eingesperrt wirst, kannst du ganz beruhigt sein: Der Tür, hinter der du hockst, wird dann kein Leid geschehen. Wir rühren nämlich keinen Finger, um dir zu helfen!«

»Könnt ihr bitte aufhören zu streiten?« Lena schluckt und Marcel sieht, dass sie mit den Tränen kämpft. Er geht zu ihr und nimmt sie in den Arm. Doch nach einem kurzen Moment befreit sie sich. »Es ist alles schon schlimm genug. Streit ist wirklich das Letzte, was wir brauchen können«, murmelt sie und gießt Tee in eine der Tassen, die Marcel bereitgestellt hat. Er reicht sie weiter an Josefine. »Kamille. Soll beruhigend wirken. Wer möchte noch?«

Josefine trinkt einen Schluck, wobei sie aufpasst, mit den verletzten Fingerkuppen die heiße Tasse nicht zu berühren. Marcel und Jakob schnappen sich ebenfalls eine Tasse. Während Jakob in seinen Tee pustet, sagt er: »Jetzt glaubt ja wohl niemand mehr ernsthaft, dass Theos Brüder dahinterstecken. So was würden sie nicht machen, oder?«

»Nein, vermutlich nicht«, gibt Theo zu. Er rückt seine Brille zurecht und scheint nach Worten zu suchen. »Josefine einzusperren ist zu heftig. Das traue ich ihnen niemals zu. Ganz abgesehen davon, dass sich dann wieder einer hier runterschleichen hätte müssen und wir haben ja die ganze Zeit den Eingang belagert.«

»Warum muss dieses Hilfskrankenhaus auch so ein Labyrinth sein? Hier kann sonst wer rumwandern und wir bekommen rein gar nichts davon mit!« Lenas Stimme klingt viel höher als normalerweise. »Und dann auch noch diese unheimlichen Kameras. Ich meine … warum haben sie die Leute denn auch noch überwachen wollen in diesem Bunkerkomplex?«

»Kameras?« Marcel runzelt die Stirn. »Wovon sprichst du?«

»Na davon.« Lena deutet in die Ecke des Raumes. Marcel stellt die Tasse ab. Mit drei schnellen Schritten ist er dort. Er blickt zur Decke und mustert das kleine dunkelgraue Gerät, das absolut unauffällig direkt neben einem Belüftungsgitter angebracht ist.

Theo tritt neben ihn. »Komisch, Tante Bene hat nie etwas davon gesagt …«, murmelt er.

Marcel antwortet nicht. Mit einem Satz hat er sich auf die Arbeitsfläche geschwungen und pflückt den Elektrowürfel mit der

Hand ab. Die Linse, das Batteriefach, das Mikrofon – tatsächlich hat Lena recht gehabt. Da gibt es nur ein Problem. »Das Teil ist garantiert keine 50 Jahre alt!«

»Moment – nicht aus den Siebzigern?«, hakt Theo nach.

»Ganz bestimmt nicht! Oder, was meinst du?« Marcel hält Jakob die Kamera entgegen, dem er auch einigen Technikverstand zutraut. Der nimmt sie und dreht sie hin und her. »Vermutlich hat Marcel recht, eher ein neueres Modell.«

Marcel berichtigt ihn. »Das Ding entspricht exakt dem aktuellen technischen Standard! Würde mich nicht wundern, wenn das kürzlich erst auf den Markt gekommen ist. Das ist eine moderne, kabellose Überwachungskamera, wahrscheinlich mit Bewegungserfassung. So ein Ding schickt dir die aufgezeichneten Bilder direkt auf einen Server.«

»Was? Das gibt's doch nicht!« Verstört blickt Josefine von der Kamera zu Marcel und zurück. »Aber … wieso hat man hier denn Kameras angebracht?«

Lena starrt Marcel an. »Glaubt ihr, das Ding funktioniert? Oder könnte das auch einfach nur eine Attrappe sein, um die Teilnehmer bei der Bunkerführung abzuschrecken, irgendwas anzufassen oder mitzunehmen?«

»Dann wäre die Kamera wohl eher groß und auffällig«, meint Eileen.

»Sieht man denn, ob sie angeschaltet ist?« Josefine klingt so nervös, wie Marcel sich fühlt.

»Keine Ahnung«, antwortet Jakob stattdessen. »Ich habe Modelle gesehen, an denen ein rotes Aufnahmelicht blinkt, aber diese hier hat gar keine Diode dafür.«

»Dann könnte uns ja gerade in diesem Augenblick jemand zuschauen!«

Josefines Ausruf löst etwas in Marcel aus. Jemand schaut

ihnen zu, jemand, der gerne die Kontrolle hat, der geübt darin ist, einem Menschen nachzuspionieren. Das hat Marcel schon einmal erlebt. Nachrichten, die aus dem Nichts kamen. Jemand, der beunruhigend gut informiert war, sodass Marcel ständig das Gefühl gehabt hat, jemand beobachte ihn.

Marcel starrt auf die Kamera in seiner Hand, ein merkwürdiges Rauschen in den Ohren. Jetzt versteht er. Jetzt weiß er, wer sie hier unten eingesperrt hat und warum! Er schleudert die Kamera auf den Boden.

»Was machst du denn? Stopp!«, ruft Theo.

Doch Marcel holt aus und tritt kräftig darauf. Es kracht. Er tritt noch einmal zu. Und noch einmal. Bis Theo ihn mithilfe von Jakob und Eileen wegzerrt und die Kamera nur noch Elektroschrott ist.

## Eileen / Sonntag, 01.09., 12:40 Uhr

»Versteht ihr denn nicht? Das ist sie! Das muss sie sein! Sie ist hinter mir her!«

»Was? Von wem redest du?«, fragt Theo entgeistert.

»Die Stalkerin! Sie hat mich eine Zeit lang in Ruhe gelassen, aber nur, um das hier zu planen!«

»*Genau*, alles klar!« Eileen lacht laut und sie merkt selbst, dass es alles andere als belustigt klingt. »Marcellino ist mal wieder der Nabel der Welt. Deine Stalkerin hat das hier alles eingefädelt, wer sonst?« Sie kann es nicht fassen, dass Marcel ernsthaft mit so einer Theorie aufwartet.

»Du hast doch keine Ahnung!«, schreit Marcel sie an. »Du hast das ja sowieso alles immer wahnsinnig komisch gefunden!«

»Weil so was nicht einfach so passiert! Gib es doch endlich zu! Du hattest was mit der, du hast mich beschissen, und danach war der Jammer groß, als sie sich als unangenehm anhänglich entpuppt hat. Aber weißt du was: Das geschieht dir so was von recht!« Eileen würde am liebsten irgendwas gegen die Wand donnern. Marcels Kopf zum Beispiel. Sie sieht sich nach einem Wurfgeschoss um.

Marcel hält ihre Hand fest, bevor sie nach einer der Tassen greifen kann. »Oh nein, das lass ich mir nicht unterstellen. Ich habe dich nicht betrogen und das weißt du auch. Du hast mich fallen lassen wie einen faulen Apfel, weil ich Angst vor dieser Irren hatte. Weil du es langweilig fandest, dass ich keine Lust mehr hatte, was zu unternehmen!«

»Das stimmt doch nicht! Du hast …« Eileen unterbricht sich, als sie plötzlich etwas Kaltes im Nacken spürt. Sie fährt herum, Marcel zuckt ebenfalls zurück. Theo steht mit zwei nassen Geschirrtüchern in der Hand da und sieht gleichmütig von einem zum anderen. »Na, sind die Gemüter nun etwas abgekühlt?«

»Sag mal, geht's noch?«, ruft Eileen, doch sie muss zugeben, dass Theo sie gerade im richtigen Moment unterbrochen hat. Es ist tatsächlich nicht in Ordnung, die alten Konflikte jetzt erneut auszutragen. Vor allem vor Lena nicht. Die hat sich dicht neben Marcel gestellt und streicht beruhigend über seinen Rücken. »Ich verstehe total, dass du in so einer Situation an die Stalkerin denkst. Aber wenn wir objektiv überlegen: Woher sollte sie wissen, wo wir das Wochenende verbringen?«

»Woher hat sie denn gewusst, was ich anhabe? Welche Serie ich gerade schaue und wie mein Bauchnabel aussieht?« Marcels Stimme klingt belegt. Eileen muss zugeben, dass ihm das alles wirklich nahezugehen scheint. Sie glaubt allerdings immer noch, dass er sehr wohl weiß, wer diese Stalkerin ist.

Lena zuckt hilflos die Achseln. »Ich weiß, das ist schon echt komisch. Aber dass wir in den Bunker runtersteigen, hat ja nur Theo gewusst. Sie hätte das niemals vorbereiten können – die Kameras anbringen, den Schlüssel klauen, das halte ich für ganz unmöglich.«

»Das stimmt.« Jakob lächelt Marcel aufmunternd zu. Dieser nimmt es gar nicht wahr.

Josefine meldet sich schüchtern zu Wort. »Wenn hier in der Küche Kameras sind, vielleicht dann auch woanders? Sollen wir mal nachschauen?«

»Vielleicht finden wir dann auch einen Briefkasten, denn die Stalkerin muss ja irgendwo ihre parfümbesprühten Liebesbriefchen für Marcel einwerfen.« Eileen kann es sich nicht verkneifen, noch etwas zu sticheln.

Theo wirft ihr einen warnenden Blick zu, doch Marcel tut einfach so, als hätte er sie nicht gehört. Er starrt ohne zu blinzeln zur Decke hinauf, genau in den Schein der Lampe.

Wenige Minuten später laufen sie durch den Bunker, mit dem Kopf im Nacken wie beim Sternegucken. Jakob ist mit Josefine etwas zurückgeblieben und fragt sie immer wieder, ob sie eine Pause braucht. Lena weicht nicht von Marcels Seite und so ist Eileen mit Theo in einem Team. »Du glaubst diesen Quatsch doch auch nicht, oder?«, fragt sie ihn halblaut.

»Nein.« Theo schüttelt den Kopf. »Marcels Stalkerin in allen Ehren – die Gute hat ihn ja anscheinend ganz schön traumatisiert –, aber dass sie es fertiggebracht hätte, uns hier einzusperren, glaube ich im Leben nicht. Eigentlich gehe ich davon aus, dass die Kamera bloß eine Attrappe ist. Vielleicht hat sie tatsächlich jemand von der Stadt angebracht, um Langfinger abzuschrecken.«

»Das glaube ich auch. Außerdem wäre diese angebliche Stalkerin ganz schön enttäuscht, wenn sie statt Marcels durchtrainiertem Body ständig unsere Visagen im Bild hätte.«

Theo lacht und Eileen beginnt leise zu singen:

»*In einem schwarzen Fotoalbum mit 'nem silbernen Knopf. Bewahr' ich alle diese Bilder im Kopf. Ich weiß noch damals, als ich jung und wild war im Block. Ich bewahr' mir diese Bilder im Kopf.*«

In diesem Moment hören sie Lena aus einem der Zimmer rufen. Theo und Eileen sehen sich an und eilen dann in ihre Richtung. Marcel und Lena sind im Raum, wo die Medikamente gelagert hätten werden sollen. Lena und Marcel stehen in einer Ecke und starren an die Decke, wo tatsächlich neben einem Rohr, das in der Wand verschwindet, eine weitere Kamera klebt.

»Na, glaubt mir vielleicht jetzt jemand?« Marcel hebt die Hände in einer hilflosen Geste. »Das ist doch kein Zufall!«

»Das gibt's doch nicht!«, ruft Josefine.

Ausnahmsweise hat Eileen keine Ahnung, was sie sagen soll. Sie starrt wie alle anderen auf das Gerät und ihr fällt beim besten Willen kein spöttischer Kommentar mehr ein. Das hier ist ernst.

Marcel macht Anstalten, mit ausgestrecktem Arm nach oben zu springen, als Theo ihn aufhält. »Wartet einen Augenblick, ich will in der Küche kurz was prüfen!« Nach zwei Minuten ist er wieder zurück und trägt eine winzige Knopfzelle mit sich. »Ich hatte gehofft, dass vielleicht gar keine Batterien drin sind, aber leider habe ich mich geirrt. Hier. So unheimlich das ist, anscheinend sind die Dinger tatsächlich funktionstüchtig und auch zu dem Zweck hier, etwas aufzunehmen.«

»Wisst ihr, woran mich das erinnert?« Jakob hat mittlerweile die Kapuze seines Pullis über den Kopf gestülpt. Wahrscheinlich friert er nur, aber auf Eileen wirkt es so, als wolle er sich den Blicken der Kamera entziehen. »An eines dieser Verhaltensexperimente, die Psychologen in den Siebzigern durchgeführt haben. Simulationen und Rollenspiele, die gefilmt wurden. Da gibt es einen Film dazu, mit Moritz Bleibtreu.«

»Ich weiß, was du meinst! Das Stanford-Prison-Experiment. Das kam neulich in einer meiner Psychologie-Vorlesungen dran.« Lena knetet nervös ihre Hände. »Da haben sie 70 Studenten per Münzwurf in Wärter und Gefangene eingeteilt und den Keller der Universität zu einer Art Gefängnistrakt umgebaut. Die Wärter hatten den Auftrag, für Ruhe und Ordnung zu sorgen. Sie durften dafür selbst Regeln aufstellen. Das Experiment ist schon nach wenigen Tagen komplett außer Kontrolle geraten, weil die Wärter die Gefangenen drangsaliert und misshandelt haben, vor allem nachts, weil sie dachten, dass sie da nicht videoüberwacht werden. Die Versuchsleiter haben dann verfrüht abgebrochen, um die Gefangenen vor den immer deutlicher sadistisch werdenden Handlungen zu schützen.«

»Das ist ja furchtbar!« Josefine verbirgt das Gesicht in den Händen.

Eileens Mund fühlt sich plötzlich trocken an. Wenn es solche Experimente sogar offiziell gab, wie viel schlimmer können dann welche sein, die heimlich durchgeführt werden? »Leute, das klingt gar nicht gut! Keller, Gefangene, Videokameras – genau wie hier!«

»Dann wäre die Frage: Sind wir zufällig in dieses Szenario reingestolpert, das schon aufgebaut war? Und jemand nutzt uns jetzt als billige Versuchspersonen?«, überlegt Theo.

Jakob antwortet leise. Da sein Gesicht im Schatten der Kapuze liegt, sieht man die Lippenbewegungen kaum. »Das wäre aber schon extrem kaltblütig. Da hätte derjenige sehr schnell einen Plan entwickeln müssen.«

Eileen schnaubt. »Wer sowas macht, hat doch wohl ganz offensichtlich nicht alle Tassen im Schrank. Von einer ausgefeilten Planung würde ich da nicht reden.«

Theo ignoriert sie. »Na ja, wenn das eine Gruppe von Wissenschaftlern ist, dann haben die sicher auch entsprechende Ressourcen.«

Eileen fragt sich für einen Moment, ob Theo das insgeheim vielleicht sogar spannend fände. Er misst sich gerne mit anderen. Superhirn Theo gegen eine unsichtbare Geheimorganisation.

»Aber was wäre das Ziel?«, fragt Jakob. »Eine Studie zu menschlichem Verhalten unter extremen Stressbedingungen? Langzeitauswirkungen von Tageslichtentzug? Klaustrophobiestudien?«

»Also dazu würde der Anschlag auf Josefine ja schon passen.« Theo wirft einen entschuldigenden Blick auf seine Nachhilfeschülerin. Josefine hat die Arme schützend um den Körper geschlungen und ist ungewöhnlich still. Eileen tritt neben sie und reibt ihr mit der Hand über den Rücken, um Wärme zu erzeugen. Josefine sieht sie überrascht an. »Danke, das tut gut.«

Jakob scheint nach wie vor nicht überzeugt. »Ich frage mich halt, welcher Wissenschaftler sowas machen würde. Die müssen ihre Quellen und die Versuchsbeschreibungen doch auch nachweisen, wenn sie etwas veröffentlichen.«

»Von seriöser Wissenschaft spricht hier auch niemand! Das kann auch ein Team sein, das völlig im Geheimen für einen Auftraggeber forscht, fürs Militär zum Beispiel. Was wäre denn, wenn Menschen im Kriegsfall über längere Zeit in einem Bunker eingesperrt sind, beispielsweise Angehörige der Regierung, die unbedingt geschützt werden müssen? Steigt da nicht mit der Aufenthaltsdauer die Gefahr, dass jemand durchdreht? Solche Forschungsergebnisse wären sicher interessant für manche Institutionen.« Jetzt hat Theo Feuer gefangen. Eileen sieht Lena und

Marcel an, dass sie die Diskussion alles andere als beruhigend finden.

»Vielleicht sollten wir das alles nicht unbedingt hier besprechen.« Lena starrt die Kamera an. »Was, wenn uns gerade jemand zuhört?«

»Das lässt sich ganz leicht verhindern.«

Eileen versteht als Erste, was Marcel vorhat, und hält ihm die verschränkten Hände hin. Er steigt mit einem Fuß hinein, stößt sich mit dem anderen ab und trifft mit einem gezielten Schlag seiner rechten Hand die Kamera. Sie fällt auf den Boden, ohne sichtbaren Schaden. Diesmal ist es Lena, die mit ihren Turnschuhen auf die Kamera tritt, zuerst zaghaft, dann mit zunehmender Wut.

Nach diesem Fund beginnen sie, systematisch die Räume zu durchkämmen. Drei weitere Kameras tauchen auf, im Labor, in einem der Hauptgänge und im Aufnahmeblock. Sie zerstören eine nach der anderen.

Eileen zweigt in den OP-Saal ab und sucht den Raum ab. »Verdammt«, entfährt es ihr. »Noch eine?« Ihre Freunde drängen in den Raum. Eileen deutet stumm auf die Kamera, die ebenso unscheinbar wie die anderen aussieht – und hier besonders perfide platziert ist. An dem Scheinwerfer nämlich, der sich über der OP-Liege erhebt, um den Chirurgen ausreichend Licht für ihre Arbeit zu spenden. Eileen denkt daran, dass sie vergangene Nacht dort gelegen hat, nichtsahnend direkt auf dem Präsentierteller. Zumindest, falls die Kamera so ausgefeilt ist, dass sie eine Nachtsichtfunktion besitzt.

Dann hat ihr anonymer Beobachter auch mitbekommen, wie innig Marcel in seiner Funktion als Urwolf sie verwandelt hat. Sie wirft einen schnellen Blick auf Marcel, der ihn ernst erwidert. Plötzlich kommt Eileen ihr Streit von vorhin lächerlich vor. Kindisch in Anbetracht der Lage, in der sie stecken.

»Du Allmachtsdackel! Du hässliche Analbanane!«, ruft Eileen zur Kamera hinauf. »Hast du dich jetzt genug an uns aufgeilt? Eins sag ich dir, sobald wir hier raus sind, wird dir so was von die Ehre genommen! Und bis dahin biete ich dir 'ne ordentliche Show!« Sie streift ihren Turnschuh vom Fuß, klettert auf die Liege und hämmert mit dem Schuh auf die Kamera ein, bis diese auf den Boden fällt. Marcel erledigt den Rest.

»Hoffentlich haben wir jetzt alle«, murmelt Theo, der diesmal anscheinend nicht über Eileens Ausbruch lachen kann. »Mir gefällt der Gedanke überhaupt nicht, dass jemand von außerhalb unsere Schritte lenkt.«

»Es ist, als würde ein Unbekannter mit uns spielen«, flüstert Josefine, die Augen riesengroß. »Als wäre *Lupus Noctis* Realität geworden.«


## Lena / Sonntag, 01.09., 13:30 Uhr

Josefines Äußerung folgt ein so erschüttertes Schweigen, dass Lena glaubt, die Leuchtstoffröhren über ihren Köpfen summen zu hören.

»Wie meinst du das?«, fragt Eileen. Ihre Stimme klingt eisig, aber Lena kennt sie gut genug, um zu wissen, dass sie nur ihre Betroffenheit zu verbergen versucht.

Josefine schnieft zur Antwort und Jakob ergreift an ihrer Stelle das Wort: »Sie hat recht. Irgendjemand greift einen nach dem anderen an, genau wie die Werwölfe die Dorfbewohner.«

»Nur stirbt dabei niemand«, beschwichtigt Theo sofort, als er Lenas entsetztes Gesicht sieht. »Das ist immerhin ein kleiner Trost.«

»Dafür weiß aber niemand, wann die Nachtphasen sind.« Jakob und Theo starren sich an.

»Können wir solche Dinge vielleicht nicht ausgerechnet hier besprechen?« Lena fokussiert ihren Blick auf die Überreste der Kamera, um den Rest des Raums nicht ansehen zu müssen. Sie hätte gut Lust, die Knochensäge und all den anderen Kram an sich zu nehmen und zu verstecken, ehe ihr mysteriöser Spielleiter sich auch noch bewaffnen kann. Aber was, wenn sie dann einen weiteren Brief bekommt, mit Anweisungen, was man mit so einem Skalpell alles machen könnte? Sie will gar nicht daran denken.

»Gute Idee, Sweetheart, gehen wir ins Lager zurück.« Marcel legt den Arm um sie. Es ist ein schwacher Trost. So sicher sie sich normalerweise in seiner Nähe fühlt, gerade wüsste sie ihn lieber in München als hier. In Sicherheit, einerseits, weit weg von ihr andererseits, denn wäre Marcel nicht hier, dann hätte der Briefeschreiber auch weniger gegen sie in der Hand. Dann könnte sie es sich vielleicht leisten, seine unheimlichen Drohungen einfach zu ignorieren.

»Meint ihr, die lassen uns raus, jetzt wo wir ihre Kameras kaputtgemacht haben und sie unser Verhalten nicht mehr beobachten können?« Josefines Stimme klingt immer noch zittrig. Sie haben sie auf dem Rückweg zu ihrem Lager wie selbstverständlich in ihre Mitte genommen. Trotzdem scheint sich bei ihr kein Gefühl von Sicherheit mehr einstellen zu wollen – wie auch? Lena spürt die Gänsehaut am ganzen Körper, wenn sie an die jüngsten Entwicklungen denkt. Und an Theos neueste Verschwörungstheorie, die sie im Gegensatz zu der Sache mit den Atomsprengköpfen nicht einmal mehr als an den Haaren herbeigezogen bezeichnen kann. Leider.

»Wer weiß, ob wir alle erwischt haben«, erwidert Marcel düster. »Und abgesehen von Kameras könnte es hier unten auch noch Wanzen geben. Habt ihr eine Ahnung, wie klein man Mikrofone bauen kann?«

»Nein, und ich glaube, ich bleibe in diesem Fall lieber ahnungslos.« Eileen wirft ihm einen säuerlichen Blick zu.

Lena drückt Marcels Hand und hofft, dass die Geste sagt, was sie denkt. Dass er recht hat, aber dass er es gut sein lassen soll.

Im Lager angekommen gibt Lena sich einen Ruck. Sie kramt ihren Erste-Hilfe-Beutel aus dem Rucksack und gibt Josefine Anweisung, sich auf eines der unteren Stockbetten zu setzen.

»Es geht schon«, wehrt diese sofort ab. »Ehrlich, es ist okay. Ich hab mir beim Versuch, die Tür aufzustemmen, nur die Nägel eingerissen.«

Lena drückt sie sanft, aber bestimmt auf die Bettkante und greift nach ihrer rechten Hand. »Und die Fingerkuppen gleich mit, hm?« Sie schüttelt den Kopf. »Das muss desinfiziert werden. Eine Blutvergiftung kannst du hier unten wirklich nicht gebrauchen. Außerdem wird es verflixt wehtun, wenn es sich entzündet.«

Josefine gibt sich geschlagen und lässt Lena machen. Die Aktivität tut gut. Lena säubert und desinfiziert, und weil Josefine ihr nicht erlaubt, einen richtigen Verband anzulegen, klebt sie wenigstens sorgfältig zugeschnittene Fingerkuppenpflaster über die beiden schlimmsten Schnitte.

»Und du solltest etwas trinken. Für den Kreislauf. Richtig gut wäre Wasser mit einem Spritzer Zitronensaft, aber leider haben wir keine Zitronen hier unten. Trotzdem braucht dein Körper Flüssigkeit. Ihr alle solltet übrigens ausreichend trinken.« Sie sieht zu Jakob, von dem sie weiß, dass er mitunter stundenlang das Trinken vergisst, wenn er beschäftigt ist. »Und das bringt uns auch gleich zum nächsten Problem.«

»Ach, noch eines?«, seufzt Theo. »Man sollte meinen, davon hätten wir schon mehr als genug.«

Lena stößt die Luft aus. »Ich meine, abgesehen von dem offensichtlichen Problem, dass irgendwelche Verrückten es auf uns abgesehen haben. Wir müssen uns vermutlich auf Stunden, wenn nicht Tage, wenn nicht Wochen hier unten einstellen. Was ist mit Essen und Wasser?«

»Trinken können wir das Wasser aus dem Hahn«, beschwichtigt Jakob sofort. »Schmeckt vielleicht ein bisschen nach alter Leitung, aber ist besser als verdursten. Ohne Flüssigkeit hält man viel kürzer aus als ohne Nahrung.«

»Trotzdem sollten wir überlegen, unsere übrigen Nahrungsmittel zu rationieren, damit sie länger reichen.« Lena versucht, diplomatisch zu klingen, obwohl ihr Vorschlag sich in ihren eigenen Ohren anhört wie aus einem schlechten Film.

»Und ihr habt noch gemeckert, dass ich so viele gesunde Snacks mitgebracht habe!« Eileen macht sich an ihren Taschen zu schaffen. »Ich höre ja gar kein ›Danke, liebe Eileen‹!«

»Danke, liebe Eileen«, murmelt Lena halbherzig. Dabei ist sie wirklich froh, als sie sieht, wie viel sich noch in Eileens Essenstasche befindet. Ein halbes Glas voller Alfalfasprossen, eine zweite Packung Kekse, eine Tüte Macadamianüsse und die restlichen Äpfel mit Hagelschaden.

»Ich hab noch drei Proteinriegel«, unterbricht Marcel Lenas hektische Bestandsaufnahme. »Und von den Semmeln sind auch noch drei oder vier übrig.«

Lena nickt. »Das klingt doch schon mal ganz gut. Und wir könnten die Küche durchsuchen, ob noch irgendwelche Konserven oder so dort gelagert sind.«

»Igitt, Dosensuppe aus den Siebzigern.« Marcel verzieht das Gesicht.

»Oder vielleicht Milchpulver im Lager«, fährt Lena fort. Es tut gut, nicht mehr untätig herumzusitzen, sondern die Dinge in den Griff zu bekommen, etwas dafür zu tun, dass ihre Gefangenschaft hier unten so erträglich wie möglich ist. »Es ist auch ganz schön kalt, wenn man sich so lange hier unten aufhält. Wir könnten ein paar zusätzliche Decken holen.«

»Das klingt ja sehr gemütlich«, spöttelt Theo gutmütig. »Fast wie Urlaub.«

»Also, ich hätte nichts gegen eine warme Decke«, eilt Eileen ihr sofort zur Hilfe. Sie trägt ihren Harvard-Pulli und ein buntes Tuch um den Hals und ist damit wärmer angezogen als die meisten von ihnen, aber Eileen war schon immer eine kleine Frostbeule.

»Ich auch nicht.« Jakob reibt sich demonstrativ die Oberarme. »Aber ich bin dafür, dass wir zu dritt zum Deckenholen gehen. Und die anderen drei können die Küche nach etwas Essbarem durchsuchen.«

Damit ist jeder einverstanden.

»Eines noch«, unterbricht Lena die Aufbruchsstimmung. »Auch wenn wir hier unten kein Netz haben, gefällt mir der Gedanke nicht, dass demnächst alle unsere Handys keinen Saft mehr haben.«

Aller Augen sind jetzt auf sie gerichtet und zumindest in Marcels und Eileens Gesichtern liest Lena Unbehagen. Das Smartphone ist Uhr und Taschenlampe, Ablenkung und trotzdem irgendwie eine verzweifelte Chance auf Kontakt zur Außenwelt.

»Ich nehme an, keiner von euch hat ein Ladekabel dabei.«

Einvernehmlich schütteln die anderen die Köpfe.

»Meistens gibt's ja nicht mal Strom, wo wir spielen.« Marcel zuckt die Schultern. »Ich hab es gestern noch voll geladen, aber jetzt sind trotzdem nur noch 15 Prozent übrig.«

Lena nickt. »Mein Vorschlag wäre eine Schichteinteilung.«
Weil aller Blicke immer noch erwartungsvoll auf ihr ruhen, fährt
sie fort: »Alle schalten ihre Handys aus. Außer einem. So kommen wir mit der verbleibenden Akkuladung am weitesten.«

»Gute Idee.« Theo zieht sein eigenes Handy sofort aus der
Tasche und schaltet es aus. Jakob und Josefine folgen seinem
Beispiel und nach kurzem Zögern auch Eileen. »Ich hab eh nur
noch fünf Prozent«, meint sie schulterzuckend.

Lena sieht zu Marcel.

»Ich … ich mach dann die erste Schicht, ja?«

Sie seufzt. War ja klar, dass es ihm am schwersten fällt.

»Sag bloß, du hast hier unten Zugriff auf TikTok«, meint Eileen sarkastisch. »Dann wäre ich dringend für einen Hilferuf via
Fitnessvideo.«

»Schon gut, schon gut.« Lena will jetzt auf keinen Fall Streit.
»Erste Schicht: Marcel.« Damit holt sie auch ihr eigenes Handy
aus der Tasche und drückt auf den Powerbutton. Es ist albern,
aber sofort fühlt sie sich hier unten noch isolierter als ohnehin
schon.


**Theo** / Sonntag, 01.09., 14:10 Uhr

Theo kann sich nicht erinnern, dass er jemals in einer Situation
gewesen ist, in der er zu wenig zu essen gehabt hat. Dieses Problem ist in seiner Realität bisher schlichtweg niemals aufgetreten.
Er ist gemeinsam mit Marcel und Josefine zur Jagd aufgebrochen, wie er es scherzhaft genannt hat, während die Frostbeulen, also Eileen, Lena und Jakob, sich der Aufgabe der Deckenbeschaffung widmen.

Im Chefarztbüro finden sie, wie Theo erwartet hat, zwei Six-packs Mineralwasser. Außerdem eine angebrochene Packung Schoko-Reiswaffeln, die zumindest ordentlich Kalorien haben, eine Tüte mit Studentenfutter und ein Snickers. Marcel kommt auf die Idee, auch den Papierkorb zu durchsuchen, und wird tatsächlich fündig. Die steinharte Brezel in einer Bäckertüte nehmen sie vorsichtshalber auch mal mit. Theoretisch kann man die ja immer noch in Wasser einweichen und dann essen.

Sie tragen alles in die Küche und Josefine reiht die Lebensmittel sorgfältig auf einem der Küchenschränke auf. Zu dritt stehen sie davor und mustern ihre kümmerliche Ausbeute.

»Es tut mir wirklich leid«, sagt Theo zu niemand Bestimmtem.

»Was denn?«, fragt Josefine.

»Dass ich euch hier runtergeführt habe. Dass ich diese hirnverbrannte Idee hatte, unbedingt hier unten spielen zu wollen. Es ist meine Schuld, dass wir hier festsitzen.«

»Unsinn.« Marcel klopft ihm verlegen auf den Rücken. »Schließlich hast du uns ja nicht hier unten eingesperrt. Das hat keiner vorhersehen können.«

»Ja, und außerdem wollte ich ja unbedingt einmal mit euch *Lupus Noctis* spielen!«, stimmt Josefine ein. Tatsächlich hat Theo diesen Wunsch schon lange aus ihren begeisterten Nachfragen bei den Nachhilfestunden herausgehört. Die Mathenachhilfe hat ihm nicht nur wegen des Taschengeldes Spaß gemacht, sondern auch, weil er Josefine so viel über sein Spiel erzählen konnte und über die Orte, die sie heimlich dafür besucht haben. In den Lernpausen ist das immer ein willkommenes Gesprächsthema gewesen. Überhaupt war es immer lustig mit Josefine, und als er wegen der Abivorbereitung als Nachhilfelehrer eine Zeit lang pausiert hatte, haben ihm die Nachmittage mit ihr in der Bibliothek fast etwas gefehlt.

Erst später hat er erfahren, dass während dieser Zeit Josefines Vater verstorben ist. Theo hat ihr daraufhin eine möglichst behutsam formulierte Postkarte geschickt und ihr sein Beileid ausgedrückt. Er weiß, dass sowas nicht gerade seine Stärke ist, und zu seiner Erleichterung hat Josefine das Thema nie direkt angesprochen. Ein einziges Mal hat sie wegen Kopfschmerzen eine Stunde früher abgebrochen und da ist Theo sich nicht sicher gewesen, ob sie nicht doch noch sehr traurig ist und nicht vor ihm weinen will.

Und jetzt steht Josefine ganz verloren da, streicht das rot gefärbte Haar hinter ihr linkes Ohr mit den vielen Piercings und blickt sich in der Küche um, als warte sie darauf, dass sich ein Geheimgang öffnet und sie alle hinausspazieren können. Doch Theo ahnt, dass sie genauso wie er an die Verhaltensstudie denkt, die vielleicht mit ihnen durchgeführt wird. Ohne ihre Einwilligung und ohne Möglichkeit, die Hintergründe zu verstehen.

»Geht es euch auch so, dass ihr euch dauernd umschaut, ob wir irgendwo eine Kamera übersehen haben?«, fragt Marcel.

»Ja, definitiv, ich fühle mich fast wie in einem Filmset – also natürlich nicht im positiven Sinn, sondern wie bei einem Horrordreh, Dracula ist nichts dagegen, ich finde …« Josefine verstummt und starrt an die weiße Wand.

»Alles in Ordnung?« Theo greift nach Josefines Arm und tätschelt ihn leicht. »Ist dir schlecht? Kriegst du keine Luft?«

»Mein Gott, ich hab's, ich weiß, warum diese Kameras hier rumhängen!«, schreit sie plötzlich.

Theo und Marcel sehen sich irritiert an. Theo lässt Josefines Arm sicherheitshalber noch nicht los. Vielleicht hat sie Halluzinationen durch den Sauerstoffmangel vorhin.

»Filmset! *Vapor*! Die sind von *Vapor*! Er hat doch angekündigt, einen Film über das Bunkerkrankenhaus zu drehen, ihr erinnert euch?«

»Dieser YouTubestar? Von dem du dauernd geschwärmt hast?« Theo versucht Josefines Gedankengang zu folgen.

Ungeduldig schüttelt sie seine Hand ab. »Genau. Vermutlich hat er die Technik einfach schon mal aufgebaut, und wir sind quasi in sein Set reingeplatzt!«

Marcel nickt. »Das könnte tatsächlich sein. Aber dann besteht doch immerhin die Chance, dass er demnächst hier runterkommt und uns rauslassen kann. Wahrscheinlich wird er die Kameras ja nicht schon Wochen im Voraus anbringen.« Er sieht erleichtert aus und Theo kann das nachvollziehen. Doch irgendwie kommt ihm diese Lösung zu einfach vor. Da er nicht recht in Worte fassen kann, was ihn daran stört, fragt er nur: »Welche Art Filme dreht *Vapor* noch gleich?«

Josefine setzt zu einer Erklärung an, unterbricht sich dann jedoch selbst. »Ich kann es euch zeigen«, verkündet sie überraschend. »Ich habe mein Lieblingsvideo von ihm auf dem Handy gespeichert.«

Sie eilen zurück in ihr Bettenlager und Josefine kramt ihr Handy hervor.

»Wo ist das Essen?«, fragt Lena, die gerade mit Eileen und Jakob zurückgekommen ist. Alle drei schleppen anthrazitfarbene Wolldecken mit schwarzen Streifen an. Theo glaubt, die typischen Modelle vom Katastrophenschutz zu erkennen. Hervorragend! Die sind auf jeden Fall mollig warm. »In der Küche. Hoffentlich halten die Ratten sich davon fern.«

Es sieht so aus, als würde Lena die Augen verdrehen. Doch bevor sie etwas sagen kann, unterbricht Eileen sie: »Schon Akku-Schichtwechsel?«

»Oh sorry, ich hätte vorher fragen sollen, ob ich das Handy

anschalten darf.« Josefine sieht schuldbewusst aus. »Wir wollten ein Video von *Vapor* schauen – das heißt, falls mein Akku das noch mitmacht.«

»Bitte was?« Jakob zieht die Augenbrauen zusammen. Er hat eine der Decken um sich geschlagen und sieht aus wie eine schlecht gewickelte Mumie. Allerdings wie eine mies gelaunte. Theo erklärt Josefines Idee.

Jakob hat einen abweisenden Gesichtsausdruck aufgesetzt. »Das halte ich für unwahrscheinlich. Abgesehen von den Kameras gab es ja auch die Überfälle auf Eileen und dich, Josefine. Und der Schlüssel ist definitiv entwendet worden«, meint er nach einer Pause.

Da muss Theo ihm zustimmen. Lena und Eileen scheinen beide ebenfalls nicht sonderlich überzeugt, haben jedoch auch nichts dagegen einzuwenden, das Video zu schauen. Sie laden die Decken neben dem Matratzenlager ab, Lenas sorgfältig gefaltet, Eileens in einem wirren Haufen. Jakob setzt sich einfach mit seinem improvisierten Umhang auf seinen Deckenberg.

»Den Film mal kurz anzuschauen, schadet ja wohl nicht.« Josefine legt ihr Handy in die Mitte auf Theos Matratze. Fünf Köpfe beugen sich neugierig darüber. Nur Jakob hält etwas Abstand.

Das Video beginnt wenig spektakulär. Die Kamera zeigt einen runden, gemauerten Turm, der sich hoch über die Wiese und die ihn umgebenden Bäume erhebt. Efeu rankt hinauf. Im Mauerwerk sind Schießscharten zu erkennen und unten eine schmale Tür, zu der mehrere Stufen hinaufführen. Ein einzelner Erker ragt hervor. Theo vermutet, dass er für Fäkalien und Abfälle gedacht ist. Am unteren Bildschirmrand werden die GPS-Koordinaten eingeblendet. 49° 40′ 30.29″ N, 10° 3′ 18.99″ E.

Eine kühle, weder als weiblich noch als männlich klar erkennbare und leicht verzerrte Stimme stellt das Bauwerk als den

Wartturm Kleinochsenfurt vor. Ein spätmittelalterlicher Wachturm, der als Beobachtungsposten genutzt worden ist. Wie Theo korrekt erkannt hat, verfügt er über einen Aborterker und mehrere Schießscharten. Anfang des 15. Jahrhunderts aus Bruchsteinen gemauert, ist er gut erhalten und kann zumindest von außen jederzeit besichtigt werden.

»Leute, wollt ihr jetzt wirklich dieser Geschichtsdoku lauschen?« Eileen reißt die Augenbrauen hoch, doch Theo wirft ihr einen bösen Blick zu, sodass sie Ruhe gibt.

Man sieht den Wartturm nun in Zeitrafferaufnahme. Wolken jagen darüber hinweg, das Licht verändert sich, wird erst heller, dann setzt die Dämmerung ein. Plötzlich fliegt ein Schwarm Vögel aus den Bäumen auf. Ihre Rufe klingen unheilverkündend laut und schrill. Schnitt. Es ist noch etwas dunkler geworden. Die Kamera befindet sich nun anscheinend im Turm selbst, oder besser darauf.

Theo sieht einen hageren, älteren Mann regungslos an einer kaum hüfthohen Brüstung stehen. Er ist von hinten gefilmt, sodass wenig von ihm erkennbar ist. Auf Theo macht er einen ungepflegten Eindruck. Das dünne, silbergraue Haar ist verfilzt und reicht bis auf die Schultern. Seine knochige Hand, die sich krampfhaft an der Brüstung festhält, sieht schmutzig aus, die Fingernägel gelblich und eingerissen. Theo überlegt, ob es sich um einen Obdachlosen handelt.

»Ist das *Vapor*?«, fragt Lena.

»Nein, *Vapor* selbst ist auf den Videos nie zu sehen, er ist nur durch seine Stimme präsent.«

»Daher wahrscheinlich auch sein Künstlername. *Vapor* heißt ja ›Rauch‹«, steuert Marcel bei.

Josefine nickt und bedeutet ihm, sich wieder auf den Film zu konzentrieren.

Die Perspektive wechselt in eine Luftaufnahme. Anscheinend wird mithilfe einer Drohne gefilmt. Der alte Mann dreht sich zu einer zweiten Person herum. Von dieser ist nur ein Arm zu sehen, der hervorschnellt und ihn hart gegen die Brust stößt. Der alte Mann strauchelt, sucht vergebens nach einer Möglichkeit, sich festzuhalten. Der Bildschirm wird schwarz. *Vapors* verzerrte Stimme deklamiert ein Zitat, das Theo sofort wiedererkennt.

«*... dann fiel er langsam, wie eine große Stoffpuppe, rücklings über die Zinnen und verschwand.*»

Luftaufnahme. Der Turm in seiner ganzen, unheimlichen Höhe. An seinem Fuße ein dunkles Bündel, wie hingeworfene Lumpen.

Die Kamera zoomt heran. Der Mann liegt bäuchlings auf dem Boden, die Arme noch ausgebreitet, wie er vom Turm gestürzt ist. Ein Schuh fehlt und enthüllt einen Fuß im löchrigen Stricksocken. Halblanges, silbernes Haar breitet sich über die Schultern aus.

Die Kamera zoomt näher. Das Gesicht, zur Hälfte im Dreck verborgen. Ein Rinnsal von Blut versickert im schlammigen Boden. Eine zersplitterte Brille liegt daneben.

Die Kamera zoomt näher. Die Augen sind weit geöffnet, der Blick starr.

Die Kamera zoomt näher. In der Pupille spiegelt sich das Kameraobjektiv.

Und dann wird der Bildschirm schwarz. Die körperlose Stimme meldet sich wieder zu Wort.

»*Ashes to ashes,*
*dust to dust*
*– Vapor crashes*
*because he must*«

Theo öffnet den Mund, um etwas zu sagen, obwohl er gar

nicht weiß, was. Er ist sonst nicht um Worte verlegen, aber dieser Kurzfilm hat eine Betroffenheit in ihm ausgelöst, die er fast verstörender findet als das Dargestellte. Irgendwas ist seltsam daran. Der alte Mann hat so hilflos gewirkt, so als wüsste er gar nicht, wie ihm geschieht. In Theo steigt der Verdacht auf, dass dieser *Vapor* ihn vielleicht einfach auf der Straße aufgesammelt hat. Ihm Geld versprochen hat, wenn er mitkommt und ihm bei einem Video hilft. Und dann? Ist das wirklich nur geschauspielert? Täuschend echt inszeniert? Täuschend echt vor allem für einen Hobbyfilmer, der keinen Stab an Make-up-Artists, Stuntmen und Fachleuten für Visual Effects zur Verfügung hat.

In diesem Moment erscheint auf dem Bildschirm die Vorschau für ein weiteres Video. Theo sieht die Luftaufnahme einer Ruine, verbrannte Balken, die in den Himmel staken, Mauerreste, dahinter Wald. Ein Bild, das Theo ebenfalls wiedererkennt, weil er den Ort selbst benennen kann. Ein Schriftzug wird eingeblendet. »Einst eine stolze Villa, erfüllt von Kinderlachen. Dann eine Ruine, bewohnt von Streunerkatzen. Jetzt ein Raub der Flammen, nur mehr verbrannte Erde. Niemand weiß, was hier geschehen ist. Fast niemand.«

Theo starrt auf den Bildschirm. »Fast niemand«, echot es in seinem Kopf. »Fast niemand, fast niemand, fast niemand.«


## Josefine / Sonntag, 01.09., 14:50 Uhr

Josefine hat nie verstanden, was es mit dem abgedroschenen Satz auf sich hat, dass die Stille in einem Raum beinahe mit den Händen zu greifen ist. Bis jetzt. Als sie aufsieht, spiegelt sich in den Gesichtern der anderen nicht die erwartete Begeisterung.

»Wahnsinn, oder?«, versucht sie, den Stein ins Rollen zu bringen. »Das ist so gut gemacht, so stimmungsvoll, so ... echt!«

»Das kannst du laut sagen«, meint Eileen nüchtern. Sie wirkt einfach nur skeptisch. Lena dagegen ist kalkweiß im Gesicht und Josefine ist sich ziemlich sicher, dass das nicht an der Deckenbeleuchtung liegt.

»Er ist nicht wirklich tot«, meint sie schnell. Unnötig, das zu sagen. Aber Lena sieht so erschüttert aus, dass Josefine sich dazu gezwungen fühlt. Vielleicht ist es die unheimliche Atmosphäre hier unten, die sie so empfindlich macht. Das und die Tatsache, dass sie sich ebenfalls an einem Lost Place befinden und irgendjemand es offensichtlich auf sie abgesehen hat. »Ich weiß, es sieht verdammt echt aus, aber es ist nur gespielt.«

»Und das weißt du ganz sicher?«

Josefine fährt zu Theo herum. Von ihm hätte sie alles erwartet – Kritik, eine sachliche Analyse oder Wertschätzung für das Werk von *Vapor* –, aber definitiv nicht das.

Theo räuspert sich, aber es ändert nichts daran, dass seine Stimme belegt klingt. »Sagt euch das Wort Snuff-Film etwas?«

»Jetzt hör aber auf!«, ruft Eileen, während Lena den Kopf schüttelt und Josefine Theo nur fassungslos anstarren kann.

»Meinst du echt?« Marcel verzieht das Gesicht. »Das –«

»Würde es einem von euch etwas ausmachen, mir zu erklären, was ein Snuff-Film ist?«, unterbricht ihn Lena.

Marcel sieht sie nur an, offenbar kein bisschen scharf darauf, derjenige zu sein, der seine leichenblasse Freundin darüber ins Bild setzt.

»Ein Film, in dem jemand abkratzt«, erbarmt sich Eileen. »Also wirklich. Jemand filmt einen echten Tod.«

Lena wird, sofern das möglich ist, noch blasser. »Dann ist der Typ in dem Film ... ihr glaubt, er ist wirklich ... oh mein Gott.«

Josefine hat lange genug geschwiegen, jetzt hält sie es schlichtweg nicht mehr aus. »Das ist kein Snuff-Film«, widerspricht sie mit für sie untypischer Schärfe. »*Vapor* macht keine Snuff-Filme. Ihr versteht ihn völlig falsch. Es geht dabei nicht einmal um den Tod, sondern um die Figur.« Sie gestikuliert wild, wie immer, wenn sie sich aufregt. »Versteht ihr nicht? Albus Dumbledore, der Halbblutprinz, der höchste Turm von Hogwarts? Nein? Es ist eine Hommage an Dumbledore!«

»Eine Hommage an seinen Tod.« Theo. Immer noch ungewohnt ernst.

»Das ist Kunst!« Josefine beißt sich auf die Unterlippe. Sie hat die anderen nicht anschreien wollen. Aber ihre Reaktion auf *Vapors* Film frustriert sie total. Wenigstens Theo hätte sie mehr Sinn für Kunst zugetraut, selbst wenn Literatur nicht sein Fachgebiet ist. »*Vapors* Videos sind Kunst. Sie spielen vielleicht mit düsteren Motiven und Szenen, aber –«

»Dann sind die alle so?«, wispert Lena. »Fällt immer jemand irgendwo runter oder so?«

»Nein! Also … es stirbt eigentlich fast immer jemand, ja.« Sie stößt beim Anblick der Mienen um sich herum die Luft aus. »Es sind literarische Tode! Szenen aus Büchern!«

»Sag du doch mal was, Jakob!« Lena wirkt richtiggehend hysterisch. »Könnte das … könnte es echt sein oder ist das wirklich nur etwas aus der Literatur? Das ist doch dein Fachgebiet.«

Jakob klappt den Mund auf, aber Josefine ist schneller.

»Meines auch!«, protestiert sie. »Ich habe alle Videos von *Vapor* gesehen und ich kann dir versichern –«

»Denkt hier eigentlich niemand das, was ich denke, oder will es nur keiner aussprechen?«, fällt Eileen ihr ins Wort. »Wenn die Kameras hier unten von *Vapor* sind und *Vapor* diese Art von Filmen macht …«

Marcel ruckt unwillig mit dem Kopf und wirft einen hastigen Blick zu Lena, die ihre Arme um sich selbst geschlungen hat.

»… ist das dann der Grund, warum wir hier unten festsitzen?«

»Was?« Lena rührt sich keinen Millimeter vom Fleck, aber alles an ihr strahlt Ablehnung aus. Sie scheint sich innerlich mit Händen und Füßen gegen das zu sträuben, was Eileen eben gesagt hat.

»Jakob, in welchem Buch sterben sechs Personen in einem finsteren Kellerloch?«, fragt Eileen ungerührt.

»Moment!« Lenas Blick wandert hektisch von einem zum anderen. »Du meinst, dieser … dieser YouTuber … dieser *Vapor* hat uns als … als Hauptdarsteller …« Sie schafft es offenbar einfach nicht, den Satz zu beenden.

»Jetzt macht aber mal halblang!«, platzt Josefine heraus. »*Vapor* sperrt doch nicht einfach sechs Unschuldige irgendwo ein und bringt sie dann um!«

»Gibt es so ein Buch?«, wiederholt Marcel Eileens Frage. »In dem sechs Personen in einem Bunker ums Leben kommen?«

»Ich weiß nicht.« Jakob verzieht nachdenklich das Gesicht. »Ich glaube, ihr verrennt euch da in was. Ein richtiger Snuff-Film fliegt doch nicht einfach im Internet herum, denke ich.«

»Es sei denn, niemand weiß, dass es einer ist.«

»Vielleicht reagieren wir gerade auch einfach ein bisschen über.« Jakob sieht aus, als würde er sich nicht besonders wohl in seiner Haut fühlen. »Ihr wisst schon, wegen der Situation hier unten.«

»Jetzt sag doch einfach, ob es ein Buch gibt, in dem sechs Personen –«

»Ich würde da jetzt auch nicht unbedingt auf die sechs Personen beharren – aber mir fällt generell spontan kein Buch ein, in dem eine Gruppe von Leuten irgendwo unterirdisch stirbt.«

»*Das Boot.*« Marcel erntet ein flehentliches Kopfschütteln von Lena, doch er zuckt nur entschuldigend die Schultern.

»Das ist ein Film.« Josefine runzelt die Stirn. »*Vapor* verwendet ausschließlich literarische Vorlagen. Und er würde niemals jemanden vor laufender Kamera –«

»Und dieser koreanische Film?«, schlägt Eileen vor. »Der wurde doch total gehyped. *Tunnel.*«

»Nur zwei Personen und kein Bunker«, widerspricht Jakob. »Dafür nach einer Buchvorlage.« Sein Blick huscht zu Josefine, als würde er sie um Erlaubnis bitten, sich der Verunglimpfung ihres großen Stars anzuschließen.

Sie ignoriert ihn ungnädig. Wäre ja noch schöner.

»*Die unterirdische Sonne* von Friedrich Ani fällt mir noch ein«, fährt er trotzdem fort. »Sieben Jugendliche in einem Keller, aber zu eurer Beruhigung: Sie sterben nicht. Jedenfalls nicht alle.«

»Überlebende? Buh, langweilig. Oder tut es für *Vapor* auch ein Schrecken ohne Ende statt eines Endes mit Schrecken?«, spottet Eileen. »Gibt es eigentlich noch kein Buch über diese thailändische Jugendfußballmannschaft, die letztes Jahr in einer Höhle eingeschlossen wurde? Die haben zwar auch überlebt, dafür saßen sie aber auch noch im Dunkeln. Dagegen haben wir es richtig gemütlich hier.«

»Das bringt jetzt alles echt einen Scheiß.« Aller Augen richten sich auf Marcel, dessen ungewohnt heftige Reaktion für ein sofortiges Ende der Spekulationen sorgt. Abwehrend zuckt er die Schultern und knurrt: »Stimmt doch. Was haben wir denn davon, zu wissen, welchen Snuff-Film genau dieser Vollnoob mit uns drehen will? Das bringt uns hier auch nicht raus.«

Josefine will ihn gerade anfauchen, dass *Vapor* ein Genie ist und Marcel sich nur wegen seiner TikTok-Videos für einen Profi hält, da schaltet Theo sich ein.

»Vielleicht sollten wir einfach noch ein zweites Video von diesem *Vapor* ansehen«, meint er – ganz die Stimme der Vernunft und Besonnenheit, obwohl sich auf seinem Gesicht etwas spiegelt, das Josefine irritiert. Er wirkt leicht irre, aber nicht mehr, wie der liebenswert-zerstreute verrückte Professor, sondern irgendwie beunruhigend. »Du hast doch bestimmt noch mehr Filme auf deinem Handy gespeichert, oder, Josefine? Dann wüssten wir ganz sicher, ob … vielleicht stellt sich dann diese ganze Snuff-Film-Geschichte als Sackgasse heraus. Zeig doch zum Beispiel mal diesen Film, den er da am Ende angekündigt hat. Den über die Streunerkatzenvilla.«

»Den hab ich nicht. Und außerdem könnt ihr mir ruhig glauben, wenn ich sage –«

»Warum nicht?«, unterbricht Theo sie.

»Warum was nicht?«

»Warum hast du den Film über die Streunerkatzenvilla nicht?« Er streckt die Hand nach ihrem Handy aus.

Josefine weicht intuitiv einen Schritt vor Theo zurück. Langsam macht er ihr echt Angst. »Ich habe ihn eben nicht runtergeladen. Nur meine Lieblingsfilme.«

»Aber du hast ihn gesehen?«, beharrt Theo. »Um was geht's da? Auch einen literarischen Todesfall?«

»Theo, lass gut sein«, schreitet ausgerechnet Lena ein. »Das hilft uns auch nicht weiter. Was willst du denn mit dem Video?«

Aber Theo antwortet nicht. Er kramt sein Handy aus der Tasche und schaltet es an. Während es startet, starrt er ungeduldig auf das Display.

»Wie war das noch mal mit Akku sparen?«, murmelt Eileen, wird von Theo aber ebenfalls ignoriert.

»Was wird das jetzt?« Jakobs Stimme schafft es schließlich, zu Theo durchzudringen.

»Ich will dieses Video sehen«, erwidert Theo, ohne von seinem Smartphone aufzusehen.

»Ähm … Theo, du hast hier drin keinen Empfang, weißt du noch?«

Er schüttelt den Kopf, wie um eine lästige Fliege zu verscheuchen.

»Theo, die Edelstahl-Dingsda-Hülle blockiert deinen Handyempfang«, versucht es nun auch Josefine. Sie fühlt selbst langsam eine gewisse Panik in sich aufsteigen und es ist ganz bestimmt nicht *Vapor*, vor dem sie Angst hat.

»Stahlbetonhülle«, korrigiert Theo automatisch, immer noch, ohne die Augen von seinem Display loszureißen. Er flucht.

»Lass mich raten?«, mischt Eileen sich abermals ein. »Kein Empfang?«

»Vielleicht im Flur. Irgendwo.« Sie starren Theo fassungslos hinterher, als er sich abwendet und zur Tür hinaus eilt.

»Ähm … vielleicht kannst du gleich noch Hilfe rufen, wenn du Empfang findest!«, ruft Marcel ihm hinterher. »Du weißt schon, nachdem du dein Video angeschaut hast.« Das Kopfschütteln können sie ihm alle nachempfinden, da ist Josefine sich sicher.


## Hanan / Sonntag, 01.09., 15:40 Uhr

»Schlag zu! Jetzt! Vorwärts!« Die Stimme des Boxtrainers dringt durch Hanans mühsam aufrechterhaltene Konzentration. Schweiß rinnt ihr ins Auge und zwingt sie zum Blinzeln. Isam tänzelt um sie herum, neckt sie mit leichten Schubsern. Das grelle Licht lässt seinen Umriss scharf hervortreten. Hanan hält die Fäuste empor. Sobald sie die Deckung sinken lässt, wird Isam zuschlagen. Er hat vorhin schon einen empfindlichen Treffer gelandet. Natürlich nicht absichtlich, das würde er niemals tun, aber Hanan hat im falschen Moment den Kopf gedreht und da hat Isam ihre Lippe erwischt. Sie schmeckt das Blut und beißt fester auf ihren Mundschutz. Blut, Plastik, salziger Schweiß. Sie muss jetzt kämpfen.

»Immer aktiv bleiben, versteck dich nicht hinter deiner Deckung! Geh voran, such neue Wege, teste deinen Gegner!«, ruft ihr der Trainer zu.

Hanan täuscht einen Angriff vor, zieht sich sofort wieder zurück, und als Isam ihr nachsetzt, erwartet sie ihn mit einem Hagel von Schlägen. Nun muss auch er einstecken und er tut es mit einem überraschten Grinsen. Der Trainer beendet die Partie. Hanan sieht Isam an, dass er stolz auf sie ist, und freut sich. Doch während sie sich das Gesicht abtrocknet, einen Schluck aus der Wasserflasche nimmt und Isam ihre Faust in dem roten Boxhandschuh nach oben hält wie bei einem Champion, sind ihre Gedanken längst wieder bei ihren Freunden.

Hanan springt kurz unter die Dusche. Dann stellt sie sich in der Umkleidekabine vor den Spiegel, um ihren Hijab wieder ordentlich zu binden. Die aufgeplatzte Lippe ist etwas geschwollen, aber das wird schnell abheilen. Sie begegnet ihrem ernsten Blick. »Bleib aktiv, versteck dich nicht. Geh voran, such neue Wege«, flüstert sie ihrem Spiegelbild zu. Die Hanan im Spiegel nickt und zeigt ihr ein Victory-Zeichen. Also los.

Sie sagt Isam Bescheid und schlägt den Weg zu den Bergers ein. Von ihren Freunden wohnt Theo der Boxhalle am nächsten. Und er hat diese Spielrunde organisiert. Hoffentlich ist er zurück und kann erklären, was los gewesen ist.

Die Bergers besitzen ein kleines Häuschen, das Hanan immer etwas an ein Hexenhaus erinnert hat. Im Efeu, der nahezu die ganze Frontseite bewächst, nisten Vögel und der Vorgarten ist ein Tohuwabohu aus Sträuchern, abgebrochenen Ästen und einem Handrasenmäher, der ironischerweise von Moos und Gräsern zugewachsen ist. Hinter einer Regentonne lugt sogar ein bibliophiler Gartenzwerg hervor, der eine Brille trägt und einen mit Büchern beladenen Schubkarren vor sich her schiebt. Genau die Art von Humor, die zu Theos Familie passt.

Als Hanan zur Haustür läuft, sieht sie, dass diese bereits offen ist. Theos Mutter steht im Flur und spricht mit einer anderen Frau. Während Frau Berger die Brille ins graue Haar geschoben hat und mit dem Hauskater um die Schultern wie eine Filmdiva wirkt, sieht ihr Gegenüber alles andere als entspannt aus. Sie scheint übereilt aufgebrochen zu sein, denn die Bluse ist nur auf einer Seite in den Rock gesteckt.

»Aber wo können sie denn sein? Meine Josefine würde nie so lange wegbleiben, ohne mir Bescheid zu sagen.«

In Frau Bergers Augen malt sich Erleichterung, als sie Hanan erkennt. »Hanan, das ist ja wunderbar. Frau Enser ist gerade vorbeigekommen, weil sie noch nichts von Josefine gehört hat. Aber du weißt ja sicher, wo Theo und die anderen stecken.«

Hanan schüttelt den Kopf. »Nein, ich habe auch niemanden auf dem Handy erreicht.«

Frau Enser starrt sie an, als wäre gerade ihr schlimmster Albtraum wahr geworden. »Niemand erreichbar?«, flüstert sie. »Ich dachte zuerst, nur meine Josefine hat vergessen, ihr Handy aufzuladen, oder es ist kaputt gegangen oder …«

Frau Berger sieht verlegen aus. »Ich glaube, ich mache uns erst mal einen schönen starken Tee«, schlägt sie vor. »Dann können wir in Ruhe darüber sprechen.« Sie scheucht Hanan und Frau Enser ins Wohnzimmer. Unbeeindruckt von der Aufregung um ihn herum zuckt der Kater träge mit dem Schwanz. Frau Berger schiebt seine weiße Schwanzspitze aus ihrem Gesicht. »Ich bin gleich zurück. Machen Sie es sich doch schon mal bequem.«

Frau Enser sinkt auf das Sofa, ohne zu beachten, dass dadurch ein Stapel Bücher ins Rutschen gerät und Hanan herbeispringt, um ihn aufzufangen. Sie legt die Bücher auf dem Boden ab. Dann setzt sie sich auf den Sessel Frau Enser gegenüber und streicht ihre Tunika glatt.

»Josefine hat gar nicht viel erzählt. Das ist sonst nicht ihre Art. ›Mama‹, hat sie bloß gesagt, ›Mama, das wird ein richtig cooles Wochenende. Ich fühle mich wie Frodo und seine Gefährten auf dem Weg nach Mordor!‹« Frau Enser richtet den Blick hilfesuchend auf Hanan. Ihr Gesicht ist blass. Hanan sieht den geröteten Augen an, dass sie geweint hat. Die geweiteten Pupillen verraten mühsam unterdrückte Panik.

Frau Berger kommt mit dem Teetablett zurück und stellt es auf dem Boden ab, als sie alle sonstigen Ablageflächen durch Bücher belegt findet.

»Ich hätte nachfragen sollen. Darauf bestehen, dass sie mir sagt, wo es genau hingeht! Josefine hat Asthma, damit ist nicht zu spaßen. Wenn nun etwas passiert ist …«

»Nun, die jungen Leute sind ja erwachsen«, sagt Theos Mutter diplomatisch und rührt in ihrem Tee. Hanan starrt in die Tasse. Der Teebeutel scheint ein Loch zu haben. Dunkle Kräuter quellen heraus und für einen Moment sieht es so aus, als würden sich Maden durch die Flüssigkeit winden. Maden, wie Hanan sie sofort mit toten Körpern in Verbindung bringt. Das Praktikum in der Rechtsmedizin liegt noch nicht lange zurück. Ihr wird übel. Sie muss die Augen schließen, um das Bild aus ihrem Kopf zu vertreiben.

Der Kandiszucker klirrt leise. Frau Berger rührt und rührt. »Theo ist sehr selbstständig. Manchmal kommt er mir ernsthafter vor als mein Mann und ich gemeinsam. Da ist es für uns in Ordnung, wenn er selbst entscheidet, wann er kommt und geht.«

»Aber was machen wir denn jetzt?«

»Ich rufe erst mal die anderen Eltern an.«

Sie sehen Frau Berger eine Weile beim Telefonieren zu. Doch sie erfahren nichts Neues. Niemand weiß etwas, nur Lenas Mutter klingt ebenfalls besorgt. Sie verspricht, ihre jüngere Tochter zu befragen, ob Lena ihr vielleicht erzählt hat, wo sie hinfahren wollten. Dann will sie noch einmal zurückrufen.

»Was, wenn ihnen etwas passiert ist? Bestimmt ist ihnen etwas passiert!«, ruft Josefines Mutter.

»Sie sind ja erst ein paar Stunden länger weg als normalerweise«, versucht Frau Berger zu trösten. »Das muss gar nichts bedeuten.« Doch auch ihre Stimme klingt nun weniger sicher. Sie beißt die Zähne so fest aufeinander, dass die Kiefermuskeln deutlich hervortreten.

Hanan greift nach einer Tasse, befüllt sie über die Hälfte mit Kandiszucker und gießt Tee darüber. Dann drückt sie ihn Frau Enser in die Hand. Starker, süßer Tee, das kann ihr Kreislauf jetzt bestimmt brauchen. »Wir haben ja schon viele solcher Übernachtungswochenenden durchgeführt. Außer einem Zeckenbiss und einem verstauchten Knöchel gab es noch nie irgendwelche beunruhigenden Vorkommnisse.«

»Aber Josefine ist doch jünger als die anderen, und nicht besonders sportlich. Mit ihrem Asthma kann sie vielleicht nicht mithalten. Was, wenn sie sich übernommen hat?«

»Theo weiß das doch.« Frau Berger ist ans Fenster getreten und blickt hinaus, als erwarte sie, jeden Moment ihren jüngsten Sohn um die Ecke biegen zu sehen. Hanan bemerkt erst jetzt, dass die Glasscheibe einen Riss hat. Obwohl Hanan es nicht ausspricht, beginnt nun ihr eigener Verstand, ihr Schreckensszenarien vorzugaukeln. Ihre Freunde, von einem Hangrutsch im Steinbruch überrascht. Durch einen maroden Fußboden eingebrochen und verschüttet. Oder vielleicht ist einer von ihnen schwer verletzt oder erkrankt und sie können ihn nicht alleine lassen.

Frau Ensers Besorgnis ist ansteckend. Sie knetet die Serviette zwischen den Händen und hat keinen Schluck von ihrem Tee angerührt. »Josefine ist doch das Einzige, was ich noch habe. Seit mein Mann verstorben ist ... also, wir haben nur noch uns.«

Hanan stützt den Kopf auf die Hände. Plötzlich kann sie Frau Ensers Angst noch besser nachvollziehen.

Gedankenverloren fährt Theos Mutter den Sprung in der Glasscheibe mit dem Finger nach. »Man denkt immer, wenn sie erst aus dem Gröbsten raus sind, muss man sich nicht mehr so viele Sorgen machen. Aber eigentlich ist das Gegenteil der Fall. Je größer die Kinder werden, desto größer werden die Sorgen.«

In diesem Moment klingelt das Telefon.

## Jakob / Sonntag, 01.09., 15:50 Uhr

Die Gespräche sind verebbt, seitdem Theo aus dem Raum gestürmt ist, um in den Tiefen des Bunkers nach Empfang zu suchen. Für dieses Video. Jakob fühlt sich ganz benommen. Am liebsten würde er seinem Freund nachrennen und ihm das Handy wegnehmen. Ihn schütteln und anschreien. Ihn irgendwie zur Vernunft bringen. Warum muss er sich so in die Idee verbeißen, das Video über die Streunerkatzenvilla zu sehen?

»Er war schon immer ein bisschen anfällig für Stress«, meint Lena plötzlich. Weil sie immer noch zur Tür sieht, ist klar, dass sie von Theo spricht. »Wisst ihr noch, wie er sich in der Woche vor dem Abi von Kaffee und Studentenfutter ernährt hat? Obwohl er natürlich alles draufhatte, wie immer. Hat er nicht sogar schon Monate zuvor eure Nachhilfestunden auf Eis gelegt, Josefine?«

Josefine nickt. »Aber sobald wir draußen sind, kommt er bestimmt wieder zur Vernunft.«

Jakob wartet darauf, dass irgendjemand so kaltblütig ist, das auszusprechen, was ihm unweigerlich durch den Kopf geht: *wenn* sie jemals hier herauskommen. Aber entweder nur er denkt so schwarzmalerisch oder niemand will die Stimmung endgültig zum Kippen bringen. Es fühlt sich ohnehin so an, als würde eine ausgewachsene Panik direkt unter der Oberfläche vor sich hin köcheln. Vor allem bei Marcel, der beide Hände zu Fäusten geballt hat und die Muskelspannung immer wieder sichtlich löst und neu aufnimmt. Das wirkt kontrolliert, aber sein Gesicht straft diesen Eindruck Lügen.

In diesem Moment sieht Marcel auf und bemerkt, dass Jakob ihn beobachtet. Betont gleichmütig zuckt er die Achseln. »So vernünftig, wie Theo eben sein kann«, erwidert er mit einiger Verspätung auf Josefines Worte. Dann begegnet er Lenas Blick und erklärt hastig: »Na ja, du kennst doch Theo. Ein bisschen verrückt war er doch schon immer.«

»Ja«, räumt Lena ein. »Aber liebenswert verrückt. Ich glaube, er macht sich einfach Vorwürfe. Er denkt, es ist seine Schuld, dass wir hier unten festsitzen, weil es seine Idee war, hier zu spielen. Und wegen des geklauten Schlüssels hat er auch ein schlechtes Gewissen. Seit der weg ist, ist er total durch den Wind.«

»Am Anfang hatte er vor allem Angst, dass jemand rauskriegt, dass er ihn genommen hat«, meint Marcel.

»Ist seine Tante Bene eigentlich echt so ein Drache?«, wirft Lena ein.

227

Marcel schüttelt den Kopf. »Nein, die ist total nett. Aber Theo hatte doch schon immer Schiss, dass wir entdeckt werden. Hat er in diesem baufälligen Haus in Unterwurmbach nicht ein Drahtseil gespannt, damit wir rechtzeitig mitbekommen, wenn jemand reinkommt? Und in dieser Kapelle bei Hechlingen saßen wir eine Viertelstunde mucksmäuschenstill im Dunkeln, weil er geglaubt hat, Schritte zu hören, wisst ihr noch?«

Oh ja, zumindest Jakob erinnert sich gut an dieses Erlebnis in der alten Kapelle, besonders, weil Marcel neben ihm saß und während der gesamten 15 Minuten angestrengt Atemübungen machte. Die anderen bemerkten das vermutlich gar nicht. Erstens, weil sie zu sehr auf Geräusche von draußen lauschten, und zweitens, weil außer ihm niemand weiß, dass Marcel ein Problem mit der Dunkelheit hat. Nicht, dass Marcel selbst es ihm erzählt hätte. Oh nein, diese Sache war ihm schon im Grundschulalter peinlich. Aber als Jakob in der zweiten Klasse zum ersten Mal bei seinem damals besten Freund übernachtete, erklärte dessen Mutter seiner, warum in Marcels Zimmer immer ein Nachtlicht brennen musste.

In der Kapelle jedenfalls wurde ihm Marcels Angst so bewusst wie nie zuvor. Wahrscheinlich weil er ihn niemals zuvor im völlig Dunkeln erlebt hatte. Dass er die Hand ausstreckte und sie um Marcels Handgelenk schloss, hat sich in sein Gedächtnis eingebrannt, obwohl sie weder damals noch jemals danach ein Wort darüber verloren haben und er ihn sofort losließ, als Theo schließlich die Taschenlampe wieder anknipste.

»Ja, Theo hat ein kleines bisschen Panik, dass alle seine Jugendsünden ans Licht kommen, wenn er eines Tages seinen Professor macht und kurz vor dem großen Durchbruch steht.« Eileen verdreht die Augen. »Deswegen ist er so ein Schisshase. Aber das eben war selbst für ihn eine neue Liga.«

»Das meine ich ja ...« Lena klingt beklommen. »Irgendwie verliert er gerade komplett die Nerven.«

»Ich glaube, Theo kann mit schwierigen Situationen einfach nicht so gut umgehen.« Offenbar fühlt Josefine sich verpflichtet, Theo in Schutz zu nehmen. Jakob findet das süß von ihr – anscheinend schaut sie ziemlich zu ihrem Nachhilfelehrer auf. »Als ...« Sie zögert einen Moment. »Als mein Vater gestorben ist, hat Theo mir eine total förmlich klingende Karte geschrieben. Keine WhatsApp, eine richtige handgeschriebene Karte. Aber als wir uns beim nächsten Mal gesehen haben, hat er kein Wort mehr dazu gesagt. So was ist einfach nicht sein Ding, er weicht lieber aus, wenn es kompliziert wird. Und das hier ...« Sie macht eine Geste, die den Raum, vielleicht auch den ganzen Bunker, einschließt. »... das ist wirklich verflixt kompliziert.«

»Glückwunsch zur Untertreibung des Jahrtausends«, brummt Jakob. »Na, wenigstens bekommen die Verhaltensforscher jetzt etwas Spannendes zu sehen. Theos Nervenzusammenbruch und wie er planlos auf der Suche nach Netz durch den Bunker rennt.«

Sie verfallen in Schweigen – etwas, das Josefine offensichtlich nicht lange erträgt, denn sie beginnt, an ihren zahlreichen Ohrsteckern zu schrauben. Jakob ist schon aufgefallen, dass sie das häufiger tut, wenn sie nervös ist. Meist dreht sie an dem kleinen Totenkopf direkt neben der Mickymaus. Nun erhascht er auch einen Blick auf das andere Ohr und erkennt einen kleinen rotsilbernen Marienkäfer, eine indianische Bärentatze und einen durchgestrichenen, von einem Dreieck umschlossenen Kreis: das Symbol der Heiligtümer des Todes.

»Dann bist du eine Suchende?«, fragt er im Plauderton. Vielleicht hilft das, die allgemeine Anspannung zu zerstreuen. »Und willst die drei Heiligtümer vereinen, um dem Tod ein Schnippchen zu schlagen.«

229

»Wer will das nicht?« Josefines Grinsen ist halbherzig. Jakob muss daran denken, dass sie eben erwähnt hat, dass sie ihren Vater verloren hat. Wahrscheinlich sind Gespräche über den Tod – noch dazu hier unten – doch keine so herausragende Idee.

In diesem Moment fliegt die Tür auf und ein leicht verschwitzter Theo steht vor ihnen.

Lena springt mit einem leisen Schrei auf. »Was ist passiert? Ist jemand hinter dir her?«

Theo schüttelt den Kopf. Er wirkt müde und überdreht gleichzeitig. Tatsächlich ein bisschen wie damals während des Abis, auf Schlafentzug und starkem Kaffee. Er bedeutet Lena, sich wieder zu setzen, bleibt selbst aber stehen, ganz der Professor vor seinen andächtig lauschenden Schülern. »Es gibt eine Möglichkeit«, eröffnet er ihnen.

Jakob wartet auf eine Erklärung, auf mehr Informationen, aber Theo sieht nur erwartungsvoll in die Runde.

»Äh, großartig. Eine Möglichkeit, dieses Video anzuschauen?«, erkundigt sich Eileen. »Heureka, wir sind gerettet.«

»Eine Möglichkeit, hier rauszukommen.«

»Und die wäre?« Jakob bleibt skeptisch.

Theo atmet tief ein, dann sagt er mit fester Stimme: »Der Notausgang.«


**Lena** / Sonntag, 01.09., 16:00 Uhr

»Der bitte was?«

»Notausgang? Was denn für ein Notausgang?«

»Dein Ernst?«

»Es gibt einen Notausgang?«

»Halluziniert er jetzt?«

Sie reden alle durcheinander. Theo presst sich die Handballen gegen die Schläfen, als wären ihm all die Fragen zu viel und zu laut. Er tut Lena fast leid, aber trotzdem muss sie die Frage einfach stellen: »Ist der dir gerade eben erst wieder eingefallen, oder ...« Sie schafft es nicht, den Satz zu beenden. Sie weiß, dass das Unausgesprochene in der Luft hängt, greifbar wie eine schwere graue Wolke, aber sie weiß nicht, wie sie es formulieren soll, ohne dass es anklagend klingt. Wenn Theo die ganze Zeit wusste, dass es einen Notausgang gibt ... sie könnte ihn schütteln.

»Noch mal fürs Protokoll ...« Auch Marcels Stimme klingt gepresst von mühsam unterdrückter Wut. »Es gibt einen Notausgang, den du uns die ganze Zeit verschwiegen hast? Wir sitzen hier unten in diesem Loch und fragen uns, ob wir je wieder hoch ans Tageslicht kommen, eventuell will irgendein Irrer uns vor laufender Kamera abschlachten und wir warten einfach mal gemütlich ab, und das obwohl wir schon vor Stunden einfach hinausspazieren hätten können?«

Theo schüttelt den Kopf und verrückterweise ist Lena beinahe erleichtert. »So einfach ist das nicht.« Er hebt die Hände, gestikuliert stumm und lässt sie schließlich wieder fallen. »Die Sache mit dem Notausgang ist ein bisschen kompliziert.«

»Wie kompliziert kann das schon sein? Ist er abgeschlossen?« Marcel wippt unruhig auf und ab, voller Ungeduld, sofort aufzubrechen.

»Nein. Schlimmer. Er ist zubetoniert.«

»Zubetoniert?« Eileen zieht ihre schmalen Augenbrauen in die Höhe. »Das ist im Brandfall der totale Burner.«

»Witzig.« Theo fährt sich mit beiden Händen über das Gesicht. »Der Bunker war für den Fall eines atomaren Anschlags gedacht, wisst ihr noch? Der Notausgang durfte keine Schwachstelle sein, durch die am Ende Strahlung eindringen konnte. Es ging nicht darum, eine Tür zu haben, die man nach Belieben öffnen und wieder schließen kann. Nur einen Ausweg für den absoluten Ernstfall.«

»Und im absoluten Ernstfall hat man Zeit, eine Betonwand einzureißen?«, fragt Lena zittrig. Sie hat ihre Stimme nicht mehr unter Kontrolle. Das alles muss einfach ein ziemlich schlechter Witz sein. Oder ein Albtraum. Je länger sie hier unten sitzen, desto mehr hofft sie das.

»Eine Beton*decke*«, korrigiert Theo.

»Entschuldigung?«

»Es ist eine Decke aus Beton. Eine Treppe in einer Nische, die an einer Betondecke endet, die man zuerst abtragen muss.« Er spricht jetzt sehr schnell, selbst für seine Verhältnisse. »Deswegen habe ich auch bisher nichts ge-, deswegen hatte ich gehofft, dass wir das vermeiden können. Weil … na ja, euch ist klar, was los ist, wenn wir einen Teil des historischen Bunkers einreißen, schätze ich.«

»Ja, glasklar: Wir kommen raus«, schnaubt Eileen. »Und weg von dem Irren, der uns hier unten auflauert. Und ich spreche jetzt mal für uns alle, Theo, ja? Es interessiert uns einen Dreck, was dabei kaputtgeht! Schon gar keine behämmerte Betondecke. Wenn es jetzt die britischen Kronjuwelen wären oder der Heilige Gral … aber, mein Gott, Theo, eine Betondecke? Gib mir den scheiß Hammer!«

Theo erwidert nichts, sondern lässt nur die Schultern hängen. Offenbar hat er mit genau dieser Reaktion gerechnet. »Dann los, oder?«

»Auf sie mit Gebrüll, würde ich sagen.« Jakob ist als Erster an der Tür, Marcel schnappt sich Lenas Hand und zieht sie mit sich. Auch Eileen und Theo setzen sich in Bewegung, nur Josefine greift zuerst nach ihrem Rucksack und will eines ihrer Bücher hineinstopfen.

»Lass erst mal liegen«, meint Jakob ungewohnt sanft und lässt den anderen den Vortritt, um Josefine abzuholen. »Die Sache mit der Betondecke klingt nicht so, als wären wir innerhalb von fünf Minuten draußen. Unseren Kram können wir immer noch holen, wenn wir Sonnenlicht gesehen haben.«

Josefine nickt, kramt ihr Asthmaspray aus dem Rucksack und steckt es sich in die Hosentasche. Weil ihre Jeans mit den typischen Minitäschchen einer Skinnyjeans ausgestattet ist, ragt es oben zur Hälfte heraus – hoffentlich geht es nicht wieder verloren. Das wäre in Anbetracht der körperlichen Anstrengung, die vor ihnen liegt, mehr als ungünstig.

Theo übernimmt die Führung. Sie folgen ihm zurück in den Hauptgang, der zum Eingang führt, biegen jedoch in die andere Richtung ab. Hier zweigt der Flur ab, der zum Technikraum mit dem Notstromaggregat führt. Unwillkürlich schaut Lena zur Decke. Hat *Vapor,* oder wer auch immer, noch funktionstüchtige Kameras hier unten?

Doch sie gehen geradeaus, passieren eine weitere Stahltür und landen in einem kleinen Ausläufer des Flurs. Diesen Teil des Bunkers hat Lena noch nicht zu Gesicht bekommen – weder bei Theos Bunkerführung noch bei der Suche nach dem Schlüssel. Theo hat offenbar dafür Sorge getragen, dass dieser Abschnitt immer sein Gebiet blieb, denn auch die anderen starren in den Raum, als gäbe es mehr zu sehen, als einige nackte Treppenstufen.

Der Anblick erinnert aber auch an einen schlechten Horrorfilm. Acht oder neun Stufen zwischen vergilbten, schmutzigen Wänden, dann endet die Treppe abrupt an einer bröckeligen, aber ziemlich massiv aussehenden Decke.

Theo tritt auf die erste Stufe und greift nach oben. Er kann die Betonplatte über seinem Kopf mühelos berühren. Zwei Schritte weiter die Treppe hinauf und er muss bereits den Kopf einziehen. Der Anblick hat etwas Beklemmendes.

»Das Ding sollen wir einreißen?«, fragt Jakob mit der gleichen Mutlosigkeit, die auch Lena in sich aufsteigen fühlt.

»Keine Sorge, es gibt Werkz- verdammt!« Theo springt die Stufen hinunter und wendet sich einem kahlen Stück Wand zu. Hier fehlt sogar der gelbe Leuchtstreifen. Dafür sind in unterschiedlichen Höhen Nägel und Haken aus rostigem Metall angebracht.

»Sag bitte nicht, dass das die Halterungen für die Werkzeuge sind.«

Theo tut ihnen den Gefallen und sagt es nicht. Stattdessen tastet er fassungslos die Wand ab, als suche er einen versteckten Schalter, der beim Umlegen auf wundersame Weise einen geheimen Raum voller Äxte, Hammer und Spitzhacken öffnet. Oder gleich eine Luke in der Betondecke, wer weiß.

»Theo, was hat das zu bedeuten?« Lena wünschte, ihre Stimme würde nicht so schrill klingen. Sie krallt sich, so fest sie kann, an Marcels Hand, aber es fühlt sich trotzdem so an, als würde sie ins Bodenlose fallen. Wieder eine Sackgasse, im wahrsten Sinne des Wortes. Dabei ist sie so sicher gewesen, dass sie endlich einen Weg nach draußen gefunden haben.

»Jemand muss sie weggenommen haben«, murmelt Theo. »Jemand hat die Werkzeuge genommen.«

»Um uns am Ausbruch zu hindern oder als … als Waffen?«, piepst Lena. Sie fühlt, dass Marcel ihre Hand drückt, und lässt sich gegen seine Schulter sinken. So tröstlich und so stark – aber doch nicht stark genug, um die verflixte Betondecke mit bloßen Händen einzureißen.

»Und du bist sicher, dass nicht du sie weggenommen hast?«
Eileen mustert Theo eindringlich. »Damit wir hier nichts kaputt
machen?«

Theo würdigt sie nicht einmal einer Antwort. Das ist auch
nicht nötig, denn um diese Panik in sein Gesicht zu zaubern,
bräuchte es vermutlich eine Schauspielausbildung. »Wer auch
immer uns hier unten eingesperrt hat, hat ganze Arbeit geleistet«, stellt er mit belegter Stimme fest.

Wieder schnellt Lenas Blick nach oben, doch sie entdeckt
keine Kamera. Das muss bedeuten, dass *Vapor* seinen großen
Showdown hier nicht geplant haben kann, oder? Denn hätte er
vor, sie hier umzubringen, hätte er Kameras installiert, um den
Moment auch einzufangen. Trotzdem hilft auch die Abwesenheit
von Kameras nicht. »Wir kommen hier nie mehr raus«, wispert
sie in die betroffene Stille.

»Oh nein.« Marcel schlingt den Arm um Lena. Alle Muskeln
in seinem Körper scheinen angespannt zu sein. Kurz und kräftig
drückt er Lena an sich. »Oh nein, wir sind zu sechst! Wir kriegen
diese Decke klein, und wenn es das Letzte ist, was wir tun.«

»Er hat recht«, schaltet Eileen sich ein. »Dieser Bunker ist voll
mit allem möglichen Kram. Küchenmesser, Skalpelle, Stühle,
Feuerlöscher … wir müssen nur etwas Geeignetes finden.«

»Also los, suchen wir uns eben unser eigenes Werkzeug!«,
kommandiert Marcel, weil Theo immer noch wie vom Donner
gerührt vor der Wand mit den leeren Halterungen steht. Doch
als sie ausschwärmen, reißt auch er sich aus seiner Erstarrung
und marschiert wie mechanisch zu ihrem Lager zurück.

Lena und Marcel folgen ihm ein Stück, dann biegen sie in den
Flur ein, der zu den Küchen führt. »Ich schau mal, ob der Feuerlöscher noch zu etwas zu gebrauchen ist. Und vielleicht gibt es in
der Küche wirklich ein paar spitze Messer.«

Lena nickt. »Wir sehen uns gleich.« Sie drückt ihm einen Kuss auf die stoppelige Wange – sein Dreitagebart ist jetzt länger, als sie es gewohnt ist, und kitzelt ihre Lippen. Das Gefühl schickt eine Welle von Aufregung durch ihren angststarren Körper. Es gibt einen Ausgang! Sie werden hier herauskommen. Zwar nicht sofort, aber irgendwann. Immerhin können sie jetzt etwas dafür tun und müssen nicht länger hilflos herumsitzen.

Voller Tatendrang eilt Lena in die Küche und reißt das erstbeste Schränkchen auf. Edelstahlgeschirr und ein Fleischwolf. Nein, eher nicht hilfreich. Im zweiten Schrank findet sie Töpfe und Pfannen, zwar ziemlich stabil, aber doch eher unhandlich und zu stumpf. Irgendwo muss hier doch das Besteck sein. Vielleicht in einem der –

Lena stößt einen spitzen Schrei aus, als die Küchentür mit einem Knall ins Schloss fällt. Sie fährt herum, sieht aber nichts als die verschlossene Tür, doch das genügt, um einen eisigen Schauer durch ihren Körper zu jagen. Jetzt ist sie an der Reihe. Nach Eileen und Josefine hat der Angreifer jetzt sie gefunden und sie hier eingesperrt.

Mit zitternden Händen greift Lena nach einer der Pfannen, umfasst den Stiel, so fest sie kann, und macht zwei Schritte auf die Küchentür zu. Sie will sich gerade dazu durchringen, nach der Türklinke zu greifen, um zu sehen, ob sie wirklich verschlossen ist, da nimmt sie eine Bewegung zu ihren Füßen wahr.

Sie springt zurück, will ausweichen, aber es ist nur ein Stück Papier, das unter der Tür durchgeschoben wird. Lena starrt den Zettel an, der scheinbar so harmlos dort auf dem Fußboden liegt. Nicht schon wieder. Bitte. Nicht noch einer. Nicht jetzt, wo die Freiheit zum Greifen nahe ist.

Ihre Knie geben nach, als sie in die Hocke sinken will, um das Papier aufzuheben, und sie landet unsanft auf dem Boden. Sie hebt den Zettel auf, glättet ihn unnötigerweise und sieht über ihre Schulter, um den Raum nach Kameras abzusuchen. Obwohl sie weiß, dass es hier keine gibt – hier hat Marcel die erste davon zerstört, im Glauben, seine Stalkerin hätte sie dort angebracht. Aber das kann nicht sein. Eine illegale Verhaltensstudie, glaubt Theo. Die technische Ausrüstung von *Vapor*, meint Josefine. Hat er Lena die Briefe geschrieben? Die verzerrte Stimme aus dem Off, die in seinen Videos alles ist, was er von sich preisgibt. Und hier – anonyme Zettelchen, unter der Tür durchgeschoben, wie Rauch, wie Nebel, der durch jede noch so kleine Ritze dringt?

Was will er von ihr? Und warum ausgerechnet von ihr? Weil sie erpressbar ist? Weil sie ein Geheimnis hat? Ein schreckliches Geheimnis, das auf keinen Fall aufgedeckt werden darf, weil sie sonst alles – einfach alles – verliert.

Lena dreht den Zettel um und starrt auf die schon vertraute Blockschrift. »Mehr Dunkelheit – weniger Gefahr, dass Geheimnisse ans Licht kommen«, steht da. »Heute bist du nur Nyx: Raum 41–42 Filter Notstromaggregate, Sicherungskasten mit Hauptschalter. Schraubenzieher auf dem Schreibtisch. Ziele auf Hauptschalter, verursache Kurzschluss. Sofort. Alternativ: Heute bin ich Helios und erleuchte deinen Freund und deine sogenannte beste Freundin.«

Lena liest die Worte dreimal in rascher Abfolge und versucht, ihnen irgendeinen Sinn zu entnehmen. *Heute bist du nur Nyx.* Irgendetwas regt sich in ihr. Eine Erinnerung an den gestrigen Abend. Nyx und Helios – in dieser Doppelrolle hat sie die Tag- und Nachtphasen eingeläutet, indem sie den Hauptschalter des Bunkers umgelegt hat. Aber dieses Mal hat sie eine andere Aufgabe. Dieses Mal soll es nicht mehr hell werden. Nur dunkel. Dieses Mal soll sie den Hauptschalter nicht einfach umlegen. Wenn sie sich weigert, dann wird jemand anderes ihre Rolle als

Helios übernehmen und Licht ins Dunkel bringen. Und zwar in das Dunkel, das Lena so dringend wahren will. Jetzt besteht auch kein Zweifel mehr daran, dass der Briefeschreiber etwas weiß. Er blufft nicht nur, wie Lena zwischenzeitlich zu hoffen gewagt hat, sondern er weiß tatsächlich von ihrem schrecklichen Geheimnis – und vor allem, wem er es verraten muss, um den größtmöglichen Schaden anzurichten.

Ihr eigener Herzschlag hämmert Lena in den Ohren. Am liebsten würde sie sich hier auf dem Küchenboden zusammenrollen und schluchzen, bis einer der anderen sie findet. Aber das geht nicht. Sie kann nicht. Sie muss tun, was der Fremde von ihr verlangt. Sonst wird er seine Drohung wahrmachen und ihr Leben zerstören. Er muss hier unten bei ihnen im Bunker sein. Wie sonst hätte er den Zettel unter der Tür durchschieben können?

Lena springt so schnell auf, dass ihr schwindlig wird. Sie kann nicht klar denken, nur vage kommt ihr in den Sinn, dass der Fremde – *Vapor* oder wer auch immer – gefährlich sein könnte, vielleicht sogar bewaffnet. Sie reißt die Tür auf. Verschlossen ist sie nicht. Doch der Flur vor ihr ist verlassen. *Vapor*, geht es ihr durch den Kopf. Rauch, Nebel, Dunst. Hier und doch nicht hier, nicht sichtbar, nicht fassbar, überall und nirgends.


**Marcel** / Sonntag, 01.09., 16:15 Uhr

Marcel hat im Raum, der als Intensivstation für die Frischoperierten gedacht gewesen ist, nach Werkzeug gesucht. Hier gibt es Trennwände zwischen den einzelnen Betten. Marcel hat eine davon zerlegt und trägt die herausgebrochenen Metallstangen nun Richtung Notausgang. Theo wird zwar im Dreieck springen, wenn er mitbekommt, dass Marcel absichtlich etwas kaputt gemacht hat, aber da muss er durch. Hauptsache, sie kommen endlich aus diesem Kellerloch raus! Nach diesem furchtbaren Video von *Vapor* fühlt sich absolut niemand mehr sicher. Erst recht nicht Marcel. Er ringt jetzt bald schon seit 24 Stunden mit seiner Panik. Seit sie den Notausstieg entdeckt haben, geht es ihm etwas besser. Weil er endlich was dafür tun kann, hier rauszukommen.

Als Marcel um die Ecke biegt, stößt er beinahe mit Lena zusammen und zuckt reflexartig zurück. »Vorsicht! Fast hätte ich dich mit den Stangen durchbohrt!«, ruft er erschrocken.

Sie sieht ebenfalls erschrocken aus, reagiert aber kaum, was ihm seltsam vorkommt.

»Geht es dir nicht gut?« Marcel legt die Stangen mit lautem Geklapper auf den Boden und greift nach Lenas Händen. »Mensch, die sind aber kalt. Der Kreislauf?« Behutsam reibt er Lenas Hände, um Wärme zu erzeugen.

»Die anderen sind schon am Notausgang versammelt. Ich … wollte nur noch mal kurz zurück in den Waschraum, mir ist tatsächlich irgendwie schlecht gerade.«

»Kein Wunder bei dieser Moderluft. Da riecht es ja in einem Grab angenehmer.«

Lena bemüht sich sichtlich um ein Lächeln und Marcel streichelt ihr liebevoll über die Nase. »Wenn das alles hier vorbei ist, dann komme ich endlich mal übers Wochenende mit zu deiner Familie. Das steht ja schon lange aus.« Er weiß, dass Lena sich das sehr wünscht und sich nur noch nicht getraut hat, ihm das so deutlich zu sagen. Bisher hat er auch immer einen guten Grund gehabt, die Übernachtung zu umgehen. Aber nach diesem Albtraum hier unten wird er eine Nacht bei Lenas Eltern mit Leichtigkeit schaffen, egal wie dunkel es nachts dort ist.

»Das freut mich.« Lena drückt seine Hand so sehr, dass es fast wehtut. »Ich liebe dich, Marcel! Das weißt du, oder?«

»Ich dich auch, Kleines! Ruh dich einen Moment aus. Und lass die Schultern locker, die sehen verspannt aus.«

Lena nickt mehrmals, hebt die Hand zu einem halben Winken und geht weiter.

Marcel sieht ihr mit einem Kopfschütteln hinterher und fragt sich für einen Moment, ob er sie nicht lieber begleiten soll. Die Gefangenschaft scheint sie doch sehr mitzunehmen. Dann aber setzt er seinen Weg zum Notausgang fort. Es ist ja auch in Lenas Interesse, dass sie so schnell wie möglich hier rauskommen. Bestimmt geht es ihr gleich wieder besser, wenn sie etwas getrunken hat.

Schon von Weitem hört Marcel die Stimmen seiner Freunde. Als er am Fuße der Treppe ankommt, legt er seine Beute zu den anderen improvisierten Werkzeugen auf den Boden. Das Material der Betondecke sieht zumindest an manchen Stellen schon etwas porös aus, so als hätte Tropfwasser und Feuchtigkeit über die Jahre hinweg etwas Vorarbeit geleistet. Marcel nimmt sich vor, sein Glück besonders dort zu versuchen.

Er sieht, dass Eileen aus dem OP mehrere Skalpelle, eine Schere und die unvermeidliche Knochensäge angeschleppt hat. Daneben liegen einige Küchengeräte, deren Tauglichkeit Marcel insgeheim bezweifelt. Außer die der Fleischgabel. Die ist vielleicht gut, um Mörtel zu lockern oder wegzukratzen.

Jakob lehnt an einem Tischchen, das Marcel aus dem Labor wiedererkennt. Auf Marcels fragenden Blick hin zeigt er auf die Tischbeine, die aus Metall sind. Nun gut, zumindest etwas Massives. Obwohl es sicher umständlich wird, den Tisch dauernd rumheben zu müssen, wenn man mit dem Bein gegen die Decke schlagen will.

Theo hält sein Taschenmesser in einer Hand und dreht in der anderen seinen Holzwürfel hin und her. Er scheint sich etwas beruhigt zu haben. Marcel kann sich sein seltsames Verhalten nach dem Videoschauen noch immer nicht wirklich erklären. Irgendetwas scheint ihn daran sehr aufgewühlt zu haben, etwas, das über die Betroffenheit über den möglicherweise realen Tod des alten Mannes hinausgeht. Er kommentiert Marcels offensichtlich illegal beschaffte Stangen mit keinem Wort. Anscheinend will er ebenso dringend nach draußen wie Marcel.

Josefine sitzt auf der untersten Treppenstufe und stützt sich auf eine Kiste. Bestimmt hat Theo ihr geholfen, sie hierher zu bringen. Vielleicht gar keine üble Idee. Als Rammbock könnte das schwere Ding nützlich sein, wenn sie genügend Wucht aufbringen, um es richtig gegen die Decke zu donnern.

Doch als Marcel genauer hinsieht, stutzt er. »Theo ... willst du wirklich ...?«

Es ist nicht irgendeine Kiste. Es ist die *Lupus Noctis*-Truhe, die Theo selbst gebaut hat. Theo geht in die Hocke und tätschelt liebevoll das polierte Holz und das Schloss, das er in mühsamer Kleinarbeit angebracht hat. »Sie kann uns nützlich sein, um hier rauszukommen.« Seine Stimme klingt belegt. »Vielleicht kann ich irgendwann eine neue bauen ...«

Marcel weiß, dass ihm das sehr schwerfallen muss. Er sucht nach Worten.

»Sie hat uns lange begleitet, viele Spielrunden zuverlässig mitgemacht, weder Regen noch Dunkelheit gescheut ...«, kommt es von Jakob. Für Marcels Geschmack klingt das zu pathetisch. Theo sieht es aber anscheinend als Trost, denn er nickt Jakob dankbar zu. Josefine legt ihm die Hand auf die Schulter und sogar Eileen lässt sich dazu herab, kurz durch Theos rotes Haar zu wuscheln. »Theolein, du sollst nicht traurig sein.«

Theo zieht eine Grimasse. »Ihr müsst mich jetzt nicht gleich wie einen Schwerkranken behandeln. Es ist ein Gegenstand, zwar ein liebgewonnener, aber trotzdem nur ein Gegenstand. Ich bin durchaus fähig, meine emotionale Bindung zu dieser Truhe zu kappen, wenn wir alle dafür bald hier raus und in Sicherheit sind!«

»Dann gilt es. Der Worte sind genug gewechselt, lasst uns nun endlich Taten sehen!« Jakob nickt ihnen aufmunternd zu. »Oder sollen wir noch auf Lena warten?«

»Sie kommt gleich nach«, erklärt Marcel. »Ich bin auch für sofort anfangen.«

Theo erhebt sich und steigt als Erster nach oben, bis er gebückt unter dem versperrten Ausgang steht. »Das wird logistisch nicht so ganz einfach«, ruft er. »Wir müssen aufpassen, dass wir uns nicht gegenseitig verletzen. Vielleicht sollten wir in Schichten arbeiten.«

Nach einigem Hin und Her einigen sie sich darauf, doch alle gleichzeitig draufloszuhämmern, stechen, kratzen oder was ihnen sonst so einfällt. Jeder an der Stelle, wo er gerade hinkommt.

Marcel stellt sich in Position. Er atmet einmal tief ein und aus und überlegt, in welchem Winkel er seine improvisierte Lanze ansetzen will. Er steht ein paar Stufen weiter unten, kann von hier aus aber gut eine der Ritzen erreichen, die durch die Korrosion besonders vulnerabel erscheint. Jetzt gilt es. Er geht leicht in die Knie, holt Schwung, und stößt die Stange mit Wucht gegen die Decke. Ein dumpfer Klang, als Metall auf Beton trifft. Er spürt den Aufprall in den Armen. Mehr nicht, noch nicht! Also weiter. Nach mehreren Stößen hat er eine sinnvolle Technik gefunden, wie er den Rückstoß gut abfedern kann. Klong, klong, klong hallt es durch den Bunker.

Marcel hält kurz inne, um seinen Norwegerpulli abzustreifen.

Durch die Anstrengung ist ihm warm geworden. Er schwitzt und seine Hände gleiten immer wieder an der Stange ab. Auch seine Freunde stechen und hauen wild auf die Betonplatte ein. Theo klebt quasi an der Decke. Mit dem Gesicht so dicht wie möglich am Beton stochert er in einer der Ritzen, wo die Platte auf die Mauer trifft. Seine Brille ist schon voll Staub.

Josefine setzt sich auf Jakobs Drängen hin zwischendurch immer mal wieder hin, um sich etwas auszuruhen, und gibt ihnen von unten Tipps. »Theo, etwas weiter links, da ist gerade ein Stück abgesprungen, vielleicht kannst du das vertiefen. Eileen, soll ich dir mal eines von den anderen Werkzeugen reichen? Ich glaube, um die Säge sinnvoll nutzen zu können, bräuchtest du eine Kante.«

Jakob wischt sich stumm den Schweiß von der Stirn.

Auch Marcel merkt, wie ihn die ungewohnte Haltung ermüdet. Leicht gebückt, aber die Arme immer wieder nach oben stoßend, um Kraft auf die Decke auszuüben. Das gibt morgen einen ordentlichen Muskelkater. Was ihm gerade völlig egal ist. Hauptsache raus! Marcels Stange ist schon ganz verbogen. Er schnappt sich die nächste. Sein Blick streift die Werkzeughalterungen, die wie zum Hohn aus der Wand ragen. Leer. Irgendjemand hat die Werkzeuge, die sie so dringend bräuchten, entfernt. Schaut dieser Psychopath ihnen vielleicht gerade jetzt dabei zu, wie sie sich abmühen? Durch eine Kamera, die sie übersehen haben? Nein, Marcel will jetzt nicht an so was denken.

»Kommt ihr euch auch vor wie Knastis, die einen Gefängnisausbruch durchführen?«, fragt er, um sich und die anderen etwas aufzuheitern.

»Hätte ich doch bei ›Prison Break‹ besser aufgepasst!«, keucht Eileen.

»Mund halten, weitermachen«, kommandiert Theo.

Jakob holt tief Luft. »Vielleicht ist es besser, wenn wir im selben Rhythmus zuschlagen. Dann kommen wir uns nicht so in die Quere und die wirkende Kraft potenziert sich«, schlägt er schnaufend vor.

»Gute Idee, ich singe uns was!«, ruft Eileen. »Wir hauen und stechen immer auf die Eins.«

*»Müde Gestalten im Neonlicht / mit tiefen Falten im Gesicht / das Handy schweigt, jeder bleibt für sich / Frust kommt auf, denn der Schlüssel sperrt nicht / guten Morgen Bunker / Du kannst so hässlich sein / so dreckig und gräu / Du kannst so schön schrecklich sein / Deine Nächte fressen mich auf …«*

»Ganz ehrlich, dieses Lied hat überhaupt keinen Rhythmus«, beschwert sich Josefine, die jetzt die Fleischgabel in die winzigen Löcher rammt, die Theo mit dem Taschenmesser vorgefertigt hat.

»Jetzt muss schweres Gerät ran!« Theo winkt Eileen zu sich und holt die *Lupus Noctis*-Truhe dazu. Das Klappern darin verrät, dass sogar die kleinen Spielertruhen noch darin sind. Gut, je mehr Gewicht, desto besser.

»Ich – kann – eh – nicht – mehr – singen.« Eileen kämpft sichtlich mit ihrer Puste, während sie gemeinsam mit Theo die schwere Kiste zum Schwungholen hin und her schwenkt, um sie dann gegen die Decke zu donnern.

»Lass mich das machen. Du kannst den Speer übernehmen.« Marcel springt hinzu. Theo nickt ihm zu. »1, 2, 3.« Wamm! Die Holzkiste kracht gegen die Decke. Für einen Moment lang hat Marcel das Gefühl, dass die Betondecke durch den Aufprall leicht vibriert. Erwartungsvoll halten sie inne und schauen nach oben. Doch nichts weiter geschieht. Also weiter. Sie ächzen unter dem Gewicht. Jakob drängt Josefine zur Seite, als sie erneut Schwung holen.

»Vorsicht!« Beim dritten Aufprall rutscht Theo die Kiste aus der Hand. Sie poltert auf die Stufen. Das Holz splittert. »Verdammt!«, schreit Theo. Er fährt sich mit der Hand über die Augen und stößt dabei fast seine Brille von der Nase.

»Vielleicht können wir die Trümmerstücke gebrauchen.« Jakob zögert einen Moment, doch dann tritt er mit dem Fuß ein Stück Holz ab und schnappt es sich. Er hat recht. Sie haben jetzt keine Zeit für irgendwelche Befindlichkeiten. Eileen reicht Marcel schweigend seinen Speer zurück. Sie beginnen von Neuem.

Niemand sagt mehr etwas. Marcel spürt, wie ihm die Tränen kommen. Es geht nicht, sie schaffen es nicht. Sie brauchen besseres Werkzeug, einen Spaten, eine Spitzhacke, einen Vorschlaghammer. Aber er hält es nicht mehr aus. Marcel drischt mit seiner Stange auf die Betondecke ein. Die Verzweiflung macht sich wieder in ihm breit. Er muss endlich hier raus, er muss raus, sofort!

Plötzlich flackert das Licht im Gang. Irritiert halten sie inne. »Was ist da los?«, fragt irgendjemand. Marcel ist zu keiner Antwort fähig. Wie paralysiert starrt er auf die Lampe an der Decke. Sein Herz scheint für einen Schlag auszusetzen. Die Lampe flackert erneut.

Sie flackert – und erlischt. Von einem Moment auf den anderen ist Marcel von Schwärze umgeben. Er spürt die Bewegungen der anderen um sich herum, erschrockene Stimmen. Dunkelheit hüllt ihn ein. Marcel beginnt zu schreien.

# Teil IV

# Der Werwolf

Diese Schreie sind das Schlimmste, was Eileen jemals gehört hat. Es dauert einen Moment, bis sie realisiert, dass es Marcel ist, von dem diese furchtbaren, panischen Töne kommen. Er schreit wie in Todesangst. So als hätte er etwas Furchtbares gesehen. Und das Schlimmste ist, dass Eileen keine Ahnung hat, was. Denn es ist dunkel um sie herum. Stockdunkel. So dunkel wie in einem Grab. So muss es sich anfühlen, blind zu sein. Die Welt ist nicht einmal mehr schwarz, es fühlt sich an, als existiere sie gar nicht mehr.

Sie meint, unterschiedliche Stimmen zu hören. Doch die Schreie und das Echo überlagern alles andere.

Dunkelheit.

Eileen klemmt die Fleischgabel zwischen ihre Knie, um nicht aus Versehen jemanden zu verletzen. Dann tastet sie um sich und ergreift einen Arm, der wild um sich schlägt. Sie bemüht sich, ihn festzuhalten. »Marcel! Marcel! Beruhige dich!« Eileen schreit ebenfalls, um irgendwie zu ihm durchzudringen.

Dunkelheit.

Sie sucht nach etwas, das sie packen kann, findet den T-Shirt-saum, schließt die Arme um Marcel, so fest sie kann. Abrupt bricht der Schrei ab. Sie stehen da, Eileens Arme vibrieren, so stark schüttelt es Marcels Körper. Hat er einen Krampfanfall? Was ist bloß passiert? Die Fleischgabel rutscht zwischen ihren

Knien hervor und fällt auf die Stufen. Eileen kümmert sich nicht darum. »Ich bin da. Ich bin da«, sagt sie immer wieder.

Dunkelheit.

»Was ist los? Was ist mit Marcel?« Sie glaubt, Josefines zittrige Stimme zu vernehmen.

»Welcher Idiot ist an die Lampe gekommen?« Eindeutig Theo.

»Theo, überleg doch mal, dann wäre nur das eine Licht ausgegangen. Aber man sieht gar nichts mehr, nicht mal einen entfernten Lichtschein!« Das muss Jakob sein. »Das ist ein totaler Stromausfall.«

Theo flucht lauthals. Dunkelheit.

Von Marcel kommt ein lautes, abgehacktes Schluchzen.

»Hat er sich verletzt? Was …«, fragt Theo weiter.

»Ich weiß es verdammt noch mal nicht! Keine Ahnung!«

Plötzlich kommt eine weitere Stimme dazu. »Ich hab euch schreien hören. Marcel! Marcel, bist du okay?« Erleichtert erkennt Eileen Lenas Stimme. Lena weiß vielleicht, was mit Marcel los ist, sie müssen ihm dringend helfen!

»Wir sind hier!«, ruft sie ihr zu. »Also hier, schlechte Beschreibung, rechts an der Wand, ein paar Stufen die Treppe rauf. Sei vorsichtig, wenn du herkommst. Hier muss überall unser Werkzeug rumliegen.«

Sie hört, wie sich jemand vorsichtig einen Weg zu ihnen bahnt. Ein Geräusch, als würde Stoff über eine Wand schrammen.

»Hast du die erste Stufe gefunden?«, ruft sie ihr zu.

Ein leiser Schmerzensschrei. »Ja, gerade mit meinem Schienbein.«

Eileen hört, wie Lena etwas zur Seite schiebt. Holz knackt. Womöglich die Überreste der *Lupus Noctis*-Truhe. Hoffentlich macht sie das mit dem Fuß und fasst sie nicht an, sonst haben sie gleich noch eine Verletzte.

»Halt, das bin ich«, meldet Josefine.

»Oh, sorry, dann muss ich noch weiter hoch.«

»Moment, ich mach dir Platz.«

Weitere Schleifgeräusche. Eileen wagt nicht, sich zu rühren. Marcels Körper in ihren Armen zittert und bebt. Eileen streicht ihm über den Rücken, immer wieder, so ruhig wie möglich.

Eine tastende Hand streift Eileens Hüfte. »Eileen, seid ihr das?«

»Ja!« Eileen dirigiert Lenas Hand weiter zu Marcel. »Komm noch eine Stufe höher. Dann kannst du ihn besser stützen.«

Sie spürt Lena dicht neben sich, dann wird sie zur Seite geschoben. Lena zieht Marcel aus Eileens Armen und scheint sich halb auf ihn zu werfen. »Um Gottes willen«, schreit sie, »Marcel, was ist los? Was habt ihr mit ihm gemacht?«

»Gar nichts, er ist einfach … das Licht ging plötzlich aus und Marcel fing an zu schreien und …« Josefine stottert nur noch.

»Achluophobie«, kommt es leise von rechts oben. Jakob scheint sich nicht von der Stelle gerührt zu haben.

»Was? Jakob, red Klartext!«

»Panische Angst im Dunkeln.«

»Wer, Marcel? Aber wieso …?« Eileen ist wie vor den Kopf gestoßen. Sie kennt Marcel seit der fünften Klasse, drei Jahre ist sie mit ihm zusammen gewesen. Wie kann es sein, dass sie davon nichts weiß? Das muss erst kürzlich gewesen sein, dass er diese Phobie entwickelt hat. Oder? Besteht die Möglichkeit, dass er es vor ihr verheimlicht hat? Ist das wirklich möglich?

»Ich halte das nicht aus, bitte, Licht …« Eileen erkennt Marcels Stimme nur daran, dass er dicht an ihrem Ohr murmelt. Seine Stimme klingt heiser, als habe er eine Kehlkopfentzündung. Er scheint völlig gebrochen. Er stammelt etwas, das wie »raus … die Höhle« klingt.

»Licht, Moment, ich… Licht.« Eileen hört, wie Lena hastig in ihrer Tasche wühlt, etwas fällt zu Boden. Dann ertönt ein Summton und plötzlich leuchtet ein Handydisplay auf. Lena drückt auf den Tasten herum. Die Taschenlampe flammt auf und schickt einen bläulich leuchtenden Strahl durch das Dunkel des Bunkers. Lenas Hände zittern, sodass der Lichtkegel wackelt und bebt.

»Mein Gott, das habe ich doch nicht gewollt, niemals, oh Marcel, ich wusste doch nicht, es ist meine Schuld, alles meine Schuld …«

»Wir müssen erst mal hier weg. Zurück zum Lager«, wieder Theos Stimme. Sein bleiches Gesicht taucht kurz im Lichtstrahl auf, die Brillengläser spiegeln, dann verschwindet er wieder.

Eileen spürt eine Bewegung neben sich. Jakob lädt sich Marcels linken Arm über die Schulter. »Auf geht's«, keucht er. Lena und Eileen führen und stützen Marcel von der anderen Seite. Theo hat die Taschenlampe übernommen und leuchtet ihnen den Weg. Josefine stolpert hinterher.

Jetzt, wo sie ein Stück von der Treppe entfernt sind und die fluoreszierenden Streifen wieder die Wände markieren, kommt Eileen besser zurecht. Zumindest gibt es jetzt überhaupt wieder eine Lichtquelle. Zudem gewöhnen sich die Augen an die veränderten Sichtverhältnisse. Sie kann ihre Freunde wieder voneinander unterscheiden und sich auch ohne den Lichtkegel von Lenas Handy in Theos Hand orientieren. Sie biegen um die Ecke und bugsieren Marcel ins Patientenzimmer.

Josefine springt vor und wirft einige Decken auf den Boden, wo sie Marcel abladen können. Doch statt zusammenzuklappen, wie Eileen es erwartet hat, richtet Marcel sich auf und reißt dem verdatterten Theo das Handy mit der Taschenlampe aus der Hand. Er umklammert es so fest, dass Eileen glaubt, Knochen in seiner Hand knacken zu hören. Sobald er es in Händen hält, läuft er zu seinem Gepäck hinüber, wirft wahllos Kleidung auf den Boden und zieht dann eine Taschenlampe heraus, die er anknipst.

Eileen und die anderen starren ihn an. Niemand sagt etwas. Marcel atmet tief ein und aus und starrt dabei direkt in die Lichtquelle. Es muss ihn blenden, doch er verzieht keine Miene. Lena läuft zu ihm und umarmt ihn, wobei sie ihr Gesicht gegen seine Brust presst. Eileen dreht sich weg. Eben war sie noch erleichtert, als Lena zu Hilfe gekommen ist. Aber jetzt muss sie an den Moment denken, als Marcel geschrien hat und erst verstummt ist, als Eileen ihn umarmt hat. Eileen ist dagewesen, Lena nicht.

»Okay, Leute, wir müssen uns erst mal sortieren. Ich hab immer noch keine Ahnung, was da gerade alles passiert ist«, kommt es von Theo. An Marcels Stelle lässt er sich auf die ausgelegten Decken plumpsen. Eileen folgt ihm. Plötzlich fühlt sie sich unfassbar müde. Die anstrengende Arbeit am Notausgang scheint ihr jede Energie geraubt zu haben. Am liebsten würde sie sich zusammenrollen, Ohrstöpsel rein und schlafen. Stattdessen umklammert sie ihre Knie und zieht sich die Kapuze ihres Hoodies über den Kopf. Wenn es eh schon dunkel ist, ist das auch egal. Sie spürt Bewegungen neben sich und erspäht die Silhouetten von Josefine und Jakob, die sich ebenfalls zu ihnen setzen. Nur Marcel und Lena bleiben stehen. In die Lichtstrahlen gehüllt wie ein Heiligenpärchen. Lena hält Marcel eng umschlungen. Er erwidert die Umarmung kaum, umklammert stattdessen die Taschenlampe.

»Wieso ist das Licht ausgegangen?«, fragt Josefine. »Meint ihr, da ist irgendwo eine Sicherung rausgesprungen? Oder gibt es vielleicht einen Generator, der überhitzen kann? Ich kenne mich mit so Technikzeug überhaupt nicht aus, aber ehrlich gesagt sehe ich gerade schwarz für unseren Ausbruchsversuch, wenn wir das nicht wieder hinbekommen.«

»Schwarzsehen, hahaha.« Eileen war noch nie so wenig zum Lachen zumute wie gerade eben.

»Wartet mal einen Augenblick, ich hole schnell was.« Theo leiht sich Lenas Handy. Die Taschenlampe von Marcel zu fordern traut er sich wohl nicht. Er verschwindet im dunklen Gang. Nach wenigen Minuten hören sie ein seltsam schleifendes Geräusch. »Keine Sorge, das bin nur ich«, ruft Theo von draußen. Dann taucht er mit den Überresten der *Lupus Noctis*-Truhe, die er hinter sich herzieht, wieder auf. Lenas Handy hat er zwischen die Zähne geklemmt.

»Kertschen«, nuschelt er. »Mehr Lischt.«

Josefine steht auf und hilft ihm, einige Teelichter aus der Truhe herauszusuchen. Theo zündet zwei davon an und stellt sie in die Schraubgläser. Dann schaltet er Lenas Handy aus und reicht es ihr zurück. »Akku sparen«, sagt er nur. »Das Nachtlicht können wir auch noch nutzen, falls es nötig sein sollte.«

Die Flammen der Teelichter spenden ein seltsam tröstliches Licht. Vielleicht, weil sie bei dieser Beleuchtung schon so viele Nächte zusammen gespielt haben. Marcel scheint das auch etwas zu helfen. Soweit Eileen sehen kann, zittert er zumindest nicht mehr. Oder sein Körper ist schlichtweg zu erschöpft, um weiter diese heftige Panikreaktion aufrechtzuerhalten.

Jakob hält seine Hände über die Kerze, als wolle er sie wärmen. »Sag mal, Lena, was hast du denn vorhin gemeint damit, dass es deine Schuld ist?«, fragt er sanft.

»Das würde ich allerdings auch gerne wissen!« Theos Stimme ist das Gegenteil von sanft.

Eileen schaut zu dem Pärchen hinüber. Lena scheint sich keinen fingerbreit von Marcel lösen zu wollen. Als sie spricht, klingt ihre Stimme durch Marcels T-Shirt gedämpft. »Ach, das war nur so dahingesagt.«

»So hat sich das für mich aber nicht angehört.« Eileen kann Theos Gesicht zwar nicht richtig sehen, aber erahnen, dass er seine Stirn in Falten legt und vermutlich an seiner Brille herumfummelt. »Wo bist du denn überhaupt die ganze Zeit gewesen? Wir haben geschuftet, um diese Betondecke kleinzukriegen, und du kommst erst dazu, als die Lampen ausgegangen sind.«

Eileen merkt, dass sie Lena jetzt beispringen muss. Schließlich ist sie ihre beste Freundin und ein Verhör durch Theo ist alles andere als angenehm. Und Marcel ist ganz offensichtlich nicht dazu in der Lage. »Du glaubst doch nicht ernsthaft, dass Lena uns allen das Licht ausgeknipst hat. Das würde sie doch nie tun, Lena ist die Nette hier, schon vergessen?«

Nun löst sich Lena doch von Marcel, sie wendet sich ihnen zu, und wenn Eileen es nicht besser wüsste, würde sie denken, Lena sei wütend. Wütend? Lena ist nie wütend. Schon gar nicht auf Eileen.

Plötzlich bricht es aus Lena heraus. Ihr Gesicht ist wutverzerrt, ihre Stimme schrill. »Und ob ich das war! Ich bin es gewesen. Ich habe den Kurzschluss verursacht. Ich habe einen verdammten Schraubenzieher in den Sicherungskasten gestoßen.«

»Hast du nicht.« Eileen starrt in Lenas Richtung, deren dunkelblondes Haar gerade von Marcels Taschenlampe angeleuchtet wird. Ihr sonst so niedlicher Pferdeschwanz wirft einen dramatischen Schatten hinter ihr an die Wand.

»Hab ich doch.« Lena klingt jetzt den Tränen nahe. »Es tut mir wirklich unfassbar leid.«

»Wie kann man denn so blöd sein …?«, fragt Theo fassungslos.

Jakob versetzt ihm einen leichten Schubs und Theo verstummt. »War das denn… absichtlich?«

»Natürlich absichtlich! Glaubt ihr, ich bin so dämlich und haue *aus Versehen* einen Schraubenzieher in die Zentralsicherung?«

»Was? Aber warum?« Josefine schüttelt den Kopf, erst schwach, dann immer stärker. »Das ist doch völlig absurd!«

»Sag mal, spinnst du?« Theo ist aufgesprungen und baut sich vor Lena auf, was im Dunkeln bedrohlicher aussieht, als es bei Tageslicht der Fall wäre. Sie weicht auch direkt vor ihm zurück. Marcel, der bisher noch kein Wort gesprochen hat, räuspert sich mehrmals. Seine Stimme klingt rau. »Langsam, ganz langsam.« Doch er dreht die Taschenlampe, sodass sie nun gegen Lena gerichtet ist.

»Ich hatte keine Wahl! Jemand erpresst mich, ich habe Briefe bekommen, da stand drin, was ich tun soll, damit er mich nicht verrät!«

Eileen kann einfach nicht glauben, was sie da hört. Die Geschichte klingt dermaßen weit hergeholt, dass sie sich ernsthaft fragt, ob Lena fantasiert. Vielleicht hat sie Fieber? Vielleicht hat der Schock über die plötzliche Dunkelheit ihr eine Art Amnesie beschert? Sie steht auf und legt den Arm um Lena. »Komm, Süße, setz dich erst mal hin, das war alles recht viel heute. Du hast dich ja schon vorhin nicht wohl gefühlt. Soll ich dir ein Glas Wasser bringen?«

Doch Lena schüttelt ihren Arm ab. »Lass mich!«

»Lena, das Ganze ist doch lächerlich. Selbst wenn es irgendwo einen anonymen Briefeschreiber gäbe, womit sollte der dich schon erpressen? Damit, dass du in der neunten Klasse mal einen Kaugummi unter die Schulbank gepappt hast?«

Schlagartig verändert sich etwas in Lenas Gesicht. Trotzig hebt sie das Kinn, strafft die Schultern und schaut Eileen an. »Nein, er wusste, dass ich Marcel und dich absichtlich auseinandergebracht habe.«

Eileen schaut von Lena zu Marcel und wieder zurück.

Marcel sagt keinen Ton. Seine Taschenlampe ist noch immer auf Lena gerichtet. Sie hebt die Hand an die Schläfe, vermutlich, weil es blendet.

Ihre Stimme wird jetzt brüchig. »Ich wollte es nicht, wirklich nicht, es war ein Missverständnis, zumindest am Anfang, und dann ... es hat sich alles so verselbstständigt. Ich bin schon ewig in Marcel verliebt, solange wir uns kennen, mindestens. Aber er hat früher nie groß Notiz von mir genommen. Für ihn bin ich immer nur deine Freundin gewesen. In der Schule haben viele noch nicht mal meinen richtigen Namen gekannt! Ich war immer nur ›Eileens BFF‹, und das ist auch okay gewesen, bloß seid ihr dann zusammengekommen. Und ich habe mir alles anhören müssen, was du erzählt hast. Der erste Kuss, das erste ›ich liebe dich‹, euer erstes Mal. Dabei wollte ich das alles selbst mit ihm haben! Aber so harmonisch ist es natürlich nicht geblieben. Bleibt es mit dir ja nie. Und bei wem hast du dich dann ausgeheult? Natürlich bei mir.«

Eileen kann sich nicht erinnern, jemals mit Lena gestritten zu haben. Aber das jetzt ist wirklich hart. Das wird sie nicht einfach so hinnehmen. Sie stemmt die Hände in die Hüften. »So macht man das eben unter Freundinnen! Man erzählt sich alles! Und wenn du es nicht hören wolltest, hättest du vielleicht mal einen Ton sagen sollen!«

»Ja, bloß hast du dich seltsamerweise immer sehr viel weniger dafür interessiert, was ich zu sagen habe, als dafür, was du loswerden wolltest.«

»Glaubst du, für mich war es immer angenehm, dass du ständig an meinem Rockzipfel gehangen hast? Dass ich dich immer überall hin mitgeschleppt habe, weil du nie selbst die Initiative ergreifen wolltest oder keine eigenen Ideen hattest?«

Lena tut, als hätte sie nichts gehört. »Ich habe einfach gewusst, dass ich viel besser mit Marcel umgehen würde, ihn viel mehr schätzen würde«, verkündet sie. »Dir war er ja nie gut genug.«

»Ist das dein verdammter Ernst?« Eileen wirft einen Seitenblick auf Jakob, Josefine und Theo, die gebannt zuzuhören scheinen. »Na, macht's euch Spaß, diese Freakshow hier?«

Josefine dreht sich verlegen weg, doch Jakob hebt entschuldigend die Hände. »Es tut mir leid, dass wir hier einen privaten Streit mitbekommen. Aber ich wüsste schon gerne, weshalb Lena erpresst worden ist.«

Lena holt tief Luft. »Vor einigen Monaten habe ich Marcel einen Brief geschickt. Darin habe ich gestanden, dass ich ihn liebe und davon träume, dass … Jedenfalls habe ich nicht unterschrieben, weil ich gedacht habe, er versteht schon, von wem der kommen muss. Und weil ich dich, Eileen, natürlich nicht verletzen wollte, falls Marcel dir den Brief zeigt.«

Eileen kann nicht anders, als fassungslos den Kopf zu schütteln. »Du falsche Schlange! Du hast dich ernsthaft an meinen Freund rangemacht! Heimlich, weil du mich nicht verletzen wolltest? Das ist ja wohl der Witz des Jahrhunderts!«

»Aber… dieser Brief, der war von der Stalkerin!« Marcels Stimme klingt nervös statt verärgert, was Eileen noch wütender macht. Ist ihm nicht klar, was Lena da gerade zugegeben hat?

Lena greift nach seiner Hand, drückt sich wieder eng an ihn. »Du hast das ganz falsch aufgefasst, Marcellino!« Erklärend wendet sie sich an Eileen, die eigentlich gar nichts mehr hören will. »Er hat wohl kurz zuvor seltsame Nachrichten von einer Followerin bekommen und hat gedacht, sie hätte herausgefunden, wo er wohnt, und ihm den Brief geschickt. Und du warst sofort eifersüchtig, weil du dachtest, er verheimlicht dir was. Du hast behauptet, er würde dich betrügen!«

Eileen denkt ungern an diese Zeit zurück. Danach ist es nur noch bergab gegangen. Sie erinnert sich an gemeinsame Abende mit Marcel, an denen sie nur geschwiegen haben. An ihren Versuch, herauszubekommen, ob er eine andere hat. Wie sie seinen Kleiderschrank durchwühlt hat, als er unter der Dusche war. Wie sie so lange mit ihm gestritten hat, bis er ihr seine Handy- und Mail-Chatverläufe gezeigt hat. Wie sie ausgeflippt ist, als er immer wieder mit diesem Brief angefangen hat. Und sie auf keinen Fall diejenige sein wollte, die wegen einer anderen verlassen wird. Dann lieber selbst Schluss machen. Die Kontrolle behalten. Sich nicht verletzen lassen. Und jetzt wird ihr klar, dass sie mit dieser Einstellung Lena nur in die Hände gespielt hat.

Lena rückt noch dichter an Marcel heran. Sie wendet ihm ihr Gesicht zu und hält seine Hand umklammert, als wolle sie keinen Quadratzentimeter Luft zwischen ihnen dulden. Als sie fortfährt, tut sie es in einem Ton, den Lena für Marcel reserviert hat. Sie spricht etwas höher als normalerweise und klingt leicht atemlos.

»Du hast mir dann von deinen Sorgen erzählt – und ich konnte nicht anders … es war so schön, für dich da zu sein. Und ich dachte: Ihr tut euch gegenseitig sowieso nicht gut. Vielleicht ist es für euch beide besser, wenn ihr einen Trennungsgrund habt. Und dann habe ich noch einen Brief geschrieben, zuerst als Test. Und dann Geschenke vor der Haustür abgestellt. Immer anonym, immer so, dass mich niemand sieht.« Marcel schüttelt Lenas Hand ab. Sie greift abermals danach, will ihn in eine Umarmung ziehen. Er weicht vor ihr zurück, als habe er sich verbrannt. Lena erzählt nun immer schneller, die Worte sprudeln aus ihrem Mund, obwohl sie doch merken muss, dass Marcel längst genug hat. »Ich habe mir ein zweites Handy gekauft und dich mit verstellter Stimme angerufen. Ich habe dir Nachrichten geschickt. Ich wusste oft, wo du bist oder was du machst, weil Eileen mir ja alles erzählt hat.«

Eileens Wut ist plötzlich Nebensache. Der Boden unter ihren Füßen scheint sich zu drehen, ihr Herz pocht spürbar. Was Lena da zugibt, ist mehr als ein Vertrauensbruch oder eine schlimme Sache. Es ist … Eileen kann es nicht in Worte fassen. Nur, dass sie plötzlich das Gefühl hat, die Person ihr gegenüber gar nicht wirklich zu kennen. Sie sieht aus wie Lena, sie trägt Lenas bescheuerten Norwegerpulli, sie hat die Haare zu einem Pferdeschwanz zusammengebunden wie Lena, sie ist ungeschminkt und blass, soweit man in diesem Schummerlicht erkennen kann, alles genau wie Lena. Aber die Freundin, die Eileen ihr halbes Leben lang begleitet hat, die existiert nicht mehr. Denn eine Freundin hätte nichts dergleichen getan. Niemals.

»Du hast mit mir gespielt.« Marcel reißt seine Hand nun mit einer heftigen Bewegung aus Lenas Griff. »Du warst das, du hast mich von vorne bis hinten manipuliert! Ich hatte Angst vor dieser irren Stalkerin, die über alles Bescheid zu wissen schien, die mich ständig zu beobachten schien! Und gleichzeitig hast du so getan, als würdest du mich trösten wollen. Das ist krank. Du bist total krank!«

Lena streckt flehend die Hand nach Marcel aus, aber Eileen kann keinen Funken Mitgefühl mehr für sie empfinden. »Ich wollte es nie so weit kommen lassen. Das musst du mir glauben!«

»Als würde ich dir jemals wieder irgendwas glauben!«, faucht Marcel.

»Ich hatte das Gefühl, dass wir uns dadurch näherkommen. Und das wollte ich nicht verlieren!«

Nach dem ersten Schock wird Eileen Lenas Vorgehen immer klarer – wie sie ihre Freundschaft zu Eileen ausgenutzt hat, um an Informationen zu kommen. Plötzlich fallen ihr haufenweise Situationen ein, in der Lena nachgefragt hat.

»Kommt Marcel gar nicht mit? Hat er was anderes vor?«

»Hmmm, der Typ da grade hatte ein gutes Aftershave drauf. Welches benutzt Marcel noch mal?«

»Seht ihr euch morgen? Marcel hat ja nur bis 3 Uni, oder?«

Aus Interesse, hat Eileen damals gedacht, weil Lena ja schon immer eine kleine Schwäche für Marcel gehabt hat, und sich außerdem immer um alle kümmert und sorgt. Und während Eileen ablehnend auf die ganze Situation mit der Stalkerin reagierte, hat Marcel sich immer mehr zu Lena geflüchtet. Und die hat darin die Bestätigung gesehen, dass ihr Handeln zielführend ist.

Jetzt scheint Marcel jedoch gar nicht weit genug weg von ihr stehen zu können. Als er die Taschenlampe schwenkt und der Lichtstrahl dabei kurz sein Gesicht zeigt, sieht Eileen, dass ihm Tränen über die Wangen laufen. Er weint, unhörbar. Natürlich, für ihn ist gerade ebenso wie für Eileen eine Welt zusammengebrochen. Dass Lena ihm so etwas angetan hat, das wird Eileen ihr niemals verzeihen.

Theo wedelt unwirsch mit der Hand, holt sie zurück ins Hier und Jetzt. In den Bunker. »Lassen wir das ganze Liebesdrama mal kurz beiseite. Das Einzige, was mich daran jetzt interessiert, ist, wie das mit deinem Anschlag auf den Sicherungskasten zusammenhängt.«

»Anschlag, warte mal! Du steckst doch nicht auch hinter den anderen Attacken, oder?«, fragt Josefine. Ihre Stimme klingt erschrocken und gleichzeitig wütend. Eileen kann es ihr nicht verdenken. Lena ist schuld daran, dass sie noch hier unten festsitzen. Wenn sie ihren Ausbruchsversuch nicht torpediert hätte, würden sie jetzt vielleicht schon frische Luft atmen. »Und hast du uns hier unten auch eingesperrt?«

»Nein! Ich habe keine Ahnung, wer uns hier unten festhält. Aber ich habe den Schlüssel abgezogen und in die Dunkelkammer gelegt …« Lena schluckt hörbar. »Das war während des Spiels. Es kam mir gleich falsch vor und ich wollte ihn bald wieder zurückbringen. Doch da war er schon verschwunden.«

»Jemand hat dir befohlen, ihn in der Dunkelkammer zu deponieren? Aber wozu?« Jakob scheint Lena diese verrückte Geschichte tatsächlich abzunehmen. Anscheinend hat er nicht kapiert, was sie getan hat, wozu sie fähig ist. Eileen hat das Gefühl, kaum noch atmen zu können, so sehr quetscht die Wut ihren Brustkorb zusammen.

»Eigentlich hieß es, dass ich den Schlüssel organisieren soll. Aber dann war es einfach, weil Theo ihn im Schloss stecken hat lassen, statt ihn mit sich herumzutragen.«

Josefine will etwas sagen, doch da wendet sich Lena bereits ihr zu. »Es ist mir tatsächlich auch befohlen worden, dich einzusperren. Ich habe nur nach Anweisung gehandelt. Ich hätte nie gedacht, dass das so schlimm für dich wird, Josefine, wirklich! Sonst hätte ich … ich weiß, ich hätte das niemals tun dürfen.«

»Ich kann das einfach nicht glauben.« Josefine blickt auf ihre Hände, die Lena verarztet hat. Pflaster kleben über den aufgerissenen Fingerkuppen. Bittere Ironie, dass ausgerechnet Lena sie aufgeklebt hat. Lena, die an allem Schuld hat. Und sich ständig entschuldigt, als würde das irgendetwas wieder gut machen. »Es tut mir leid! Wahnsinnig leid!«

»Allerdings hast du sie auch nicht befreit, als wir mitbekommen haben, wie schlecht es ihr geht.« Eileen kann Lenas Rechtfertigungsversuche nicht mehr hören. Ihr wird übel von diesem Geschwafel, von ihrer weinerlichen Art und ihrem Versuch, alles als nicht so schlimm darzustellen. Dabei ist es schlimm. Schlimmer geht es kaum.

»Es tut mir so leid, ich …« Als Lena erneut anfängt, knallt irgendwo in Eileens Kopf eine Sicherung durch. »Halt bloß dein verlogenes Maul!« Sie stürzt sich auf Lena. Ihre Faust trifft eine Schulter, mit der anderen greift sie in Lenas Haar, die aufschreit. Sie will ihr Schmerz zufügen, so sehr, wie Lena sie verletzt hat, wie sie ihnen allen geschadet hat. Doch da sind Arme, die sie zurückhalten.

»Hey, hey! Stopp, das bringt doch nichts!« Jakob, der sie festhält. Theo, der sich schützend vor Lena stellt. Marcel dreht sich wortlos um und verschwindet mit der Taschenlampe aus dem Zimmer.

Schwer atmend lässt Eileen von Lena ab. Ihr ist nur noch nach Heulen zumute.


## Jakob / Sonntag, 01.09., 19:00 Uhr

Jakob hat das Gefühl, dass ihnen alles entgleitet. Nicht nur die Kontrolle über die Situation – die haben sie schon lange verloren. Schon als der Schlüssel verschwunden ist, wenn sie ehrlich sind. Nein, jetzt wackeln auch die Grundfesten dessen, was sie für unerschütterlich gehalten haben. Ihr Vertrauen ineinander. Ihre jahrelange Freundschaft. Lenas Liebe zu Marcel.

Verrückterweise ist es das, was Jakob am meisten schockiert. Ihre Freundschaft hat schon andere Rückschläge eingesteckt, das weiß er besser als jeder andere. Manchmal – seit dem Abi immer öfter – war es nur noch *Lupus Noctis*, das ihre so verschiedenen Persönlichkeiten mit ihren so unterschiedlichen Lebenssituationen noch zusammengehalten hat. Und was Jakobs Vertrauen angeht, das wurde schon vor über einem Jahr erschüttert, auch wenn die anderen das nicht wissen. Aber wenigstens eines hat Jakob für unumstößlich gehalten und obendrein für echt: Lenas scheinbar unendliche, unsterbliche Liebe zu Marcel. Das klingt pathetisch, ist aber die Wahrheit.

Was hat er sich an dieser Liebe früher gestört, wie hat sie ihn belastet, damals, als er selbst jeden Tag darauf gehofft hat, Lena würde endlich mehr in ihm sehen als einen guten Freund. Aber Lena hat seine behutsamen Annäherungsversuche ja nicht einmal bemerkt, weil sie schon immer nur Augen für Marcel hatte. Marcel und sein brasilianisches Casanovablut. Marcel und seine tausendfach angeklickten Fitnessvideos. Marcel und seine Geschichten über seine unzähligen Reisen.

Lena ist am Boden zerstört gewesen, als er und Eileen ein Paar wurden. Eileen weiß das nicht, denn vor ihr hat Lena natürlich so getan, als würde sie sich für die beiden freuen. Aber Jakob weiß es ganz genau, weil er es war, der Lena getröstet hat, der ihr gesagt hat, dass sie doch viel zu intelligent und zu bodenständig und ihre Absichten viel zu ernsthaft sind für so einen Gigolo wie Marcel. Gelacht hat sie damals und so getan, als würde sie ihm recht geben. Aber über Marcel hinweggekommen ist sie nie.

Und am Ende hat sich das Warten auf ihn auch noch gelohnt. *Das Warten* – offenbar hat zu ihrem Glück ja doch ein bisschen mehr gehört als nur geduldiges Abwarten. Jakob kann es einfach nicht fassen: Lena, die fiese Stalkerin, die Marcel an den Rand der Verzweiflung getrieben hat?

Im Licht der beiden Teelichter kann Jakob Lena nur erahnen. Sie sitzt abseits, in der hintersten Ecke ihres Lagers, in einer Stockbettkoje, und hat die Arme um die angewinkelten Knie geschlungen. Der Rest von ihnen drängt sich um die Windlichter – alle, bis auf Marcel, der mit seiner Taschenlampe verschwunden ist.

Es passt einfach nicht zu Lena. Nicht zu der Lena, die Jakob kennt. Der Lena, die als Einzige für ihn dagewesen ist, als er das Abi vergangenes Jahr in den Sand gesetzt hat. Als Einzige gefragt hat, wie das passieren konnte, wo er doch vorher immer ganz brauchbare Noten geschrieben hat. Als Einzige den Kontakt zu ihm gehalten hat, als er alleine in Gunzenhausen zurückbleiben musste, die angerufen hat, statt nur hin und wieder eine Nachricht zu schreiben oder irgendein lustiges Video weiterzuleiten.

Jakob ist wütend auf Marcel. Was an diesem Kerl schafft es, so etwas in einem netten und fürsorglichen Mädchen heraufzubeschwören? Warum spaltet seine pure Existenz scheinbar Persönlichkeiten und verwandelt jemanden wie Lena in Dr. Jekyll und Mr. Hyde – die besorgte Freundin und die irre Stalkerin in einer Person?

Jakob zwirbelt das Bändchen seines Hoodies so fest um zwei seiner Finger, dass es wehtut. Die Anwesenheit der anderen ist gerade schwer zu ertragen. Wenn sie nicht da wären, würde er vielleicht rüber zu Lena gehen und sie zur Rede stellen. Aber er weiß, dass ihm drei Paar Augen im Schummerlicht dorthin folgen und drei Paar Ohren jedem seiner Worte lauschen würden. Deshalb tut er es nicht.

»Eigentlich hätten wir es uns denken können.« Eileen spricht zwar leise, aber seitdem es dunkel ist, scheinen ihre Stimmen noch weiter durch den stillen Bunker zu hallen. »Dass es einer von uns ist, der diese beschissene Show hier abzieht. Ja, klar, Theos Brüder … ein Forscherteam … der wahnsinnig mysteriöse *Vapor* …« Mit jedem Wort wächst der Spott in ihrer Stimme, bis er zu bitterem Sarkasmus angeschwollen ist. »Dabei saß der Verräter die ganze Zeit zwischen uns. Und ich hab am Anfang noch dich verdächtigt, Theo. Als würdest du so was Krankes bringen und mir beim Yoga auflauern.«

»Aber das war ich auch nicht!«

Eileen spricht weiter mit Theo, als hätte sie Lenas Stimme aus ihrer Ecke gar nicht gehört: »Dass *du* Josefine nicht eingesperrt haben kannst, war mir klar. So kalt bist du einfach nicht.«

»Kein Wunder, dass wir nie etwas von einem geheimnisvollen Eindringling gesehen oder gehört haben«, flüstert Josefine. Sie hat, genau wie Lena, die Beine angewinkelt und schraubt schon wieder an einem ihrer Ohrringe herum. Irgendwie wirkt sie ziemlich verloren. »Wenn es Lena war, dann musste sich ja gar niemand von draußen einschleichen.«

»Aber irgendjemand hat Lena doch die Briefe geschrieben und den Schlüssel aus der Dunkelkammer genommen«, schaltet Jakob sich ein. Er findet dieses Gespräch irgendwie unpassend, weil Lena ihnen zuhört. Ihn macht das befangen – er wird bestimmt nichts Schlechtes über sie sagen. Aber wenn er sie zu sehr verteidigt, dann fallen die anderen vermutlich über ihn her.

Theo ignoriert Jakobs Einwand und sagt leise: »Es ist auch niemand von außen eingedrungen.«

»Und das weißt du ganz sicher, weil …«

»Weil ich eine Falle gebaut habe.« Theo stößt die Luft aus, als wäre er eine weite Strecke gerannt. »Gleich nachdem wir am Eingang herumgebrüllt haben. Als wir noch dachten, meine Brüder stecken dahinter. Deswegen hab ich dich auch alleine losgehen lassen, um dein Spray zu suchen.« Er sieht zu Josefine und ein Anflug von schlechtem Gewissen huscht über sein Gesicht. Klar – hätte er sie nicht alleine gelassen, hätte auch niemand sie einsperren können. Jakob hat schon die ganze Zeit das Gefühl gehabt, dass Theo sich dafür irgendwie verantwortlich fühlt.

»Schon okay«, murmelt Josefine. »Was ist das für eine Falle, die du gebaut hast?«

»Nur ein an die Tür gelehnter Schrubber mit einer Metalldose voller Stifte aus dem Chefarztzimmer obendrauf.« Theo zuckt die Achseln. »Ich hab schon bessere gebaut, aber sie hätte schon ihren Zweck getan. Wäre die Tür von außen geöffnet worden, hätte es ordentlich gescheppert. Das hätten wir mitbekommen.«

»Hätten«, meint Jakob trocken. »Dann hat nie jemand die Tür geöffnet?«

Theo schüttelt den Kopf. »Ich hab regelmäßig nachgesehen. Die Tür war die ganze Zeit zu.«

»Aber jemand könnte doch schon vorher hier unten gewesen sein«, wendet Jakob ein. »Er oder sie könnte sogar schon vor uns hier gewesen sein und auf uns gewartet haben.«

»Theoretisch.« Theo schüttelt den Kopf. »Nur gibt es tatsächlich keinerlei Hinweise auf die Anwesenheit einer weiteren Person hier unten. Auch der Abdruck auf der Liege, den Eileen gesehen hat … der könnte sogar noch aus der Zeit stammen, als der Bunker für einige Tage als Unterkunft für Flüchtlinge genutzt wurde.«

»Inside Job«, murmelt Eileen. »Wir waren echt naiv, dass wir dachten, nur jemand Fremdes könnte hinter dem Scheiß stecken. Tja, wer solche Freunde hat, braucht keine Feinde mehr.«

Jakob erwidert nichts. Eileen will jetzt garantiert nichts darüber hören, dass Lena unmöglich alleine der Drahtzieher hinter alldem sein kann. Sonst hätte sie nämlich auch den Schlüssel und könnte ihren Bunkeraufenthalt, jetzt wo sie ohnehin aufgeflogen ist, beenden. Aber für Eileen wiegt Lenas Verrat vermutlich am schwersten, schwerer wahrscheinlich sogar als für Marcel.

»Ich kann nicht mehr«, schnieft in diesem Moment Josefine und reißt Jakob damit aus seinen Gedanken. »Der ganze Scheiß hier … ich wünschte, ich wäre nie mitgekommen. Ich wünschte, ihr hättet dieses Spiel nie erfunden!«

Jakob wirft einen hilfesuchenden Blick zu Theo, doch der starrt Josefine erschrocken an.

»Schon okay.« Jakob greift nach der Decke, die ihm von den Schultern gerutscht ist und legt sie um Josefine. »Ich weiß, es ist beschissen, aber irgendwann kommen wir raus. Ganz bestimmt.«

»Es fühlt sich an, als wären wir schon seit Tagen hier unten.« Mit einem Schniefen wickelt Josefine die Decke um sich und vergräbt ihr Gesicht darin.

»Wie spät ist es eigentlich?« Jakob hat jedes Zeitgefühl verloren. Ist dort oben eigentlich gerade Tag oder Nacht? Und welche Rolle spielt das hier unten, fünf Meter unter der Erdoberfläche? »Wer hat eigentlich gerade Handyschicht? Marcel?«

Theo nickt, zieht aber sein eigenes Smartphone aus der Tasche. Offenbar hat er es nach seiner vergeblichen Netzsuche gar nicht mehr ausgeschaltet. »Viertel nach sieben«, meint er. »Fühlt sich aber eher an wie Viertel nach zwei in der Nacht. Mir tun alle Knochen weh.«

»Vielleicht sollten wir einfach versuchen, zu schlafen«, meint Josefine matt. »Ich bin auch komplett erledigt.«

Jakob nickt. »Dunkel ist es ja eh schon.« Niemand lacht. »Wenn wir uns ein bisschen ausgeruht haben, können wir unser Glück noch mal am Notausgang versuchen. Irgendwie muss die blöde Betondecke doch zu knacken sein.«

»Wahrscheinlich hat Marcel sie bis morgen Früh plattgemacht«, murmelt Eileen. Jakob versucht, an ihrem Gesicht abzulesen, welche Emotionen die Äußerung über Marcel mit sich bringt. Reue? Zuneigung? Sehnsucht? Aber im Kerzenlicht ist es schwer zu sagen. Apropos Kerzenlicht …

»Wir sollten dringend Lichtquellen sparen.« Er greift nach einem der Schraubgläser. Das Teelicht darin ist schon fast leer.

»Wenn wir eh schlafen, wäre es Verschwendung, die Kerzen brennen zu lassen.«

Keiner widerspricht, aber es macht auch niemand Anstalten, die Teelichter zu löschen.

Jakob lehnt sich vor, um sich zu erbarmen und die Kerzen auszupusten, doch Lena hält ihn auf: »Warte! Wenn Marcel zurückkommt und es ist stockdunkel hier drin –«

Eileen stößt ein ziemlich gehässiges Lachen aus. »Oh ja, damit würden wir ihn richtig fertigmachen. Dagegen ist der Kurzschluss vorhin gar nichts.« Sie dreht sich halb zu Lena um. »Bitte erspar uns die Rolle der besorgten Freundin oder ich muss kotzen.«

»Aber ich will wirklich nicht, dass er uns im Dunkeln suchen muss.« Lenas Stimme klingt erstickt. Sie ist zu weit vom Lichtschein entfernt, als dass Jakob sehen könnte, ob sie wirklich weint, aber er ist sich fast sicher.

»Und das hast du dir nicht überlegen können, bevor du den Sicherungskasten geschrottet hast? Da war es dir doch auch scheißegal, dass er Angst im Dunkeln hat.«

»Das wusste ich doch nicht!« Jetzt weint sie ganz sicher. »Ich hatte keine Ahnung!«

»Lena …« Theo ringt sichtlich mit sich selbst. »Das ist jetzt echt ein bisschen schwer zu glauben. Immerhin bist du seine Freundin.«

»Ich wusste es nicht!«, beharrt Lena. »Er hat es mir nie gesagt. Er … wusstest du es?« Sie tritt näher und fixiert Eileen mit verheulten Augen.

Die starrt zurück, wendet dann aber den Blick ab und schüttelt den Kopf. »Nein«, gesteht sie. »Ich fand's immer komisch, dass er nie bei mir über Nacht bleiben wollte. Immer waren wir bei ihm und da konnte man ja fast nicht schlafen, weil er nicht mal Jalousien hat und die blöde Straßenlaterne direkt vor dem Fenster steht. Wahrscheinlich hat er die Wohnung danach ausgesucht.«

Jakob gibt ihr insgeheim recht – ziemlich sicher war das ausschlaggebend bei seiner Wahl. Die Lage oder der Preis waren es jedenfalls nicht, denn die passen echt nicht zusammen, selbst für Münchner Verhältnisse.

»Ich hatte auch keine Ahnung«, meint Theo achselzuckend. »Aber ich war ja auch nie mit ihm zusammen.«

»Ich schon.« Jakob rollt die Augen, als Theo schnaubend lacht. »Nicht mit ihm zusammen, du Idiot. Ich meine, ich wusste davon.« Aller Augen richten sich auf ihn. Na großartig, hat er sich gerade verdächtig gemacht? Aber jetzt hilft Zurückrudern auch nicht mehr. Alle warten auf eine Erklärung. Jakob seufzt. »Er hatte schon als Kind Angst im Dunkeln. Eine Phobie, hat seine Mutter gesagt. Anscheinend ist er im Urlaub in Portugal bei einer Höhlentour auf eigene Faust losgezogen, als seine Mutter sich am Eingang unterhalten hat. Nur mit einer Fackel und die ist natürlich irgendwann runtergebrannt … Er war noch ziemlich klein und musste stundenlang im Finsteren ausharren, bis sie ihn gefunden haben.«

»Wie schrecklich!« Jetzt rollen bei Lena natürlich erst recht die Tränen und sogar Eileen sieht aus, als wäre ihr übel.

»Aber …« Theo verzieht das Gesicht. »… unsere Wochenenden. *Lupus Noctis.* Wir waren oft im Dunkeln! Warum hat er nie was gesagt? Warum haben wir nichts bemerkt?«

Jakob zuckt die Schultern. Er weiß auch nur, was er beobachtet oder zwischen den Zeilen herausgelesen hat. »Na ja, es war eigentlich fast nie so richtig dunkel. Nicht so wie hier unten. Meistens gibt es ja doch irgendwo Straßenlaternen oder wenigstens Mondlicht. Am dunkelsten war es bisher vielleicht in dieser

Kapelle, weil Neumond war und wir die Teelichter und Taschenlampen ausgeschaltet haben.« Er wirft Theo einen Blick zu. »Was wir jetzt wirklich auch machen sollten. Wer weiß, wie lange sie noch halten müssen.« Er mag gar nicht daran denken, wie es sein wird, wenn das letzte Teelicht heruntergebrannt und die letzte Batterie leer ist. Dann bleiben ihnen nur noch die fluoreszierenden Streifen. Und wie lange leuchten die überhaupt, wenn kein Licht mehr da ist, um sie aufzuladen?

»Könnt ihr so wirklich ein Auge zumachen?« Eileen wirft Lena einen Blick zu, ohne ihr direkt ins Gesicht zu sehen. »Im Dunkeln, mit ihr in einem Raum?«

»Jetzt mach aber mal halblang!«, entfährt es Jakob.

»Ernsthaft?« Eileens Stimme klingt schneidend. »Sie hat Josefine in diese Gummizelle gesperrt. Wer weiß, was sie mit dir macht, wenn sie heute Nacht wieder ein Briefchen bekommt.«

»Ich würde niemals ...«, setzt Lena an, verstummt aber, wahrscheinlich, weil ihr klar wird, dass sie diesen Satz nicht ehrlich zu Ende bringen kann.

Jakob schluckt. Ja, was hätte Lena wohl getan, wenn sie statt Josefine ihn oder Eileen oder Marcel hätte einsperren sollen? Wäre es ihr bei einem von ihnen schwerer gefallen als bei einem beinahe fremden Mädchen, egal wie nett es ist? Jakob will das glauben, aber sicher ist er sich nicht.

Theo räuspert sich. »Vielleicht wäre es wirklich für alle das Beste, wenn wir uns absichern.«

»Wie denn absichern?« Lenas Stimme rutscht eine Oktave höher. Allein die Tatsache, dass alle über sie und niemand mit ihr redet, muss sie verrückt machen.

»Nimm es mir nicht übel, aber nach allem, was war, würde ich tatsächlich auch ruhiger schlafen, wenn gewährleistet wäre, dass ... na ja, nichts passieren kann.«

»Das hast du aber schön gesagt, Theo«, spöttelt Eileen. »Weil einfach keiner von euch den Arsch in der Hose hat, zu sagen, dass Lena eine –«

»Und was willst du machen? Sie am Bett festbinden?« Jakob wirft Lena einen entschuldigenden Blick zu. Nun spricht er auch schon über sie, als wäre sie gar nicht da. Aber er will den anderen auch nicht noch mehr in den Rücken fallen. Immerhin ist Lena ja tatsächlich kein Unschuldslamm, Erpresserbriefe hin oder her.

Theo schüttelt den Kopf. »Ich dachte eher an getrennte Schlaf-räume. Die Personalzimmer haben Schlüssel.«

»Schlüssel?« Lena weicht einen Schritt vor Theo zurück, so-dass sie fast außerhalb des Lichtkegels ihrer Kerzen steht. »Ich schlafe nicht allein in einem verschlossenen Raum! Auf keinen Fall!«

»Ich glaube nicht, dass wir dich um Erlaubnis bitten«, meint Eileen trocken. »Oder hast du Josefine vorher freundlich ge-fragt?«

»Ich … es tut mir leid! Es tut mir wirklich leid! Ihr glaubt doch nicht wirklich, dass ich … ich verspreche, dass ich nicht –«

»Also, ich weiß auch nicht«, meldet Josefine sich zu Wort. »In so einem Raum eingeschlossen zu sein, ist wirklich schrecklich.«

»Es wäre ja nicht wie bei dir«, beschwichtigt Theo sofort. »Lena wüsste ja, dass wir sie gleich morgen Früh wieder raus-lassen. Und sie wäre da drinnen auch sicher, ganz nebenbei.«

»Sicher!«

»Ich finde die Idee gut.« Eileen verschränkt die Arme vor ihrem Harvard-Logo. »Wer weiß, was ihr sonst noch einfällt.«

»Gar nichts und das weißt du auch«, wagt Jakob einen erneu-ten Widerspruch. »Das können wir nicht machen. Josefine und ich sind dagegen. Und wenn wir Marcel fragen –«

»Wir fragen ihn aber nicht«, unterbricht ihn Eileen scharf.

»Willst du ihm so eine Entscheidung jetzt wirklich zumuten? Er ist nicht da, wir fragen ihn nicht.«

»Aber Marcel würde –«

»Würde was? Seine liebe, süße Lena in Schutz nehmen?« Nun trieft Eileens Stimme vor Sarkasmus. »Selbst wach bleiben, um aufzupassen, dass sie keinen Unsinn anstellen kann? Babysitten im Dunkeln? Wag ja nicht, ihn danach zu fragen.«

»Sie hat recht.« Lena spricht so leise, dass Jakob die Worte mehr von ihren Lippen ablesen muss. »Bitte fragt ihn nicht.«

Eileen lacht freudlos auf. »Weil du Angst vor seiner Antwort hast, Schnucki, also tu nicht so selbstlos.«

»Ich glaube, gleich ein Stück den Gang runter ist ein Personalraum«, schaltet Theo sich wieder ein und holt ihre Diskussion auf eine sachlichere Ebene zurück. »Nur ein paar Türen weiter. Da wärst du gar nicht so weit von uns entfernt.«

Lena erwidert nichts. Sie verschränkt nur ebenfalls die Arme.

»Du kannst dein Handy anschalten, dann hast du Licht.«

»Wie tröstlich«, schnaubt Jakob, doch die anderen ignorieren ihn.

»Dann mal los.« Eileen nickt in Richtung Flur. Offenbar kann sie es gar nicht erwarten, die Tür hinter Lena zuzuschlagen.

Jakob fällt nur eine Möglichkeit ein, diese unschöne Szene zu verhindern. »Ich mach das schon«, sagt er schnell und greift nach einem Stapel Decken. »Ich bring dich rüber. Und bringe euch den Schlüssel als Beweis«, fügt er mit einem Augenrollen hinzu, als Eileen den Mund zu einem Protest öffnet.

Sie verstummt – vermutlich in erster Linie, weil Theo nickt und Lena sich freiwillig in Bewegung setzt, Rucksack und Schlafsack schultert und zur Tür geht.

Theo, Josefine und Eileen sehen ihnen nach, wie sie im Lichtkegel eines der Windlichter, das Jakob sich im Gehen geschnappt hat, den Raum verlassen. Tatsächlich befindet sich ein Schild mit der Aufschrift »60 – Personal« schräg gegenüber, gleich neben den Waschräumen und einer Teeküche. Jakob überprüft mit erhobenem Windlicht, ob die Tür einen Schlüssel hat. Hat sie. Der Plan wird aufgehen, aber alles daran bereitet Jakob Bauchschmerzen.

»Tut mir leid«, setzt er an und zwingt sich, Lena direkt anzusehen. Im Schein der Kerze sieht sie totenbleich aus. »Aber die anderen ...« Er zuckt die Schultern und lässt den Satz unvollendet. »Ich glaube nicht, dass das hier nötig ist. Glaubst du, du kommst zurecht?«

Lena nickt, sagt aber nichts. Also plappert Jakob weiter – etwas, das ihm eigentlich gar nicht ähnlich sieht: »Wir sind nicht weit weg. Wenn etwas ist, ruf einfach, dann kommt einer von uns. Versprochen.«

Wieder ein Nicken.

Hastig wendet Jakob sich ab und betritt den kleinen Raum mit dem Dreifachstockbett. Er stellt die Kerze auf die obere Stockbettkoje und wirft den Packen Decken in die untere. Ob es genug sind, damit Lena wenigstens nicht friert? Ihm selbst ist schon wieder kalt bis in die Knochen.

»Kann ich das Windlicht behalten?« Als Jakob sich umwendet, steht Lena hinter ihm im Personalraum, die Arme um ihren eigenen Körper geschlungen, wie um Marcels Umarmung zu ersetzen. Ob Jakob sie kurz drücken soll? Aber nein, das ist unpassend.

»Klar«, sagt er schnell. »Aber ich fürchte, es wird bald heruntergebrannt sein.«

Lena zuckt die Achseln. »Vielleicht bin ich vorher eingeschlafen.«

»Ja, vielleicht.« Er macht einen zögerlichen Schritt in Richtung Tür. Lena sieht schrecklich verloren aus, wie sie da mitten im Raum steht.

»Gute Nacht«, sagt sie mit steinerner Stimme. Wahrscheinlich kämpft sie mit den Tränen und wartet nur darauf, dass Jakob endlich geht und sie ihnen nachgeben kann. Den Gefallen kann er ihr tun, auch wenn es sich furchtbar anfühlt, die Tür zuzuziehen und den Schlüssel im Schloss zu drehen. Es klickt hörbar und Jakob steht im dunklen Flur. Nur unter der Tür dringt ein schmaler Lichtstreifen hindurch. Noch für ein paar Minuten, dann wird die Kerze vermutlich den Geist aufgeben.

Mit dem dumpfen Pochen von Schuld im Bauch tappt Jakob durch den finsteren Flur zurück zum Patientenzimmer. Der Lichtschein des zweiten Windlichts fällt durch die nur angelehnte Tür. Drinnen herrscht Schweigen. Als Jakob eintritt, sieht er, dass Josefine bereits in eine der Stockbettkojen gekrochen ist und sich fest in ihre Decke gewickelt hat. Theo und Eileen sitzen immer noch um das Windlicht herum und starren schweigend in die Flamme.

Wortlos greift Jakob nach dem Schraubglas und holt tief Luft.

»Hey, warte wenigstens, bis ich oben bin!«, ruft Eileen, schnappt sich ihren Schlafsack und eine der Decken und zieht sich auf das nächstbeste Stockbett. Theo wählt das Bett neben dem von Josefine und stemmt sich ebenfalls auf die obere Ebene, wo schon sein Schlafsack liegt. Auspacken wird er ihn im Dunkeln müssen. Sie haben jetzt schon genug von ihrer Kerze verschwendet.

Jakob beschließt, ebenfalls nach oben zu klettern, damit Marcel, wenn er zurückkommt, mehr Auswahl an freien Betten in Türnähe hat.

Er stellt das Windlicht auf seinem Bett ab. »Wer hat das Feuerzeug?«

Theo meldet sich.

»Her mit dem Ding, damit ich im Notfall die Kerze anzünden kann.« Niemand fragt, welcher Notfall das sein soll. Fantasie haben sie wahrscheinlich alle genug. »Hat noch jemand eine Taschenlampe?«

»Mein Handy ist aus«, brummt Eileen. »Haben eure noch Saft?«

»Meins läuft im Energiesparmodus, ein bisschen reicht es noch«, meint Theo.

»Ich kann meines auch noch anschalten, ich hab noch Akku übrig«, fügt Josefine hinzu.

»Gut. Macht zwei weitere Lichtquellen und als eiserne Reserve das Nachtlicht.« Jakob holt sich eine neue Decke vom Stapel – seine hat er ja Josefine gegeben –, kramt seinen Schlafsack aus dem Gepäckstapel, legt beides auf das Stockbett und klettert nach oben. Jetzt aber schnell aus mit dem Teelicht. Es flackert ohnehin schon gefährlich. Wer weiß, ob es überhaupt noch genug Wachs hat, um es noch einmal anzuzünden. »Tja, dann ... schlaft mal gut.« Niemand erwidert den Wunsch. Jakob pustet in die schwächelnde Flamme und sie verlischt. Sofort ist es gespenstisch dunkel, abgesehen von dem blassen Streifen, der den Raum umschließt. Von hier oben auf dem Stockbett kann Jakob ihn rundum gut erkennen, aber viel hilft das nicht. Es ist trotzdem nicht hell, nicht mal annähernd.

Eine Weile rascheln noch Schlafsäcke, dann legt sich Stille über ihr Lager, bis auf das gelegentliche Knarren der Stockbettgestelle und ein leises Schluchzen von Josefine – wenn Jakob nicht alles täuscht. Jakob hat keine Ahnung, wie er hier ernsthaft einschlafen soll. Erstens ist es schweinekalt, selbst mit seiner zusätzlichen Decke, und zweitens fahren seine Gedanken in seinem Hirn Achterbahn.

Einem der anderen gelingt es scheinbar trotzdem irgendwann, in den Schlaf zu driften, denn irgendjemand schnarcht leise. Ab und zu raschelt ein Schlafsack, aber niemand spricht. Als die Tür mit einem Knarren aufgeht, springt Jakob vor Schreck beinahe aus seinem Stockbett.

»Bist du das, Marcel?« Eileen, natürlich schläft auch sie nicht.

Marcel bejaht, leuchtet sich den Weg zu seinem Gepäck und holt sich seinen Schlafsack. Ob er Lenas Fehlen bemerken wird? Aber er wirft seinen Schlafsack auf ein Stockbett und geht noch mal zu ihrem Kram, der größtenteils an der gegenüberliegenden Wand und auf den unteren Betten gestapelt ist.

Jakob ahnt, was jetzt kommt, und tatsächlich: Marcel wühlt ein bisschen in den Taschen herum und platziert etwas auf dem Boden zwischen den Stockbetten. Kurz darauf taucht das Kindernachtlicht alles in schummerig-warmes Licht.

Niemand beschwert sich, also tut Jakob es auch nicht. Um ehrlich zu sein, findet er es selbst auch angenehmer mit dem Nachtlicht. Ob er jemals wieder im Dunkeln wird schlafen können, wenn sie hier rauskommen? Ohne Albträume von einem fensterlosen Bunker?

Dann dämmert auch er langsam in den Schlaf.


**Theo** / Montag, 02.09., 05:50 Uhr

Als Theo die Augen aufschlägt, sieht er zuerst nur eine graue Fläche vor seinen Augen. Er tastet nach seiner Brille, die er beim Einschlafen immer in Reichweite ablegt. Dabei bemerkt er, wie seine Arme schmerzen. Muskelkater, auch das noch. Er setzt sie auf und mustert seine Umgebung – oder das, was er davon sieht.

Richtig, sie sind immer noch im Bunker. Und seit gestern Abend regiert die Dunkelheit. Sowohl um sie herum als auch in ihren Herzen. Anders kann Theo das, was er gestern erlebt hat, nicht in Worte fassen. Lena, die ihren Ausbruchsversuch vereitelt hat. Lena, die Stalkerin. Lena, die sie eingesperrt haben …

Theo starrt an die Decke. Er hat keine Ahnung, wie spät es gerade ist. Soweit er mitbekommt, schlafen die anderen noch. Vielleicht trampeln über ihren Köpfen gerade schon die Schüler der Berufsschule herum, ohne zu ahnen, dass fünf Meter tiefer die Verzweiflung um sich greift. Plötzlich sehnt er sich nach den alltäglichen Sorgen, die er während der Schulzeit gehabt hat. Matheabfrage, Pausenbrot vergessen, wie komme ich bei der nächsten Beachparty rein, obwohl ich noch nicht 16 bin? Die legendären Beachpartys, bei denen die Musik ohrenbetäubend über den Brombachsee schallte …

Mit einem Ruck setzt Theo sich auf und knallt dabei fast mit dem Kopf gegen die Wand. Vielleicht sollten sie doch noch einmal versuchen, durch Geräusche auf sich aufmerksam zu machen. Vielleicht hört ein aufmerksamer Schüler ihre Rufe aus dem Bunkerinneren und informiert einen Lehrer. Ach nein, es sind ja Sommerferien! Kein Mensch wird in den nächsten Tagen auch nur in die Nähe der Berufsschule kommen.

Theo lässt sich zurück auf die Matratze plumpsen. Entmutigt starrt er vor sich hin. Er braucht eine Idee. Und er will endlich mal wieder für ein paar Minuten alleine sein. Dieser ganze Beziehungszirkus hier geht ihm auf die Nerven. Warum können die Menschen nicht rationaler sein? Warum sind immer Gefühle im Spiel, und viel zu oft negative? Er fühlt sich ganz schmutzig von all diesem emotionalen Müll und natürlich von dem Betonstaub, der gestern auf ihn herabgerieselt ist. Am schönsten wäre jetzt eine Dusche, ein Königreich für eine Dusche!

Warum eigentlich nicht? Vorsichtig klettert Theo von seinem Bett herunter. Das Nachtlicht brennt noch und erlaubt ihm, sich zu orientieren. Marcel liegt nur noch vom Bauchnabel abwärts in seinem Schlafsack auf einer zerwühlten Decke, das Gesicht an seine Taschenlampe gepresst. Immerhin ist sie ausgeschaltet.

Eileen hat ihren Kopf unter einem Kissen vergraben, eine Strähne ihres Haars hängt über die Bettkante hinab. Jakob kann er im ersten Moment in der Dunkelheit nicht ausmachen. Wo hat der sich noch mal hingelegt? Von Josefine kommt ein niedlicher Schnarchton. Sie hat im Schlaf die Armeedecke umklammert wie ein Kuscheltier. Normalerweise hat Lena immer ein Kuscheltier … Schuldbewusst fällt ihm ein, dass Lena ja noch in ihrem Zimmer eingesperrt ist. Soll er sie gleich befreien? Wer hat noch mal den Schlüssel? Jakob? Eileen?

Nein, Lena schläft wahrscheinlich eh noch. Wenn er frisch geduscht zurückkommt, wird er sie wecken und sich als Erstes die Briefe zeigen lassen. »Ich geh duschen, falls mich jemand sucht«, sagt er leise. Vielleicht ist ja doch schon jemand wach und macht sich Sorgen, wenn er einfach so verschwindet. Er greift sich schnell eines der OP-Hemden, die herumliegen, und tappt aus dem Zimmer. Mit dem dünnen Stoff des Hemdchens kann er sich vielleicht abtrocknen.

Bevor er den Aufnahmetrakt ansteuert, schaut er noch kurz in die Dunkelkammer. Der Raum ist so klein, dass ein Schlüssel hier tatsächlich schlecht verloren gehen kann. Wenn Lena nicht gelogen hat, muss ihn noch während des Spiels jemand geholt haben. Um dann am nächsten Morgen Eileen mit dem abgerissenen Maulwurfsanhänger zu erschrecken.

Also weiter zu den Entgiftungsduschen. Dort meint er eine Flasche Shampoo stehen gesehen zu haben. Es kostet ihn Überwindung, aus seiner Kleidung zu schlüpfen, denn die Kälte des

Bunkers scheint ihm mit jeder Stunde mehr in die Knochen zu kriechen. Zeit, seinen Kreislauf etwas in Schwung zu kriegen. Theo geht noch einmal ins benachbarte Aufnahmezimmer zurück, um seine Brille sicher auf den Schreibtisch zu legen. Die Kleidung wirft er achtlos über den Stuhl. Dann holt er tief Luft und tastet sich zur Dusche vor.

Theo dreht vorsichtig an dem Regulator. Dummerweise kann er ohne Brille und in dieser Dunkelheit nicht erkennen, was darauf steht. Es tröpfelt. Hmmm. Wasserdruck müsste hier ja ausreichend vorhanden sein. Schließlich kommt das Wasser direkt von oben und muss nicht erst hochgepumpt werden. Plötzlich spuckt ihm der Duschkopf einen Schwall Wasser entgegen. Argh! Ist das kalt! Eiskalt! Ein erschrockenes Quietschen entfährt ihm. Peinlich. Gut, dass die anderen das nicht mitbekommen haben. Dafür läuft das Wasser jetzt stetig und Theo kann nacheinander einen Arm, ein Bein und den anderen Arm darunter strecken. Hurr! Er kneift die Augen zusammen und springt nun komplett unter die Dusche. Männlich ist das, extrem männlich! Er wird später ins Lager spazieren und den Coolen geben, der mal eben im Dunkeln eine Eisdusche nimmt. Gleich wird ihm etwas optimistischer zumute. Die prasselnden Tropfen, die wie Eisnadeln stechen, vertreiben jeden negativen Gedanken aus Theos Kopf. Nachdem er mindestens drei Minuten ausgehalten hat, dreht er bibbernd das Wasser wieder ab. Jetzt muss er noch seine klappernden Zähne unter Kontrolle bekommen, denn das würde seinen Auftritt schwächen. Überaus zufrieden mit sich rubbelt er sich mit dem OP-Hemd ab und schlingt es sich um den Unterleib. Dann tappt er zurück zur Tür. Erst mal die Brille wieder aufsetzen.

Die Brille? Wo ist die Brille? Theos Hand greift ins Leere. Er hat sie doch definitiv auf den Schreibtisch gelegt! Ganz sicher!

Er beugt sich vornüber, tastet die ganze Tischplatte ab, berührt mit dem Kinn das Holz, in der Bemühung, etwas zu erkennen. Das gibt es nicht, das darf einfach nicht wahr sein! Die Angst, die ihm plötzlich einen Eisschauer über den Rücken jagt, hat nichts mit der Dusche zu tun. Verzweifelt wirft er sich halb über den Tisch, um die andere Seite abzutasten. In diesem Moment fühlt er etwas unter seinem nackten Fuß. Ein scharfer Schmerz. Theo zuckt zurück. Vorsichtig kniet er sich auf den Boden, lässt die Hand über das Linoleum gleiten. Und da liegt sie. Seine Brille. Oder besser: sein Brillengestell. Denn das daneben sind eindeutig Glasscherben.

Theo legt den Kopf in den Nacken. »WER war das?!«, brüllt er durch den Bunker. Und dann kommen ihm die Tränen.

Er kniet noch immer regungslos auf dem Boden, als er schnelle Schritte hört. Jemand kommt hereingerannt, Theo nimmt an, dass es Marcel sein muss, denn er schwenkt eine brennende Taschenlampe. Hinter ihm platzen noch mehr Leute ins Zimmer, bis sie vollzählig um Theo versammelt sind. Theo sieht vier dunkle Gestalten um sich herum stehen. Marcel leuchtet ihn an.

»Oh Gott, ist das Blut?« Josefine schlägt sich die Hände vors Gesicht.

Einen Moment lang ist Theo verwirrt. Dann, als Marcel nach unten leuchtet, entdeckt er einen Fleck auf dem Boden. Er muss sich an dem Glas geschnitten haben. Die Scherben glitzern im hellen Licht.

»Jemand hat meine Brille kaputt gemacht! Schaut euch das an!« Theo will sie alle anschreien, aber seine Stimme wackelt so, dass er verstummt. »Ohne Brille bin ich fast blind, ich sehe so gut wie gar nichts, das wisst ihr ganz genau«, fügt er leise hinzu.

Jakob kniet sich neben ihn und nimmt behutsam das Brillengestell in die Hand. »Leuchte mal«, befiehlt er Marcel knapp.

Er dreht die Brillenreste in den Händen. »Das eine Glas ist auf jeden Fall futsch. Das andere ist noch da, aber es scheint auch zerkratzt zu sein. Und das Gestell ist leider komplett kaputt, da wird die Brille nicht halten, selbst wenn du dich trotz der Glassplitter trauen würdest, sie aufzusetzen.«

Theo starrt vor sich hin. Es kommt ihm vor, als hätte er gerade seinen besten Freund verloren. Schlimmer, einen Freund, auf den er existenziell angewiesen ist. Eileen räuspert sich und reicht Theo seine Kleidung. Plötzlich wird ihm klar, dass er bis auf das durchweichte OP-Hemd um seine Hüfte nackt ist. Zum Glück kommt von niemandem ein dummer Kommentar. Er muss nach der Kopföffnung des T-Shirts tasten, bevor er hineinschlüpfen kann. Eileen legt ihm die Jacke um die Schultern.

»So, Leute, wer war das? Irgendwer muss hierfür ja verantwortlich sein. Hat vielleicht unsere Verräterin wieder ihr Unwesen getrieben?«, fragt Theo grimmig.

»Lena? Ist Lena nicht immer noch eingesperrt?«, piepst Josefine.

»Davon bin ich auch ausgegangen, sonst hätte ich vielleicht nicht …« Hätte er nicht geduscht, wenn Lena Freigang hat? Theo ist sich gerade nicht sicher. Irgendwie hat er sich bis jetzt überhaupt keine Gedanken darüber gemacht, er selbst könnte Ziel eines Anschlags werden. Er ist viel zu sehr damit beschäftigt gewesen, endlich eine Möglichkeit zu finden, wie sie hier rauskommen.

»Also ich hab sie bestimmt nicht rausgelassen.« Da Eileen immer noch direkt neben Theo steht, kann er sehen, dass sie die Arme verschränkt. In denen sie immer noch seine Hose hält. Er zieht sie aus ihrem Griff und schlüpft hinein.

»Wir auch nicht. Wir haben noch drüber gesprochen, sind aber davon ausgegangen, dass du schon auf dem Weg zu ihr bist.

Josefine hat das Lager aufgeräumt, Eileen war im Waschraum und Marcel wollte noch mal zum Notausgang schauen. Und ich habe im Chefarztzimmer gesucht, ob noch mehr Kerzen aufzutreiben sind.« Jakob bewegt den Fuß und an dem leisen Klirren hört Theo, dass er wohl die Scherben unter den Tisch kehrt. Die Scherben. Seiner Brille.

»Dann müsste sie ja noch eingesperrt sein, oder?« Theo wendet sich in die Richtung, wo er den Weg zu Lenas Personalraum vermutet.

Gemeinsam machen sie sich auf den Weg. Josefine und Eileen haben Theo in die Mitte genommen und untergehakt. Marcel läuft wieder mit der Taschenlampe voraus, Jakob muss irgendwo hinter ihnen sein. Klar, wenn es gegen Lena geht, will er nicht vorne dabei sein.

Als sie an dem Personalraum ankommen, bremst Eileen ihren Schritt. Jakob tritt nach vorne. Er ist so höflich, an die Tür zu klopfen. Theo sieht alles nur verschwommen. Er hasst es, derartig zu Untätigkeit verdammt zu sein.

»Hallo, wer ist da? Seid ihr das? Marcel?« Theo erkennt Lenas angsterfüllte Stimme.

Marcel steht unbeweglich neben dem Türrahmen. Eileen ein wütender Schatten neben ihm.

Josefine greift nach vorne und drückt die Türklinke. Nichts geschieht. Sie rüttelt prüfend daran. »Abgeschlossen«, sagt sie.

»Lasst ihr mich jetzt raus? Bitte.« Lena muss dicht an der Tür stehen. Ihre Stimme klingt sehr nah.

»Ja, wir sind's. Moment, ich mache auf.« Ohne Theo und die anderen zu fragen, holt Jakob den Schlüssel aus seiner Tasche und schließt auf. Lena reißt sofort die Tür auf.

»Was ist denn passiert? Ich habe jemand schreien hören!«

»Jemand hat meine Brille zertrampelt.«

Lena ergreift seine Hand. »Ich habe nichts damit zu tun! Wirklich, ihr müsst mir glauben! Ich war die ganze Zeit hier eingesperrt. Du weißt es doch, Jakob, und ihr alle ... Das muss jemand anderes gewesen sein. So wie bei dem Anschlag auf Eileen, das habe ja auch nicht ich gemacht!«

Jakob räuspert sich. »Eigentlich hat Lena tatsächlich ein unschlagbares Alibi. Wenn wir nicht davon ausgehen, dass sie sich beamen kann...«

Eileen schnaubt ungläubig. »Was, wenn jemand von draußen reingekommen ist und sie rausgelassen hat. Jemand, mit dem sie zusammenarbeitet?«

»Aber der Schlüssel war ja bei mir. Und außerdem: Warum sollte derjenige dann erst mal Lena rauslassen, statt die Brille gleich selbst zu zerstören, wenn das sein Ziel war?« Jakob argumentiert gut und Theo muss zugeben, dass Eileens Theorie tatsächlich sehr weit hergeholt ist. Eigentlich gibt es überhaupt nur eine sinnvolle Erklärung. »Von mehreren möglichen Erklärungen ist die einfachste Theorie allen anderen vorzuziehen«, murmelt er. Wilhelm von Ockhams Prinzip der Parsimonie, auch Ockhams Rasiermesser genannt. Anzuwenden bei wissenschaftlicher Methodik ebenso wie beim Lösen von Kriminalfällen. Bisher hat er diese Prämisse nicht beachtet. Er hat sich in Überlegungen und wilden Theorien verstiegen. Aber es gibt ja tatsächlich eine einfache Erklärung, sehr viel einfacher als militärische Geheimaktivitäten, skrupellose Verhaltensforscher oder ein durchgedrehter YouTuber. Nur tut diese Erklärung weh.

»Ich überprüfe einfach schnell den Bunkereingang, ob Theos Falle noch aktiv ist. Das müsste ich ohne Lampe hinbekommen«, sagt Jakob und joggt davon, ohne von Marcel die Taschenlampe zu fordern. Theo hört, wie seine Schritte leiser werden und schließlich auch das Echo verhallt.

»Kann es nicht sein, dass du die Brille nicht richtig abgelegt hast? Vielleicht ist sie von der Kante gerutscht, oder ein Luftzug …«, schlägt Marcel nach einer Pause vor. Er würdigt Lena weiterhin keines Blickes.

»Für einen Luftzug bräuchte man erst mal eine offene Tür«, kommt es leise von Josefine.

Theo winkt ab. »Der Wind, der Wind, das himmlische Kind. Oder der Bunkergeist hat sie zerschmettert, oder die Heinzelmännchen haben ein Spielzeug gesucht… Klar! Weil ich meine Brille irgendwo ablegen würde, wo sie runterfallen könnte. Glaubst du ernsthaft, das würde mir ausgerechnet heute passieren, wenn es mir 20 Jahre lang nicht passiert ist?«

Lena dagegen scheint sich überhaupt nichts mehr sagen zu trauen. Theos Hand hat sie mittlerweile wenigstens losgelassen.

Jakob kommt zurück, er keucht etwas. »Nichts«, meldet er. »Die Falle ist unberührt.«

Natürlich könnte trotzdem ein Fremder mit ihnen hier unten sein, falls er bereits vor ihnen im Bunker war oder in der ersten Nacht dazugekommen ist, als Theos Falle noch nicht aufgebaut gewesen ist. Möglich ist es, aber alles andere als wahrscheinlich.

Schweigen legt sich über die Gruppe. Die Erkenntnis, was das bedeutet, macht sich langsam in den Köpfen breit. Theo merkt es an der Atmosphäre, die sich so plötzlich verändert hat. Niemand scheint mehr etwas sagen zu wollen. Er breitet seine Arme aus und schließt sie alle damit ein. Ockham wäre stolz auf ihn. »Wenn Lena es nicht war«, flüstert er, »dann war es einer von euch.«

Lena würde am liebsten weglaufen. Sich so wie Marcel gestern in einem der vielen Räume des Bunkerlabyrinths verstecken. Aber alleine zu sein, wäre auch schrecklich. Dabei ist es paradox, dass sie die Nähe der anderen braucht. Lena weiß gar nicht, was schlimmer ist: dass sie allesamt denken, sie würde hinter alldem stecken, oder dass es einer von ihnen sein könnte. Sein muss, wenn man Theo Glauben schenkt.

Seiner Eröffnung folgt ein Schweigen, das so undurchdringlich ist wie die Dunkelheit, die nur durch den Leuchtstreifen und Marcels Taschenlampe ein wenig gelindert wird. Die finsteren Ecken und Winkel machen Lena eine Heidenangst. Jeder könnte dort lauern. Oder niemand. Denn wenn Theo recht hat, dann steht das Monster hier mit ihr im Lichtkegel versammelt.

Aber das kann nicht sein. Warum hätte einer der anderen ihr diese Briefe schreiben und verlangen sollen, dass sie den Schlüssel klaut, Josefine einsperrt und einen Kurzschluss erzeugt? Wer sollte so etwas tun?

»Wenn Lena es jetzt nicht gewesen sein kann und auch mich nicht angegriffen hat … also wenn sie tatsächlich die Wahrheit sagt …« Eileen sieht sie beim Sprechen nicht an, sondern starrt auf ihre verzerrten Schatten auf dem Linoleum.

»Natürlich sage ich die Wahrheit!«

»… dann muss jemand anderes den Schlüssel aus der Dunkelkammer genommen, mich geblendet und Theos Brille kaputtgemacht haben.«

»Und die Briefe geschrieben!«, fügt Lena nachdrücklich hinzu. »Jemand hat mir diese Briefe geschrieben und mich gezwungen –«

»*Wenn* Lena die Wahrheit sagt«, betont Eileen noch einmal.

Das tut mehr weh, als Lena es sich anmerken lassen will. Sie weiß, dass sie es verdient hat. Mehr als das. Aber sie wünschte, sie könnte Eileen erklären, wie das alles damals wirklich gelaufen ist. Wie sie in die Sache hineingerutscht ist, Stück für Stück. Dass sie nicht einfach eines Morgens aufgewacht ist und beschlossen hat, Marcels und Eileens Beziehung zu zerstören. Überhaupt hat sie nur ans Licht gebracht, was ohnehin im Argen lag. Eileen und Marcel haben auch ohne ihr Zutun streiten können wie Hund und Katze. Auch wenn Lena ihnen, zugegeben, wirklich eine Steilvorlage nach der anderen geliefert hat.

»Vielleicht sollten wir uns diese Briefe einfach mal ansehen.« Theo reibt sich die Nasenwurzel. »Zeig doch mal her.«

Dass ihr endlich jemand zu glauben scheint, macht es Lena leicht, die verhassten Zettel aus der Tasche ihrer Jeans zu ziehen. Sie hält sie Theo entgegen, doch es ist Josefine, die danach greift, weil Theo nicht reagiert. Natürlich, brillenlos ist er im Halbdunkel blind wie ein Maulwurf. Und auch bei Licht könnte er die Zettel nicht ohne Brille lesen.

Josefine fächert die Briefe auseinander. »Drei Stück«, stellt sie fest.

»Einer zu Hause und zwei im Bunker«, bestätigt Lena.

Marcel leuchtet mit der Taschenlampe auf die Zettel, Josefines Augen fliegen über den Text. »Ich glaube, ich hätte mich an deiner Stelle auch eingesperrt, wenn ich so ein gruseliges Ding bekommen hätte.« Sie schluckt hörbar und hält den anderen die Briefe entgegen. Sichtlich widerwillig nimmt Eileen einen davon.

»Warte mal … *Heute bist du nur Nyx*? Was soll das heißen?«

Marcel sieht über ihre Schulter auf das Blatt. »Das hat Theo gesagt.«

»Was?« Theo dreht seinen brillenlosen Kopf hin und her. »Was hab ich gesagt?«

»Dass ich Nyx und Helios bin. Am Anfang des Spiels. Da wolltest du, dass ich das Licht an- und ausschalte.«

»Aber den Brief habe ich nicht geschrieben!«

»Das hat auch keiner behauptet«, beschwichtigt ihn Josefine. »Erkennt einer von euch die Schrift?«

Marcel und Eileen verneinen nach kurzem Nachdenken. Natürlich. Lena hat sich die gleiche Frage gestellt, immer und immer wieder. Aber der Briefeschreiber ist auf Nummer sicher gegangen und hat in großen Blockbuchstaben geschrieben.

Theo stößt frustriert die Luft aus. »Das war ja klar.«

Sie sehen ihn verständnislos an. Wahrscheinlich kann er ihre Blicke nicht deuten, merkt aber durchaus, dass aller Augen auf ihm ruhen.

»Ich denke, die Briefe sind tatsächlich so eine Art Alibi.« Theo fährt sich über die zusammengekniffenen Augen. »Und das mit meiner Brille … das kann sie ja gar nicht gewesen sein. Wenn Jakob sie nicht zwischendurch herausgelassen hat.«

»Jetzt mach aber mal halblang!«, fährt Jakob auf. »Du wirfst hier mit Verdächtigungen um dich und dieses Mal ist es kein Spiel! Dabei bist du hier mit Abstand der Verdächtigste.«

»Ich?« Theo sieht Jakob aus zusammengekniffenen Augen an – zornig und halb blind.

»Na ja, ganz unrecht hat er nicht.« Eileens Blick streift Lena, die sich am liebsten wieder irgendwo verstecken würde, und fokussiert sich dann auf Theo. »Du hast das Wochenende geplant. Du hast den Bunker ausgesucht und du warst der Einzige, der wusste, wohin wir gehen.«

»Eigentlich war es ja Jakobs Idee«, platzt Theo heraus.

»Ach, jetzt wieder! Jetzt war es plötzlich meine Idee.« Jakob hebt die Hände und Lena glaubt einen Moment, er wolle Theo gegen die Brust stoßen, doch dann verschränkt er die Arme zu einem festen Knoten vor seiner eigenen. »Vorher war es natürlich Theos genialer Einfall. Mr. Organisationstalent mit den besten Ideen aller Zeiten. Aber wenn es sich dann doch als Reinfall rausstellt, dann kann der gnädige Herr getrost zugeben, dass er gar nicht selbst darauf gekommen ist!«

»Also stimmt es?«, fragt Marcel. Lena wagt nicht, ihn direkt anzusehen; nicht mal jetzt, als er das Wort ergreift. Aus dem Augenwinkel sieht sie, dass er die Taschenlampe im Blick behält, die einzige richtige Lichtquelle. Ihr Herz krampft sich zu einer festen, schmerzhaften Kugel zusammen. Alles in ihr schreit danach, zu ihm zu gehen, sich an ihn zu schmiegen, die Arme um ihn zu schlingen und heute einmal zur Abwechslung für ihn stark zu sein, wie er es sonst für sie ist. Für sie war.

»Stimmt was? Dass der Bunker meine Idee war?«, faucht Jakob. »Ja, war es! Ich hab Theo gegenüber erwähnt, dass es ein cooler Spielort wäre. Und dass wir nur den Schlüssel bräuchten. Den Rest hat er dann aber selbst in die Wege geleitet, ihr braucht mich also gar nicht so misstrauisch anzuschauen.«

»Aber dann wusstest du genau wie Theo, wo wir die Nacht verbringen würden«, beharrt Marcel.

»Ich finde das jetzt ehrlich gesagt auch gewöhnungsbedürftig.« Eileen macht einen Schritt auf Marcel zu – weg von Jakob.

Der starrt fassungslos in die Runde, setzt an, etwas zu sagen, wird aber von Josefine unterbrochen: »Dann müsst ihr mich auch auf die Liste der Verdächtigen setzen. Ich wusste auch, wohin es geht. Zumindest habe ich es geahnt.«

»Das wird ja immer besser!«, schnaubt Eileen.

Josefine sieht zerknirscht zu Theo. »Tut mir leid, ich … wahrscheinlich hättest du nie angedeutet, wo es hingeht, wenn du da schon gewusst hättest, dass Hanan ausfällt.«

»Nein, hätte ich nicht«, brummt Theo. »Aber immerhin seid

ihr beide jetzt genauso verdächtig wie ich.« Er wirft Marcel und Eileen einen finsteren Blick zu. »Dabei finde ich persönlich diejenigen am verdächtigsten, die noch nicht angegriffen wurden. Lena, Jakob, Marcel.«

»Mir hat jemand Erpresserbriefe geschrieben!«, ruft Lena sofort.

»Und zu behaupten, Marcel wäre hier unten noch nichts Schlimmes passiert, finde ich persönlich eher geschmacklos.« Eileen erwidert Theos düsteren Blick stoisch.

»Okay, okay, die Dunkelheit war ein Anschlag auf Marcel. Aber du – du wurdest nur ein bisschen mit einer Taschenlampe geblendet. Besonders dramatisch war das ja nicht gerade.«

»Ach ja? Da würde ich ja gerne mal hören, wie es dir gefallen würde, wenn jemand –«

»Außerdem hattest du den Schlüsselanhänger.«

»Was willst du damit sagen?«, fährt Eileen ihn an. »Dass ich mir den Angriff nur ausgedacht habe? Und wozu bitte?«

»Was weiß denn ich! Vielleicht inszenierst du das alles hier, um Marcel zurückzugewinnen.« Theos Blick huscht kurz zu Lena, dann zuckt er die Schultern.

Eileen macht ein schnaubendes Geräusch. »Ich bleibe dabei: Du hast das Ganze organisiert und du hast sogar noch eine Neue eingeschleppt, mit der du potenziell unter einer Decke steckst und –«

»Sind wir uns dann einig, dass wir heute jemanden lynchen, ja?« Jakobs zynische Worte bringen alle zum Verstummen. »Das hier ist, verdammt noch mal, nicht *Lupus Noctis*! Es bringt uns noch nicht mal was, uns hier gegenseitig zu verdächtigen. Vielleicht sollten wir unsere Energie lieber für den Notausgang aufheben!«

»Den Notausgang können wir vergessen.« Marcel schüttelt

den Kopf. »Ohne anständige Werkzeuge brauchen wir Wochen, um ein Loch in diese Betondecke zu bekommen. Und jetzt auch noch im Dunkeln.«

Lena spürt seinen Blick auf sich, und obwohl sie all ihre Selbstbeherrschung mobilisiert, kann sie nicht anders, als aufzusehen. In Marcels Augen spiegelt sich der Lichtschein und macht es schwer, etwas darin zu lesen. Vielleicht ist das besser so, denn Lena weiß nicht, wie sie es ertragen sollte, Abscheu darin vorzufinden.

»Aber wir können doch nicht einfach hier herumsitzen und abwarten!« Josefine sieht Theo an, dann, als der nicht reagiert, die anderen. »Oder glaubt ihr … unsere Eltern werden uns doch bestimmt irgendwann suchen.«

»Hast du deiner Familie erzählt, wohin wir gehen?« Theo greift nach Josefines Arm wie nach dem sprichwörtlichen Strohhalm.

Josefine verzieht das Gesicht. »Du hast gesagt, ich muss die Klappe halten.«

»Ja, hab ich!« Mit der freien Hand fährt Theo sich durchs Haar. »Aber da wusste ich ja auch noch nicht, dass wir darauf angewiesen sein werden, dass jemand uns hier rausholt. Sag bitte, dass du es ausgeplaudert hast!«

Doch Josefine schüttelt den Kopf. »Ich hab dichtgehalten, tut mir leid.«

Theos Schultern sacken sichtlich herab.

»Ich nehme an, das heißt, du hast es sonst auch keinem gesagt«, fasst Jakob zusammen. »Genauso wenig wie ich. Aber immerhin könnte deine Tante Bene das Fehlen des Schlüssels bemerken.«

»Ja, und die hundert Jährchen bis dahin machen wir es uns einfach hier unten gemütlich und versuchen, uns nicht gegenseitig umzubringen. Was mir schwerfällt, wenn wirklich einer von euch hinter all dem steckt!«

»Oder du«, fügt Eileen hinzu. Theo schnaubt nur.

Sie sehen einander an und Lena liest Misstrauen in jedem Blick. Ein Schauder kriecht über ihren ganzen Körper.

»Gib mir mal deine Brille, Theo!«, platzt sie heraus. Sie kann nicht länger untätig herumstehen. Sie muss ihre Hände beschäftigen und irgendetwas Sinnvolles tun.

»Und warum sollte ich?«

Am liebsten würde sie Theo schütteln. »Ich hab deine Brille nicht kaputtgemacht! Ich dachte, da wären wir uns einig!« Ohne auf die anderen zu warten, läuft Lena die wenigen Schritte zum Lager, schnappt sich ein Windlicht und nimmt es mit zu ihrem Rucksack. Mit einer Hand friemelt sie den Reißverschluss auf und holt das Erste-Hilfe-Kit heraus. Beinahe rutscht ihr dabei das Schraubglas aus der Hand. »Mist. Ich brauche die Taschenlampe, sonst wird das nichts.« Niemand reagiert, also fährt Lena zu den anderen herum. »Ich werde sie schon nicht zertrümmern. Hört endlich auf, mich so anzusehen!« Die Wut tut richtig gut. Sie vertreibt das Gefühl der Hilflosigkeit, ja sogar Kummer und Angst werden ganz klein neben ihr.

»Darf ich?« Lena streckt die Hand in Marcels Richtung aus, ohne ihm dabei in die Augen zu sehen.

Wortlos reicht er ihr die Taschenlampe. Lena nickt ein Dankeschön und reicht ihm im Gegenzug das Windlicht. Damit er weiß, dass sie sich bewusst ist, wie schwer es ihm fallen muss, die Lampe abzugeben.

Lena legt sie auf eines der Stockbetten und leert den Inhalt ihres Beutels auf die Matratze. »Brille bitte«, wiederholt sie stur und dieses Mal gehorcht Theo und reicht sie ihr.

Lena schneidet Pflaster zu und macht sich an die Arbeit. Sie ist sich vage bewusst, dass die anderen ihr zusehen, aber über ihrer Tätigkeit kann sie es die meiste Zeit fast ausblenden.

»So«, sagt sie nach einigen Minuten. »Probier es mal so.« Sie dreht sich zu Theo um und drückt ihm ihre Konstruktion direkt auf die Nase.

Neben ihr beginnt Eileen zu lachen. »Ein Monokel für unseren ehrenwerten Professor!«

Auch Lena entwischt bei Theos Anblick ein kleines Lachen. Er sieht wirklich zu komisch aus mit der notdürftig geflickten Brille mit nur einem Glas. Der Knoten in Lenas Bauch will sich eben ein kleines bisschen lösen, da begegnet sie Eileens Blick und sie hören beide schlagartig auf zu lachen.

»Wenn ich so mache«, meint Theo und kneift das linke Auge zu, »ist es gar nicht so schlecht. Danke, Lena. Das ist echt … danke.«

»Kein Problem.« Hastig wendet Lena sich ab, um ihre Erste-Hilfe-Ausrüstung wieder in den Beutel zu packen. Wer weiß, wofür die noch gut ist. Wenn sie noch länger hier unten im Dunkeln sitzen, kann alles Mögliche passieren. Vor allem, wenn weiterhin jemand Anschläge auf sie verübt.

Mit der Pflasterschere in der Hand hält Lena inne. Wenn sie nur nicht gerade das Mastermind hinter all dem auch noch mit neuer Sehkraft ausgestattet hat.


## Hanan / Montag, 02.09., 08:10 Uhr

Hanan hat schlecht geschlafen. So schlecht, dass sie das Frühstück ausfallen lässt und sich Isams altes Fahrrad leiht, um weitere potenzielle Spielorte abzuklappern und noch einmal bei Frau Berger vorbeizuschauen. Gestern Abend kamen bei Bergers insgesamt drei Anrufe rein und jedes Mal ist Frau Enser erwartungsvoll aufgesprungen, um sich dann ernüchtert wieder hinzusetzen, wenn Frau Berger nur nach einem ihrer Söhne gerufen hat.

Schnell ist Hanan außer Atem. Das Rad wurde für einen Hünen wie Isam gebaut und es kostet Hanan schon enorme Anstrengung, sich darauf zu schwingen und es in Bewegung zu setzen. Zumal Herrenräder mit einem Kleid einfach nur unpraktisch sind.

Auf Höhe der Hensoltshöhe biegt sie auf den Gehsteig ab, bleibt stehen und ringt erst mal nach Luft. Ihre Oberschenkelmuskeln protestieren gegen die Anstrengung und unter dem linken Rippenbogen sticht es. Hanan richtet sich gerade auf und nimmt ein paar tiefe Atemzüge. Ihr Blick schweift dabei routinemäßig weiter über ihre Umgebung. Ein gut besetzter Parkplatz zu ihrer Rechten, links die Straße, dahinter Bäume und abschüssiges Gelände bis hinunter zur Berufsschule. Dort ist ordentlich was geboten, dabei müssten doch eigentlich Ferien sein.

Hanan kneift die Augen zusammen. Schüler sind das ziemlich sicher nicht. Stattdessen parken einige Kleintransporter vor dem Gebäude und ein Kranfahrzeug sowie ein halbes Dutzend Leute sind gerade dabei, ein gestreiftes Zelt aufzubauen. Im ersten Moment denkt Hanan an einen Zirkus, aber der steht normalerweise auf dem Schießwasen, dem Gunzenhäuser Festplatz, nicht auf dem Parkplatz der Berufsschule. Überhaupt spannen sie die Planen viel zu nahe am Gebäude, fast als solle das Zelt genau da errichtet werden, wo die Schule steht.

Für eine Minute sieht Hanan den Arbeitern zu, dann hat ihre Atmung sich beruhigt und das Seitenstechen lässt nach. Weiter jetzt zu Theos Familie. Mit einem Ächzen schwingt sie sich zurück auf den hohen Sattel und tritt in die Pedale.

Schon während sie Isams Fahrrad am Gartentor abstellt, sieht sie Frau Berger hinter dem Sprossenfenster der Küche. Offenbar ist sie dort zugange und behält gleichzeitig Straße und Garten im Blick. Die Ruhe, die sie noch gestern ausgestrahlt hat, ist ihr heute abhandengekommen. Ihre Bewegungen wirken fahrig, als sie Hanan die Tür öffnet und sie hereinbittet.

Sie bedeutet Hanan, ihr in die Küche zu folgen, und stellt ihr ein Glas Orangensaft vor die Nase. »Frisch gepresst«, meint sie. »Ich kann schon seit halb sechs nicht mehr schlafen und putzen liegt mir nicht.« Sie nickt zur Anrichte, wo ein Blech mit Schokoladenkeksen steht. Ein weiteres befindet sich offenbar im Ofen.

»Haben Sie etwas von Theo gehört? Oder einem der anderen?«

Frau Berger schüttelt den Kopf. »Frau Herzog hat gestern Abend noch zurückgerufen. Lena hat ihrer Schwester nicht verraten, wohin sie gehen wollten.«

»Lena hat es wahrscheinlich selbst nicht gewusst.« Hanan schluckt.

»Schon möglich«, räumt Frau Berger ein. »Theo macht ja auch immer so eine Geheimniskrämerei aus euren Wochenenden. Anne hat allerdings ihrer Mutter gegenüber erwähnt, dass sie Sorge hat, Lena und die anderen könnten irgendwo eingebrochen sein, und säßen jetzt in Untersuchungshaft.« Sie zieht einen Mundwinkel hoch, aber nach einem richtigen Lächeln sieht das nicht aus. »Ich habe ihr versichert, dass ich nicht glaube, die Kinder hätten irgendetwas Illegales getan. Dann hätte uns ja außerdem die Polizei verständigt.« Sie wendet sich von Hanan ab, um in zwei bunte Topflappenhandschuhe mit Noppenstrickmuster zu schlüpfen. »Na ja, jedenfalls hat Frau Enser trotzdem darauf bestanden, sich bei der Polizei zu erkundigen und ihre Tochter vermisst zu melden.« Sie öffnet den Ofen und zieht das zweite Blech heraus.

In Hanans Bauch verkrampft sich etwas. Vermisst. Schon den ganzen Morgen schwelt die Nervosität unter der Oberfläche, aber dieses Wort macht ihr erst so richtig bewusst, wie lange ihre Freunde nun schon von der Bildfläche verschwunden sind. Langsam wird es immer unwahrscheinlicher, dass sie ihren Ausflug einfach ein wenig verlängert haben, weil die Location so herausragend oder die Stimmung so gut gewesen ist. Dann hätten sie sich mittlerweile bei ihren Familien und bei Hanan gemeldet.

»Dann sucht jetzt die Polizei nach ihnen?«, fragt Hanan mit belegter Stimme.

Frau Berger schüttelt den Kopf. »Dafür fehlen sie noch nicht lange genug. Außerdem sind sie alle volljährig. Aber sie halten die Augen offen, haben sie Frau Enser versichert. Sie hat ihnen Josefine beschrieben. Und Theo. Die anderen kennt sie ja gar nicht.«

Hanan nickt. Ob Lenas Eltern mittlerweile auch die Polizei eingeschaltet haben? Jakobs bestimmt nicht – die haben höchstens vergessen, dass Jakob überhaupt weg ist. Aber was ist mit Eileens und Marcels Familien? Sollte sie vielleicht als Nächstes dort vorbeischauen? Aber vorher gibt es noch etwas, das sie nicht unversucht lassen will.

»Ähm … Frau Berger? Dürfte ich mich vielleicht ein bisschen in Theos Zimmer umsehen? Vielleicht kann ich herausfinden, wo sie hingegangen sind. Ich bringe auch bestimmt nichts durcheinander oder lese sein Tagebuch.«

Dieses Mal lacht Theos Mutter doch ein wenig. »Mach nur, Liebes, mach nur. Mehr Chaos als mein Sohn kannst du unmöglich anrichten. Kennst du den Weg?«

»Ich glaube schon.« Es ist schon eine Weile her, seit sie zuletzt in Theos Zimmer gewesen ist.

Im Obergeschoss ist sie sich dann aber ziemlich sicher, die

richtige Tür im Blick zu haben. Nur Theo würde sich das Zitat »Lasst, die ihr eintretet, alle Hoffnung fahren« an den Türrahmen pinnen.

Frau Berger behält recht: Theos Zimmer fügt sich wunderbar in das Gesamtbild des Berger'schen Hauses ein – Bücherstapel, zerwühltes Bettzeug, einzelne Socken, von denen eine aus irgendeinem unerfindlichen Grund über der Vorhangstange baumelt, ein Schachbrett mit etwa doppelt so vielen Figuren wie nötig und eine offene Reisetasche.

Als Erstes inspiziert sie die Reisetasche, mit der er vermutlich aus Würzburg angereist ist. Wahrscheinlich bis oben hin voller Schmutzwäsche – Hanan nimmt sich vor, nur darin zu wühlen, wenn sie anderswo überhaupt nicht fündig wird.

Auf dem Nachtkästchen liegt ein aufgeschlagenes Buch, irgendein historischer Schinken, darunter ein eingestecktes Handyladekabel.

Hanan blättert durch einen Stapel loser Blätter auf dem Fußboden, die sich aber nur als Mitschrift aus irgendeinem Geschichtsseminar herausstellen. Eine Menge Jahreszahlen und beinahe unleserliche Notizen in Theos krakeliger Handschrift. Ob er das überhaupt selbst entziffern kann?

Auch der Schreibtisch versinkt in künstlerischem Chaos, über das vermutlich Theo allein Herr ist. Wenn überhaupt jemand. Bücher, einige davon offensichtlich aus der Bibliothek, offene Ordner, Post-its, ein Sammelsurium aus Stiften, Hustenbonbons und deren leere Papierchen, Büroklammern, eine angebrochene Kekspackung und zwei leere Kaffeetassen samt Teelöffel. Unter all dem Kram ist gerade noch so ein Stückchen der Schreibunterlage sichtbar – einer dieser karierten Abreißblöcke mit Werbelogo in der Ecke. Theo hat auch das obere Blatt mit seiner krakeligen Schrift gefüllt.

Hanan schiebt einen Ordner und die Kekspackung aus dem Weg und kneift die Augen zusammen. Eine Telefonnummer, ein in der Vergangenheit liegendes Datum samt Uhrzeit, aber ohne Anlass, ein paar ausgemalte Kästchen und eine Kugelschreiberskizze, die aussieht wie der Grundriss eines Gebäudes.

Hanan entfernt noch ein Post-it, um die Zeichnung besser studieren zu können. Tatsächlich, ein Grundriss. Die hastig gezeichneten Linien bilden Zimmer an Zimmer, dazwischen einen schmalen Flur. Keine Türen, keine Fenster und offensichtlich auch nicht maßstabsgetreu gezeichnet. Dafür hat Theo die einzelnen Räume beschriftet. »Labor«, liest Hanan. Die Uni? Aber was will ein Geschichtsstudent in einem Labor? Und wozu einen Lageplan der Uni auf die Schreibtischunterlage zeichnen?

Die anderen Raumbezeichnungen sind kaum lesbar, einige davon offenbar Abkürzungen, die nur Theo versteht. Was es mit diesem Kringelding dort auf sich hat? Ein O? Ob? Nein, wenn Hanan nicht alles täuscht, steht da »OP«, aber das kann ja eigentlich nicht sein. Aber doch, der kleine Raum dort drüben ist ziemlich eindeutig als »Chefarzt« betitelt. Ein Krankenhaus. Warum in aller Welt hat Theo den Grundriss eines Krankenhauses auf seinen Schreibtisch skizziert?

**Josefine** / Montag, 02.09., 12:35 Uhr

»Vergesst es.« Theo verschmiert eine Staubschicht auf seinem Gesicht, als er behutsam sein Monokel abnimmt und sich mit dem Handrücken über die Stirn fährt.

Hinter ihm betritt Eileen das Zimmer, ebenfalls kopfschüttelnd. »Diese Decke ist der Endgegner.«

»Ohne Vorschlaghammer ist da nichts zu machen. Noch besser wäre eine Abrissbirne.«

»Was für ein durchdachter Notausgang«, brummt Marcel. Er sitzt mit einem Windlicht auf dem Deckenlager mitten im Raum. Seine Taschenlampe hat er Theo und Eileen ausgeliehen, damit sie ihr Glück noch mal am Notausgang versuchen können. In Schichten – das war Theos Vorschlag. Als Nächstes sind Marcel und Josefine an der Reihe, die jetzt schon weiß, dass sie sich die Hälfte der Zeit atemlos dafür entschuldigen wird, dass sie kaum eine Hilfe ist.

»Ich brauch jedenfalls eine Pause«, stöhnt Theo und wirft sich neben Marcel auf die Decken. »Habt ihr schon gegessen? Mir ist schon ganz schlecht vor Hunger.«

Josefine schüttelt den Kopf. »Ich kann die Lebensmittel aus der Küche holen. Also … wenn jemand mitkommt.«

»Such dir jemanden aus«, meint Jakob. »Nur nicht den Falschen. Eigentlich sollten wir nur noch zu dritt unterwegs sein.«

»Ich glaube immer noch nicht, dass es einer von euch ist.« Josefine bemüht sich, ihre Stimme vom Zittern abzuhalten. »Also komm ruhig mit. Vor dir hab ich keine Angst.«

»Ich nehm das mal als Kompliment.« Jakob grinst schief und springt von seinem Platz auf einem der Stockbetten. »Dann lass uns mal Essen beschaffen. Sind wir schon bei der trockenen Breze angelangt oder gibt's noch was weniger Ekliges?«

Josefine verzieht das Gesicht. »Hoffentlich schon. Aber so langsam wird es wahrscheinlich eng. Vielleicht sollten wir noch mal die Lagerräume nach Konserven oder Astronautennahrung durchsuchen. Kriegen wir die Taschenlampe?« Obwohl Theo sie noch immer in den Händen hält, sehen alle Marcel an. Er nickt, wenn auch zögernd, und Theo händigt sie ihnen aus.

»Du hast übrigens gar nicht gefragt, ob ich vielleicht vor dir

Angst habe«, meint Jakob, als sie nebeneinander den düsteren Bunkerflur entlanglaufen. »Hab ich nämlich nicht, nur dass du es weißt.«

»Aber … du glaubst, dass es einer von uns war? Also … einer von den anderen?« Sie sieht zu Jakob, wird aus seiner Miene aber nicht schlau. Der Lichtkegel der Taschenlampe fällt auf den Linoleumboden vor ihnen und lässt sie selbst im Halbdunkel. Keine guten Voraussetzungen, um jemandem etwas vom Gesicht abzulesen.

»Ich weiß nicht.« Jakob befeuchtet sich die Lippen. »Wenn nicht so viel dafür sprechen würde, wäre meine Antwort auf jeden Fall nein. Wozu sollte denn einer von ihnen uns einsperren und sich selbst gleich mit? Mir fällt kein guter Grund ein.«

»Aber?«

Jakob seufzt. »Aber es sieht tatsächlich nicht so aus, als gäbe es hier unten einen Eindringling. Das bestätigt Theos Falle und …« Kurz zögert er. »Und auch so haben wir nichts Gegenteiliges gesehen.«

»Aber wer?« Josefines Stimme klingt flehentlich. Sie räuspert sich schnell. Jakob soll nicht denken, dass sie dabei ist, komplett die Nerven zu verlieren. Vor allem, weil sie die Wahrheit gesagt hat: Mit ihm hier durch den Bunker zu laufen, macht ihr nicht die geringste Sorge. Von Anfang an hatte Jakob irgendwie etwas Vertrautes. Etwas, das sie sich selbst nicht erklären konnte. Es hat eine Weile gedauert, bis ihr klargeworden ist, an wen er sie erinnert.

»Theo«, unterbricht Jakob ihren Gedankengang. »Am ehesten Theo. Nur warum – keine Ahnung. Von dem her, vielleicht doch eher Eileen, die hat wenigstens ein Motiv, nämlich Marcel zurückzugewinnen. Ich denke, Marcel können wir ausschließen, weil er viel zu viel Angst hat. Und Lena, weil sie erpresst wurde.«

»Behauptet sie.«

Jakob wirft ihr einen Blick zu. »Du glaubst ihr nicht?«

Unbehaglich zuckt Josefine die Schultern. Ihr ist schon aufgefallen, dass Jakob sich dem allgemeinen Stimmungstrend, Lena die Schuld in die Schuhe zu schieben, nicht anschließen will. Ob die beiden früher ein Paar waren? Das würde jedenfalls einiges erklären.

»Du hast Lena unter schwierigen Umständen kennengelernt. Eigentlich ist sie die Gute, weißt du? Die Nette, der man vertrauen kann.« Er hält inne und fügt nach kurzem Nachdenken hinzu: »Na ja, jedenfalls solange Marcel nicht im Spiel ist. Alle fürchterlichen Dinge, die sie getan hat, hängen mit ihm zusammen. Die Stalkergeschichte. Dich einzusperren. Der Kurzschluss. Wenn es um Marcel geht, ist Lena irgendwie kopflos.«

»Eben. Das macht sie doch potenziell gefährlich. Oder zumindest unberechenbar.«

»Jaah«, meint Jakob gedehnt. »Vielleicht.«

Sie biegen in den Gang zur Küche ab und passieren die zertrümmerte Tür, hinter der Lena Josefine eingesperrt hat. Das Licht der Taschenlampe fällt durch den Türspalt und – KNACK.

Jakob macht einen Satz rückwärts und Josefine entfährt ein leiser Aufschrei. »Was war –«

Doch da fängt Jakob an zu lachen. Der Lichtkegel, den er auf den Boden richtet, beleuchtet ein zerkrümeltes Stück Reiswaffel direkt vor seinen Füßen. Offenbar ist er darauf getreten. »Siehst du? Lena ist die Gute. Füttert sogar die offenbar nicht vorhandenen Bunkerratten. So ist sie.«

Sie schweigen beide, bis sie die Küche erreichen. Im Dunkeln hat Josefine sie noch nie betreten. Sie haben die Lebensmittel nach dem Sortieren hier gelassen und immer nur das geholt, was sie brauchten.

»Vielleicht sollten wir einfach alles mitnehmen«, schlägt Josefine vor, als der Strahl der Taschenlampe ihre spärlichen Vorräte erfasst. Es ist wirklich nicht mehr viel. Genug für jetzt und eine weitere, kleine Mahlzeit. Auf keinen Fall mehr.

»Gute Idee«, antwortet Jakob, macht aber keine Anstalten, etwas davon zu nehmen. Stattdessen lässt er den Strahl der Taschenlampe weiterwandern, sucht den Boden ab und bückt sich schließlich, um etwas aufzuheben. »Die ist hinüber«, murmelt er.

»Was?« Josefine tritt näher, um über seine Schulter zu sehen.

Er hält die kleine Kamera in der Hand. Die erste, die sie gefunden haben.

Josefines Herz klopft ein kleines bisschen schneller. »Die … die sind bestimmt nicht billig«, meint sie wachsam.

Jakob schnaubt. »Nicht gerade.«

»Du kennst dich mit Technik aus, oder?«

Er nickt. »Ich will Multimedia und Kommunikation studieren. Hab gerade die Zulassung von der FH Ansbach bekommen.«

»Cool. Ich finde Filme und Special Effects und so auch total spannend.«

»Wegen *Vapor*, ja?«

»Unter anderem.« Das ist die Gelegenheit, ihre Theorie zu überprüfen. Ihre Gedanken überschlagen sich, während sie einen Plan auszuloten versucht. Dieses Gespräch hat sie gedanklich schon in zig Varianten geführt, aber jetzt gilt es, jetzt muss sie jedes Wort mit Bedacht wählen.

»Kennst du seine Filme eigentlich? Also abgesehen von dem, den ich euch gezeigt habe? Du bist nicht zufällig auch ein Fan, oder?«

»Nein.« Jakob lacht. Bildet sie es sich ein, oder klingt er nervös? »Aber das Video, das du auf deinem Handy hast, hat was.«

»Die anderen haben ja ziemlich Panik geschoben. Aber ... ich meine, wenn du dich ein bisschen mit Filmen auskennst, kannst du das doch am besten beurteilen: Du glaubst nicht, dass es echt war, oder?«

»Nein, definitiv nicht.«

Mit dieser Antwort hat Josefine gerechnet. Aber sie wollte es von Jakob hören, ehe sie weiterbohrt. Zur Sicherheit. »Der Meinung bin ich eben auch. Das kann man heutzutage doch alles mit Effekten machen. Und *Vapor* ist kein Psychopath, der Leute für seine Filme umbringt. Dazu ist er viel zu genial.« Sie tritt im Halbdunkel zu dem Schränkchen zurück, auf dem ihre letzten Vorräte stehen, klemmt sich die angebrochene Packung Reiswaffeln unter den Arm und greift nach der harten Breze. Die Tüte Macadamianüsse und das Snickers überlässt sie Jakob.

Josefine muss weiterreden, und zwar möglichst so, dass Jakob nicht zu viel Zeit zum Nachdenken bleibt. »Er hat zum Beispiel ein wahnsinnig cooles Video über Romeo und Julia gemacht. Beide sterben in der Gruft der Capulets. Richtig unheimlich, sag ich dir.« Sie redet extra schnell, um möglichst viele Informationen in wenig Zeit zu packen. »Dabei hat er das Ganze gar nicht in einer Gruft gefilmt, sondern in dieser verfallenen Kapelle, sowas von stimmungsvoll mit dem alten Mauerwerk und den Bogenfenstern. Gleich vorne unter dem Torbogen muss die Kamera gestanden haben, der Bogen oben war ja noch mit drauf. Und das fehlende Dach. Man hat den wolkenverhangenen Himmel über der Szene gesehen. Die Atmosphäre war wirklich der Hammer und der Schauplatz einfach perfekt. Auch wenn andere bei dieser Kapelle immer an Geister und Spuk denken, ich denke jetzt immer an Shakespeare. Deswegen finde ich die Kapelle auch irgendwie eher schön als gruselig und will wahnsinnig gerne mal wieder hinfahren.«

»Hinlaufen«, korrigiert Jakob, der sich die restlichen Vorräte geschnappt hat und Richtung Küchentür geht. »Die Kapelle ist doch total ab vom Schuss. Da kommst du mit dem Auto gar nicht hin.«

»Ach ja, richtig!« Jetzt hat sie ihn. Sie muss ihn nur noch dazu bringen, den Namen der Kapelle auszusprechen, den sie geflissentlich vermieden hat, und ihre Theorie ist so gut wie bewiesen. Entweder das oder Jakob ist heimlich selbst ein glühender Fan von *Vapor*. Aber das glaubt Josefine nicht. »Hinlaufen, du hast natürlich recht. Kannst du verstehen, warum so viele diese Kapelle für so schrecklich gruselig halten?«

»Vielleicht ein bisschen. Aber eigentlich fand ich den Uhlberg auch immer eher magisch.«

Josefine presst die Lippen zusammen, um ein triumphierendes Lächeln zu unterdrücken, auch wenn sie bezweifelt, dass Jakob es im Zwielicht sehen und als solches erkennen würde. Aber vielleicht funktioniert noch eine seiner Kameras, die sie irgendwo übersehen haben, und würde es einfangen – wer weiß.


## Jakob / Montag, 02.09., 12:45 Uhr

Während des Essens fühlt Jakob sich beobachtet. Zuerst denkt er, es liegt an Theo, der ihm über die beiden Windlichter in der Mitte ihres kleinen Kreises immer wieder Blicke durch seine einseitige Brille zuwirft. Dann checkt er kurz Lena ab, ob sie ihn vielleicht ansieht. Doch sie knabbert in höchster Konzentration ihre Ration Nüsse und blickt nicht ein einziges Mal auf. Josefine neben ihr dagegen lässt Jakob kaum eine Sekunde aus den Augen. Ihre Blicke sind es, die Jakob fast körperlich spürt, sie verursachen ein Prickeln auf seinen Armen und im Nacken. Kein unangenehmes, aber ein bisschen irritierend ist es doch.

Theo und Marcel fachsimpeln über den Notausgang, Eileen wirft hin und wieder einen Kommentar dazu ein. Josefine schweigt und betrachtet Jakob, der hastig in die Kerzenflamme sieht und so tut, als hätte er nichts bemerkt.

Er konzentriert sich auf die Kaubewegungen und die tanzenden Flammen in ihren Schraubgläsern. Sie zucken und züngeln, ihre Bewegungen sind unberechenbar. Feuer eben, das hat seinen eigenen Willen. Deshalb kann man es auch, einmal entfesselt, kaum noch einfangen. Wie ein wildes Tier. Ein bissiges.

Die Kerzenflamme verschwimmt vor Jakobs Augen, das Licht macht ihn blind für alles andere um ihn herum und hinterlässt ein glühendes Mal auf seiner Netzhaut. Obwohl es immer noch schweinekalt im Bunker ist, glaubt er fast, die Hitze spüren zu können. Er riecht es sogar; den Gestank von brennendem Holz, von beißendem Qualm, vielleicht ein bisschen von verkohltem Fleisch. Wie beim Grillen, nur hundert-, nein tausendmal übelkeitserregender. Und Benzin. Es stinkt nach Benzin und Jakob weiß nicht, wie er den Geruch von seinen Händen und aus seinen Klamotten bekommen soll, ehe ihn jemand anders bemerkt.

Das Erdgeschoss ging in Flammen auf wie für ein Lagerfeuer aufgeschichteter Zunder. Alte, staubige Vorhänge, Parkett und Holzdecke, die zurückgelassenen Möbel – viel brennbares Material auf engstem Raum. Dazu das Benzin. Es dauerte nur Sekunden, bis das Feuer auf das Obergeschoss und schließlich den Dachstuhl übergriff.

Jakob stand weit entfernt, unter den vielen Schaulustigen fiel er nicht weiter auf, hielt sich aber bewusst abseits, damit niemand den Benzingeruch wahrnahm, der ihm selbst so unverkennbar in der Nase brannte. Er sah die Flammen über die

Nachbarhäuser hinweg in den Himmel lodern und hoffte inständig, dass keines davon Schaden nehmen würde. Kein Haus und kein Mensch. Nicht noch einer. Selbst auf die Entfernung glaubte er, die sengende Hitze in der Luft flirren zu spüren wie an einem heißen Sommertag oder wie beim Sonnwendfeuer, wenn man zu nahe herangeht. Höllenfeuer, dachte er, Höllenfeuer, dem sie entkommen waren, zumindest für den Moment. Oder doch reinigendes Feuer, das alle Schuld tilgen würde – oder zumindest alle Beweise. Eine Feuerbestattung. Das am ehesten.

»Was meinst du? Jakob? Hey, Jakob?«

Jakob fährt zusammen und findet sich jäh in der feuchtmodrigen Kälte des Bunkers wieder. Am anderen Ende der Stadt mit einem viel kleineren Feuer vor Augen. Und seinen Freunden. Seinen Freunden, die er hat schützen wollen. Und jetzt …

»Geht's dir nicht gut?« Dieses Mal ist es Lena, die ihn anspricht. »Du siehst ganz schön mitgenommen aus.«

»Das macht das Licht«, brummt Eileen. »Beziehungsweise das *unerklärliche* Fehlen von Licht.« Sie sieht Jakob an und dann Theo. »Hat sich eigentlich schon irgendjemand den Sicherungskasten angeschaut?«

»Ja«, knurrt Theo. »Jakob meint, der ist Schrott.«

»Und was ist mit dem Notstromaggregat?«, mischt Lena sich ein.

»Was soll mit dem sein?«

»Können wir das nicht einschalten? Das war doch dafür da, den Betrieb im Bunker aufrechtzuerhalten, wenn die reguläre Stromversorgung zusammenbricht.«

Jakob holt sie nur ungern auf den Boden der Tatsachen zurück, wo ihr Gesicht gerade so hoffnungsvoll aufleuchtet, aber ihm ist im Augenblick eher nach Realismus als nach fixen Ideen. »Ich glaube nicht, dass sich das so leicht in Betrieb nehmen lässt.«

»Warum nicht? Weil es so alt ist? Wir könnten es uns doch wenigstens mal ansehen!«

»Das könnten wir eigentlich wirklich«, stimmt ausgerechnet Marcel ihr zu. Natürlich Marcel. Um an Licht zu kommen, ist er sich nicht einmal zu schade, zuzugeben, dass er Lena doch noch wahrnimmt, obwohl er sich alle Mühe gibt, sie zu ignorieren.

»Na ja, wir könnten einen Blick darauf werfen«, räumt Theo ein. »Generell die technischen Geräte in der Zentrale. Und in den anderen Räumen. Und wenn wir nur irgendwo noch ein paar Taschenlampen oder so etwas finden.«

»Aus den Siebzigern?« Josefine sieht ihn zweifelnd an. »Da sind doch längst die Batterien ausgelaufen.«

»Es gibt doch diese Notfall-Leuchten mit Kurbel!«, ruft Lena. »Wenn sie schlau waren, haben sie solche besorgt. Und wenn es die damals schon gab. Meint ihr – «

»Also, dann nehmen wir uns die Technikräume vor, ja?«, unterbricht Marcel. »Immer zu zweit?«

Eileen schnaubt. »Ich dachte, wir sollten uns nur noch zu dritt durch den Bunker bewegen, weil Professor Theo der Meinung ist, einer von uns sei der Werwolf.«

Theo mustert sie der Reihe nach. »Ehrlich gesagt, gehe ich lieber alleine als mit einem von euch.«

»Dann alleine.« Eileen erhebt sich. »Wer Angst bekommt oder etwas Verdächtiges hört oder sieht, schreit laut, dann kommen alle angerannt.«

»Der Plan klingt nicht ganz ausgereift«, wendet Jakob ein, doch Marcel lässt ihn nicht zu Wort kommen: »Ist aber der beste, den wir gerade haben.«

Sie teilen die Lichtquellen unter sich auf – Kerzen, Feuerzeuge, Nachtlicht, Taschenlampe. Im Hauptflur trennen sich ihre Wege, Eileen, Marcel und Josefine gehen nach rechts, während

Jakob gemeinsam mit Theo und Lena nach links geht. Theos Ziel ist eindeutig das Notstromaggregat, und weil Jakob lieber nicht mit ihm alleine sein will, biegt er spontan in einen Flur zu seiner Linken ein, der ihn an dem verflixten Notausgang vorbeiführt. Ohne Licht ist er allerdings nur ein schwarzer Fleck, eine Nische ohne fluoreszierende Streifen.

Der Flur, in dem er schließlich landet, sieht im Dunkeln genau wie der aus, in dem ihr Lager liegt. Zweimal lässt er kurz das Feuerzeug aufflammen, um ein Schild zu lesen – tatsächlich, weitere Patientenzimmer und Waschräume. Dieser Bunker ist riesig, so richtig bewusst wird ihm das erst jetzt im Dunkeln. Und unheimlich, keine Frage. Josefine wäre hin und weg gewesen von *Vapors* Video über das Hilfskrankenhaus. Allein die Möglichkeiten hier unten, so viele schaurige Szenen, die man hätte drehen können ... aber nach diesem Horrortrip wäre ein solcher Film wahrscheinlich sogar für Josefine zu heftig. Vom Bunker hat sie jetzt immerhin mehr als genug gesehen. So geht es jedenfalls Jakob. Einen Film über dieses Drecksloch wird es definitiv nicht mehr geben.

Er erreicht das Ende des Flurs und will schon umkehren, als er anhand der Streifen erkennt, dass dort eine weitere Tür liegen muss, die weiterführt. Wohin auch immer. Lieber doch noch einmal ein wenig Feuerzeuggas opfern. Doch der Durchgang führt nur in einen weiteren Flur, der links abzweigt. Und dort: noch mehr Türen. Es ist wirklich frustrierend. Jakob hebt das Feuerzeug, um ein weiteres Türschild zu lesen: Keine Nummer dieses Mal, nur das Wort »Hebeanlage«.

Hebeanlage? Wer oder was soll hier denn gehoben werden? Irgendwo in seinem Hinterkopf klingelt etwas und sagt ihm, dass er den Begriff schon mal gehört hat. Hat das nicht irgendwas mit der Wasserversorgung zu tun? Sei's drum: Heben klingt gut. Verdammt gut. Heben klingt nach einem potenziellen Weg hinauf. Ans Tageslicht.

Doch der Raum, auf den der Schein des Feuerzeugs beim Betreten fällt, ist eine einzige Enttäuschung. Nach oben geht hier gar nichts, nur nach unten. Nach nur wenigen Schritten findet sich ein grünlich schimmernder Metallzaun und dahinter ein Abgrund voller Rohre und Leitungen. Toll vielleicht für ein *Vapor*-Video, ja, aber nicht für einen Fluchtversuch.

Nur weil er nichts übersehen will, macht Jakob noch einige Schritte in den Raum hinein. Die Tür lässt er halb offen stehen – nur für den Fall, dass man sie absperren kann. Er dreht sich einmal um seine eigene Achse. Das bescheuerte Feuerzeug taugt als Lichtquelle nicht viel. Selbst der eher kleine Raum bleibt im Halbdunkel und die vielen Nischen zwischen den Leitungen sogar in gänzlicher Schwärze. Auch den Boden des Schachts kann Jakob so nicht erkennen.

Vielleicht sollte er versuchen, hinunterzuklettern? Aber wenn er Pech hat, befindet sich dort unten nicht nur nichts Nützliches, sondern eine Art Brunnen voller eiskaltem Wasser. Schlimmstenfalls Abwasser. Bei der Kälte hier unten fehlt es ihm gerade noch, durchweicht zu ihrem Lager zurücktapsen zu müssen.

Mit vorangestrecktem Feuerzeug geht Jakob ein Stück am Schacht entlang. Hier endet das Geländer, vielleicht befindet sich irgendwo eine Leiter oder Treppe. Er lehnt sich ein wenig über den Abgrund, um besser sehen zu können, als er ein Geräusch hinter sich hört.

Er fährt zusammen und es kostet ihn alle Willenskraft, um nicht herumzuwirbeln. Stattdessen lauscht er angestrengt. Ist das sein eigener Atem oder der einer zweiten Person, die hinter ihm den Raum betreten hat? Bestimmt keiner der anderen, denn der hätte doch auf sich aufmerksam gemacht. Oder?

Unauffällig sieht Jakob sich nach etwas um, das er notfalls als Waffe benutzen könnte. Sein Finger rutscht vom Knopf des Feuerzeuges und es wird schlagartig dunkel. Jakob fährt herum und streckt eine Hand vor sich, um sich zu verteidigen, falls nötig, doch sein Griff geht ins Leere. Dafür flammt im selben Augenblick ein grelles Licht direkt vor ihm auf. Blind von so viel unerwarteter Helligkeit stolpert er einen Schritt rückwärts und spürt ein entsetztes Ziehen in seinem Inneren, als sein Fuß ins Leere tritt.

## Hanan / Montag, 02.09., 13:00 Uhr

Hanan tritt fest und gleichmäßig in die Pedale, ihre Muskeln protestieren nach dem morgendlichen Workout auf Isams Fahrrad mittlerweile bei jedem Tritt. Der Besuch bei Lenas Familie hat sich als ziemliches Verhör herausgestellt, das Bismarck-Denkmal und die Hirteninsel waren natürlich auch falsche Fährten. Hanan hat kaum Hoffnung in diese beiden Ideen gesetzt – nicht, während ihr der Grundriss auf Theos Schreibtisch durch den Kopf spukt.

Aber ein Krankenhaus? Bestimmt nicht das Klinikum Altmühlfranken, nein, etwas Leerstehendes muss es sein, etwas Altes, Mystisches, Besonderes, Spannendes … das alte Krankenhaus, das heute die Bücherei beherbergt? Aber darin sind die ausgelagerten Klassenzimmer des Gymnasiums und, soweit Hanan weiß, weder ein Labor noch ein OP oder ein Chefarztzimmer. Trotzdem fährt sie dort vorbei, ehe sie Isams Fahrrad vor der Pizzeria abstellt, Kleid und Hijab zurechtzupft und das Restaurant, noch immer außer Atem, betritt.

Nur ein Tisch ist um diese Zeit noch besetzt und auch dort sind die Teller schon geleert. Isams Kollege Daniel wischt gerade einen anderen Tisch ab. Er grinst und hebt grüßend die Hand, als er Hanan erkennt. »Auch wieder im Lande, schöne Frau? Dein Bruder ist noch in der Küche und spielt Putzfee.«

»Flirtest du schon wieder statt zu arbeiten, du Schürzenjäger?«, ruft Isam von irgendwo.

Daniel lacht. »Fass dir mal lieber an die eigene Schürze und sieh zu, dass die Anrichte glänzt, bevor der Chef zurückkommt. Dein Bruder putzt nicht so gerne«, fügt er augenzwinkernd an Hanan gewandt hinzu.

»Egal, was er dir erzählt, glaub ihm kein Wort!«, brüllt Isam zu ihnen hinaus. Er kommt aus der Küche, lotst Hanan an einen Ecktisch und stellt eine halbe Thunfischpizza und eine Cola vor ihr ab. »Bist spät dran für ein Mittagessen.«

»Ich weiß.« Hanan seufzt. Erst beim Duft der Pizza merkt sie, wie ausgehungert sie ist. Bei Lenas Familie hat sie kaum etwas hinuntergebracht. Dazu all die sportliche Betätigung ... hungrig beißt sie in ein Stück Pizza. »Ist und bleibt einfach die beste der Stadt«, seufzt sie, nachdem sie mit einem Schluck eiskalter Cola nachgespült hat.

»Ich geb's weiter.« Isam stibitzt eine Olive. »Warst du den ganzen Vormittag unterwegs?«

Hanan nickt, doch bevor sie sprechen kann, verputzt sie erst mal zwei Drittel der Pizza. Dann fühlt sie sich in der Lage, ihre noch ziemlich unsortierten Gedanken auszusprechen. »Isam, gibt es hier irgendwo in der Nähe ein leer stehendes Krankenhaus?«

»Ein leer stehendes Krankenhaus?« Isam runzelt die Stirn. »Da fällt mir nur das alte Spital ein. Du weißt schon, das Haus, in dem jetzt die Bücherei ist.«

»Mmh, daran hab ich auch gedacht. Aber ich meinte eher eines, das komplett leer steht. Und das vielleicht schon ein bisschen zerfallen ist.«

»Klingt ja einladend.« Isam lacht. »Wie in diesem Horrorfilm. *Heilstätten.* Der spielt in einem ehemaligen Sanatorium bei Berlin.«

»Das ist zu weit weg. Gibt es denn nirgendwo hier im Landkreis so ein Gebäude?«

»Nicht dass ich wüsste.« Isam zuckt die Schultern. »Dann hast du eine Spur?«

»Nicht so richtig«, seufzt Hanan. »Wahrscheinlich war die Skizze, die ich gefunden habe, doch nur für eine Hausarbeit in irgendeinem Geschichtsseminar.« Mutlosigkeit macht sich in ihr breit. Möglicherweise ist die Sache doch so langsam ein Fall für die Polizei. »Vielleicht frage ich einfach mal bei Frau Enser nach, ob sie schon was gehört hat.« Sie zieht ihr Handy aus der Tasche und tippt den Namen in »Das Örtliche«. Zum Glück ist Josefines Mutter tatsächlich gelistet und die Adresse sagt Hanan sogar etwas. Ist das nicht irgendwo beim Waldbad? In einer der Seitenstraßen kurz vor dem Burgstall? Sieht so aus, als müsste sie noch einmal den Berg hochradeln.

»Danke für die Pizza.« Sie winkt Isam und Daniel im Hinausgehen zu und schwingt sich draußen wieder auf den Drahtesel des Grauens.

Hanan radelt am alten Friedhof vorbei. Eine der Straßen, die hier rechts abzweigen, muss es sein. Sie muss langsam machen, um die Straßenschilder lesen zu können. In diesem Teil der Stadt kennt sie sich nur vage aus. Einmal waren sie hier zum Spielen. Die Straße, die zur Streunerkatzenvilla führt, zweigt links ab. Von hier aus kann man das Grundstück nur für einen kurzen Moment aufblitzen sehen, wenn man genau im richtigen Au-

312

genblick zwischen den beiden Häusern auf den Nachbargrundstücken hindurchblickt.

Der kurze Blick reicht allerdings, um Hanan einen Schauer über den Rücken zu jagen. Es ist immer noch eine ausgebrannte Ruine. Viel mehr als die Steinmauern des unteren Stockwerks ist nicht übrig. Bald soll es endlich abgerissen werden, das hat zumindest Isam gesagt. Wahrscheinlich haben die Ermittlungen diesen Prozess bisher aufgehalten. Rausgekommen ist dabei ihres Wissens aber nicht viel mehr, als dass es Brandstiftung war – eine Tatsache, die schon wenige Tage nach dem Brand bekannt geworden ist, nichts Neues also.

Hanan findet den Gedanken, dass in diesem Gebäude ein Mann ums Leben gekommen ist, extrem beklemmend. Noch schlimmer, wenn sie daran denkt, dass sie alle kurz vorher dort drinnen gespielt haben. Nur einen Tag, nur wenige Stunden vorher. Was, wenn der Brandstifter das Feuer in der Nacht zuvor gelegt hätte? Hätte die Polizei dann nicht eine, sondern sechs verkohlte Leichen aus dem Gebäude bergen müssen?

Mühsam schiebt Hanan den Gedanken aus dem Kopf. Sie will nicht darüber nachgrübeln. In den ersten Nächten danach hat diese Frage ihr schon genug Albträume beschert. Kein Wunder, dass niemand von ihren Freunden großartig über dieses Thema sprechen will. Lena hat es ein paar Mal versucht. Weil sie eben Lena ist und gerne über alles redet. Aber irgendwann hat sie es sein lassen. Das Was-wäre-wenn ist einfach zu beunruhigend.

Beinahe wäre Hanan an der richtigen Einmündung vorbeigefahren. Gerade noch rechtzeitig deutet sie ein Handzeichen an und biegt rechts ab. Die Hausnummer steht zum Glück gut lesbar auf der Fassade. Hanan ist ein bisschen nervös, als sie den Klingelknopf drückt. Frau Enser war gestern schon so besorgt und nun sind weitere Stunden ohne ein Lebenszeichen von ihrer

Tochter vergangen. Was soll Hanan tun, wenn sie völlig aufgelöst ist?

Als sie die Tür öffnet, wirkt sie allerdings in erster Linie hektisch. Sie hat ein Telefon am Ohr und bedeutet Hanan, kurz zu warten. »Ja, mhm … ja, natürlich. Morgen hoffentlich. Ich muss jetzt wirklich die Leitung frei- nein, habe ich nicht. Selbstverständlich. Ich kümmere mich morgen darum, ja. Tschüss dann.« Sie stößt die Luft aus. »Tut mir leid. Die Arbeit. Mein Kollege hat heute schon dreimal angerufen, obwohl ich ihm schon beim ersten Mal gesagt habe, ich muss die Leitung freihalten, falls die Polizei sich meldet. Weil sich auch ausgerechnet heute die Kammerjäger die Berufsschule vornehmen müssen. Also morgen. Heute bauen sie nur das Zelt auf. Nagekäfer«, fügt sie erklärend hinzu, weil Hanan sie nur verständnislos ansieht. »Die Biester gehen leider an die Bausubstanz. Ich arbeite bei der Stadt. Wir haben eine Firma beauftragt, die sich auf solches Viechzeug spezialisiert hat. Sulfurylfluorid – angeblich macht dieses Gas allem, was kräucht und fleucht, den Garaus. Um genau zu sein, allem, was atmet.« Sie seufzt. »Mit so etwas müssen wir uns im Augenblick herumschlagen. Dabei habe ich überhaupt keinen Kopf für Nagekäfer, solange meine Josefine vermisst wird.« Zu Hanans Schreck füllen sich ihre Augen mit Tränen.

»Deswegen bin ich hier«, sagt sie schnell. »Ich wollte nachfragen, ob Sie schon etwas Neues wissen? Ermittelt die Polizei mittlerweile?«

Frau Enser schüttelt den Kopf. »Ich verstehe das nicht! Die sechs hätten gestern Vormittag zurück sein sollen! Da muss man doch etwas unternehmen und kann nicht einfach abwarten! Man müsste ihre Handys orten oder eine Streife losschicken, um …« Sie presst sich eine Hand vor den Mund, um ein Schluchzen zu unterdrücken. »Tut mir leid. Ich bin nur so … ich mache mir solche Sorgen. Aber du wahrscheinlich auch. Immerhin sind das deine Freunde.«

Hanan überlegt, ob sie Frau Enser und der Polizei die wenigen Informationen weitergeben soll, die sie mittlerweile gesammelt hat. Dass sie ganz in der Nähe sein müssen, aber ohne Empfang, eventuell in einem leer stehenden Krankenhaus oder so? Vielleicht würde das bei der Suche helfen. Aber die Polizei sucht ja gar nicht. Noch nicht.

## Marcel / Montag, 02.09., 13:10 Uhr

Marcel und Eileen sind zusammen losgelaufen, ohne sich abzusprechen. Sie trennen sich nicht, obwohl Eileen vorhin noch betont hat, dass sie – wenn dann – zu dritt unterwegs sein sollten. Anscheinend vertraut sie Marcel mehr als allen anderen. Stillschweigend sind sie in Gleichschritt gefallen, so wie früher, wenn sie gemeinsam spazieren gegangen sind und dann ein Wettrennen daraus geworden ist. Nur Marcel nutzt seine Lichtquelle. Eileen hat das Nachtlicht in die Tasche ihres Harvard-Pullis gestopft.

»Sollen wir mal einen Blick in das Röntgenzimmer werfen?«, fragt Eileen. »Vielleicht gibt es da irgendwelche Spezialapparaturen.«

»Gute Idee.« Marcel bleibt kurz stehen, um sich zu orientieren. »Davor können wir vielleicht noch in den Maschinenraum schauen. Der muss hier irgendwo sein, das weiß ich noch von der Schlüsselsuchaktion.«

Tatsächlich stoßen sie direkt auf den Raum, der als »Maschinenraum II« ausgewiesen ist. Marcel leuchtet herum, damit sie sich einen Überblick verschaffen können. Es gibt nicht viel zu sehen außer riesigen beigefarbenen Tanks, zu denen mehr als armdicke, äußerst massive Rohre führen. Ob da Sauerstoff drin ist? Oder sind das irgendwelche Luftfilter?

Eileen winkt ihn zu einem Kasten an der Wand. Hier gibt es verschiedene An- und Aus-Knöpfe. Im Schein der Taschenlampe entziffern sie »Normalluft 1«, »Normalluft 2«, »Abluft«, »Schutzluft«, und immer wieder die seltsame Aufschrift »Frostwächter«. Über jedem Knopf gibt es ein Störungslämpchen, das zum Glück nirgends brennt.

»Also mit der Luftversorgung scheint zumindest alles okay zu sein.« Marcel richtet sich wieder auf.

»Hoffentlich.« Eileen zögert. »Aber ist es nicht komisch, dass gar nichts leuchtet? Es kommt doch hoffentlich trotz des Stromausfalls frische Luft hier runter, oder?«

»Bestimmt.« Marcel bemüht sich um ein Lächeln. »Und selbst wenn nicht. Die Luft in dieser Riesenanlage reicht ewig.«

Eileen wendet sich den Schaltknöpfen zu und streicht über den »Frostwächter«. Sie scheint mit den Gedanken weit weg zu sein. »Glaubst du, wir könnten nach dem ganzen Mist hier irgendwann mal wieder was unternehmen? Also, du und ich?«

Marcel richtet den Strahl der Taschenlampe so gegen das Schaltpult, dass ihre Gesichter indirekt davon erhellt werden. Er sucht Eileens Blick und sieht in ein Gesicht, das ihm jünger vorkommt als sonst. Er sieht Augenbrauen, die besorgt zusammengezogen sind. Naturfarbene Lippen. Braune Augen, die ihn nicht auffordernd anblicken, sondern fragend. Schatten darunter, die von den Anstrengungen der letzten Stunden zeugen. Er sieht Eileen, die echte Eileen.

Marcel hebt die Hand. Er verharrt dicht vor ihrem Gesicht. Ein Hauch ihres Shampooddufts streift ihn.

»Marcel – ich – würde wirklich gerne …« Kein Chéri, kein Darling. Eileen hat ihre Fassade aufgegeben. Das ist ungewohnt. Aber sehr schön.

Er beugt sich näher zu ihr hinüber. Seine Finger berühren ihr Haar. Vielleicht nicht der richtige Zeitpunkt. Aber wann kommt der schon? Womöglich nie, womöglich ist das ihre letzte Chance. Marcel muss lächeln, als Eileens Blick seine Lippen streift. Manche Dinge ändern sich eben nie. »Also wenn es nach mir geht …«

In diesem Moment hallt eine Stimme durch den Bunker, ein kurzer, panischer Ruf. »Jakob? Jakooob!« Weit entfernt, leise, aber von einer Intensität, die Marcel und Eileen auseinanderfahren lässt.

»Was ist da los?« Beunruhigt richtet Marcel sich auf.

Schritte trampeln den Flur entlang. Eileen und Marcel sehen sich an, dann eilen sie zur Tür. Marcel leuchtet nach links, wo der Schrei hergekommen sein muss. Josefine kommt ihnen entgegen. Ihre Kerze ist anscheinend ausgegangen, denn sie trägt kein Licht bei sich. »Jakob muss etwas zugestoßen sein! Ich habe einen Schrei gehört. Ich weiß nicht, wo er hin ist. Ich habe nach ihm gerufen, aber er antwortet nicht!«, berichtet sie lauthals keuchend.

Theo kommt um die Ecke gebogen. Auch er hat sein Feuerzeug gerade nicht entzündet, stattdessen hält er sein Brillengestell umklammert und bemüht sich, es fest auf der Nase zu halten. Wachsam nähert er sich ihnen. »Was ist passiert? Wo sind die anderen?«

Da Josefine außer Atem ist und hektisch ihr Asthmaspray aus der Tasche zieht, fasst Marcel an ihrer Stelle kurz zusammen, was geschehen ist. Als er Eileen anblickt, glaubt er in ihren Augen etwas Ähnliches zu sehen, was er empfindet. Einen Stich des Bedauerns, und Sehnsucht nach dem Moment, der ihnen genommen worden ist. Aber es ist zu dunkel, um ihre Miene deuten zu können.

»Das klingt nicht gut«, murmelt Theo, während er Josefine sanft auf den Rücken klopft.

»Und was für ein seltsamer Zufall, dass ausgerechnet Lena wieder nicht da ist.« Eileen zieht die Augenbrauen hoch. In diesem Moment hören sie Lenas angstvolle Stimme: »Hallo? Wo seid ihr?«

Theo gibt ihren Standpunkt durch und nach wenigen Sekunden kommt Lena angerannt. Sie scheint vorsichtiger mit ihrem Windlicht umgegangen zu sein, denn es brennt noch, wenn auch flackernd durch den Luftzug. »Ich habe euch gehört, konnte die Richtung aber nicht zuordnen! Mann, hatte ich eine Angst, dass ich mich verlaufen habe.«

Normalerweise würde Marcel sie nun tröstend in den Arm nehmen. Aber das wird er garantiert niemals wieder tun. Stattdessen wendet er ihr den Rücken zu und fragt laut: »Sollen wir uns jetzt auf die Suche machen?«

»Suche? Wonach?« Lena tritt näher an sie heran. Marcel weicht automatisch zurück. »Wieso ist Jakob nicht da?«

Niemand antwortet. Theo hat sich Josefine zugewandt. »War es denn ein Hilferuf? Oder klang er eher erschrocken? Oder ein Schmerzensschrei?«, bohrt er nach. »Weiß jemand, wo er hinwollte?«

»Es klang irgendwie ... als sei er in großer Gefahr! Ich kann euch zeigen, wo ich war, als ich ihn gehört habe.« Josefine holt tief Luft.

»Gut, aber langsam! Es hilft uns auch nichts, wenn du hier noch umkippst!«, befiehlt Theo. Sie biegen rechts ab, dann links, dann wieder rechts. Nur Marcel leuchtet mit der Taschenlampe.

Bald sind sie in einem Gang, der ihm völlig unbekannt vorkommt. Er wirft einen Blick auf die Türschilder. Wieder Personalzimmer, Krankenräume und Bettwäschelager. Was kann Jakob hier gewollt haben?

Josefine blickt sich zögernd um. »Also hier irgendwo bin ich gewesen, glaube ich. Ich habe einfach auf gut Glück in jeden Raum mal einen Blick geworfen.«

»Jakob?«, ruft Lena. Ihre Stimme klingt alles andere als sicher und sie verstummt gleich wieder.

Eileen greift den Ruf auf. »Eileen an Jakob, Eileen an Jakob! Bitte melden!«, trompetet sie durch die dunklen Gänge. Ihre Stimme hallt gespenstisch in den dunklen Fluren wider.

Keine Reaktion. Das ist nicht gut. Das ist verdammt komisch. Marcel leuchtet im Kreis herum. Er sieht, dass Theo die Stirn runzelt. »Der einzige Raum, der hier in der Ecke irgendwas mit Technik zu tun hat, ist die Schleuse und die angrenzende Hebeanlage. Aber beides ist für uns ohne Bedeutung.«

»Wieso?«, fragt Eileen. Auch Marcel hat keine Ahnung, was es mit dieser Anlage auf sich hat.

»Eine Hebeanlage ist dafür da, Abwasser zu entsorgen. Besser gesagt, um es auf ein höherliegendes Niveau zu pumpen, wenn man es nicht mit Gefälle ableiten kann. Da wir hier quasi im Keller sind, muss es nach oben statt nach unten.« Theo scheint sich Mühe zu geben, verständlich zu reden.

»So was weiß doch kein normaler Mensch«, behauptet Eileen. »Jakob bestimmt auch nicht. Lasst uns wenigstens nachsehen.«

»Er hätte sich doch gemeldet, wenn er hier ist«, wendet Theo ein, folgt ihnen dann aber zu dem Hebeanlagen-Raum. Die Tür ist nur angelehnt. Marcel stößt sie auf und betritt als Erster den Raum. Theo zündet mit seinem Feuerzeug Josefines Kerze wieder an, sodass sie eine weitere Lichtquelle haben. Marcel dreht sich im Kreis. »Hier ist er nicht.« Außer dunkelgrauen Rohren, seltsamen Metallgestängen und einem von einer Seite abgesperrten Schacht gibt es nichts zu sehen.

»Mist, also wieder zurück.« Eileen hält ihnen die Tür auf.

»Lasst uns zuerst zurück zum Lager gehen«, schlägt Theo vor. »Wenn er dort nicht ist, müssen wir uns systematisch vorarbeiten. Dass wir hier alle aneinanderkleben, bringt gar nichts.«

»Damit dann noch einer verschwindet?« Josefine schüttelt wild den Kopf. »Ich bin dafür, dass wir uns nicht mehr trennen! Es passiert immer nur was, wenn wir nicht beisammen sind!«

»Schon, aber –« Theo wird von einem Ausruf unterbrochen.

»Leute!« Lena steht an einem Absperrgitter und starrt hinunter in den komischen Schacht. Sie hält ihr Windlicht nach unten, soweit es geht. »Was ist das da?«

Als Marcel widerwillig neben sie tritt, kann er einen unförmigen Schatten am Boden erkennen. Mehr nicht. Obwohl er selbst die Hand bewegt, kommt es ihm vor wie in Zeitlupe, als er die Taschenlampe darauf richtet. Der Lichtkegel wandert über Rohre und irgendwelche rostigen Gerätschaften. Er enthüllt einen schwarzen Turnschuh, der halb von einem Fuß geglitten ist. Das Bild erinnert Marcel an etwas, aber im ersten Moment weiß er nicht, woran. Sein Gehirn scheint unfähig, überhaupt einen Gedanken zu fassen. Er starrt nur in die Tiefe. Eine Jeans mit einem Loch auf Kniehöhe. Ein schwarzer Hoodie, der Körper darin ist seltsam verdreht. Und ein abgewandtes Gesicht. Nur einer hat so verstrubbeltes Haar. Nur einer von ihnen ist so schmal gebaut. Nur einer fehlt. Sie haben ihn gefunden. Jakob.

»Oh Gott, Jakob! Er muss schwer verletzt sein!«

»Oh nein, nein!«

»Was ist los?« Theo drängt sich nach vorne und hält dabei angestrengt sein kaputtes Brillengestell fest. Als er nach unten blickt, schwankt er plötzlich so bedrohlich, dass Eileen reflexartig nach seiner Jacke greift und ihn zurückzieht. »Er kann doch nicht … das ist ein Scherz, bloß ein Scherz«, stammelt er. »Ich sehe es nicht gut, sagt ihr mir, was mit ihm ist!«

Lena tritt vor, noch näher an das Gitter. »Jakob!«, brüllt sie, »JAKOB! Wir müssen ihm helfen!«

Theo hebt hilflos die Arme. »Ich kann nicht.«

»Aber ich.« Plötzlich weiß Eileen, was sie zu tun hat. Sie kann nicht hier oben stehen und Vermutungen anstellen. Sie muss Gewissheit haben. Ohne zu fragen, nimmt sie Marcel die Taschenlampe aus der Hand. Sie klemmt sie zwischen die Zähne und schwingt sich über den Abgrund.

»Sei vorsichtig!« Lenas Stimme? Egal. Eileen konzentriert sich darauf, zwischen den Rohren und seltsamen Gerätschaften einen sicheren Halt zu finden. Weiter unten beginnen Leitersprossen, so viel hat sie von oben erahnen können. Ihre Füße liegen im Dunkeln. Sie kann sich nur langsam vorantasten. Eigentlich hat das doch gar nicht so tief ausgesehen. Muss sie nicht bald unten sein? Noch ein Stück tiefer. Plötzlich bricht eine Querstrebe unter ihrem linken Fuß weg. Eileen rutscht ins Leere.

Jemand schreit auf. Ist sie das selbst gewesen? Ihre Hand verfängt sich in einem Kabelstrang, krallt sich fest. Mit den Füßen sucht sie Halt, irgendwas, zum Abstützen. Da, eine neue Leitersprosse! Vorsichtig zieht sie sich mit den Armen etwas nach oben, um die Sprosse erst zu testen. Sauanstrengend ist das.

Eileen keucht leise. Sie spürt, wie ihr der Schweiß ausbricht. Bitte, bitte, lass die Sprosse halten, fleht sie in Gedanken. Ihre Arme beginnen zu zittern. Lange hält sie das nicht durch!

Endlich steht ihr Fuß wieder stabil. Vorsichtig entlastet Eileen ihre Arme. Dann greift sie mit einer Hand nach der Taschenlampe und leuchtet nach unten. Der Lichtkegel fängt eine bleiche Hand ein, die aus einem Pulliärmel ragt. Jakobs Hand. Krümmen sich nicht die Finger? Eine Bewegung, als bitte Jakob sie, schnell zu ihm zu kommen, ihm zu helfen? Oder ist es Eileens Hand mit der Taschenlampe, die zittert? Haut auf Metall. Warm auf kalt. Von oben hört sie einen Ruf: »Gleich geschafft! Beeil dich!«

Sie ist da, beinahe da. Eileen schiebt die Taschenlampe in den Ausschnitt ihres Hoodies. So kann sie wenigstens normal atmen. Dann schätzt sie den Abstand zum Boden ab. Eigentlich könnte sie springen. Bloß ist kein ebener Boden zu erwarten. Dort verlaufen weitere Rohre mit Absperrhähnen oder Ventilen oder sonst was daran. Also lässt sie sich noch auf eine weitere Leitersprosse ein. Endlich ertastet ihr rechter Fuß festen Untergrund. Eileen dreht sich sofort um, angelt die Taschenlampe aus ihrem Ausschnitt und ist mit zwei Schritten bei Jakob. Sie kniet sich hin, berührt zaghaft seinen Arm. »Jakob! Jakob!«, flüstert sie. Eine unerklärliche Scheu hat sie befallen. Sie schafft es nicht, die Lampe zu heben, um in Jakobs Gesicht zu leuchten. Stattdessen rüttelt sie an seiner Schulter. Keinerlei Widerstand spürbar. Es fühlt sich an, als würde sie eine Puppe schütteln.

»Was ist mit ihm? Siehst du eine Verletzung?«, ruft Lena.

»Ist er bei Bewusstsein?«, fragt Josefine.

Eileen antwortet nicht.

»Puls prüfen!«, kommandiert Theo. »Hilft beatmen oder so?«

»Wir bräuchten Hanan. Die wüsste vielleicht, was zu tun ist«, sagt Marcel.

Eileen blendet die Stimmen von oben aus. Sie hat das Gefühl, mit Jakob in einer Seifenblase zu schweben, abgeschottet von der Welt um sie herum. Langsam, es kommt ihr vor wie in Zeitlupe, tasten ihre Finger weiter. Sie spürt seine knochigen Schlüsselbeine selbst durch den dicken Pulli hindurch. Sie nimmt den leichten, frischen Geruch nach Waschmittel wahr, der Jakobs Kleidung immer etwas anhaftet. Sie weiß, als ihre Finger einen Schriftzug streifen, dass dort »Always« steht, über dem Bild einer weißen Hirschkuh. In den letzten Tagen hat sie diesen Pulli so oft gesehen, dass sie ihn blind beschreiben könnte. Sie tastet weiter, bis sie dort ankommt, wo sein Herz schlägt. Wo es schlagen müsste. Ihre Finger halten inne, ihr Kopf erwartet etwas, rechnet mit dem stetigen Toktok-toktok-toktok, das einen Menschen sein ganzes Leben lang begleitet. Sie weiß nicht, wie lange sie so verharrt, auf den Knien, über Jakob gebeugt. Sie weiß nicht, ob ihre Freunde weitersprechen, Fragen oder Empfehlungen an sie richten. Aber sie begreift, dass diese greifbare Leere unter ihren Fingern, diese Abwesenheit von etwas, eine Bedeutung hat.

Sie sagt nur ein Wort. Ein Wort, das durch die Stille schneidet, im Schacht der Hebeanlage widerhallt, wie ein Gespenst durch den Raum wandert.

Ein Wort, das alle anderen Worte überflüssig macht. »Tot.«

## Theo / Montag, 02.09., 15:05 Uhr

In Theos Kopf spukt unaufhörlich ein Zitat von J. R. R. Tolkien herum, das er irgendwo einmal aufgeschnappt hat. »Und schließlich gibt es das älteste und tiefste Verlangen, die große Flucht, dem Tod zu entrinnen.«

Jakob war nicht schnell genug. Jakob hat seine Deckung verlassen. Jakobs große Flucht ist misslungen. Und er hat keine Chance, es noch einmal zu probieren. Er sitzt hier unten fest, für immer, das ist vielleicht das Schlimmste daran. Dass Jakob gestorben ist mit nichts als Schwärze um sich herum. Dass er nicht auf sein vollgestopftes Bücherregal geblickt hat, während er starb, sondern auf eine Betondecke. Dass er ganz alleine gewesen ist.

Theo fühlt sich wie gelähmt. Er will weinen und kann es nicht. Er will schreien und bringt doch nur lautlose Worte über seine Lippen. Vielleicht sind Sekunden vergangen, vielleicht Minuten, vielleicht Stunden, seit Eileen das furchtbare Wort gesprochen hat. Theo hat keine Ahnung. Er weiß nicht einmal, wie sie von der Hebeanlage wieder zurück in ihr Lager gekommen sind. Er sitzt zusammengekauert auf seinem Bett und hält aus unerfindlichen Gründen seinen Schlafsack im Arm wie ein Kuscheltier. Als könnte der Trost spenden.

Jakob hat den gleichen, nur in Schwarz statt in Dunkelgrün. Nicht hat, hatte. Wird er sich jemals daran gewöhnen können, von Jakob im Präteritum zu denken? Sie sind gemeinsam in einem Sportgeschäft gewesen und haben sich beraten lassen. Als die Verkäuferin gefragt hat, zu welchem Zweck sie die Schlafsäcke verwenden wollen, haben sie einen verschwörerischen Blick getauscht. *Lupus Noctis* ist ihr gemeinsames Geheimnis gewesen. »Hauptsache wind- und wetterfest«, hat Theo gesagt.

»Und widerstandsfähig. So, dass man ihn auch 20 Jahre lang nutzen kann«, hat Jakob hinzugefügt.

Aus Theo will ein bitteres Lachen hervorbrechen. 20 Jahre. Der Schlafsack hat Jakob jetzt schon überlebt.

»Ich gehe noch mal zu ihm.« Lena steht in der Mitte des Raumes. Sie hält eines der Teelichter in der Hand. »Eine Kerze für ihn anzünden.«

Marcel macht eine Bewegung, als wolle er widersprechen, schweigt dann jedoch. Theo weiß, weshalb. Eine Kerze für einen Toten. Das ist Verschwendung ihrer ohnehin knappen Ressourcen. Aber auch nichts, was man verweigern kann.

Josefine steht ebenfalls auf. »Ich komme mit.« Nach kurzem Zögern tritt sie an das Bett heran, in dem Jakob geschlafen hat. Behutsam nimmt sie ein Buch vom Kopfkissen, glättet die Seiten und hält es vorsichtig in den Händen.

»Ihr geht also zu ihm, ja?«, fragt er. Theos Stimme klingt rau.

»Ich bringe ihm sein Buch«, sagt Josefine.

Theo nickt. »Nehmt ihr mich mit?« Er klettert von seinem Bett hinunter und tappt hinüber an die Wand, wo er die Überreste ihrer *Lupus Noctis*-Truhe abgelegt hat.

Eileen, die ebenso wie sie alle schweigend dagesessen hat, den Kopf zwischen den Knien vergraben wie in einer seltsamen Yogaposition, sieht auf. »Ernsthaft? Ihr wollt euch verabschieden? Ein paar Geschenke ablegen wie die drei Heiligen Könige? Und dann ist alles wieder gut, ja? Ihr macht es euch ein bisschen zu leicht, findet ihr nicht?«

»Eileen.« Mehr sagt Marcel nicht, doch sie verstummt.

»Jeder hat andere Methoden, mit seiner Trauer umzugehen.« Lena klingt ein klein wenig trotzig.

»Ihr verdammten Heuchler! Es ist ja nicht so, dass Jakob friedlich in seinem Bettchen verstorben wäre, mit den Enkelkindern drumherum und der Eichensarg steht bereit. Nein, er liegt in diesem Drecksloch voller Maschinenöl. Und da ist er bestimmt nicht freiwillig runtergeschwebt. Sondern jemand hat ihn gestoßen oder gezwungen zu springen oder was weiß ich. Und wahrscheinlich war es einer von euch!«

»Das wissen wir doch nicht, Eileen.« Marcel rückt näher an sie heran und legt den Arm um ihre Schultern.

»Lasst uns gehen.« Lena dreht sich weg und eilt auf die Tür zu. Josefine folgt ihr zögernd. Theo sucht noch einen Gegenstand aus den Truhenüberresten. Schweigend legen sie den Weg zur Hebeanlage zurück. Theo sieht, dass Josefine zögert, ehe sie den Raum betritt. Für einen kurzen Moment lang denkt Theo, dass es vielleicht gar nicht wahr ist, dass sie sich getäuscht haben. Dass Jakob ihnen gleich entgegenkommt, mit seinem Harry-Potter-Hoodie und seinen strubbeligen Haaren. Dass die Grube leer ist.

Doch dann entzündet Lena ihre Kerze. Sie schiebt sie ganz dicht an den Rand des Schachtes und Theo sieht die Umrisse von Jakobs Körper unten liegen. Er schaudert. Lena verharrt in ihrer knienden Haltung auf dem Boden. Ihre Schultern zucken vor unterdrücktem Schluchzen. Josefine geht neben ihr in die Hocke und legt eine Hand auf Lenas Rücken, wie um sie zu trösten. Mit der anderen Hand legt sie Jakobs Buch neben die brennende Kerze. Nun tritt auch Theo vor. Er positioniert eine Spielertruhe neben den anderen Gaben. Es ist die Spielertruhe des Ritters. Jakobs letzte Rolle. Der Ritter, der selbst nach seinem Tod noch etwas verändert. Der statt sein eigenes Leben das der anderen retten kann. Eigentlich ist sein Tod oft die einzige Möglichkeit, das Böse zu besiegen. Für einen kurzen Augenblick kommt Theo der Gedanke, ob es eine Parallele zu ihrer jetzigen Situation geben könnte.

Nein, Blödsinn. Jakobs Tod macht nichts besser, überhaupt nichts. Im Gegenteil. Noch nie hat Theo sich so einsam gefühlt. Noch nie hat er eine derartige Trauer verspürt. Er hat seinen besten Freund verloren. Denjenigen, mit dem er stundenlang an Modellbauflugzeugen getüftelt und Verschwörungstheorien diskutiert hat. Ohne ihn wäre *Lupus Noctis* niemals geworden, was es ist.

Und dann ist plötzlich alles anders gewesen. Die abgebrochene

Spielrunde in der Streunerkatzenvilla ist die letzte gewesen, die sie als beste Freunde gespielt haben. Ihre Freundschaft ist in Feuer und Rauch aufgegangen. Danach hat Jakob sich zurückgezogen. Sie haben kaum noch miteinander gesprochen. Theo hat eine Vermutung gehabt, woran das alles liegen könnte. Er hat geahnt, dass Jakob von Geistern verfolgt wird. Besser gesagt: von *einem* Geist. Aber das auszusprechen hätte alles gefährdet. Theos Zukunft, seine Pläne, sein ganzes normales Leben.

Manchmal ist es besser, Dinge nicht beim Namen zu nennen.

»Es tut mir leid«, Theo bewegt nur lautlos die Lippen, damit die Mädels es nicht mitbekommen. »Ich hätte dich damals nicht im Stich lassen dürfen. Ich hätte dir Hilfe anbieten müssen. Irgendwie. Aber ich hatte Angst.«

Gemeinsam mit Lena und Josefine starrt er in das kleine, flackernde Kerzenlicht. Totenwache. Plötzlich dringt über die Entfernung eine Stimme durch den Bunker. Eine volle Frauenstimme, laut und mit einem melancholischen Klang. Eileen singt für Jakob.

»*This world can hurt you / It cuts you deep and leaves a scar / Things fall apart, but nothing breaks like a heart / And nothing breaks like a heart.*«

Die letzten Töne hallen nach, als Eileen längst verstummt ist. Dann herrscht wieder Totenstille im Bunker. Und Theo merkt, dass ihm Tränen über die Wange laufen. Er wischt sie sich mit dem Handrücken weg.

Was soll dieses Nachdenken über frühere, schönere Zeiten bringen? Es wird nie wieder wie vorher.

Jakob fehlt.

Als sie zurückkommen, ist das Lager leer. Josefine entdeckt einen Zettel, auf den jemand etwas geschrieben hat. Ein Kajalstift liegt daneben. »Wir halten es für besser«, steht dort, »wenn wir den Abend und die Nacht in einem anderen Zimmer verbringen. Würden wir euch auch empfehlen. Nur so.«

Theo sieht, dass Lena auf das Blatt starrt. Sie streckt die Hand aus und streicht über das »wir«. Anscheinend haben Marcel und Eileen sich zusammengetan. Ein kuscheliges Nestchen gesucht. Wieder kommen Lena die Tränen. Josefine streckt hilflos eine Hand nach ihr aus. Lena beachtet sie nicht. »Ich gehe freiwillig und sperre mich irgendwo ein. Mir traut ja sowieso keiner mehr.« Sie rafft ihre Schlafsachen zusammen und verschwindet im Korridor. Sie nimmt nicht einmal eine Lichtquelle mit. Ihr Schluchzen dringt noch eine Weile zu ihnen in den Raum. Gespenstisch ist das.

Plötzlich stehen Theo und Josefine alleine da. »Tja«, Theo reibt sich nervös die Hände. »Und was machen wir jetzt?« Irrt er sich, oder weicht Josefine fast unmerklich vor ihm zurück?

»Ich glaube, mir tut eine Auszeit alleine auch ganz gut. Gedanken sortieren und so.« Sie sieht ihm nicht in die Augen, sondern blickt irgendwo auf einen Punkt neben seinem linken Ohr. »Morgen Früh werden wir uns dann ja sicher wieder alle hier versammeln und besprechen, wie es weitergehen soll, oder?«

»Klar.« Theo greift automatisch nach seinem Holzknobelwürfel und dreht ihn in der Hand. »Du hast doch keine Angst vor mir, oder?«, platzt er plötzlich heraus.

Josefine muss sich sichtbar dazu zwingen, so etwas wie ein Lächeln zustande zu bringen. Es gerät schief, denn ihre Unterlippe zittert dabei. »Jemand spielt ein falsches Spiel. Es ist, als würde sich einer von uns verwandeln und als Nachtwolf durch den Bunker schleichen. Seine Beute attackieren. Und solange wir nicht wissen, wer das ist, sollten wir uns selbst schützen so gut es geht.«

Theo holt tief Luft. »Klar«, wiederholt er. »Tja, dann packe ich auch mal meine Sachen.« Josefine bleibt stehen und plötzlich hat Theo das Gefühl, dass sie ihm nicht den Rücken zuwenden möchte. Der Gedanke macht ihn betroffen und unendlich traurig. Er klemmt seinen Schlafsack unter den Arm, greift sich ein Kissen und eine Kerze. Das Feuerzeug trägt er noch in der Hosentasche.

»Ich bin dann mal weg«, sagt er zu Josefine, die noch immer unbeweglich in der Mitte des Raumes steht. Falls sie das Zitat erkannt hat, findet sie es nicht komisch. Sie nickt nur und blickt ihm hinterher. Ein Blick, in dem sich vor allem eines spiegelt: Misstrauen.


## Hanan / Montag, 02.09., 17:35 Uhr

Jeder Muskel in ihrem Körper protestiert, als Hanan sich wieder auf Isams viel zu hohes Herrenrad schwingt, um nach Hause zu fahren.

Trotzdem zwingt sie sich zu einem weiteren Umweg durch die Ostvorstadt und vorbei an einer leer stehenden Lagerhalle. Aber auch dort findet sie keine Spur und abgesehen von einigen schon etwas in die Jahre gekommenen Wohnhäusern gibt es auch auf dem Rückweg nichts zu sehen, schon gar nichts Interessantes. Bis sie an die Berufsschule kommt.

Das Kranfahrzeug, das heute Morgen am Aufbau des Zeltes beteiligt war, steht quer vor der gesamten Parkbucht. Offenbar hat es schon Feierabend, denn das monströse Zelt ist jetzt fertig. Hanans Einschätzung aus der Ferne war goldrichtig: Es befindet sich genau da, wo eigentlich die Berufsschule ist. Beziehungsweise war, denn von dem gesamten Komplex aus Wirtschafts-

und Berufsschule ist nichts mehr zu sehen. Der gesamte Betonkoloss ist im Inneren des gestreiften Monstrums verschwunden. Der Anblick ist absurd.

Hanan hört auf, in die Pedale zu treten. Sie wird immer langsamer und starrt das verrückte Gebilde an. Jetzt kommt ihr auch wieder in den Sinn, was Frau Enser vorhin gesagt hat: Nagekäfer! Irgendwelche Parasiten hausen in der Berufsschule und sollen morgen ausgeräuchert werden. Nein, vergast, wenn Hanan sich richtig erinnert. Deswegen vermutlich auch das Zelt – damit das giftige Gas im Inneren der Schule bleibt und nicht entweichen kann.

Spontan biegt Hanan ab und fährt direkt zum Vorplatz der Schule. Hier versperrt ihr allerdings ein Bauzaun den Weg. Klar, wenn hier mit giftigem Gas gearbeitet wird, muss sichergestellt werden, dass niemand in die Nähe kommt.

Fasziniert sieht Hanan zu, wie zwei Arbeiter eine Art Schlange zum Zelt schleppen. Offenbar ein meterlanger Sandsack, mit dem sie nun die untere Kante der Zeltplane auf dem Boden befestigen.

»Da drüben noch die Letzte!«, schnauft einer von ihnen. »Dann ist das Ding dicht.«

»Ich überprüfe gleich noch die Klammern an den Übergängen. Für morgen Abend ist wieder ein Unwetter gemeldet und da läuft die Begasung dann schon. Nicht, dass uns der Wind ein Leck ins Zelt reißt.«

»Ja, besser so.« Die beiden machen sich auf den Weg zu einem Kleintransporter, der dicht am Bauzaun steht. Hanan tut hastig so, als würde sie etwas an ihrem Rad überprüfen. Sie will nicht neugierig erscheinen.

»Ha, was bin ich froh, dass ich ab morgen Urlaub habe. Abbauen könnt ihr das Ding dann alleine.«

»Schauen wir mal, wann. Die Chefin meint, könnte länger als drei Tage dauern, weil das Untergeschoss so groß ist und die Mistviecher vermutlich auch da unten hausen.«

Der andere lacht und springt in den Laderaum des Transporters. »Nicht mehr lange!«, ruft er von drinnen. »Wir haben einen der Schläuche an die zentrale Lüftung angeschlossen.«

»Trotzdem. Fünf Meter runter und dann auf die Fläche … wenn da mal der Druck ausreicht.« Beladen mit einer weiteren Sandschlange machen sie sich auf den Weg zurück zum Gebäude und ein Stück ums Eck, bis ihre Gespräche nicht mehr zu verstehen sind.

Hanan lässt von ihrem Vorderreifen ab und schaut noch mal an den gestreiften Zeltplanen hinauf. Sie erbeben im leichten Wind, sodass die ganze Berufsschule aussieht wie ein gigantisches, atmendes Wesen. Richtig unheimlich ist das.

Eines allerdings fragt Hanan sich schon, während sie wieder auf Isams Rad steigt und ihren Weg fortsetzt: Hat der Mann eben einfach maßlos übertrieben oder befindet sich das Untergeschoss der Berufsschule wirklich in fünf Metern Tiefe? Das kommt Hanan doch reichlich tief vor. Wie viele Kellergeschosse hat diese Schule denn bitte?


## Lena / Dienstag, 03.09., 05:50 Uhr

Ein Geräusch reißt Lena aus dem Schlaf. Es ist nicht das erste Mal, dass sie aufwacht: Die Kälte und die Erinnerungen an Jakobs verdrehten Körper auf dem Grund des Schachts haben ihr das Schlafen nahezu unmöglich gemacht. Es ist auch nicht das erste Mal, dass sie von irgendwo im Bunker ein Geräusch zu hören glaubt. In der Stille hört man so einiges, jeden Schritt, jedes Knarren einer Tür, jedes Knacken oder Gluckern in den Leitungen.

Aber dieses Mal ist etwas anders. Das Geräusch, das Lena geweckt hat, ist näher. Nicht irgendwo im Bunker, sondern … direkt vor ihrer Tür.

Lena wagt nicht, sich zu bewegen. Allein das Heben und Senken ihres Brustkorbs lässt den daunengefüllten Schlafsack leise rascheln. War es dumm, den gleichen Raum wie letzte Nacht zu wählen? Weiß, wer auch immer dort draußen steht, dass sie hier drinnen ist?

Aber die Tür ist abgeschlossen, von innen. Der Schlüssel steckt im Schloss, oder? So leise wie nur irgendwie möglich öffnet Lena den Reißverschluss ihres Schlafsacks. Kalte Bunkerluft umfängt sie, als sie herausschlüpft.

Sie lauscht angestrengt. Kein Laut mehr von draußen. Hat sie sich das schabende Geräusch direkt an ihrer Tür nur eingebildet? Ist es möglich, dass ihre Sinne ihr im Halbschlaf einen Streich gespielt haben? Vielleicht.

Bestimmt, redet sie sich ein. Bestimmt. Nur so kann sie sich überwinden, sich der Tür zu nähern. Tastend setzt sie einen Fuß vor den anderen. Nur dank der fluoreszierenden Streifen kann sie überhaupt erahnen, wo sich die Tür befindet. Dort, wo es am dunkelsten ist.

Noch nie hat sie sich so danach gesehnt, einfach auf den Lichtschalter zu drücken und die Dunkelheit zu brechen. Wider besseres Wissen tastet sie sich zum Schalter vor. Er ist, genau wie erwartet, neben der Tür. Sie presst den Finger darauf, unnötig fest, beinahe gewaltsam. Es klickt. Es bleibt dunkel. Lena weiß es schon vorher und trotzdem krampft etwas in ihrem Inneren sich schmerzhaft zusammen.

Sie tastet sich zurück zur Tür und hinunter zur Klinke. Sie wird sie nicht hinunterdrücken, niemals. Aber sie muss den Schlüssel fühlen, muss wissen, dass er wirklich da ist.

Kurz greift ihre Hand ins Leere, doch dann spürt sie ihn. Er ist da, steckt im Schloss, wo er hingehört.

Als etwas Kühles Lenas Handrücken berührt, entfährt ihr ein Schrei. Augenblicklich könnte sie sich auf die Zunge beißen. Nun hat sie sich endgültig verraten. Mit der zweiten Hand tastet sie nach dem kalten Etwas und ein elektrischer Impuls fährt durch ihren Körper, als ihr klar wird, dass es die Türklinke ist, die sich lautlos herabgesenkt hat. Jemand versucht, ihre Tür zu öffnen.

Lena weicht so ruckartig zurück, dass sie mit dem Rücken gegen den Pfosten des Dreierstockbetts knallt und in die Knie geht. Sie lässt sich auf den Boden sinken. Ihren Beinen ist ohnehin nicht zu trauen, sie könnten jeden Moment nachgeben.

Wer steht dort kaum einen Meter von ihr entfernt und will zu ihr hinein? Und warum?

Über ihren eigenen hektischen Atem hinweg hört Lena ein metallisches Schnappen. Die Türklinke, die wieder nach oben schnellt.

Hektisch fährt sie mit den Handflächen über den Fußboden zwischen sich und der Tür. Kein Brief, um alles in der Welt nur nicht noch ein Brief mit Anweisungen! Aber auf dem Boden befindet sich nur eine dünne Staubschicht, sonst nichts.

Es ist absurd, dass die anderen immer noch sie verdächtigen! Sie war es doch, die von Anfang an diese gruseligen Briefe bekommen hat, sie war gewissermaßen das allererste Opfer! Und jetzt will jemand zu ihr. Jemand, der wahrscheinlich alleine gekommen ist, in der Stille der Nacht, im Schutz der Dunkelheit. Wortlos und schleichend. Soll Lena um Hilfe schreien? Würde irgendjemand kommen, wenn sie es täte?

Sie entscheidet sich dagegen und zieht sich stattdessen am Stockbett auf die Beine. Sie muss sich selbst helfen. Sich selbst schützen. Sie tastet nach der oberen Koje des Bettes, zwingt ihre Muskeln dazu, ihr zu gehorchen, und zieht sich mühsam nach oben. Ihr Schlafsack bleibt unten zurück. Alles in ihr protestiert dagegen, sich flach auf den Bauch zu legen und in die Dunkelheit des Raumes zu starren. Ihr Versteck ist lächerlich, aber ein besseres gibt es hier drinnen nicht.

Lena hat jedes Zeitgefühl verloren, sie hat keine Ahnung, wie lange sie dort oben kauert, doch irgendwann hört sie Schritte. Schritte, die sich möglicherweise entfernen. Zumindest hofft sie das.

Trotzdem bringt sie es nicht über sich, ihren Beobachtungsposten zu verlassen. Sie bleibt liegen und versucht, noch einmal einzuschlafen. Ihr ganzer Körper ist klamm vor Kälte, sie muss die Zähne zusammenbeißen, um sie am Klappern zu hindern.

Trotzdem dämmert sie irgendwann weg. Sie weiß nicht wie lange. Den Schmerzen in ihrem Nacken nach zu urteilen, hat sie eine Weile geschlafen, der bleiernen Erschöpfung nach, waren es nur Minuten. Es ist noch genauso dunkel wie zuvor, vielleicht sogar ein wenig dunkler. Bildet Lena es sich nur ein oder lässt die Leuchtkraft der fluoreszierenden Streifen langsam nach? Werden sie nicht blasser? Irgendwann werden sie gänzlich verschwinden. Dann bleiben nur noch undurchdringliche, immerwährende Finsternis und ein gewaltiges Labyrinth von Gängen, in denen ein Nachtwolf auf der Suche nach seiner nächsten Beute umherschleicht.

Ihr Körper ist so ausgekühlt, dass ihre Finger beinahe abrutschen, als sie sich aus der Stockbettkoje gleiten lässt. Im Dunkel tastet Lena nach ihrem Schlafsack und wickelt ihn sich wie einen dicken Daunenmantel um den Körper. Eileen und Marcel haben es sicher gemütlich warm. Sie können sich gegenseitig wärmen. Der Gedanke lässt Lena gleich noch ein wenig mehr frösteln.

Sie legt ihre klammen Finger um den Schlüssel. Auch draußen im Flur wird es dunkel sein. Wie kann sie sichergehen, dass niemand ihr dort auflauert? Ihr bleibt nur eines: Sie reißt die Tür auf, kaum hat sie den Schlüssel im Schloss gedreht, stürzt nach draußen und rennt zu der Tür, die sie für die hält, die zu ihrem Lager führt. Sie ist halb geöffnet und knallt mit Wucht an die Wand, als Lena hereinplatzt.

Ein schriller Schrei ertönt, dann leuchtet das Nachtlicht auf.

»Eileen?« Lena kneift die Augen zusammen, um die Gestalt hinter der Lichtquelle zu erkennen.

»Nein«, piepst die zugehörige Stimme. »Josefine.«

Insgeheim atmet Lena auf. Sie ist nicht in Eileens und Marcels gemeinsames Nest geplatzt. Offenbar hat Eileen das Nachtlicht gestern Abend hier zurückgelassen. Ein weiterer Beweis dafür, dass sie bei Marcel und seiner Taschenlampe sein muss.

Aber immerhin haben sie so Licht. Der warme Schein des Nachtlichts zieht Lena an wie ein Magnet. Sie wirft Josefine einen fragenden Blick zu, doch als diese nickt, tritt sie zu ihr und sie stehen beide dicht an der winzigen Lampe, als wollten sie sich an ihrem Leuchten aufwärmen.

Im blassen Licht streifen sich ihre Blicke immer wieder. Josefine sieht genauso verloren aus, wie Lena sich fühlt. Und halb erfroren. Sie hat gleich mehrere der Armeedecken um sich gewickelt, eine wie ein Handtuch, die zweite wie einen Poncho.

»Hast du die Nacht hier verbracht?«, fragt Lena.

Josefine schüttelt den Kopf. »Ich war … ich bin gerade erst zurückgekommen. Also, vor einer Stunde vielleicht. Oder kürzer? Ich hab keine Ahnung. Hast du noch Akku? Oder eine Uhr?«

»Nein.«

Sie schweigen. Saugen weiter das Licht in sich auf und bringen es nicht fertig, es auszuschalten, obwohl Jakob sicher gesagt hätte, sie müssen ihre begrenzten Ressourcen sparen.

Jakob. Seine Kerze wird mittlerweile sicher auch verloschen sein. Endgültig. Sie können ihm auch keine neue bringen, das sieht Lena ein. Sie brauchen ihre letzten Lichtquellen selbst so dringend. Deshalb sollten sie das Nachtlicht auch ausschalten. Aber sie bringt es nicht über sich.

»Alles okay?«, wispert Josefine, immer noch mit dünner Stimme.

Erst jetzt merkt Lena, dass ihr Tränen über die Wangen laufen. Sie fühlen sich warm an auf ihrer eisigen Haut.

Mechanisch nickt sie. »Es ist nur … ich musste nur an ihn denken. Jakob«, fügt sie schnell hinzu, damit Josefine nicht denkt, sie weine wegen Marcel.

»Es ist furchtbar«, bestätigt Josefine und wendet den Blick ab. Im schwachen Schein des Nachtlichts kann Lena es nicht sicher sagen, aber sie glaubt fast, auch Josefine kämpft mit den Tränen. Was geschehen ist, geht auch ihr nahe. Auch ohne jahrelange Freundschaft zu Jakob.

Sie stehen immer noch schweigend im Schein des Nachtlichts, als Theo zu ihnen stößt. Er späht erst durch die offene Tür, wagt sich aber herein, als er sieht, dass sie bereits zu zweit sind.

Lena spürt, wie auch ihre Muskeln sich ein wenig entspannen. Drei ist gut. Zwei von ihnen können einen dritten leicht überwältigen, wenn es nötig sein sollte.

Theo holt ein Windlicht aus den Trümmern der Truhe, entzündet es mit seinem pinken Feuerzeug und knipst das Nachtlicht aus.

»Schon irgendwelche Pläne?« Theos Stimme klingt rau. Er

wühlt in seinem Rucksack und zieht eine zerbeulte Aluflasche heraus, um einen Schluck zu trinken.

Trinken, richtig. Lena sollte ihre eigene Flasche dringend ebenfalls auffüllen. Aber alleine hinüber in den Waschraum zu gehen, kommt nicht in Frage.

»Leer.« Theo setzt seine Flasche ab und sieht unschlüssig zur Tür.

»Gehen wir einfach alle schnell nachfüllen«, schlägt Lena vor, bemüht, sich die Erleichterung nicht anmerken zu lassen. Hoffentlich sagt Josefine jetzt nicht, ihre Trinkflasche sei noch voll. Mit Theo alleine will Lena auf keinen Fall unterwegs sein.

Doch Josefine springt schon auf. »Gute Idee! Ich hab schon einen ganz trockenen Hals. Wir müssen unbedingt genug trinken.«

Im Gänsemarsch gehen sie in den Waschraum und füllen ihre Flaschen auf. »Tja, jetzt wäre es interessant zu googeln, wie lange ein Mensch nur von Wasser leben kann.« Theo dreht den Wasserhahn zu und macht sich auf den Weg zur Tür. »Wer hätte gedacht, dass so was mal interessant zu wissen wäre.«

»Ich glaube, wir haben noch einen Proteinriegel übrig«, meint Lena, erntet aber nur ein Schnauben. »Ich weiß, das ist nicht viel. Aber besser, als gleich zu verhungern.«

»Sehr tröstlich. Vielleicht sollten wir noch mal alles nach Lebensmitteln durchkämmen. Eventuell hab ich irgendwo noch ein paar Hustenbonbons in meinem Rucksack. Und hat Eileen früher nicht immer diese bunten Kaugummis gekauft? Vielleicht hat sie irgendwo noch eine vergessene Packung. Und Jakob …« Theo verstummt schlagartig.

»Traubenzucker«, murmelt Lena. »Den hat er während des Abis packungsweise gefuttert, obwohl das angeblich sogar kontraproduktiv für die Leistungsfähigkeit ist.« Zu ihrem eigenen

Schrecken steigen ihr sofort Tränen in die Augen. Mühsam blinzelt sie sie zurück und ist zur Abwechslung einmal beinahe dankbar für die Dunkelheit.

In ihrem Lager platziert Theo das Windlicht auf den Boden und sie setzen sich drumherum wie um ein Lagerfeuer. Lena knautscht eine Armeedecke als Sitzkissen zusammen und wickelt den Schlafsack fester um ihren Körper. Sogar Theo trägt mittlerweile eine der Decken über seiner Jacke. Der Hunger macht sie allesamt noch anfälliger für die Kälte. Und die Angst.

Irgendwann tauchen auch Marcel und Eileen auf. Sie haben den Anstand, sich getrennt voneinander in die Lücken zwischen Theo und Josefine beziehungsweise Josefine und Lena zu setzen, auch wenn Lena sich ziemlich sicher ist, dass Eileen kurz zögert, ehe sie neben ihr Platz nimmt.

»Habt ihr noch irgendwas zu essen?« Marcels Stimme klingt nicht rau. Im Gegensatz zu ihnen hat er die Nacht nicht in eisernem Schweigen verbracht. Lena spürt einen schmerzhaften Stich, wenn sie daran denkt, dass er an Eileen gekuschelt mit ihr über ihr weiteres Vorgehen beraten haben könnte, während sie wie gelähmt vor Furcht in ihrer Stockbettkoje gekauert hat.

Theo hebt seine Aluflasche. »Wasser«, meint er. »Aber wir haben vorhin überlegt, ob vielleicht noch irgendjemand Bonbons oder Kaugummi oder so in seinem Rucksack hat. Ich bin langsam an dem Punkt, an dem das nach einem Festmahl klingt.«

»Eichhörnchen à la Katniss«, murmelt Josefine. Niemand reagiert darauf. Lena ist sich beinahe sicher, dass es sich um einen literarischen Witz handelt, über den nur Jakob hätte lachen und etwas darauf entgegnen können. Nun bleibt es still.

Theo beginnt, sämtliche Reißverschlüsse seines Wanderrucksacks zu öffnen. »Eileen, vielleicht kannst du mal nach Kaugummis schauen.«

»Sowas kaufe ich schon lange nicht mehr. Ist total schlecht für die Umwelt.«

»Aber gut gegen den Hunger. Schau einfach mal nach, okay?« Theo wirft seinen Rucksack zur Seite. »Nichts, so ein Mist.« Er greift nach einer zweiten Tasche und will den Reißverschluss öffnen, doch Josefine hält ihn auf.

»Das ist Jakobs Tasche!«

»Ja, und?« Sein schuldbewusster Blick straft Theos Worte Lügen. »Wenn er uns damit vor dem Verhungern retten kann ...«

»Ein paar Traubenzucker retten gar niemanden vor dem Verhungern.« Lena verschränkt die Arme vor der Brust. Sie will, dass Theo den Rucksack auf der Stelle loslässt. Dass er die Finger von Jakobs Sachen nimmt, ganz besonders, solange nicht klar ist, ob es nicht er höchstpersönlich war, der ihn umgebracht hat.

Aber Theo hat die Tasche bereits geöffnet und greift hinein. »Ganz schön viel Gepäck für eine Nacht. Hey, ist das ein Ladekabel? Hoppla!« Gemeinsam mit dem Kabel hat Theo schwungvoll einen flachen Gegenstand aus dem Rucksack gezogen, der im hohen Bogen auf dem Fußboden landet.

»Mann, Theo, pass doch auf.« Marcel bückt sich nach dem Ding. »Technik ist sensibel. Die kann man nicht so durch die Gegend werfen.«

»Ich dachte, ich hätte ein Handyladekabel gefunden.«

»Ohne Strom bringt uns das sowieso nichts«, meint Lena eisig. »Was ist das?«

Marcel ignoriert sie, klappt aber die Schutzhülle auf, sodass Lenas Frage sich von alleine beantwortet. Es ist ein Tablet. »Komisch, das hat er während der gesamten Zeit hier unten weder ausgepackt noch erwähnt. Auch nicht, als es darum ging, Handyakku zu sparen.«

»Sicher, dass es nicht nur ein E-Book-Reader ist?« Eileen beobachtet die Szene von ihrem Platz am Windlicht und hat die Arme vor der Brust verschränkt.

»Ich traue mir durchaus zu, ein Tablet von einem E-Book-Reader zu unterscheiden, danke.« Marcel sieht zu Theo. »Ist da noch mehr drin?«

Als hätte er nur auf diese Frage gewartet, öffnet Theo den Reißverschluss vollends und zieht einen Stapel Wechselkleidung heraus. »Gib mal die Kerze her.«

Weder Eileen noch Lena, die dem Windlicht am nächsten sind, reagieren.

»Nimm die hier.« Marcel zieht die Taschenlampe aus seiner Hosentasche und wirft sie Theo zu. Der fängt sie auf und setzt die Durchsuchung bei Licht fort.

»Leute«, meint er plötzlich. Mehr nicht. Er zieht einen sehr kleinen, quadratischen Gegenstand aus den Tiefen von Jakobs Rucksack. Es könnte alles Mögliche sein – Lena hat noch nicht einmal eine bahnbrechende Idee, worum es sich handeln könnte. Doch Marcel legt das Tablet zur Seite und starrt Theo an.

»Ich hab doch gleich gesagt, die sind nicht aus den Siebzigern.«

Unwillkürlich tritt Lena einen Schritt näher, um den Gegenstand in Theos Händen besser sehen zu können. Schwarz, abgerundete Ecken und eine Linse in der Mitte. Es ist eine Kamera. Eine Kamera, genau wie die, die sie überall im Bunker zerstört haben.

»Ich hätte es euch sagen sollen«, platzt Josefine in die fassungslose Stille hinein. »Ich hab es schon seit einer ganzen Weile geahnt. Aber ich wollte erst sicher gehen. Und dann ... dann ist Jakob ...« Sie holt tief und hektisch Luft. »Ich glaube, Jakob war *Vapor.*«

»*Vapor*?« Lena starrt Josefine an. Eigentlich starren alle sie an. Unter ihren Blicken würde sie am liebsten unsichtbar werden. »Du meinst, Jakob war dieser … dieser verrückte Typ, der irgendwelche Leute für seine Filme umgebracht hat?«

Vehement schüttelt Josefine den Kopf. »Er hat nie jemanden umgebracht! Niemals.«

»Aber … Josefine, das hättest du uns sagen müssen.« Theo kann den fassungslosen Blick gar nicht von ihr reißen. Im Kerzenlicht, mit Monokel und wild zu Berge stehendem Haar sieht er richtig irre aus. »So einen Verdacht behält man doch nicht für sich!«

»Ich wollte erst ganz sicher sein. Wenn ich es einfach angesprochen hätte, dann hätte er doch alles abgestritten! Und außerdem glaube ich immer noch nicht, dass er jemals einem seiner Darsteller auch nur ein Haar gekrümmt hat! So etwas hätte er nie getan!«

»Das glaube ich auch nicht«, bestätigt Lena. »Nicht Jakob.«

»Ich weiß nicht …« Eileen sieht hektisch von einem zum anderen. »… wenn Jakob die Kameras hier unten angebracht und uns heimlich gefilmt hat … das ist gruselig und nicht gerade normal, oder?«

»Glaubst du, er hat uns schon öfter beim Spielen gefilmt?« Auch Marcel scheint sich ziemlich unwohl in seiner Haut zu fühlen.

Leider kann Josefine nicht gerade etwas dazu beitragen, dass die Lage sich entspannt: »Da bin ich mir fast sicher. In … in *Vapors* Filmen kamen öfter Szenen vor, die … also, im Nachhinein ist es ziemlich eindeutig, dass sie euch beim Spielen zeigen. Herumschleichende Gestalten und welche, die in finsteren Ecken herumsitzen. Und immer wieder Windlichter. Ich dachte immer, das wären die gleichen Personen, die dann auch die literarischen Figuren spielen, aber ... wahrscheinlich seid ihr das gewesen.«

»Mir ist irgendwie schlecht.«

»Ja, okay, das ist nicht normal«, räumt Lena ein. »Wenn es stimmt. Ich meine ... die Kamera alleine beweist noch nicht einmal, dass Jakob wirklich dieser *Vapor* war!«

»Wenn das Ding hier noch Saft hat, können wir es innerhalb einer Minute rausfinden.« Theo hebt das Tablet auf und macht sich daran zu schaffen. »YouTube-Login-Daten, Verläufe ...«, murmelt er dabei.

»Kein Netz, Theo!«, erinnert Eileen ihn. »Das bringt nichts.«

»Aber das hier.« Theo hält ihnen das Tablet entgegen und sie drängen sich darum.

Josefine bleibt, wo sie ist. Sie braucht keinen Beweis dafür, dass Jakob *Vapor* war. Sie ist sich sicher, spätestens seit ihrem Gespräch über die Uhlbergkapelle. Er hat sich verraten und auch vorher schon war alles an ihm verdächtig. Sein Humor, seine Art zu sprechen, die literarischen Witze, selbst die Sympathie, die Josefine von der ersten Minute an für ihn empfunden hat. Als wäre er ein alter Bekannter. Und so ähnlich war es dann ja auch. *Vapors* Filme kennt sie in- und auswendig, sie hat jeden davon gesehen. Die meisten mehrmals. Deshalb hat sie auch keine Mühe zu erkennen, was Theo gefunden hat, als Eileen laut vorliest: »Burgruine Uprode – Rue, Uhlbergkapelle – Romeo und Julia, Geisterbahnhof München – Crampas, Wartturm Kleinochsenfurt – Dumbledore, alte Glasschleife ... klick mal einen Ordner an, Theo!«

Sie streckt die Hand aus, doch Theo zieht das Tablet zur Seite. »Finger weg! Diesen hier.«

»Ach bitte, nicht schon wieder diese blöde Villa.«

»Sieht so aus, als wäre er erst dort gewesen, nachdem sie schon abgebrannt war«, meint Lena, die über Theos Schulter blickt.

Nun kann Josefine sich doch nicht mehr zurückhalten. Sie tritt näher und erhascht ebenfalls einen Blick auf einen Ordner, randvoll mit Filmdateien, deren winzige Vorschaubildchen verkohlte Ruinen zeigen. Und da ist auch das Video, das Theo so dringend sehen wollte: der Film über die Streunerkatzenvilla. Hier betitelt als »Streunerkatzenvilla – Werther«. Josefine kennt ihn, aber tatsächlich ist es einer der wenigen, die sie nur ein einziges Mal angesehen hat. Werther, der sich zwischen den Überresten der Villa eine Pistole in den Mund steckt, während *Vapors* verzerrte Stimme im Hintergrund über die nie geklärte Geschichte der Villa spricht. Darüber, dass es Brandstiftung war, man aber bis heute nicht weiß, ob der Tote darin auch der Täter gewesen ist oder nicht. Diesen Film fand sie schrecklich.

Gleich wird sie ihn wohl oder übel noch einmal zu sehen bekommen, denn Theos Finger schwebt bereits über der Datei.

»Er hat zwei Videos geschnitten«, stellt Marcel plötzlich fest und deutet auf das Display. »Hier. ›Streunerkatzenvilla – Werther‹ und ›Streunerkatzenvilla – die wahre Geschichte‹.«

Josefine läuft ein eisiger Schauer über den Rücken und auch die anderen machen einen unbehaglichen Eindruck.

»Was meint er damit? Die wahre Geschichte?«, fragt Theo. Er sieht Josefine an, irgendwie anklagend. »Du hast nicht gesagt, dass es zwei Videos gibt!«

»Es gibt keine zwei Videos. Auf YouTube ist nur das über Werther. Es ist nicht besonders gut. Er hat viel bessere gemacht. Das über –«

Doch Theo senkt den Blick wieder auf das Tablet und tippt zweimal schnell hintereinander auf das Vorschaubild von »Streunerkatzenvilla – die wahre Geschichte«.

Sofern möglich drängen sie sich alle noch dichter um ihn, dieses Mal auch Josefine. Schon an den ersten Sekunden erkennt sie, dass Jakob dieses Video nicht für seine Reihe auf YouTube geschnitten haben kann. Der übliche Einspieler fehlt, auch die eingeblendeten Koordinaten zu Beginn. Aber seine leicht verzerrte Stimme, während die ersten Aufnahmen der Ruine aus Drohnenperspektive durchs Bild laufen, ist die gleiche wie immer.

»Einst eine stolze Villa, erfüllt von Kinderlachen. Dann eine Ruine, bewohnt von Streunerkatzen. Jetzt ein Raub der Flammen, nur mehr verbrannte Erde. Ein Toter, dessen Geschichte niemand kennt. Selbstmord, Mord oder doch ein schrecklicher Unfall?« Die Drohne sinkt rasant, ein übelkeitserregender Zoom auf die verbannte Villa. »Aber was, wenn jemand das Schweigen bricht und gesteht, dass es nicht die Flammen waren, die das unschuldige Leben einforderten? Dass sie nur verschleiern sollten, was wirklich geschah?«

Das Bild wird schwarz und bleibt es so lange, dass Josefine beinahe denkt, Jakob hätte das Video nie zu Ende geschnitten. Vermutlich fehlen deshalb auch Einspieler und Koordinaten. Es ist nur eine alternative Einleitung für die Werther-Szene. Nichts anderes.

Doch dann erwacht das Display wieder zum Leben und taucht den Raum und ihre Gesichter in überirdisch bläuliches Licht. Die Luftaufnahmen sind beendet, der Filmer muss sich jetzt direkt in den Trümmern der Villa befinden. Er läuft durch die ehemaligen Räume, die am Fundament noch vage zu erkennen sind. Hier und da ein Stück Wand, das wie ein verfaulter Zahn aus dem Nichts emporragt.

»Es war am Abend zuvor. Vor dem Brand.«

Josefine scheut zurück, Lena schlägt die Hand vor den Mund

und Marcel treten Tränen in die Augen. Es ist nicht mehr *Vapor*, der spricht. Das hier ist Jakobs Stimme, seine echte, ohne Verzerrer, so normal und so vertraut, als stünde er hier mit ihnen im Raum. Josefine kann es Eileen nicht verdenken, dass sie sich umsieht, ehe sie den Blick wieder auf den Bildschirm heftet.

»Wir stiegen durch ein zerbrochenes Fenster ein, Marcel und ich. Es war einfach. Wir hatten schon schwieriger zugängliche Gebäude betreten. Dann ließen wir die anderen durch die Tür herein. Lena wollte im Erdgeschoss spielen.«

Bei der Nennung ihres Namens zuckt Lena zusammen. Sie macht eine reflexartige Bewegung, als wolle sie nach Marcels Hand greifen, verschränkt dann aber die Arme vor der Brust.

»Sie hatte Angst, der Boden könnte nicht mehr tragen. Wahrscheinlich zu recht. Wir entschieden uns trotzdem für oben. Die Treppe war ziemlich mitgenommen, ein paar Stufen waren eingebrochen. Eileen ging als Erste hinauf, mit Hanan, weil die beiden am leichtesten waren. Theo und ich bildeten das Schlusslicht.«

Von der Treppe ist offenbar nichts übrig. Vielleicht stand sie einmal an der Stelle, auf der jetzt für einige Sekunden der Fokus der Kamera verweilt. Es könnte sein.

»Oben angekommen, sah Theo sich um. Ich kannte das schon. Er baut immer eine Alarmanlage, damit wir gewarnt werden, falls jemand uns auf die Schliche kommt. Falle nennt er das.«

Josefine reißt den Blick von den Aufnahmen der Ruine los und sieht Theo an, der wie gebannt auf das Tablet starrt. Das Flimmern der Bildwechsel spiegelt sich in seinem einzelnen Brillenglas.

»Er bat mich, ihm mit einer wuchtigen Kommode zu helfen. Wir trugen sie zur Treppe. Ich dachte, er wollte sie verbarrikadieren.«

Theo schüttelt den Kopf. Josefine ist sich ziemlich sicher, dass er es selbst nicht einmal bemerkt. In ihrem leeren Magen knäult sich Übelkeit zu einem Klumpen zusammen. Sie hat eine schreckliche Ahnung, was Jakob gleich erzählen wird. Nacheinander sieht sie in die Gesichter der anderen und erwartet, Schuldbewusstsein darin zu sehen, doch sie starren nur wie hypnotisiert auf das Tablet.

»Aber er schob die Kommode bis über die oberste Stufe hinaus. Ich machte Witze, ob er sie hinunterwerfen wolle. Er sagte, er nicht, aber die leichteste Erschütterung würde reichen, um sie auf die Reise ins Erdgeschoss zu schicken. Nachher erschlägt sie noch einen von uns, wandte ich ein. Wir sind ja hier oben, erwiderte Theo. Und bevor wir gehen, ziehen wir sie zurück an ihren Platz.«

Immer noch schüttelt Theo den Kopf, unaufhörlich.

»Wir begannen unser Spiel. Es war in der zweiten Tagphase, als wir zum ersten Mal etwas hörten. Wir schalteten die Taschenlampen aus und lauschten, doch da war nichts. Wir dachten uns nichts weiter dabei. Es war nicht das erste Mal, dass wir unser Spiel unterbrechen mussten – wir waren immer sehr vorsichtig. Besonders Theo wollte nicht riskieren, entdeckt zu werden. Wegen seiner Zukunft. Bloß keine Anzeige wegen Hausfriedensbruch oder ein anderer Makel im Lebenslauf. Deshalb auch die Fallen.«

Josefines Blick huscht abermals zu Theo. Er schüttelt nicht mehr den Kopf, sondern wirkt nun wie eine Statue.

»Wir spielten weiter«, fährt Jakobs Stimme fort. »In der Stille der nächsten Nachtphase waren wir uns ganz sicher: Das waren Schritte im Erdgeschoss. Vielleicht hatte jemand das Licht unserer Kerzen gesehen. Ein Nachbar oder Spaziergänger. Wir rafften unsere Sachen zusammen und flüchteten. Marcel fand ein

Fenster, von dem aus wir auf die Verandaüberdachung steigen konnten und von dort aus am Rosenspalier herunter. Er testete es – es klappte. Er half den Mädels, dann wartete er auf Theo, der langsam ungeduldig wurde und immer wieder Blicke über seine Schulter warf. Ich hielt ihn fest. Fragte ihn nach der Falle. Ich wollte sie abbauen. Theo schüttelte den Kopf. Zu riskant, sagte er. Wir werden erwischt. Er stieg aus dem Fenster. Ich folgte ihm. Ich war feige und ich konnte die schwere Kommode auf dem brüchigen Boden sowieso alleine nicht bewegen. Aber es ließ mir keine Ruhe. Die ganze Nacht nicht und auch nicht am nächsten Tag.«

Das Bild des Videos bleibt stehen. Es fokussiert eine Stelle auf dem, was früher einmal der Fußboden der Streunerkatzenvilla gewesen ist. Kein Parkett mehr, nur noch der Beton des Fundaments und ein Haufen Schutt darauf. Der Stillstand der Kamera jagt Josefine eine Gänsehaut über den Körper, die einfach nicht mehr weggehen will. Jetzt. Jetzt wird Jakob die versprochene Wahrheit erzählen. Die wahre Geschichte des Toten in der Streunerkatzenvilla.

»Ich ging in die Villa zurück. Ich fragte mich, wie ich die Treppe hochkommen sollte, um die Kommode zurück an ihren Platz zu schieben. Aber die Kommode stand nicht mehr auf der obersten Stufe.« Kaum merklich stockt Jakob an dieser Stelle. Er zögert, ehe er weiterspricht, kaum wahrnehmbar, aber es ist das erste Mal, dass etwas seinen Redefluss unterbricht. »Sie hatte ihren Zweck erfüllt und war die Treppe hinuntergestürzt. Nur hatten wir es nicht mehr gehört, weil wir schon weg gewesen waren. Und der Mann …« Er holt hörbar Luft. »… lag darunter.«

»Nein!«, keucht Lena. Sie verbirgt das Gesicht in den Händen. Eileen wühlt in ihren Haaren, als wolle sie sich am liebsten die

Ohren zuhalten, und Marcels Hände zucken in Richtung Tablet, das Theo eisern umklammert hält. »Wir … wir haben …«

»Scht«, macht Theo. Jakob spricht weiter, Josefine hört es, aber die Übelkeit in ihrem Bauch hat sie fest im Griff. Sie atmet tief ein und aus. Wo ist ihr Spray? Ihr Brustkorb ist wie zugeschnürt, ihre Luftröhre eng.

»Niemand durfte es erfahren«, sagt Jakob gerade, als sie ihren Atem wieder ein wenig im Griff hat. »Ich musste … ich hatte keine andere Wahl. Ich benutzte Benzin. Ich legte den Brand. Ich sah zu, wie die Villa in Flammen aufging und mit ihr alle Beweise für das, was wir getan hatten. Ich sagte kein Wort zu irgendjemandem, sondern lebte mein Leben weiter, wie die anderen. Aber die Bilder wollten nicht verschwinden.« Seine Stimme klingt jetzt gepresst, als koste ihn jedes Wort immense Kraft. »Ich träumte von dem Körper unter der zertrümmerten Kommode, wenn ich schlief. Ich dachte über ihn nach, wenn ich wach war. Ich besuchte das Grab des Mannes. Es half nicht. Nicht einmal Horrorfilme konnten die Bilder in meinem Kopf ersetzen. Nur meine eigenen Filme. Sie helfen mir, durchzuhalten. Machen die Erinnerung nur zu einer schrecklichen Szene von vielen, nur zu einem weiteren Film.«

Die Drohne übernimmt nun wieder. Sie erhebt sich aus den Trümmern der Villa, steigt auf, bis die Leonardsruhstraße ins Bild kommt, die Nachbarschaft, das Waldbad, der Burgstall. Die ausgebrannte Ruine wird zu einem dunklen Fleck auf der Luftaufnahme und *Vapor* meldet sich wieder zu Wort: »Nur ein weiterer Film«, wiederholt er. »Ashes to ashes, dust to dust – *Vapor* crashes because … he must.«

Auch als der Bildschirm längst schwarz geworden ist und anzeigt, dass das Video zu Ende ist, starrt Marcel weiter darauf. Er kann nicht glauben, was er da gerade gesehen hat. Wenn das stimmt, dann haben sie einen Menschen getötet. Dann ist er ein Mörder. Und er hat es fast zwei Jahre lang nicht geahnt.

»Habt ihr das gewusst?« Josefine ist die Erste, die die Stille unterbricht. »Dass durch euer Spiel jemand gestorben ist?« Sie sieht von einem zum anderen. Marcel bemüht sich, ihrem Blick standzuhalten. Sie sieht fassungslos aus. So fassungslos, wie Marcel sich fühlt. Nur für Josefine muss es ungleich schlimmer sein. Sie ist mit lauter Leuten hier unten eingesperrt, die einen Todesfall verschuldet und anschließend vertuscht haben. So muss es auf sie wirken. »Ich habe es nicht gewusst«, sagt er leise. »Und es tut mir unfassbar leid, dass Jakob diese Last mit sich herumgetragen hat. Er hat uns alle geschützt, indem er die Villa niedergebrannt hat. Und wir hatten keine Ahnung.«

Er merkt, dass Eileen ihn von der Seite mustert. »Armes, unschuldiges Lämmchen«, murmelt sie. Es klingt ironisch und Marcel sieht sie fragend an, doch Eileen winkt ab.

Josefine hat den Blick gesenkt und zupft an ihrem Cardigan herum. Anscheinend mag sie keinen von ihnen mehr ansehen.

»Ich habe mich tausendmal gefragt, was mit Jakob los ist. Es war so komisch, wie sehr er sich verändert hat.« Lenas Gesicht leuchtet blass durch die Dunkelheit. »Aber dass es einen so furchtbaren Hintergrund gibt …«

Eileen unterbricht sie. »Ich fand es ehrlich gesagt von Anfang an dubios. Wir spielen in der Streunerkatzenvilla, werden beinahe erwischt, hauen ab, und kurz darauf brennt das Teil nieder und ein Toter wird darin gefunden. Vielleicht derjenige, der uns auf den Fersen war? Ich habe mich schon gefragt, ob es da einen Zusammenhang gibt. Und ihr bestimmt auch! Tut doch nicht so unschuldig!« Nun ist sie es, die im Kreis herumblickt.

Marcel starrt sie an. Hat Eileen wirklich gedacht, er wisse, dass ihr Spiel so schrecklich schiefgelaufen ist? Als sie seinem Blick begegnet, seufzt sie. »Marcel kann ich es ja gerade noch abnehmen, dass er keine Nachrichtenseiten liest und von dem Toten nicht groß was mitbekommen hat. Aber Lena, die täglich mit der Nachbarin einen Plausch hält und im *Altmühlboten* sieht, wenn jemand geheiratet hat, und dann eine Glückwunschkarte schickt, die wird ja wohl davon gehört haben.«

In Josefines Cardiganärmel hat sich mittlerweile ein kleines Loch aufgetan. Sie zupft weiter an den Maschen.

»Ich bin hier. Du kannst direkt mit mir sprechen«, sagt Lena leise.

Eileen ignoriert sie. »Und Theo, unser Superhirn, dir nehme ich es am allerwenigsten ab, dass du nichts davon geahnt hast. Wir haben gerade im Video gesehen, dass du es gewesen bist, der Jakob daran gehindert hat, zurückzugehen, um die Falle abzubauen. Und du hast diese lebensgefährliche Konstruktion ja überhaupt erst aufgebaut.«

Theo greift nervös nach seiner Brille, stoppt die Hand jedoch, als er das geflickte Gestell ertastet. »Das habe ich auch nie behauptet. Also, dass ich es nicht wusste.«

»Was?!« Marcel fährt auf. Er kann nicht glauben, was er da hört. »Du hast uns weiter an Lost Places geführt, in aller Seelenruhe dein Einser-Abi gemacht und dein Studium begonnen, obwohl du *wusstest*, dass wegen dir ein Mann gestorben ist?«

»Es war doch ein Unfall!« Theo senkt den Kopf. »Und ich war mir nicht sicher. Jakob hat nie etwas gesagt. Irgendwie habe ich wohl gehofft, dass ich mich irre.«

»Nee, is klar.« Eileen verschränkt die Arme vor der Brust. »Ihr seid solche Heuchler.«

Josefine zerrt an einem losen Faden, bis er abreißt. »Ich verstehe das alles nicht.«

»Eileen, warum hast du denn nie was gesagt?« Marcel will das unbedingt wissen.

Eileen schüttelt unwillig ihren Kopf. »Ich hatte das Gefühl, ihr wollt alle nicht drüber reden. Jedes Mal, wenn das Thema Streunerkatzenvilla aufkam, ist die Laune aller spürbar in den Keller gesunken. Also habe ich geschwiegen. Und mir gedacht, dass es ja nicht nur unsere Schuld ist. Jeder, der in ein baufälliges Haus rennt, weiß doch, dass das potenziell gefährlich ist.«

Lena reibt sich die Hände in einer unbewussten Geste, als müsse sie sich reinwaschen. »Trotzdem. Ich finde es furchtbar, was wir gemacht haben. Ein Mann ist gestorben, wegen uns! Was, wenn er Familie gehabt hat, ein kleines Kind oder kranke Eltern, um die er sich gekümmert hat!«

»Aber es ist ein Unfall gewesen«, beharrt Theo. »Ein schrecklicher Unfall.«

»Den wir nicht mehr rückgängig machen können.« Marcel nickt. »So gerne ich das täte.«

Theo beugt sich zu Lena hinüber. »Du hattest doch immer einen ganz guten Draht zu Jakob. Hast du denn nicht mitbekommen, dass er so sehr abgedreht ist?«

»Wieso ich? Du warst doch sein bester Freund!«, ruft Lena.

Marcel mustert Theo. »Was willst du damit sagen?«

»Na ja, es ist doch jetzt klar, dass er es gewesen ist, der uns hier unten eingesperrt hat, oder?«

Nach dieser Eröffnung herrscht abermals Schweigen. In Marcels Kopf überschlagen sich die Gedanken. Jakob soll der Täter sein? Dass Jakob dieser seltsame *Vapor* ist und sie offensichtlich die ganze Zeit heimlich gefilmt hat, ist schon schlimm genug. Aber dass er sie und sich selbst absichtlich eingesperrt hat, das kann doch nicht sein. Warum? Wozu?

Blitzartig fällt Marcel etwas ein. Doch bevor er den Gedanken fassen kann, ist er schon wieder verschwunden. Verdrängt von den unfassbaren Offenbarungen der letzten Minuten.

»Was? Wieso denn Jakob?« Josefine scheint auch nicht überzeugt. »Dann wäre er doch jetzt nicht tot.«

»Von Selbstmord will ich ja auch gar nicht sprechen, aber es kann doch auch einfach ein weiterer tragischer Unfall gewesen sein.« Theo zuckt die schmalen Schultern. »Vielleicht ist er über die Absperrung geklettert, um zu sehen, ob dort unten etwas ist, das wir in puncto Stromversorgung brauchen können. Und dabei ist er unglücklich gestürzt.«

Lenas Stimme zittert hörbar. »Dann war er es auch, der mir die Briefe geschrieben hat? Der mich erpresst hat?«

»Wer denn sonst?« Theo breitet die Arme aus. »Seht ihr hier sonst noch jemanden mit einem Trauma? Jemanden, der literarische Tode nachstellt, um mit den Bildern in seinem Kopf klarzukommen? Jemanden, der heimlich seine Freunde bespitzelt und filmt? Jemanden, dessen Leben immer mehr den Bach runtergegangen ist?«

»Du meinst, er hat sich an uns rächen wollen?«, fragt Marcel. Aus Jakobs Sicht betrachtet muss das tatsächlich unfair gewesen sein. Sie alle haben ihr Leben weitergelebt, unbeeinflusst von den Geschehnissen, die sie verursacht, aber nicht miterlebt haben. Und Jakob hat für sie alle den Kopf hingehalten. Da liegt es nahe, dass in ihm der Wunsch nach Rache erwacht ist. Doch statt sie ans Messer zu liefern, bei der Polizei anzuzeigen oder sie direkt zu konfrontieren, hat er diesen Weg gewählt. Einen Weg, der an die Grausamkeit eines Katz-und-Maus-Spiels erinnert.

»Eigentlich hätten wir es viel eher checken müssen. Wer sonst würde sich ausdenken, ein *Lupus Noctis*-Spiel Realität werden zu lassen?« Eileen wuschelt sich durchs Haar. »Er ist einfach durchgeknallt.«

Josefine rutscht unruhig auf ihrem Schlafsack hin und her. »Ich kann mir das bei Jakob wirklich nicht vorstellen. Er war doch so hilfsbereit. Wisst ihr noch, als ich den Asthmaanfall hatte und Jakob mir geholfen hat?«

Theo presst sichtbar die Lippen aufeinander. »Jakob hat die ganze Zeit gewusst, dass er theoretisch jederzeit aus dem Bunker rausspazieren kann. Kein Wunder, dass er da ruhig geblieben ist. Außerdem bist du ja die einzige Unschuldige hier. Dass er zu dir nett war, ist also eigentlich logisch.«

»Aber …« Josefine verstummt unsicher.

Als sie nichts mehr sagt, ergreift Theo wieder das Wort. »Was mir gerade auch noch einfällt: Ich muss an unser Gespräch denken, das wir gestern geführt haben. Oder war es vorgestern? Als es darum ging, wer eigentlich alles wusste, wo es hingeht. Denn strenggenommen war es Jakob, der mich auf die Idee gebracht hat, uns hier ins Hilfskrankenhaus einzuschleusen. Er hat auffällig oft erwähnt, was für ein ultracooler Spielort das wäre. Damals habe ich mir natürlich nichts dabei gedacht. Aber jetzt…«

Marcel hat keine Lust mehr, sich an den Vermutungen zu beteiligen. Es fühlt sich so falsch an, ausgerechnet den zu beschuldigen, der sich nicht mehr wehren kann. So ungerecht, dass sie gestern tränenreich um Jakob getrauert haben und nun zornig auf ihn sind.

»Trotz allem bleibt das Problem, dass der Schlüssel weg ist.« Theos Stimme klingt hoffnungslos. »Und der, der ihn genommen hat, kann uns nicht mehr sagen, wo er ihn versteckt hat.«

Marcel vergräbt das Gesicht in den Händen. Sie werden nie

hier rauskommen. Er wird die Sonne nie wieder sehen. Sie werden alle hier unten sterben, genauso wie Jakob.

»Ich weiß, es klingt ganz furchtbar…« Es kostet Lena sichtlich Überwindung, weiterzusprechen. Marcel, der kurz den Kopf gehoben hat, wendet schnell wieder den Blick ab. »… aber wäre es eine Überlegung, dass wir schauen, ob er ihn vielleicht noch – also, na ja – bei sich trägt?«

»Du willst seine Leiche fleddern?« Josefine schreit fast auf.

»Nein, gar nicht! Nur kurz schauen, ich meine, Eileen war ja schon unten und …«

»Dann darfst du das diesmal gerne selbst machen.« Eileen wirft Lena einen kühlen Blick zu. »Wenn du so scharf darauf bist.«

»Bin ich nicht, ich wollte nur…« Lena beginnt zu schluchzen.

»Sein Gepäck haben wir zwar schon durchgesehen. Aber da haben wir nicht gezielt nach dem Schlüssel gesucht. Vielleicht machen wir erst mal das«, schlägt Theo vor. Marcel steht sofort auf und folgt Theo zu Jakobs Schlafkoje. Bloß weg von der weinenden Lena. Sich auf andere Dinge konzentrieren. Als sie vorhin in Jakobs Rucksack gesehen haben, haben sie das Tablet gefunden. Das Tablet mit dem gespeicherten Film. Marcel hat sich noch gedacht, dass Jakob eine beeindruckende technische Ausrüstung gehabt hat. Diese Kameras, die das aufgenommene Material mithilfe eines oder mehrerer Repeater zur Signalverstärkung direkt an ein via WLAN verbundenes Gerät senden. Wenn sich beide Geräte innerhalb des Bunkers befinden, funktioniert das, da sie ihr eigenes Netz aufbauen. Sehr praktisch. Plötzlich fällt Marcel ein, was vorhin sein Bewusstsein gestreift hat. Wenn Jakob *Vapor* war und sie gefilmt hat, dann ist das Videomaterial aus dem Bunker vielleicht schon auf dem Tablet gespeichert. Dann haben die Kameras vielleicht aufgenommen, wie Jakob selbst den Schlüssel aus der Dunkelkammer genommen und versteckt hat.

»Her mit dem Tablet!«, ruft er aufgeregt. »Vielleicht haben wir doch noch eine Chance!«


**Theo** / Dienstag, 03.09., 07:20 Uhr

Theo beugt sich gemeinsam mit Marcel über das Tablet. Hoffentlich reicht der Akku, um die gespeicherten Kameraaufnahmen anzuschauen! Er hält sein Monokel fest und wirft einen Blick auf die Anzeige. Noch 23 %. Eileen klebt dicht an ihm dran, Josefine hat sich neben Marcel positioniert und Lena sitzt ihnen gegenüber und reckt den Kopf, um auf den Bildschirm sehen zu können.

»Mal sehen…« Marcel öffnet fieberhaft verschiedene Ordner und murmelt dabei vor sich hin. »Welcher Kameratyp? Verdammt, wie hießen die, ich hab es doch gesehen. Bestimmt ist der Ordner danach benannt.«

Theo wagt es nicht, ihn zu stören.

»Hier! Das muss es sein!« Marcel sticht mit dem Zeigefinger auf eine lange Reihe von Videodateien. Alle tragen komplizierte Namenskürzel aus Buchstaben und Zahlen.

»Such nach dem Datum!«, ruft Eileen.

Theo rechnet kurz nach. »Der 31.08. interessiert uns! Das war der Samstag. Da hat Lena den Schlüssel in die Dunkelkammer gelegt und jemand hat ihn dort weggenommen.«

Marcel öffnet eine der Dateien. Sie sehen einen Flur. Schnurgerade, düster, in Grautönen. Nur der Leuchtstreifen hebt sich farblich von den Wänden ab.

»Da kommt wer!«, ruft Lena.

Tatsächlich schlendern zwei Gestalten ins Bild. Theo erkennt Josefine und zu seinem Erstaunen sich selbst. Sie schleppen die *Lupus Noctis*-Truhe mit sich.

»Da sind wir auf dem Weg, um im Chefarztzimmer das Spiel vorzubereiten.« Josefine beugt sich näher heran. »Irgendwie gruselig, wie zwei Geister.«

»Das Bild ist gar nicht schlecht«, befindet Marcel, »dafür, dass hier unten kein Tageslicht herrscht.«

Die Aufnahme bricht ab, sobald Theo und Josefine aus dem Bild getreten sind.

»Interessant. Die Kamera hat einen Bewegungssensor und filmt tatsächlich nur, wenn in ihrem Blickwinkel Aktivität herrscht«, erklärt Marcel.

»Such eine spätere Aufnahme. Das war ja noch nachmittags.«

Marcel scrollt nach unten und klickt auf eine Aufnahme, die laut Anzeige um 20:05 Uhr aufgenommen worden ist. Ein weiteres Video öffnet sich. Diesmal ist alles in Grautönen gehalten. Ein leichtes Flimmern liegt über der Aufnahme. Klar, das muss eine Nachtszene aus der Partie *Lupus Noctis* sein. Josefine keucht erschrocken auf. Auch Theo braucht einen Moment, bis er versteht, was er da sieht. Ein lang gestreckter, liegender Körper, ein seltsames Flackern auf Höhe des Bauches.

»Das bin ich«, ruft Eileen. »Auf der Liege im OP. Diese Leuchtkugel da auf meinem Bauch ist das Teelicht. Den Kopf sieht man nicht ganz, aber schaut, hier ist mein Kinn.« Sie deutet auf den Bildschirm.

»Aber du liegst doch ganz still, warum ist die Kamera angegangen?«, fragt Josefine.

»Vielleicht ist das die Nacht, in der die Hure bei mir genächtigt hat und Theo hat mal kurz einen Fuß ins Bild gereckt?«

»So unbequem habe ich noch nie irgendwo verharrt«, knurrt Theo.

Plötzlich tritt eine Gestalt ins Bild.

»Marcellino«, murmelt Lena und schlägt sich dann die Hand vor den Mund. Eileen wirft ihr einen finsteren Blick zu. Marcel im Video beugt sich über die regungslose Eileen. Theo sieht interessiert zu. Er hat das damals von seinem Versteck unter der Liege aus nur unzureichend mitbekommen. Allerdings genug, um sich zu fragen, was zwischen den beiden vorgefallen ist. Marcel fummelt an Eileens Arm herum, dann, plötzlich, bricht das Video ab. Marcel hat es angehalten. »Das ist die Verwandlungsszene«, erklärt Marcel hastig, »komplett überflüssig, die anzuschauen. Mit dem Schlüssel hat das gar nichts zu tun.«

Theo sieht zu Lena hinüber, die reglos auf den Bildschirm starrt und sich dabei auf die Lippe beißt. Dann zu Eileen, die seinen Blick herausfordernd erwidert. Er beschließt zu schweigen.

Marcel öffnet weitere Dateien und schließt sie gleich wieder, sobald klar ist, dass sie das Video nicht weiterbringt. »Wenn wir doch bloß wüssten, ob die Kamerastandorte irgendwie geordnet sind«, stößt er hervor. »Dann könnte ich schauen, ob ich was in der Nähe der Dunkelkammer finde.«

Weitere Ausschnitte aus ihrer Partie *Lupus Noctis*. Immer mehr Lebenslichter verlöschen. Theo fühlt ein nervöses Zucken in seinen Händen. Er greift nach seinem Würfel in der Hosentasche. Einige Ereignisse aus dem Spiel sind auf seltsame Weise Realität geworden. Lena hat um Marcels willen ihre beste Freundin verraten – und dadurch letztendlich beide verloren. Wie bei seiner letzten Rolle hat sich Jakobs Geheimnis erst mit seinem Tod gelüftet. Und sie sitzen im Dunkeln, einer ungewissen Gefahr ausgeliefert. Bloß, dass sie im Spiel am Ende dann alle tot waren …

Marcel öffnet ein weiteres Video.

Da sind sie, alle in der Küche versammelt. Und sie scheinen genau zu ihnen hin zu starren. Theo sieht sich selbst in die Augen. Oder besser: seinem vergangenen Ich.

»Was machen wir da? Das sieht extrem unheimlich aus.« Josefine runzelt die Stirn.

»Krass! Da haben wir die Kamera entdeckt. Jetzt müsste Marcel gleich hochklettern.«

Und tatsächlich schwingt Marcel sich auf einen der halbhohen Küchenschränke und befindet sich plötzlich ganz dicht vor der Kamera.

»Okay, auch ein Fehlgriff.« Marcel schließt das Video wieder. »Und außerdem zu spät. Da war der Schlüssel schon längst weg.«

»Nur noch 15 % Akku. Wir müssen uns beeilen.« Theo wird langsam nervös. Noch haben sie keine Spur des Schlüssels entdeckt. Außer der Szene in der Küche haben sie noch überhaupt keine Aufnahme gefunden, auf der Jakob zu sehen gewesen ist. Das ist schon seltsam. Normalerweise müsste doch …

Theo kommt ein Verdacht. »Vergrößere mal das Fenster, damit man die Dateiennamen komplett lesen kann.« Er hält sein Auge, das ohne Brillenglas ist, zu und überfliegt mit dem anderen die Kürzel. »Hier, das ist fortlaufend nummeriert. Aber zwischendrin fehlen immer wieder einige Zahlen.«

»Das gibt's doch nicht!«, ruft Eileen aus. »Er hat sie gelöscht!«

»Schau im Papierkorb nach!« Theo hält sich nicht mehr mit Höflichkeitsfloskeln auf. Wenn Jakob tatsächlich Videos gelöscht hat, dann deutet das darauf hin, dass etwas darauf zu sehen gewesen ist, das ihn verraten hätte. Es muss einfach etwas da sein!

Marcel öffnet den Papierkorb. Leer! Leer, verdammt noch mal!

Lena räuspert sich. »Leute, ich will nicht stören, aber was ist das für ein komisches Geräusch? Hört ihr das?«

Theo blickt unwillig vom Tablet auf. Lena steht auf und sieht sich im Raum um. Für einen Moment herrscht Stille. Da hört Theo es auch. Ein merkwürdiges Zischen erklingt über ihren Köpfen.

# Teil V

# Der Jäger

## Eileen / Dienstag, 03.09., 08:25 Uhr

»Fast wie eine Schlange, oder?«, sagt Eileen mit einem halben Lachen. »Ich habe mir schon eine ganze Weile gedacht, dass da etwas Seltsames ist, aber jetzt ist es deutlicher geworden.«

Theo springt auf, läuft von einer Seite des Raumes zur anderen und scheint dabei angestrengt zu lauschen. Marcel stellt sich neben ihn und leuchtet mit der Taschenlampe an die Decke.

»Das muss die Lüftungsanlage sein«, sagt Theo schließlich leise. »Das Zischen kommt hier raus.«

»Irgendwie fühlt sich mein Hals so trocken an.« Marcel räuspert sich wiederholt.

Eileen schluckt mühsam. Schnell geht sie zu ihrem Essenskorb und holt die Wasserflasche. Theo folgt ihr. Er trinkt, setzt ab, zögert. »Eventuell gibt es ein Problem mit der Luftversorgung.«

»Fuck!«, ruft Eileen, während Lena erschrocken aufstöhnt.

Josefine, die als Einzige sitzen geblieben ist, sieht Theo angsterfüllt an. »Mir fällt das Atmen schwer.« Sie zieht die Luft in tiefen hektischen Zügen ein.

Eileen schluckt noch mal mühsam. Das seltsame Gefühl in ihrem Mund scheint sich auszuweiten. Ein Kratzen, als hätte sie zu lange in einem raucherfüllten Raum ausgeharrt. »Irgendwas stimmt nicht, wir müssen raus hier!«, ruft Marcel.

Eileen rennt zur Tür. Bloß weg von diesem bedrohlichen Zischen! Von dem Gefühl, dass da etwas durch die Luft wabert. Etwas Schädliches. Etwas, das mit jedem Atemzug tiefer in ihre Lungen dringt und dort Hustenreiz verursacht.

Sie ist als Erste draußen im Flur. Hinter ihr kommt Lena, dann Marcel mit der Taschenlampe, zuletzt Theo und Josefine. Sobald sie durch die Tür sind, knallt Eileen diese zu. Einfach aus dem Gefühl heraus, etwas einsperren zu wollen. Was auch immer es ist, das sie bedroht.

»So!« Erleichtert holt sie tief Luft.

Marcel leuchtet auf den Boden. »Die Türen sind nicht wirklich luftdicht, oder? Ist da unten nicht ein Spalt?«

»Abdichten!« Theo drängt sich vor. Er streift seine Jacke ab, kniet sich hin und versucht, den Stoff in die schmale Ritze zwischen Tür und Boden zu stopfen. Eileen beugt sich hinunter und übernimmt einen der Ärmel. Das Softshellmaterial ist dick und widerstandsfähig und wird hoffentlich eine gute Barriere bilden.

»Reicht das? Oder brauchen wir mehr?«, fragt Theo knapp. »Könnte einer von euch …?«

In diesem Moment unterbricht ihn Josefine. »Leise! Hört doch mal!«

Theo verstummt. Eileen lauscht. Zuerst hört sie nur ihren eigenen, hämmernden Herzschlag. Dann – ein Zischen, leiser, aber ganz deutlich.

»Wo kommt das her?« Marcel leuchtet wild um sich. Der Lichtkegel springt über die Wände, streift die Tür und verharrt zitternd an der Decke.

»Wir müssen die anderen Räume checken!«

Lena geht einen Schritt in das nächstgelegene Zimmer hinein. »Hier ist auch was.« Eilig kommt sie zurück und schließt hüstelnd die Tür hinter sich. Josefine auf der anderen Flurseite schlägt eine weitere Tür zu. Auch sie atmet schwer. Marcel rennt den Gang entlang. »Ich höre es überall!«, keucht er.

Atemlos lauschen sie. *Zzzzzzzt.* Ein gleichförmiges, leises Zischen. Eileen wird das Gefühl nicht los, dass ihr Brustkorb sich zunehmend zusammenschnürt.

Theo, dessen blasse, nun unbedeckte Arme im Dunkeln zu leuchten scheinen, schlägt sich mehrmals mit der Hand gegen den Kopf. »Irgendwie die Luftzufuhr stoppen«, murmelt er. »Wo geht das, wo kann man …«

»Marcel! Wir haben das doch gesehen!«, schreit Eileen. »Da waren diese Knöpfe, weißt du noch? ›Frostwächter‹ stand auf einem, und ›Schutzluft‹ oder so.«

Theo packt Eileen hart am Handgelenk. »Wo?«, stößt er hervor.

»Maschinenraum II.« Marcel leuchtet in die entgegengesetzte Richtung. »Irgendwo da vorne rechts! Das ist aber ein ganzes Stück entfernt.« Er rennt los. Eileen und die anderen hinterher.

»Hier ist doch auch einer, ein Maschinenraum!«, ruft Lena ihnen zu. Sie ist die Letzte.

Theo zögert. »Gut, erst hier links rein!«, entscheidet er, als der Weg sich gabelt. Jetzt sind sie Richtung Küche unterwegs. Kurz bevor sie den zubetonierten Notausgang erreichen, bleibt Marcel stehen. Er leuchtet auf ein Schildchen. »Maschinenraum I«, liest Eileen. Theo und Marcel verschwinden mit der Lampe in dem Zimmer. Eileen hört sie drinnen sprechen. Sie blickt sich nach den anderen um. Lena und Josefine kommen langsamer hinterher. Josefine hustet wiederholt, während Lena beruhigend auf sie einredet und nur etwas schwerer atmet. Was ist das bloß für eine verpestete Luft, die da einströmt? Eileen geht ihnen entgegen. Josefine lehnt sich an die Wand. Als sie den Kopf hebt, zuckt sie plötzlich zusammen und starrt über Eileens Schulter.

»Was ist das?«

Eileen dreht sich um. Josefine deutet auf ein Schild, das in der Dunkelheit nur leicht schimmert. Eileen kneift die Augen zusammen. Ohne Licht ist es schwer erkennbar. Sie zuckt die Achseln. »Der Wegweiser zum Notausgang, schätze ich.«

»Aber dann zeigt er in die falsche Richtung.«

In diesem Moment stoßen Marcel und Theo wieder zu ihnen. »Nichts. Wir müssen doch zu dem anderen –«

»Gib mal kurz«, unterbricht ihn Eileen. Sie nimmt Theo die Taschenlampe aus der Hand und leuchtet auf das Schild, das Josefine entdeckt hat. Ein grüner Pfeil mit einem rennenden Männchen. Eindeutig ein Hinweis auf einen Notausgang.

»Was soll das jetzt? Wir müssen …« Theo will ihr ungeduldig die Taschenlampe wegnehmen.

»Der Notausgang, an dem wir gescheitert sind, liegt geradeaus vor uns«, sagt Josefine leise. »Aber dieses Schild hier zeigt nach links.«

**Hanan** / Dienstag, 03.09., 08:35 Uhr

Die brüchigen Wände der Ruine ragen rund um Hanan auf wie zerklüftete Felsen. Sie kann sehen, was der Spaziergänger mit seinem Hund gemeint hat: Zeit, Wind und Wetter haben der Leonroder Burg übel mitgespielt.

Ein durchdringendes Heulen zerreißt die nächtliche Stille. Hanan fährt herum. Ihr Fuß verfängt sich in einem Farn, der zwischen den Bodenplatten hindurchwuchert. Sie strauchelt, rudert mit den Armen und fällt. Der Boden scheint bei ihrem Aufprall zu erbeben. Sie schafft es nicht, sich aufzurichten.

Nun sieht sie auch das Rudel. Unbemerkt haben sie die Ruine hinter ihr betreten.

Das Beben wird immer heftiger. Irgendwo löst sich ein Stein und stürzt dicht neben Hanans Kopf zu Boden. Sie schreit auf. Ein Wolf quittiert es mit einem Knurren.

»Ich habe es dir gesagt!« Der Terrier kläfft. Hanan sieht sich panisch nach ihm und seinem Besitzer um. Da. Sie stehen auf der brüchigen Empore an einem der erhaltenen Fenster der Ruine. »Ich habe dir gesagt, du sollst die Ruine nicht betreten!«

»Ich weiß!« Abermals versucht Hanan, sich aufzurichten, schafft es aber nicht.

»Du könntest von einer einstürzenden Wand verschüttet werden oder in das Kellergeschoss einbrechen!«

Der bebende Grund unter ihr bricht auf, reißt einfach entzwei, um sie zu verschlingen. Hanan greift nach dem Farn, der sie zu Fall gebracht hat, und will sich daran festhalten, doch sie fühlt, wie ihr Körper den Abhang hinuntergleitet, näher zu dem Spalt in der Erde.

»Wer soll dich da finden?«, brüllt der Hundebesitzer von oben. »Da unten hättest du womöglich nicht einmal Handyempfang, um einen Notruf abzusetzen, und bis morgen Früh bist du erstickt oder erfroren!«

Der Farn reißt ab. Hanan spürt, wie sie fällt. Und fällt. Und fällt.

Mit einem Schrei fährt sie aus dem Schlaf. Die Erde bebt nicht, dafür ihr ganzer Körper. Zitternd zieht sie die Luft ein, legt eine Hand auf ihre Brust und versucht, ihren Atem zu beruhigen. Was für ein schrecklicher Traum. Die Ruine, die Wölfe, das Erdbeben, die gruseligen Worte des alten Mannes.

Aber es war nur ein Traum. Kein Grund, sich so aufzuregen.

Es ist ja auch kein Wunder, dass Hanan Albträume hat. Jeder würde langsam die Nerven verlieren, wenn seine Freunde seit nunmehr drei Tagen wie vom Erdboden verschluckt sind.

Hanan fährt sich über den verschwitzten Nacken unter ihrem dichten Haar. Wie vom Erdboden verschluckt. Die Worte des Hundebesitzers hallen durch den Traum unheimlich präsent in ihr wider: »Da unten hättest du womöglich nicht einmal Handyempfang, um einen Notruf abzusetzen.«

Unterirdisch. Wo in Gunzenhausen hat man keinen Empfang? Unter der Erde!

Hanan schlägt die Decke zurück und lässt die Beine vom Sofa gleiten. Es ist so einfach, so logisch. Ihre Freunde sind irgendwo direkt in Gunzenhausen, aber schon seit dem Abend des Spiels hat keiner von ihnen Handyempfang. Das macht nur Sinn, wenn sie irgendwo unterirdisch sind. Und wenn sie nicht mehr aufgetaucht sind, dann kann das nur bedeuten, dass sie dort verschüttet oder eingeschlossen sein müssen.

In ihrem Schlafshirt beginnt Hanan durch Isams Wohnzimmer zu tigern. Unterirdisch. Welche Gebäude in Gunzenhausen haben einen Keller? Die Bücherei fällt ihr ein. Immerhin war die einmal ein Krankenhaus und das würde zu Theos Skizze passen. Aber ob man in einem gewöhnlichen Keller wirklich keinen Empfang hat? Ein Blick auf die Uhr verrät Hanan, dass es bereits nach 08:00 Uhr ist. Sie kann Isam also ohne schlechtes Gewissen aufwecken. Dennoch brummt er erst einmal unwillig, als sie ihn an der Schulter rüttelt.

»Isam? Isam! Ich brauche deine Hilfe.« Hanan hält sich nicht mit Erklärungen auf. Sie ist so dicht an der Lösung des Rätsels, das spürt sie. »Gibt es einen Ort, der direkt in Gunzenhausen liegt, vermutlich unterirdisch oder mindestens einsturzgefährdet und wahrscheinlich verlassen oder historisch?«

»Was?«

Sie wiederholt ihre Beschreibung. »Und der etwas mit einem Krankenhaus zu tun hat«, fügt sie noch hinzu. »Zumindest vielleicht.«

Isam reibt sich die Augen. »Meinst du das alte Hilfskrankenhaus?«

»Welches Hilfskrankenhaus?« Hanans Herz beginnt, wie wild zu klopfen. Das ist es, sie weiß es einfach.

»Na, der Bunker. Hast du noch nie von den Bunkern unter den Gunzenhäuser Schulen gehört? Unter deinem Gymnasium ist doch auch einer.«

»Du meinst … in echt?« Hanan hat von ihren Mitschülern manchmal etwas von einem Bunker gehört, hat es aber immer für einen Witz gehalten oder zumindest eine Übertreibung. Eine möglichst gruselige Bezeichnung für einen alten Keller, den heute nur noch der Hausmeister nutzt.

»Ein riesen Teil«, beharrt Isam jedoch. »Der unter der Berufsschule soll sogar noch komplett eingerichtet sein. Als Krankenhaus eben. Für …«

Hanan hört nicht mehr zu. Ein unterirdisches Hilfskrankenhaus. Ein Bunkerkrankenhaus. Es wäre der perfekte Spielort für *Lupus Noctis*. Und es gäbe mit hoher Wahrscheinlichkeit auch keinen Handyempfang. Es passt. Es passt alles. Nur … Hanan reißt die Augen auf. »Hast du gesagt, unter der Berufsschule?« Sie erhebt sich von Isams Bettkante und taumelt einen Schritt rückwärts. Nein. Bilder jagen durch ihren Kopf. Bilder von einem Bunker. Von einem Krankenhaus ohne Fenster. Von der Berufsschule und einem buntgestreiften Zirkuszelt. Und Worte.

»Morgen Abend läuft die Begasung dann schon.«

»Wir haben einen der Schläuche an die zentrale Lüftung angeschlossen.«

Die beiden Arbeiter an der Berufsschule. Und Frau Enser. »Nagekäfer«, hat sie ihr zwischen Tür und Angel erklärt. »Wir haben eine Firma beauftragt, die sich auf solches Viechzeug spezialisiert hat. Angeblich macht dieses Gas allem, was kreucht und fleucht, den Garaus. Um genau zu sein, allem was atmet.«

»Ich brauche dein Auto, Isam.« Hanan fühlt sich ganz benommen. »Sofort.«


## Josefine / Dienstag, 03.09., 08:40 Uhr

Theo starrt das Schild im Taschenlampenkegel durch sein Monokel an. Josefine hört jemanden husten – Lena, den Pulliärmel über den Mund gepresst und mit sich hektisch hebenden und senkenden Schultern.

»Bauchatmung«, korrigiert Josefine automatisch. Ihre Stimme klingt wie ein Krächzen. »Immer in den Bauch.« Sie macht es vor, atmet langsam und gleichmäßig, wie sie es gelernt hat, aber das enge Gefühl in ihrer eigenen Brust geht davon nicht weg. Hektisch tastet sie ihre Hosentaschen nach ihrem Asthmaspray ab, greift jedoch wieder mal ins Leere.

»Es gibt noch einen Notausgang!«, unterbricht Theos aufgeregte Stimme ihre Suche.

»Dann wollen wir hoffen, dass niemand ihn zubetoniert hat«, knurrt Eileen.

Theo voran, hasten und stolpern sie durch das Halbdunkel. Ab und zu stößt jemand an Josefine, so eilig drängen sie durch die Flure des Hilfskrankenhauses.

»Der Gang führt zur Hebeanlage«, durchbricht auf einmal Marcels Stimme die Hektik. »Da hinten haben wir Jakob gesucht.« Und gefunden. Der unausgesprochene Teilsatz schwebt zwischen ihnen in der Luft.

»Der Ausgang kann nicht … er kann nicht da unten sein, oder?«, fragt Lena durch ihren Ärmel.

»Quatsch«, wischt Theo ihre Sorge bei Seite. »Wir wollen ja nach oben, nicht noch tiefer runter.« Er drängt weiter und weil er die Taschenlampe an sich genommen hat, haben die anderen kaum eine andere Wahl, als ihm zu folgen. Die meiste Zeit leuchtet er die Wände an, um keinen Wegweiser zu verpassen. Sie finden ein zweites Schild – es ist der richtige Weg!

Sie passieren den Durchgang zu dem kleinen Flurabschnitt, in dem die Hebeanlage liegt. Jemand hat die Tür verschlossen, hinter der Spielertruhe, Windlicht und Buch liegen. Und weiter unten Jakob. Josefine kann jetzt nicht darüber nachdenken. Nicht während ihre Lunge mit jedem Schritt dringender nach frischer Luft verlangt. Oder wenigstens nach ihrem Spray. Ihr Sprint durch den Bunker ist kontraproduktiv. Durch ihre Eile atmen sie die Luft noch viel tiefer und gieriger ein.

»Da!« Theo stürzt voran. Der Lichtkegel fällt dieses Mal nicht auf einen grünen Wegweiser, sondern auf eine Metallklappe an der Wand. Ein Schild wie das an den Türen zu den Räumen verheißt: »Notausstieg«

»Ausstieg?«, liest Eileen laut vor. »Wo, hinter dieser Ofenklappe? Das ist doch keine Tür!«

Marcel ergreift den Hebel und rüttelt daran. Die Klappe gibt den Durchgang frei und für einen Moment starren sie alle in den finsteren Schacht dahinter. Eileen hat recht: Es ist keine Tür. Der Begriff »Ofenklappe« trifft es erstaunlich gut, denn viel größer als ein gängiger Einbauofen ist das Loch in der Wand nicht. Dahinter liegt kein Zimmer und auch kein Flur, sondern nur ein Hohlraum und dann solide Betonwand.

»Also doch wieder verbarrikadiert?«, keucht Lena. Sie hat den Ärmel vom Mund genommen und presst nun beide Hände auf ihren Brustkorb. Ihr Gesicht ist schmerzverzerrt und ihr Atem geht hektisch.

Marcel schüttelt den Kopf. Er und Theo stehen am nächsten. Theo tritt vor und leuchtet in den Hohlraum hinter der Klappe. Der Lichtstrahl offenbart, was vorher nur zu erahnen war. In eine Richtung gibt es keine Betonwand. Oder vielmehr: keine Betondecke. Ein Schacht führt senkrecht nach oben, an der Rückseite ist er mit rostig aussehenden Leitersprossen wie denen in der Hebeanlage versehen.

»Nein!« Lena zieht erschrocken die Luft ein und wird prompt von einem so heftigen Hustenanfall geschüttelt, dass ihr die Tränen kommen. Auch Theo räuspert sich wiederholt. Er legt die Taschenlampe auf dem Grund des Schachts ab. So bringt sie nicht viel, nur einen nahezu nutzlosen Schein, der kaum in den engen Raum darüber durchdringen kann. Doch Theo zögert nicht länger: Er steckt Kopf und Oberkörper in den Schacht, stützt sich ab und hievt sich mit Anstrengung hinein.

Für einen Moment sieht es so aus, als würde er stecken bleiben, doch mit einem Husten zieht er seine langen Beine zu sich hinein und beginnt auf der Stelle mit dem Klettern. Innerhalb kürzester Zeit ist er aus dem Lichtkegel verschwunden.

»Da oben wird die Luft besser!«, hören sie seine Stimme gedämpft und mit unheimlichem Widerhall zu ihnen nach unten schallen.

Marcel zögert nicht, Theo zu folgen, und zwängt seinen muskulösen Körper erstaunlich schnell durch die Klappe. Lena kann offenbar nicht anders, als ihm zu folgen, und Eileen schlüpft ebenfalls hindurch.

Josefine steckt noch einmal die Hand in die Hosentasche, in

der sich natürlich immer noch kein Spray befindet. Sie atmet ein paar Mal tief ein, stützt sich an der Betonwand neben der Klappe ab und sieht zu, wie Eileens Füße verschwinden und nur noch die untersten Leitersprossen im Licht der Taschenlampe zurückbleiben.

Nun ist Josefine an der Reihe. Sie greift mit beiden Händen in den Schacht, der bei ihrer Körpergröße beinahe auf Hüfthöhe beginnt. Hustend und schnaufend sucht sie nach Halt, um den anderen nach oben zu folgen.

## Lena / Dienstag, 03.09., 08:43 Uhr

Lena hat gedacht, wenn sie einen Weg aus dem Bunker herausfinden, wären sie völlig überdreht vor Glück und Erleichterung. Sie würden nach draußen stürzen und es gar nicht erwarten können. Doch im Schacht des Notausstiegs fühlt sie nichts dergleichen. Nur Panik. Kalte, luftabschnürende Panik.

Es ist dunkel. Lenas eigener Körper und der von Eileen, die hinter ihr zu klettern begonnen hat, lassen kaum einen Lichtstrahl von der auf dem Boden liegenden Taschenlampe durch. Marcel und Theo müssen schneller geklettert sein als sie, denn obwohl Lena auf jeder weiteren Leitersprosse erwartet, mit den Händen gegen Marcels Schuhe zu stoßen, fühlt es sich eher so an, als wäre sie alleine hier drinnen unterwegs. Über ihr herrscht Schwärze. Um sie herum sowieso. Ihre Augen brennen und tränen. Sie muss jede Sprosse ertasten und mit einem leichten Ruck auf ihre Sicherheit prüfen. Wenn eine davon bricht ... nicht auszudenken. Der Bunker liegt in fünf Metern Tiefe und genau so hoch muss dieser Schacht sein.

Sie hält kurz inne, um sich über die immer noch tränenden Augen zu wischen. Ihre Arme und Beine zittern zunehmend und selbst das bewegungslose Festklammern an der Leiter fällt ihr schwer.

Ihr eigener Atem hallt laut in der Enge des Schachts wider, nur Josefines Husten weiter unten ist lauter. Es klingt erstickt, richtig panisch. Hoffentlich schafft sie die Leiter in diesem Zustand überhaupt.

»Vorsicht!« Theos Stimme, weit über ihr. »Wir sind oben.«

Gott sei Dank. Der Schacht hat also wirklich irgendwo ein Ende.

»Gibt es eine Klappe oder irgendwas?«, fragt Marcel. »Kannst du sie aufmachen?«

»Ich versuche es.« Theo ächzt vor Anstrengung.

Von unten ertönt lautes Fluchen.

»Eileen? Josefine?« Lena klammert sich mit aller Kraft an die Leitersprosse und versucht, nach unten zu blicken, aber es ist einfach zu dunkel, um etwas zu erkennen.

»Fester! Du schaffst das!«, ruft Marcel über ihr. Theo keucht. Lena vermutet aber, dass es die Anstrengung ist und nicht die schlechte Luft. Um genau zu sein, erscheint ihr die Luft im Schacht tatsächlich frischer. Sie kratzt nicht im Hals und nun, da sie bewegungslos hier verharrt, beruhigt sich auch ihr Atem ein wenig. Von unten allerdings dringt eindeutig Husten.

Über ihr packt Marcel all seine Motivationsfähigkeiten aus und feuert Theo an. Ein dumpfer Aufprall und Knirschen sind zu hören.

Lena sieht noch einmal nach unten. Doch da passiert etwas so Wundervolles, dass Lena einen Moment lang alles andere vergisst. Licht. Ein tagheller, warmer, lebendiger Lichtschein fällt von oben in den Schacht und erhellt ihn, wie die Taschenlampe es nicht konnte. Allerdings nur für einen Moment, dann wird es wieder schwarz.

Lena will gerade die Hand nach der nächsten Sprosse ausstrecken, da ertönt unter ihr ein erstickter Schrei.


## Eileen / Dienstag, 03.09., 08:48 Uhr

Ein Schrei, gleich darauf ein dumpfes Geräusch vom Boden des Schachtes.

Eileen zuckt zusammen. Sie stemmt sich von der Wand weg und blickt zwischen ihren Armen nach unten. Josefine ist nicht mehr an der Leiter. Sie muss gefallen sein. Mehr als zwei Leitersprossen kann sie nicht geschafft haben. Verdammt! Eileen verrenkt den Kopf, um nach hinten zu sehen. Das Licht der Taschenlampe strahlt seitlich an die Wand, sodass sie auf der anderen Seite nur einen dunklen Schemen wahrnehmen kann. Anscheinend versucht Josefine, durch die Türklappe wieder zurück in den Bunker zu kommen. Ist sie lebensmüde?

»Josefine! Stopp!«, ruft Eileen.

Keine Reaktion.

»Warte, ich komme!« Zum Glück ist Eileen noch nicht weit hinaufgeklettert und muss nur wenige Leiterstreben zurück. »Josefine ist gestürzt«, ruft sie nach oben. Die anderen sind die Leiter hinauf verschwunden. Dahin, wo auch Eileen hin will. Hoffentlich hat überhaupt jemand mitbekommen, dass hier was nicht stimmt. Aber Josefine wird das mit ihrem Asthma ohne Hilfe nicht schaffen. Sie hätten sie niemals am Schluss klettern lassen dürfen! Verdammt, verdammt, verdammt.

Eileen springt den letzten halben Meter auf den Betonboden,

schnappt sich die Taschenlampe und zwängt sich durch das Eingangsloch. Sie leuchtet um sich. »Josefine!«

Josefine steht direkt neben der Klappe und stützt sich mit einer Hand an der Wand ab. Die andere Hand hat sie in der Tasche ihres Cardigans vergraben. Sie keucht und hustet. Bei Eileens Anblick verzieht sie das Gesicht zu einem schwachen Lächeln. »Kein guter Moment für sportliche Höchstleistungen«, schnauft sie. »Ich bin abgerutscht. Brauche einen Augenblick, um durchzuschnaufen.«

Eileen schüttelt den Kopf und greift nach Josefines Arm. »Wir haben aber keinen Augenblick!«

## Marcel / Dienstag, 03.09., 08:50 Uhr

»So ein Mist!«, keucht Theo. »So ein verdammter Mist!«

»Liegt etwas auf der Klappe?« Marcel kann von seinem Punkt aus nicht sehen, was Theo da macht.

Geschepper, dann wird es erneut hell. »Nein, ein Vorhängeschloss. So ein … «

Theo klingt verzweifelt, aber Marcel genießt jede Millisekunde Licht. Auch wenn Theo die schwere Klappe immer wieder zufallen lässt und die Dunkelheit dann noch undurchdringlicher erscheint als zuvor.

Von seiner Position hinter Theo aus kann Marcel nicht helfen. Es wäre besser, sie wären zu zweit da oben. Marcel löst eine Hand von der Haltesprosse und tastet über sich. Ist seitlich neben Theo noch genug Platz für ihn? Vielleicht. Aber die Frage ist, ob die Metallstäbe das zusätzliche Gewicht tragen können. Versuchsweise greift er nach der Sprosse, auf der Theo steht, und hängt sich für einen kurzen Augenblick daran. Nichts passiert. Anscheinend stabil genug. Oben flucht Theo vor sich hin.

»Ich komm hoch und helfe dir!«, ruft Marcel ihm zu.

»Wie soll das gehen?«

»Rutsch zur Seite und sag mir, wann du das nächste Mal Licht reinlässt!«

»3, 2, 1, jetzt!« Theo stemmt sich erneut gegen die Metallplatte, Sonnenlicht flutet ins Dunkel und Marcel nutzt den Moment, um die nächste Sprosse zu erklimmen. Verbissen schätzt er den Platz ab, der ihm bleibt, um sich festzuklammern. Vielleicht zehn Zentimeter auf jeder Metallstrebe. Er darf nicht zu dicht an Theo ran, sonst fallen sie womöglich beide.

Langsam schiebt er sich nach oben, sucht sicheren Halt. Kurz verschnaufen. Marcel und Theo sind jetzt auf der gleichen Höhe, direkt unter dem Deckel, der ihren Ausweg versperrt. Er riecht nach rostigem Metall. Beide halten sich mit einer Hand an der obersten Sprosse fest und stemmen sich mit der anderen gegen die massive Metallklappe über ihren Köpfen. Sie lässt sich kaum zwei oder drei Zentimeter anheben, dann knallt sie wieder zu, sobald Theo und Marcel sie loslassen.

»Abgeschlossen.« Theo schlägt die Faust gegen die Klappe und für den Bruchteil einer Sekunde wird es hell. »Verdammte Scheiße! Und wieder stehen wir ohne Werkzeug da!«

»Irgendwie muss man doch rauskommen!« Marcel will nicht, dass Theo aufgibt. Sie sind so dicht dran! Hier oben fühlt er sich viel besser als unten im Bunker. Er kann sogar fast wieder normal atmen.

Endlich hört Theo auf zu schimpfen. »Solange wir hier dicht an der Luke sind, bekommen wir zumindest frischen Sauerstoff. Und wir können um Hilfe rufen. Vielleicht ist jemand in der Nähe und kann uns hören.«

»Hast du eine Ahnung, wo wir sein könnten?«, will Marcel wissen.

Theo zögert. »Nicht genau. Aber es könnte sein, dass wir uns unterirdisch ein ganzes Stück von der Berufsschule entfernt haben.«

»Ah!«, Marcel schreit auf, als plötzlich etwas seinen Fuß streift.

»Entschuldigung!« Lenas Stimme dicht unter ihm.

»Lena, wo sind die anderen?«, fragt Theo.

»Ich weiß nicht genau. Jemand hat geschrien und dann hat Eileen etwas gerufen, ich glaube, dass Josefine gestürzt ist.«

»Was?«

»Sie waren noch ganz unten. Ich hoffe bloß …«

»Hoffentlich ist ihr nichts passiert.« Theo klingt beklommen.

»Das darf echt nicht wahr sein!«, stöhnt Marcel. Er stemmt sich erneut gegen die Klappe. Drei Zentimeter Luft. Drei Zentimeter Licht. Drei Zentimeter Freiheit. So nahe ist er der Sonne tagelang nicht gewesen.

»Was sollen wir denn jetzt machen?«, fragt Lena leise.

Marcel will nicht hören, was in ihren Worten mitschwingt. Sie sind so dicht am Ziel! So dicht! »Die beiden kriegen das schon hin, oder?«, sagt er deshalb. »Das Wichtigste ist doch jetzt, dass wir hier rauskommen! Wir müssen zusammenarbeiten. Einer stemmt die Platte hoch, der andere brüllt nach draußen so laut er kann!«

»Aber wenn Josefine weiter da unten ist? Sie kriegt doch eh so schlecht Luft …« Theo zögert sichtlich.

»Eileen ist ja unten geblieben. Sie wird sich bestimmt melden, wenn sie nicht alleine klarkommt!« Marcel räuspert sich. »Oder?«

Eileen steht neben Josefine, hat sie am Arm gepackt und leuchtet ständig von Josefine zum Notausstieg und wieder zurück. Das Kratzen im Hals hat sich verschlimmert. Eileens Mund scheint wie ausgetrocknet, so als hätte sie tagelang nichts getrunken. Es fühlt sich an, als müsse sie immer mehr Kraft aufwenden, um Luft in ihre Lungen zu pumpen.

»Lass uns gehen! Ich helfe dir mit der Leiter! Die anderen sind bestimmt schon oben!«, drängt sie.

»Du brauchst nicht hier zu warten, ich bin gleich so weit!« Josefine versucht, ihren Arm aus Eileens Griff zu befreien.

»Unsinn! Alleine schaffst du das doch nicht!«

»Solange du hier wartest, bekommst du genauso schlecht Luft! Geh besser schon mal vor!«, beharrt Josefine.

»Ich kann dich doch hier unten nicht zurücklassen!«

»Ich komme sofort nach. Ich hole nur noch mein Asthmaspray. Es liegt im Lager auf meinem Bett. Damit wird es besser klappen.«

»Du kannst nicht den ganzen Weg zurück. Das ist verdammt gefährlich, wenn hier plötzlich irgendein komisches Zeug durch die Luft wabert!« Eileens Augen brennen, als hätte sie zu lange auf einen Bildschirm gestarrt. Ungeduldig reibt sie mit der Hand darüber. Langsam wird sie wütend. Josefine scheint völlig abzudrehen. Ist das irgendeine Panikreaktion? Oder ist ihre Einschätzung der Situation durch den Sauerstoffmangel verzerrt? Sie muss sie dringend zur Vernunft bringen.

»Mädchen, wir haben einen Ausweg gefunden! Wir machen ganz langsam, jeden Schritt gemeinsam.«

Josefine scheint ihr gar nicht zuzuhören. »Du musst zurück zu den anderen. Ich brauche mein Asthmaspray! Ich hole es jetzt.«

Theo presst sich eng an die kühle Wand des Schachtes. Da er seine Jacke in dem vergeblichen Versuch, die einströmende Luft in ihrem Lager aufzuhalten, geopfert hat, spürt er die Betonmauer an seinen nackten Armen.

Immer, wenn sie die Metallplatte nach oben stemmen, fällt Licht auf Marcels Gesicht neben ihm. Es sieht ausgezehrt aus und erschöpft. Dabei haben sie es hier oben noch gut. Josefine und Eileen, von denen noch immer nichts zu hören ist, atmen unten weiterhin die schädliche Luft ein. Mit jeder Sekunde, die vergeht, steigt Theos Angst. Weil es seine Schuld ist, dass Josefine überhaupt hier mit ihnen festsitzt. Weil sie die Verwundbarste von ihnen ist und er nur zu deutlich mitbekommen hat, dass sie in keiner guten Verfassung ist. Und er jetzt trotzdem nicht unten ist, um zu helfen, sondern am Schachtdeckel klebt und jeden Fingerbreit Licht und Luft gierig aufsaugt.

Es fühlt sich falsch an. Genauso falsch wie Jakobs Tod und die Erkenntnis, was seit Langem unsichtbar hinter ihm gelauert hat. In dieser Hinsicht hat Theo versagt. Er hat seinen besten Freund im Stich gelassen. Und das ist noch nicht das Schlimmste. Unbarmherzig hat Jakobs Video ihm die Wahrheit verkündet. Theo trägt eine Schuld mit sich herum, die er nicht wiedergutmachen kann.

Aber dies hier, das kann er vielleicht noch richtig machen.

Ein letztes Mal drückt er die Klappe auf, ein letztes Mal zieht er frische Luft in seine Lungen, so tief er nur kann. Dann lässt er den Deckel wieder fallen und beginnt mit dem Abstieg.

»Was machst du?« Marcel packt ihn an seinem T-Shirtärmel.

»Ich muss hinunter.«

»Nicht dein Ernst.«

»Vielleicht brauchen sie Hilfe. Ich kann sie nicht im Stich lassen.«

Marcel sagt nichts mehr. Doch er stemmt den Deckel hoch, um Theo für den schwierigsten Teil Licht zu spenden. Theo muss zuerst neben Marcel hinunter und dann an Lena vorbei. Hinunter ist so viel schwieriger als hinauf. Weil er nicht sieht, wo er hingreifen muss. Er kann es nur ertasten. Als er nach unten blickt, blickt er direkt in Lenas große, erschrockene Augen. »Bitte sei vorsichtig«, flüstert sie.

Theo nickt. »Ich versuche es.«

»Warte, ich mach dir Platz.« Sie greift ans äußere Ende ihrer Haltestange und rutscht auch mit den Füßen seitlich die Trittstange entlang.

Theo tastet nach einem sicheren Halt. Plötzlich spürt er eine Hand an seinem Knöchel. »Ich setze deinen Fuß auf den nächsten Tritt.« Lena dirigiert ihn etwas weiter nach links. Vorsichtig setzt Theo den Fuß ab. So geht es gut.

»Beeilt euch, ich kann die Klappe nicht mehr lange halten«, knurrt Marcel mit zusammengebissenen Zähnen.

Also los, schneller. Theo greift mit den Händen um. Dann wieder die Füße. Er klettert, ohne einen anderen Gedanken zuzulassen als »die nächste Stufe, die nächste Stufe, die nächste Stufe«. Er schürft sich den Ellenbogen an der Wand auf. Oben fällt mit einem Krachen die Metallplatte wieder zurück. Plötzlich umgibt ihn Finsternis. Für einen Moment hält Theo inne. Er schließt die Augen. Seine Finger zittern von der Anstrengung, sich an den rutschigen Trittstufen festzukrallen. Ein Schweißtropfen rinnt ihm über das Gesicht. Er beugt den Kopf, um das Gesicht an seinem T-Shirt abzuwischen.

Halt, nein! Nein! Er zuckt noch, will eine Hand losmachen, um zugreifen zu können. Doch es ist zu spät.

Seine mühsam zusammengeflickte Brille rutscht ihm vom Gesicht und fällt ins Nichts.

## Josefine / Dienstag, 03.09., 08:57 Uhr

»Bitte, geh doch einfach!« Josefine will ihren Arm aus Eileens Umklammerung ziehen, aber das verflixte Asthma macht ihr zu schaffen. Sie braucht frische Luft, Sauerstoff, dringend. Ihr Kopf fühlt sich an wie ein mit Watte gefüllter Ballon und es fällt ihr zunehmend schwer, einen klaren Gedanken zu fassen. »Du kennst mich doch gar nicht! Du hast keinen Grund, für mich dein Leben zu riskieren! Steig, verdammt noch mal, die Leiter hoch!«

Eileen zerrt an ihr. Redet irgendetwas davon, dass sie nicht mehr bei Sinnen ist. Das ist sie auch nicht. Das verdammte Giftgas schnürt ihr die Luft ab. Mittlerweile muss es den ganzen Bunker füllen. Sie muss hier raus, und zwar sofort!

»Lass – mich – los«, keucht sie und schüttelt ihren Arm, damit Eileen sie endlich gehen lässt.

»Eileen! Josefine!« Aus dem Schacht zum Notausstieg schieben sich zwei lange Beine. Eileen schnellt herum und der Lichtkegel der Taschenlampe erfasst keinen anderen als Theo. Theo, der es doch gar nicht erwarten konnte, als Erster nach oben zu klettern! Theo, der laut Jakobs Geständnis schon damals der Erste war, der die Streunerkatzenvilla verlassen hat, als es brenzlig wurde. Josefine kann es nicht fassen.

»Was machst du da?«, brüllt sie ihn an und klappt prompt vornüber, weil ihre Lungen sich mit einem heftigen Hustenanfall rächen. Eileen lässt sie vor Schreck los und beginnt stattdessen, ihr unbeholfen auf den Rücken zu klopfen.

»Hände weg«, keucht Josefine. »Klettert wieder hoch! Sofort!«

»Wir nehmen dich mit.« Theo spricht und atmet in seine Ellenbeuge. Als würde das etwas bringen. Das Gas füllt längst jeden Winkel des Bunkers. Jeder Atemzug trägt es in ihre Lungen, dagegen ist nichts zu machen.

»Nein!«, schreit Josefine auf, als Theo die freie Hand nach ihr ausstreckt und ins Leere greift. Erst jetzt merkt sie, dass sein Monokel fehlt.

»Ihr habt sie doch nicht mehr alle!« Josefine weiß selbst nicht, woher sie die Kraft nimmt. Ihre Lunge schmerzt. Eigentlich ihr ganzer Körper. »Warum seid ihr zurückgekommen?«

»Um dir zu helfen!«, schreit Theo und presst sofort wieder seinen Arm vor Mund und Nase.

»Ach, mir willst du helfen!« Josefines Lunge zieht sich schmerzhaft zusammen. Sie hustet, schnappt nach Luft und bringt die Worte kaum klar heraus. »Warum mir? Damals bist du doch auch nicht umgekehrt!«

»Hat sie den Verstand verloren?« Eileens Stimme klingt ungewohnt schrill.

Theo ringt die Hände. »Wir könnten sie einfach hochtragen!«

»In der Streunerkatzenvilla!«, schnauft Josefine. »Da bist du nicht umgekehrt!«

»Was redest du denn da? In der Villa warst du gar nicht dabei!«

»Ich nicht!« Es ist nicht mehr nur ihre Lunge, die sich schmerzhaft zusammenzieht, sondern auch ihr Herz. Es tut so weh. Körperlich, seelisch – sie kann es gar nicht mehr auseinanderhalten. Sie darf nicht daran denken, dass das hier Theo ist. Ihr jahrelanger Nachhilfelehrer und der Grund, warum sie ihr Abi überhaupt bestanden hat. Und erst recht nicht daran, was er getan hat. Dass er es war, der die Falle gebaut hat. Dass es gar kein Unfall war, zumindest nicht nur. Bis zu Jakobs Video war es nur eine Vermutung, aber Jakobs Geständnis hat alles erklärt und jeden Rest von einem Zweifel zerstreut. Es war seine Schuld. Seine und die der anderen.

»Ihr seid abgehauen!« Sie hustet, zwingt sich aber dazu, weiterzusprechen. »Ihr seid abgehauen, weil ihr Schritte gehört habt. *Obwohl* ihr Schritte gehört habt! Obwohl ihr wusstet, dass die verdammte Kommode auf der verdammten Treppe stand, um, verdammt noch mal, genau das zu tun, was sie dann auch getan hat!«

Theo starrt sie aus zusammengekniffenen Augen fassungslos an. Er macht keine Anstalten mehr, sie gegen ihren Willen den Notausstieg hinaufzubugsieren.

»Warum kehrst du jetzt um, wenn dir damals nichts wichtiger war, als deinen eigenen hochintelligenten Kopf aus der Schlinge zu ziehen! Für meinen Vater bist du doch auch nicht umgekehrt!«

## Lena / Dienstag, 03.09., 09:02 Uhr

»Kann uns jemand hören? Hallo! Wir brauchen Hilfe!« Lenas Hals kratzt. Sie hofft inständig, dass es nur vom anhaltenden Brüllen kommt und nicht davon, dass die giftige Bunkerluft sie mittlerweile auch hier oben eingeholt hat.

»Achtung!« Marcel lässt die Klappe einigermaßen kontrolliert zurück an ihren Platz sinken, aber Lena zieht trotzdem hastig den Kopf ein. Hier oben eine massive Metallklappe auf den Schädel zu bekommen, würde vermutlich einen ungebremsten Fall zum Grund des Schachts bedeuten.

»Da ist niemand«, krächzt sie in die Dunkelheit, die sie sofort umschließt. »Wer weiß, wo der Schacht endet. Auf irgendeinem Privatgrundstück oder im Burgstall oder …«

»Ich schätze, das war's«, meint Marcel, unsichtbar in der Dunkelheit.

»Wie, das war's?« Lena hofft, dass er das nicht so meint, wie es klingt. Als würde er aufgeben und sich damit abfinden, dass auch dieser Notausgang eine Sackgasse ist und sie keine Hilfe bekommen werden.

»Niemand hört uns. Und runter können wir nicht mehr.«

Lena lässt seine Worte einen Moment sacken. »Aber … die anderen sind unten«, meint sie kläglich. Die Tränen lauern ganz dicht unter der Oberfläche, bereit, jeden Moment in ihre ohnehin brennenden Augen zu steigen und überzufließen. »Müssten sie nicht eigentlich längst hier sein?« Sie lauscht in die Stille und versucht, sich auf mögliche Geräusche von dort unten zu konzentrieren. Sie kann Theo hören, oder etwa nicht? Theos Stimme und auch die von Josefine. Und Eileen? Was, wenn Eileen dort unten etwas zustößt? »Vielleicht sollten wir nachsehen.«

Marcel schnaubt. »Ja, genau.«

In Lenas Kopf überschlagen sich die Gedanken. Sie versucht, ihre Möglichkeiten auszuloten, doch der Fundus ist, ehrlich gesagt, ziemlich bescheiden. »Wir gehen wieder runter«, sagt sie bestimmt. »Du musst mir vertrauen.«

Der Satz hängt, einmal ausgesprochen, zwischen ihnen in der Luft. Die Tatsache, dass Marcel nichts erwidert, macht Lena erst so richtig bewusst, wie schwer das Gesagte wiegt.

»Ich meinte nicht … ich wollte … Marcel, was passiert ist … was ich getan habe, tut mir wirklich unfassbar leid.«

»Lena, das ist jetzt echt weder der richtige Ort noch der richtige Zeitpunkt für –«

»Und wenn es die letzte Chance ist?« Da sind sie, die Tränen. Zum Glück ist es dunkel. »Selbst wenn wir hier lebend rauskommen, wirst du mir nie zuhören, wenn du nicht in einem finsteren, zugesperrten Schacht festsitzt und nicht anders kannst!«

Zu ihrer Überraschung klingt Marcels Schnauben dieses Mal fast ein bisschen wie ein Lachen. »Da könntest du recht haben. Aber gerade haben wir trotzdem dringlichere Probleme, oder?«

»Ja.« Lena wischt mit dem Oberarm über ihr Gesicht, um die lästigen Tränen loszuwerden. »Ich gehe jetzt runter.«

»Und dann?«

»Keine Ahnung. Nehmen wir uns noch mal den anderen Notausgang vor. Besser als ersticken.«

»Schon unter normalen Luftverhältnissen war der nicht zu knacken«, gibt Marcel zu bedenken. »Und jetzt –«

»Mir egal!« Lenas Stimme hallt erschreckend laut in dem engen Schacht wider und die eben erst weggewischten Tränen werden durch eine Flut neuer ersetzt. »Wir können sie nicht da unten lassen!« Dass sie noch immer nicht mit dem Aufstieg begonnen haben, spricht Bände. Irgendetwas stimmt nicht. »Wenn Eileen etwas passiert, dann ist es meine Schuld! Weil ich den Schlüssel überhaupt erst weggenommen habe! Und mit allem, was gerade zwischen uns steht ...« Lena verstummt, weil ein Schluchzen sich seinen Weg durch ihre Kehle bahnt und sie alle Kraft aufwenden muss, um es zu unterdrücken. Wie soll sie je wieder in den Spiegel schauen, wenn sie Eileen nach allem, was sie ihr angetan hat, jetzt dort unten im Stich lässt? Sie ist ihre beste Freundin, auch wenn gerade schwer vorstellbar ist, dass sie je wieder ein Wort mit ihr sprechen wird. Aber das ist okay. Sie kann ihretwegen ihr ganzes restliches Leben stinksauer auf Lena sein – solange es sich um Jahre und Jahrzehnte handelt und nicht nur um Minuten oder Stunden. Und deshalb muss sie jetzt dort hinunter. »Du kannst oben bleiben«, sagt sie erstickt und beginnt mit dem Abstieg. Aber sie ist noch keine drei Leitersprossen weit gekommen, als Marcel ihr beinahe auf die Hand tritt – natürlich bleibt er nicht als Einziger oben. Nicht Marcel. Noch nicht einmal, wenn dort oben frische Luft und das Tageslicht sind, das er so dringend braucht, um seine Dämonen im Zaum zu halten. Marcel kommt mit ihr – vielleicht nicht um Lenas willen, aber für sie alle. Weil sie jetzt nur noch gemeinsam entkommen können. Oder scheitern.

## Theo / Dienstag, 03.09., 09:05 Uhr

Theo hat das Gefühl, als würde ein Zug auf ihn zu donnern. Er hat ihn nicht kommen sehen. Er kann ihn nicht aufhalten. Er will das hier nicht hören, kein Wort, aber ihm bleibt keine Wahl.

Der Tote in der Streunerkatzenvilla ist Josefines Vater gewesen. Er hat Josefines Vater umgebracht.

Ohne seine Brille sieht Theo nur Schemen. Die Dunkelheit macht es nicht besser. Aber er kennt Josefine so gut, ihre Gestalt ist ihm so vertraut, dass er keine Probleme hat, sie neben Eileen auszumachen.

Zögernd streckt er die Hand nach ihr aus. »Josefine…«

Sie keucht und hustet. Doch sie schlägt seine Hand weg. »Spar dir dein Mitleid! Seit du mir in der Nachhilfestunde erzählt hast, dass ihr in der Streunerkatzenvilla wart, habe ich gewusst, dass es eure Schuld ist. Aber erst durch Jakobs Video habe ich verstanden, was wirklich passiert ist. Dass ihr ihn tatsächlich ermordet habt!«

Theo bringt kein Wort heraus.

»Was macht ihr denn hier? Seid ihr wahnsinnig?« Es muss Lena sein, die da aus dem schmalen Durchgang kriecht, dicht gefolgt von Marcel. Eileen leuchtet mit der Taschenlampe kurz zu ihnen hinüber. Doch niemand antwortet. Theo ist mit den Gedanken weit weg. Denn er erinnert sich.

Die lange Nachhilfepause wegen seines Abis. Irgendwann hat er gehört, dass ihr Vater verstorben ist. Eine Krankheit vielleicht, hat er gedacht, oder ein Autounfall. Er hat eine Karte geschickt. Und als sie sich nach mehreren Wochen wieder zur Nachhilfe getroffen haben, hat er alles Mögliche geredet, um nicht an Josefines Trauer zu rühren. Besser nicht nachfragen, sie nicht ständig an ihren Verlust erinnern, lieber ablenken. Also hat er erzählt, dass sie bei ihrer *Lupus Noctis*-Partie in der Villa beinahe erwischt worden wären, dass es knapp war. Und kurz darauf hat Josefine die Stunde wegen Kopfschmerzen abgebrochen.

»Aber … dein Nachname ist Enser! Und der Tote aus der Villa hieß anders, das hätte ich doch gemerkt sonst!«

»Meine Mutter hat bei der Hochzeit ihren Namen behalten. Ich heiße wie sie. In der Todesanzeige waren die Namen der Angehörigen nicht aufgeführt. Und zur Nachhilfe haben wir uns immer in der Bibliothek getroffen, du hast nie das Klingelschild an unserem Haus gesehen.« Josefine zittert sichtlich.

»Leute, ich weiß nicht, was hier abgeht, aber bitte kommt endlich wieder mit nach oben! Die Luft hier ist echt schwer erträglich.« Marcel hat recht. Auch Theo merkt, wie er immer hektischer atmet. Dazu kommt eine Übelkeit, die ihm kalten Schweiß auf die Stirn treibt. Irgendetwas Schädliches ergreift von ihnen Besitz. Er spürt es mit jeder Sekunde stärker.

Eileen würgt. Sie hält sich die Hand vor den Mund. »Ich muss hier raus!«

»Das wird wohl nicht so einfach.« Josefines Stimme klingt

trotz der Erschöpfung entschlossen. »Ihr sitzt hier fest. *Lupus Noctis* ist euch wichtiger gewesen als ein Menschenleben. Also habe ich das Spiel für euch Realität werden lassen. Ich hätte es auch von außen inszeniert, aber dann ist Hanan ja abgesprungen. Und ich durfte das Schauspiel aus nächster Nähe bewundern.«

»*Du* hast uns hier eingesperrt?« Marcel scheint es nicht glauben zu können – oder zu wollen.

Josefine antwortet nicht darauf. Aber das muss sie auch nicht. Wie Puzzleteile fallen die Hinweise in Theos Kopf an die richtige Stelle, vereinigen sich zu einem unfassbaren Bild. Josefine hat sich für den Tod ihres Vaters an ihnen gerächt. Theo selbst ist es gewesen, der ihr alle nötigen Informationen verschafft hat. Zu gerne hat er bei den Nachhilfestunden über sein Spiel doziert. Hat ihr verraten, dass er das Bunkerkrankenhaus als nächsten Spielort im Kopf hat. Ein idealer Ort, um einen perfiden Plan umzusetzen. Denn sobald sie sich hier hinunter begeben haben, sind sie verwundbar geworden. Ein einziger Schlüssel, keine Möglichkeit, jemanden außerhalb zu kontaktieren. Josefine hat all das genutzt.

»Du warst es«, murmelt Theo, »die ganze Zeit.«

Josefine hat als Erste erraten, dass Jakob *Vapor* ist. Lange, bevor einer von ihnen auf die Idee gekommen ist. Und am Abend nach Jakobs Tod, als sie sich alle gegenseitig misstraut haben, da ist sie es gewesen, die im Lager zurückgeblieben ist. Womit sie jede Möglichkeit gehabt hat, Jakobs Gepäck zu durchsuchen und Videos zu löschen, die sie verraten könnten. Wieso hat Theo die Zusammenhänge nicht gesehen? Wieso hat er ihr niemals misstraut?

Weil es Josefine ist. Ganz einfach. Josefine. Keine kaltblütige, rachsüchtige Manipulatorin.

»Das heißt, *du* hast mich erpresst? Du bist das gewesen?«
Lenas Stimme klingt schrill in ihrer Fassungslosigkeit. Josefine
keucht, sodass es fast wie ein Lachen klingt. »Erstaunlich, wie
lange du mitgespielt hast. Als ich diesen Typen bezahlt habe, damit er am Bahnhof den ersten Brief in deinen Rucksack schmug-
gelt, war ich mir noch gar nicht sicher, ob du ihn nicht einfach
wegschmeißen würdest. Aber da war deine Angst, dass alles
rauskommt, anscheinend zu groß. Das hat mir sehr geholfen.
Und nachdem du mich wie befohlen eingesperrt hast, hat mich
sowieso keiner mehr verdächtigt.«

»Aber warum wolltest du, dass ich das mache, wozu die Anschläge, wozu …?«

»Ich musste euch ja irgendwie daran hindern, rechtzeitig
durch einen der Notausgänge zu entkommen. Wobei ich sagen
muss, dass ihr echt lange gebraucht habt, um überhaupt einen
Fluchtversuch zu unternehmen.«

»Woher wusstest du, dass ich die Stalkerin …?«

Josefine schüttelt mit zusammengepressten Lippen den Kopf.
»›Marcel‹ als Passwort für deine Mails zu wählen war nicht besonders …«

Eileen wischt die Diskussion mit einer unwirschen Handbewegung zur Seite. Sie richtet den Lichtkegel direkt auf Josefines
Gesicht. »Was meinst du mit rechtzeitig?«

## Marcel / Dienstag, 03.09., 09:10 Uhr

»Wir atmen schon die ganze Zeit giftiges Gas ein.« Josefine
scheint ihre letzten Kräfte zusammenzunehmen, um sich aufzurichten. »Gas, das für Schädlinge in der Berufsschule bestimmt

ist. Meine Mutter arbeitet bei der Stadt. Sie hat mir davon erzählt, was geplant ist.«

»Oh Gott, nein!«

»Oh doch.« Josefine zittert immer stärker. Zuerst denkt Marcel, es liegt an ihrem Geständnis, das sie so aufwühlt. Doch dann spürt er es auch. Ein Zittern breitet sich in seinem Körper aus. Der Tremor erfasst seine Knie. Hat das Gift bereits sein Nervensystem befallen? Seine Haut juckt, als würden tausende Ameisen ihre Beißwerkzeuge hineinbohren. Oder ist das die Angst? Todesangst.

Marcel hat gewusst, dass etwas nicht stimmt. Er hat gemerkt, dass sie in Gefahr sind. Aber das Wissen, dass diese Gefahr tödlich ist, scheint ihn vollkommen zu lähmen. Mit jedem Atemzug pumpt er das Gift tiefer in seine Lungen. Es breitet sich in seinem Körper aus. Er kann nichts dagegen tun. Sie sind verloren.

Nur Theo scheint das immer noch nicht verstanden zu haben. Er will verstehen, immer will er verstehen.

»Erweiterter Suizid? Du hast uns alle so lange hier unten festgehalten, damit wir mit dir sterben?«

»Nein! Ihr solltet sterben! Ihr! Ich hätte so tun können, als hätte ich zufällig überlebt. Aber ihr habt mich nicht weggelassen! Wegen euch werde auch ich sterben. Dann habt ihr mich auf dem Gewissen, genau wie meinen Vater!«

»Du wolltest abhauen«, keucht Eileen. »Du hast nur so getan, als würdest du die Leiter nicht hochkommen.« Sie würgt erneut, beugt sich zur Seite und erbricht einen Schwall Flüssigkeit.

Marcel achtet nicht darauf. Er starrt auf Josefine, auf ihre Hand, die sie fest in ihrer Strickjacke vergraben hat. Ihm kommt ein Verdacht.

»Sie hat den Schlüssel in der Tasche!«, schreit er.

Jetzt bemerkt Eileen es auch. Josefine hat die rechte Hand noch immer in der Tasche ihres Cardigans vergraben. Es sieht so aus, als würde sie krampfhaft etwas umklammern.

Eileen ist unfassbar übel, sie hat den Geschmack des Erbrochenen noch im Mund und bekommt kaum Luft. Sie müssen hier raus, so schnell wie möglich. Und Josefine hat den Schlüssel, sie hat ihn die ganze Zeit gehabt!

Ohne eine Sekunde zu zögern, lässt Eileen die Taschenlampe fallen und stürzt sich auf Josefine. Sie packt ihren Arm und zieht ihn heftig zu sich heran. Josefine ist zuerst zu überrascht, um zu reagieren, dann versucht sie sich wegzudrehen, um Eileens Angriff zu entgehen. Hustend presst sie die Hand an die Brust. Etwas Silbernes glitzert zwischen ihren Fingern. Jemand hat die Taschenlampe aufgehoben, Eileen sieht ihren Schatten riesenhaft hinter Josefine an der Wand aufragen.

»Gib ihn her!« Eileen schreit Josefine an, schubst sie gegen die Bunkermauer, versucht, an ihre Hand heranzukommen.

Josefine krümmt sich. Sie ringt nach Atem. Aber sie lässt den verdammten Schlüssel nicht los. Da sieht Eileen rot. Blitzschnell duckt sie sich unter Josefines abwehrend ausgestrecktem Arm hindurch. Sie rammt ihr den Ellenbogen in den Bauch, umklammert ihre Hand und biegt brutal die Finger auseinander. Da ist er. Der Schlüssel. Eileen reißt ihn an sich. Von Josefine ist ein seltsamer Laut zu hören. Sie taumelt. Irgendjemand springt hinzu. Versucht, sie zu stützen. Eileen blickt in Josefines Gesicht. Sie sind sich so nahe. Sie sieht, wie sich die Augen plötzlich verdrehen, sodass das Weiße sichtbar wird. Dann kippt Josefines Kopf nach hinten. Sie bricht auf dem Boden zusammen.

»Ist sie tot?« Lena fuchtelt so hektisch mit der Taschenlampe herum, dass Theo sie ihr wegnimmt. Er richtet den Lichtkegel auf Marcel, der über Josefine kniet und sie leicht schüttelt. Auch Theos Hände zittern und mit ihnen das Licht der Taschenlampe.

Lena muss immer wieder die Augen zusammenkneifen, weil aus dem Brennen mittlerweile ein stechender Schmerz geworden ist. Liegt es nur daran oder zittert das Licht nicht nur, sondern flackert? Die Taschenlampe wird doch nicht ausgerechnet jetzt … Theo flucht, als es dunkel wird.

»Verdammtes Ding!« Etwas klappert. »Eileen, du hast sie geworfen! Du hast sie kaputtgemacht!«

»Dafür hab ich den Schlüssel!«, ertönt Eileens Stimme aus dem Dunkel. »Los jetzt, wir müssen zum Ausgang!«

Lena blinzelt in die Finsternis und versucht auszumachen, wo Eileen sich befindet. Und wo der Ausgang. Der Boden unter ihren Füßen scheint zu schwanken. Wenn sie jetzt auch noch ohnmächtig wird, schaffen sie es nie hinaus.

»Was ist mit Josefine?«, fragt Marcel von irgendwo neben ihr. Sind die fluoreszierenden Streifen so stark verblasst oder sind es die Vergiftungserscheinungen, die Lena die Sicht nehmen? Sie ist völlig orientierungslos.

»Was soll mit ihr sein?« Eileen macht ein würgendes Geräusch. Übergibt sie sich schon wieder? Was ist, wenn sie als Nächste das Bewusstsein verliert? »Lass sie liegen und komm!« Ihre Stimme entfernt sich bereits. Und mit ihr der Schlüssel.

»Aber wir können sie nicht hierlassen!« Lena stolpert Eileens Stimme hinterher. Ihre Beine zittern und ihre Arme scheinen zu kribbeln. Versagen ihre Muskeln? Sie braucht Luft, frische Luft, und zwar schnell.

»Dein Ernst? Sie wollte uns umbringen!«, schreit Eileen.

»Wir haben ihren Vater umgebracht!«, wendet Theo ein.

»Darüber können wir jetzt nicht streiten!« Lena wischt sich mit der Hand über die Augen, aber das Reiben macht es nur noch schlimmer. Sie tastet wild um sich. »Wo bist du, Marcel? Ich helfe dir beim Tragen!«

»Hier drüben.«

»Ich helfe auch.« Theo stößt gegen ihre Schulter und flucht.

»Lass bleiben, du siehst ja noch weniger als wir!«

»Wohin müssen wir? Wo ist der Ausgang?«

»Wegen euch bekommt dieses Miststück noch seinen Willen und wir kratzen alle hier unten ab!«, schimpft Eileen, doch sie findet Lenas Handgelenk, packt es und dirigiert sie in die Richtung, in der sie den Ausgang zu vermuten scheint. Hoffentlich hat sie recht.

Marcel legt ihr Josefines Arm über die Schultern. Er selbst nimmt den zweiten und weil er Lena ein ganzes Stückchen überragt auch einen Großteil des Gewichts. Sie kommen nur langsam voran. Lena glaubt, den Hauptgang zu erkennen. Anscheinend weiß Eileen, was sie tut. Immer wieder stolpert Lena. Ihre Lunge protestiert bei jedem Atemzug, zieht sich zusammen und brennt wie Feuer. Ihre Augen tränen wie verrückt. Jeder Meter ist eine Qual.

»Da vorne muss die Tür sein!« Etwas knallt zu Boden.

»Eileen!«, schreit Lena und lässt Josefines Arm fallen.

Sie hätte zuerst zu Frau Enser fahren sollen. Oder wenigstens das Fahrrad nehmen. Nur eine einzige Ampel auf ihrem Weg und die springt gerade auf Rot. Leider fährt vor ihr ausgerechnet ein kunterbuntes Fahrschulauto, das sofort brav abbremst.

Noch im Rollen verrenkt Hanan sich den Hals, um über die Grünfläche samt Bäumen hinweg einen Blick auf die Berufsschule zu werfen. Hinter den Bäumen sieht sie das Zelt. Mehr nicht.

Endlich springt die Ampel auf Grün. Sie biegt in die Straße zur Berufsschule ein. Hier muss sie langsam machen, weil so viele Menschen unterwegs sind. Ohne Zweifel Schaulustige. Das muss bedeuten, dass hier schon etwas geboten ist. Hoffentlich nur die Vorbereitungen. Hoffentlich noch nicht die Begasung.

Ein Großteil der Parkbucht ist auch heute von Arbeitsfahrzeugen versperrt. Kein Kran mehr, aber zwei Kleintransporter und ein Pick-up. Und – Hanans Herz macht einen Satz – dazwischen steht ein auberginefarbener Fiat 500. Er muss gestern hinter dem Kranfahrzeug gestanden haben, denn Eileens Auto würde Hanan überall erkennen.

Mit einem Ruck zieht Hanan die Handbremse an und springt aus dem Fahrzeug. Sie stürzt direkt zum Bauzaun, wo sie gestern gestanden und gelauscht hat. Hätte sie doch nur da schon eins und eins zusammengezählt! Im Nachhinein erscheint es ihr so logisch. Fünf Meter unter der Erde! Kein Empfang. Es ist so offensichtlich.

Heute befindet sich keiner der Arbeiter in der Nähe des Bauzauns. Sie sind alle näher am Gebäude zugange und zu beschäftigt, um Hanans Rufen zu hören. »Entschuldigen Sie!« Ein paar Schaulustige stehen in wenigen Metern Entfernung am Zaun und beobachten Hanan skeptisch. Aber sei es drum. Sie macht Anstalten, zwei der Zaunteile voneinander zu trennen, um hindurchzuschlüpfen, doch noch ehe sie auch nur herausgefunden hat, wie man das Verbindungsstück löst, wird einer der Arbeitenden auf die aufmerksam und kommt fuchtelnd herangeeilt.

»He, Finger weg vom Bauzaun, Kleine!«

»Sie dürfen nicht anfangen! Sie dürfen kein Gas in die Schule leiten!«

»Finger vom Bauzaun, habe ich gesagt!« Er ergreift eine der Metallstreben und hält sie fest. Mit der anderen Hand zieht er sich den Mund-Nasen-Schutz unters Kinn. »Wir arbeiten hier drinnen mit hochgiftigem Gas!«

»Ich weiß! Aber das dürfen Sie nicht. Es sind noch Menschen –«

»Hör mal, ich hab mitbekommen, dass es hier neulich schon Proteste gab und ich hab echt keine Zeit, irgendwelchen Skeptikern zu erklären, wie wir hier arbeiten und warum das alles total sicher –«

»Aber es sind Menschen in der Schule!« Hanan spürt Verzweiflung in sich hochkochen. Sie sieht dem Gesicht des Mannes an, dass er sie für komplett irre hält.

»Kleines, wir kontrollieren die Gebäude, ehe wir das Zelt aufbauen. Also zerbrich dir nicht den Kopf.« Er zieht die Maske wieder hoch und macht Anstalten, sich zu entfernen.

»Sie sind im Bunker!«, schreit Hanan. »Bitte, Sie dürfen noch nicht anfangen!«

Die Schaulustigen weiter links am Zaun schütteln die Köpfe. »Greenpeace vermutlich«, meint eine Frau und ein Mann pflichtet ihr bei: »Hysterisches Weib. Da sollte man fast die Polizei verständigen.«

Die Polizei! Hanan tastet mit zittrigen Fingern nach ihrer

Hosentasche und hofft inständig, dass sie an ihr Handy gedacht hat.

»Mädchen, mach, dass du wegkommst!«, ruft der Arbeiter noch über seine Schulter. »Die Begasung läuft schon lange. Alles ist bestens.«

Das Handy gleitet Hanan durch die Fingerspitzen. Es bleibt keine Zeit für einen Anruf bei der Polizei. Keine Zeit für irgendwelche Erklärungen. Selbst wenn sie jemanden findet, der sie ernst nimmt und ihr glaubt, wird es zu spät für ihre Freunde sein. Sie werden vergiftet. Jetzt, in dieser Minute.

Hanan fühlt sich wie benebelt. Mechanisch hebt sie ihr Handy auf und wendet sich ab. Hier kann sie nicht tun, was sie tun muss. Ohne länger auf die anderen Leute zu achten, biegt sie auf die Grünfläche ab. Auch hier soll ein Bauzaun die Schaulustigen daran hindern, zu nahe an das gasgefüllte Zelt heranzugehen.

Hanan hält sich dieses Mal nicht mit dem Verschlussmechanismus zwischen den einzelnen Teilen auf. Sie greift die Metallstreben mit beiden Händen und schiebt einen Fuß in das Gitter, um sich nach oben zu stemmen. Sie hat gerade erst ein Bein über den Zaun geschwungen, als jemand brüllt: »Hey, was soll das werden?«

Hanan wirft einen hektischen Blick über die Schulter. Eine Passantin sprintet auf sie zu und fuchtelt hektisch mit den Armen. »Komm da runter! Das ist gefährlich!«

Aber Hanan schwingt das zweite Bein über den Zaun und lässt sich ins Gras fallen. Sie bleibt nicht stehen, sondern rennt auf direktem Weg zu der bunten Plane, die aus der Nähe einen verflixt robusten Eindruck macht. Aber irgendwo müssen die Nähte sein. Hanan läuft ein paar Schritte daran entlang und tatsächlich. Dicke Metallklammern halten die einzelnen Bahnen zusammen.

Sie bringt sich in Position, holt aus und tritt mit aller Kraft dagegen. Einmal, zweimal. Ihr Angriff ist nicht besonders effektiv. Es muss anders gehen.

Die Rufe hinter ihr werden lauter. Hoffentlich kommt niemand auf die Idee, ihr über den Zaun zu folgen. Ihre Augen wandern hektisch über die solide Planenwand vor ihr und fallen auf die langen, sandgefüllten Schlangen, die sie gestern schon gesehen hat. Sie halten das Ende der Plane fest auf dem Boden.

Hanan lässt sich auf die Knie fallen und greift nach der Schlange. Sie ist schwerer, als sie aussieht, aber Hanan muss sie nicht weit bewegen. Es reicht, einen guten Meter davon von der Plane hinunterzuziehen.

Sie riskiert einen letzten Blick zurück zum Zaun. Ein halbes Dutzend Leute steht jetzt dort und schreit ihr Warnungen hinterher. Und eine Gestalt rennt unverkennbar am Zaun entlang Richtung Haupteingang. Ohne Zweifel, um die Arbeiter zu alarmieren.

Hanan zerrt die Plane ein Stück nach oben und schiebt Kopf und Oberkörper darunter durch. Zwielicht umfängt sie. Hitze. Stille. Und – unsichtbar, aber tödlich – das Gas.

**Marcel** / Dienstag, 03.09., 09:20 Uhr

Vor Marcels Augen dreht sich alles. Decke, Boden, Wände, die Leuchtstreifen, alles verschiebt sich. Josefines Arm schwer um seinen Hals. Das Blut rauscht in seinen Ohren. »Ich habe Theos verdammte Falle ausgelöst!«, schnauft Eileen. »Dann ist das die Eingangstür!«

Marcel versucht, den Ausgang zu fixieren. Er sieht Eileens Silhouette, daneben Lena. Unsicher stochern sie am Schlüsselloch herum.

»Schnell, bitte«, murmelt Theo dicht neben ihm.

Ein kratzendes Geräusch, Metall auf Metall. Ein leises Knacken. Endlich. Lena zieht die Tür auf. Theo macht einen Schritt nach vorne. Marcel folgt ihm automatisch. Sie ziehen Josefine mit, über die Schwelle, ein letztes Stück Gang entlang, dann kommt die Gittertür. Lena hält sie offen. Ein Schwall frischer Luft, das ist, was Marcel erwartet. Luft und blendende Helligkeit!

Stattdessen: ein seltsam schemenhaftes Halbdunkel. Als er einatmet, fährt ihm ein schneidender Schmerz in die Brust. Es ist heiß. Jeder Atemzug tut weh.

»Was stimmt hier nicht?« Theo neben ihm dreht wild den Kopf. Dann beginnt auch er zu würgen.

»Nein!« Ein erstickter Laut aus Lenas Mund.

Sie stehen am Fuße der Treppe. Über ihnen spannt sich eine rot-gelb-schwarze Plane vom Schulbau bis weit über den Bunkereingang hinaus.

## Hanan / Dienstag, 03.09., 09:22 Uhr

Ist es das Wissen um das Gas oder geht ihre Atmung bereits schneller? Hanan versucht, langsam und gleichmäßig Luft zu holen, doch im Inneren des Zeltes ist es so stickig, dass es ihr schwerfällt.

Sie denkt an die Maske des Arbeiters und wickelt sich kurzerhand ihren Hijab um Mund und Nase. Zwischen Zelt und Gebäude ist hier nur ein schmaler Spalt, gerade genug für Hanan, um hindurchzulaufen, immer Richtung Haupteingang. Ihr Herzschlag hämmert in ihrem ganzen Körper. Bestimmt ist es nur ihre Pulsfrequenz, die ihren Atem so flach und hektisch gehen lässt. Bestimmt nur das und noch nicht das Gas.

Sie stolpert weiter, bis das Zelt sich zu einem breiteren Raum öffnet. Einen Moment lang ist sie irritiert. Ist sie schon im Inneren der Schule? Aber nein, das ist der Vorplatz, ein überdachter Außenbereich. Säulen stützen einen Teil des oberen Stockwerkes. Hier ist es noch dunkler und das Licht, das durch die Planen dringt, hat einen Rotstich. Wo sind die Türen zum Gebäude? Was, wenn sie verschlossen sind?

Hanan sieht sich hektisch um, da hört sie es: »Was ist das? Wo sind wir?«

Diese Stimme kennt Hanan. Sie kennt sie so gut!

»Lena!« Sie wirbelt herum. Zwischen den beiden Gebäudeteilen ist ein Treppenabgang. Hanan stürzt dorthin und könnte weinen, als sie die Gestalten am Fuß der Treppe erkennt. Eileen macht sich, halb auf allen vieren, an den Aufstieg der Treppe. Lena will ihr helfen, während Marcel mit einer schlaffen Gestalt in seinen Armen kämpft. Theo versucht, ihm zur Hand zu gehen, ist dabei aber mehr im Weg.

Hanan denkt nicht nach. Sie rennt die Treppe hinab und nimmt Theo den Arm der Person ab, die Marcel und er zu schleppen versuchen. Das muss Josefine Enser sein, Theos Nachhilfeschülerin. Normalerweise könnte Marcel sie vermutlich mit Leichtigkeit tragen, aber er scheint einem Zusammenbruch nahe.

Ist es schon zu spät? Kommt Hanan nur noch rechtzeitig, um ihre Freunde hier drinnen sterben zu sehen?

Sie zerrt an Josefine, schleift sie mit Marcels Hilfe die Treppe hinauf. Lena und Eileen stützen einander, Theo tastet sich am

Handlauf die Treppe empor. Seine Brille fehlt und er ringt nach Luft. Sie müssen schnell sein, sehr schnell.

»Warte!« Hanan greift nach Lenas Arm und reißt sie zu sich herum. »Wo ist Jakob?«

Lena ringt nach Luft und Worten. Sie schüttelt den Kopf, will etwas sagen, hustet aber nur keuchend.

Ein Teil von Hanan begreift, was ihre Reaktion bedeuten muss, doch etwas anderes übernimmt die Führung und verbietet ihr, genauer darüber nachzudenken. Etwas, das das bodenlose Entsetzen in ihr im Zaum hält und ihr sagt, was jetzt zu tun ist.

Sie lässt Lena los und hastet zur Zeltwand, um zu sehen, ob sie die Sandschlange von innen von der Plane werfen kann. Sie muss mehrmals innehalten, um zu Atem zu kommen, doch dann gelingt es ihr, ein Stück der Plane zu befreien.

»Hier rüber!« Sie zerrt die Zeltwand nach oben und sieht Richtung Treppenabgang. Soll sie hinunterrennen und Jakob suchen? Gibt es noch eine Chance, dass er am Leben ist und es nur nicht alleine schafft? Aber Lenas Reaktion war eindeutig. Und sie hätte ihn niemals dort unten zurückgelassen, das weiß Hanan.

»Ich kann mit ihr nicht durchkriechen!« Marcel keucht und schnauft. Hanan und Lena stürzen zu ihm, schieben und zerren Josefine irgendwie durch den Spalt unter der Plane. Hanan krabbelt zuletzt direkt hinter Marcel nach draußen. Er lässt sich bäuchlings auf den asphaltierten Vorplatz fallen und bleibt liegen.

»Sieh nach, ob er atmet«, weist Hanan Theo an, der mittlerweile neben ihr kniet und keucht. Lena ist mit Eileen beschäftigt, die sich direkt neben dem Zelt übergibt.

Zwei oder drei Leute in Schutzkleidung kommen zu ihnen gerannt, stellen Fragen, brüllen Anweisungen. Irgendwo heult eine Sirene.

Hanan schiebt eine Arbeiterin zur Seite und rollt Josefine auf den Rücken. Mechanisch spult sie alles ab, was sie bisher in Studium und Erste-Hilfe-Kurs gelernt hat. Kontrolliert Bewusstsein, Puls und Atmung, findet nichts davon und beginnt mit den Wiederbelebungsmaßnahmen.

Sie hört nicht auf damit, bis die Sanitäter eintreffen und übernehmen. Einer von ihnen prüft erneut die Vitalfunktionen und übernimmt dann die Herzdruckmassage, von der Hanan ganz außer Atem ist. Seine Kollegin bereitet den Defibrillator vor und führt einen Larynxtubus in Josefines Mund-Rachen-Raum ein. Sie schieben Hanan freundlich, aber bestimmt zur Seite. »Das hast du gut gemacht«, versichert der Mann. »Wir kümmern uns jetzt. Alles wird gut.«

Aber Hanan weiß nicht, ob das die Wahrheit ist.

# Epilog

Heute Nacht hat es geschneit. Wenig, aber genug, um weiße Tupfen auf die Erde, das Gras, die Steine zu malen. Nur Jakob hat noch keinen Grabstein. Ein schlichtes Holzkreuz markiert seine letzte Ruhestätte. Darunter frische Tannenzweige und ein betender Engel zwischen Immergrün und Christrosen. Jakobs Familie pflegt das Grab liebevoll.

Theos Blick wandert immer wieder dorthin, wo das Sterbedatum eingraviert ist. 02. September. Er will nicht hinsehen, doch er kann nichts anders. Es schmerzt so sehr.

»Er hat es schön hier.« Hanan legt eine Hand an den Stamm der Fichte, die direkt neben dem Grab steht. »So viele Bäume. Bestimmt hört man im Sommer die Vögel zwitschern.«

Theo nickt nur. Er schafft es nicht, sich zu einem Lächeln zu zwingen.

»Das stimmt.« Lena scheint froh zu sein, dass endlich jemand etwas sagt. »Ich habe im Herbst sogar einmal einen Igel hier gesehen.« Lena hat sie ohne zu zögern hergeführt. Sie muss schon öfter dagewesen sein. Sie ist es auch, die einen Blumenstrauß dabeihat und nun immer wieder zerstreut an den Blütenblättern zupft.

Die Friedhofstür quietscht. Stimmen, ein Lachen, unerwartet an diesem Ort. Theo blickt auf. Er sieht zwei Gestalten auf sich zukommen. Ein knallgelbes, aufgeplustertes Etwas und daneben ein großgewachsener, sportlich gekleideter Mann. Das können nur Marcel und Eileen sein. Die beiden halten sich dicht aneinander.

Als sie näher kommen, kann Theo einige Satzfetzen verstehen.

»Wieso muss es hier in Deutschland so schweinekalt sein?«

»Du bist doch nicht ernsthaft wegen ein paar Monaten Südeuropa keinen Winter mehr gewöhnt?«

»Doch!« Eileen streift die gelbe Kapuze ihres Parkas ab, mit der sie aussieht wie ein Küken. Ihr langes Haar kommt zum Vorschein. Sie hat einige Zöpfchen mit bunten Perlen hineingeflochten. Ihr Gesicht ist gebräunt. Marcel, in einer dunkelblauen Steppjacke, wirkt neben dem Paradiesvogel geradezu seriös.

Lena, die sich vorhin noch so viel Mühe gegeben hat, ein Gespräch in Gang zu bringen, verstummt bei Marcels Anblick. Sie hüstelt nervös. Hanan murmelt etwas Beruhigendes und bietet Lena ein Hustenbonbon an. Freundschaftlich, als wäre alles ganz normal.

Marcel und Eileen steigen die kleine Anhöhe hinauf und stellen sich mit um das Grab herum.

»Hallo Leute«, grüßt Eileen. »Und hallo Jakob«, fügt sie nach einer Pause leiser hinzu.

Theo bringt noch immer kein Wort über seine Lippen. Fast hätte er den Arm ausgestreckt, um den Neuankömmlingen förmlich die Hand zu schütteln. Theo vergräbt sie in der Manteltasche.

Marcel sieht ihn fragend an. »Alles gut bei dir, Theo? Du bist so still.«

Theo nickt. Er schiebt seine neue Brille zurecht, die sich noch immer ungewohnt anfühlt.

»Woher kommst du denn gerade, Eileen?«, fragt Hanan.

»Gestern bin ich aus Südfrankreich zurückgeflogen. Die Welt ist so bunt. Wo es mir gefällt, bleibe ich eine Weile und trete als Straßenmusikerin auf.«

»Du hast ja auch eine tolle Stimme!« Lena sieht sie ernst an. »Das habe ich schon immer gefunden.«

»Tja, danke dir.« Eileen fährt sich durchs Haar. Sie sieht etwas verlegen aus.

Theo möchte eine witzige Bemerkung machen. Vielleicht über Eileens Begabung, sich auch den unsinnigsten Songtext zu merken. Der alte Theo hätte das getan. Der jetzige Theo schweigt. Da ist das Datum auf Jakobs Grabkreuz. Da ist das Wissen, dass er nicht gestorben wäre, hätte Theo nicht dieses Wochenende geplant. Da ist kein Platz für seinen Humor.

Es ist das erste Mal seit dem Krankenhausaufenthalt, dass Theo die anderen trifft. Josefine ist nicht dabei, natürlich nicht. Bei ihr ist es wohl sehr knapp gewesen. Ohne Hanan hätte sie möglicherweise nicht überlebt. Sie hat es geschafft, Josefines Herz am Schlagen zu halten, bis die Sanitäter eingetroffen sind und die Wiederbelebung weiterführen konnten. Danach hat Josefine längere Zeit auf der Intensivstation verbracht, da durch das Gas ein nicht-kardiales Lungenödem entstanden ist. Aber soweit Theo weiß, hat sie keine bleibenden Schäden davongetragen.

Auch Theo, Eileen, Lena und Marcel sind geröntgt und mit Sauerstoff behandelt worden und wegen der Gefahr von Herzrhythmusstörungen zwei Tage mit Monitorüberwachung im Krankenhaus geblieben. Eileen hat es am heftigsten erwischt. Sie hatte die schlechtesten Sauerstoffwerte, wahrscheinlich weil sie am zweiten Notausgang bei Josefine geblieben und damit durchgehend dem Gas ausgesetzt gewesen ist.

Theo blickt von einem zum anderen. Jetzt merkt man niemandem mehr etwas an. Sie haben unfassbares Glück gehabt. Und doch fühlt es sich nicht an wie Glück. Sondern einfach nur fürchterlich verkehrt.

Bei der Polizei sind sie alle getrennt voneinander befragt worden. Über Tage hinweg.

Theo ist wegen Hausfriedensbruch nach Paragraph 123 StGB angeklagt worden, da er widerrechtlich in das Hilfskrankenhaus eingedrungen ist. Die Sozialstunden leistet er an den Wochenenden in Würzburg ab, ein willkommener Vorwand, warum er nicht nach Hause fahren kann. Denn Theo duldet nur Bücher in seiner Nähe. Er vergräbt sich regelrecht in ihnen, in seinen Studien. Seit vier Monaten ist er jeden Abend der Letzte in der Universitätsbibliothek. Wenn sie um Mitternacht schließt, stopft er so viele Bücher wie möglich in seinen Rucksack und radelt heim in seine Studentenbude. Er müsste sie nicht mitschleppen, er könnte sie bequem in seinem Schließfach lassen. Aber er braucht sie, zur Sicherheit, wenn er nachts aus dem Schlaf schreckt und nicht weiterweiß.

Auch jetzt ist er nur nach Gunzenhausen gekommen, weil er muss. Heute beginnt Josefines Gerichtsverhandlung am Landgericht Ansbach. Sie ist wegen versuchten Mordes und Freiheitsberaubung angeklagt. Es sind mehrere Verhandlungstage angesetzt. Alle sind sie zurückgekommen. Und Lena hat die Gelegenheit genutzt, um ein Treffen vorzuschlagen.

Zuerst hat Theo nicht hingehen wollen. Aber Lena hat am Telefon keine Ausrede gelten lassen. Geschickt von ihr, dass sie angerufen hat, statt ihm nur eine Nachricht zu schreiben. Vielleicht hat seine Mutter ihr den Tipp gegeben. Auf die Textmessage seiner Mutter »Jakobs Beerdigung ist nächste Woche. Willst du nicht mit hingehen?« hat er damals nämlich nie geantwortet.

Die Therapie hat er auch bloß angefangen, weil über zwei Wochen hinweg jeden zweiten Tag reihum einer seiner Brüder vor seiner Haustür gestanden hat, mit einer Thermoskanne voll Suppe und dem Standardsatz: »Mama macht sich Sorgen. Ruf endlich diese Therapeutin an, dann bist du uns los. Oder willst du noch mehr von der scheußlichen Suppe?«

Erzählt hat er der Therapeutin bisher nur von seinen Nachforschungen über die Kinderkönige der Merowinger. Er vermutet einen Zusammenhang mit dem Niedergang der Dynastie ab dem 7. Jahrhundert. Sigibert, Chlodwig und Co sind ihm wohlvertraut. Er kann von ihnen mehr erzählen als von lebenden Personen. Manchmal fängt er dabei plötzlich an zu weinen. Dann reicht die Therapeutin ihm ein Taschentuch. Aber das ist überraschenderweise okay.

»Schön, dass ihr alle gekommen seid.« Lena holt tief Luft. »Schön auch, dass es euch allen soweit gut zu gehen scheint.« Darauf sagt niemand etwas. Nur Hanan schenkt ihr ein Lächeln. »Ich hatte gehofft, dass ihr wegen der Verhandlung alle einen Stopp in Gunzenhausen einlegt. Und ich wollte euch sehen, bevor wir uns vor Gericht begegnen. Weil das hart wird. Weil ich Angst davor habe, was auf uns zukommt. Aber es noch viel schlimmer wäre, wenn ich alleine dort hinmüsste.«

»Ich bin auch froh darüber«, sagt Hanan. »Ich habe euch vermisst.«

Der Satz hängt schwer in der kalten Morgenluft. Marcel scharrt verlegen mit den Füßen, Eileen zieht die Augenbrauen zusammen, Theo starrt auf das Kreuz.

Hanan blickt von einem zum anderen. »Ich weiß, dass das alles für euch noch viel schwerer ist als für mich. Und dass es nicht mehr so werden kann wie … früher. Aber … ihr seid meine besten Freunde. Und deswegen vermisse ich euch.« Hanans sanfte Stimme wackelt ein klein wenig. »Und dich natürlich.« Sie wendet sich dem Grab zu. »Wir haben dir Blumen mitgebracht.«

Lena drückt jedem von ihnen eine Amaryllis in die Hand. Als sich niemand rührt, tritt Marcel vor und legt als Erster seine Blume auf die gefrorene Erde, dort, wo die Bodendecker Platz lassen. Das Rot der Blüte scheint vor dem schmutzig braunen Untergrund umso intensiver zu leuchten. Eileen legt ihre daneben. Hanan murmelt ein kurzes Gebet und tut es ihr gleich. Lena wirft Theo einen fragenden Blick zu. Dann, als er sich nicht rührt, bückt sie sich, um ihre Blume niederzulegen.

Nun steht nur noch Theo da. Er starrt auf die Amaryllisblüten, den Schnee, die Erde. Unfassbar, dass Jakob darunter liegen soll. Jakob, von dem sie noch immer nicht wissen, weshalb er gestorben ist. Josefine hat ausgesagt, dass es ein Unfall gewesen sei. Sie habe ihn nur erschrecken wollen. Von der gefährlichen Grube hinter ihm habe sie nichts geahnt. Ob das stimmt? Theo hat oft darüber nachgedacht. Und ist zu dem Schluss gekommen, dass Jakob als Einziger die Chance gehabt hätte, herauszufinden, dass Josefine der wahre Nachtwolf unter ihnen ist. Wenn er seine Videoaufzeichnungen angeschaut hätte, hätte er sicherlich etwas Verdächtiges bemerkt. Theo fragt sich, ob er das getan hat. Ob er Josefine womöglich zur Rede gestellt hat und diese in einer Kurzschlusshandlung die Chance genutzt hat, um Jakob für immer zum Schweigen zu bringen? Auch wenn er das Josefine nicht zutraut. Er hätte ihr nichts von alledem zugetraut und doch hat sie es getan.

Ob sie heute, während der Verhandlung mehr erfahren? Oder in den nächsten Tagen? Vielleicht hat ein Technikfachmann die gelöschten Bunkervideos wiederherstellen können. Nur will Theo sie nicht sehen, auf keinen Fall.

Die Amaryllis, immer noch in seiner Hand. Niemand sagt etwas.

Schließlich ist es unerwartet Eileen, die mit kehliger Stimme spricht. »Ich habe unterwegs ein Gedicht gehört. Irgendein bekannter englischer Dichter hat das geschrieben, Jakob, du wüsstest bestimmt, wer …

*fare thee well, and if for ever,/then for ever, fare thee well …*«

Es klingt melodisch aus ihrem Mund und irgendwie vertraut.

Theo schließt die Augen. Er klammert sich an seiner Amaryllis fest. *And if for ever, then for ever, far thee well …*

Verzweifelt versucht er, sich abzulenken. Die merowingischen Kinderkönige. Sigibert, wer kam dann? *Fare thee well …*

Jakob, ein dunkler Schatten am Boden eines Schachts. So wie er ihn zuletzt gesehen hat. Jetzt ist da ein Haufen Erde, ein Kreuz, ein Datum, das schreit, dass es Theos Schuld ist. Wie kann Theo da Abschied nehmen, wie soll er eine Blume hinlegen und dann gehen? Wie soll er überhaupt ein Leben weiterleben, das keins mehr ist? Ein Schluchzen bricht aus seiner Kehle hervor.

Da, plötzlich, fühlt er eine Berührung an seiner Schulter. Eine Hand, ruhig und Halt gebend. Eine zweite kommt dazu. Drei, vier. Seine Freunde stehen um ihn herum. Theo spürt die Tränen warm auf seinen kalten Wangen. Er dreht sich zum Grab.

»Du fehlst hier, Jakob. Und wie du fehlst.« Seine Stimme bricht. Er kniet sich vor das Grab und legt seine Blume zu den anderen. Dann greift er in die Tasche seiner Jacke und zieht ein Schraubglas hervor. Ohne Deckel. Ein Teelicht klappert darin. Theo zieht eine Packung Streichhölzer aus der Jacke, wischt mit einem über die Zündfläche und wartet, bis der Docht Feuer gefangen hat. Beinahe verbrennt er sich die Finger. Behutsam stellt er das Windlicht auf die Erde.

Die kleine Kerze flackert. Zuerst sieht es so aus, als würde sie verlöschen. Doch Theo legt die Hand um die Öffnung des Glases, gibt zusätzlichen Schutz vor dem Januarwind. Dann, langsam, brennt die Flamme ruhiger. Theo atmet im Rhythmus mit ihr, bis er merkt, wie auch er ruhiger wird.

Er weiß nicht, wie lange er dort kniet. Aber keiner der anderen rührt sich oder geht weg. Irgendwann steht er auf, ein Vogel zwitschert.

»Danke«, sagt er nur. Und mehr ist nicht nötig.

Sie laufen zum Ausgang. Die Friedhofstür schließt sich hinter ihnen. Theo atmet tief durch. Er räuspert sich, blickt in die Gesichter seiner Freunde, räuspert sich erneut. »Hättet ihr vielleicht mal wieder Lust auf einen Spieleabend?«

Lena starrt ihn erschrocken an.

»Was?«, fragt Marcel.

Theo muss fast ein wenig grinsen. »Vielleicht nicht gerade *Risiko* oder *Pandemie*. Aber ich habe gehört, *Memory* soll wunderbar langweilig sein – oder eine gepflegte Runde *Uno*?«

»So schön unspannend«, sagt Eileen langsam.

Lena lächelt. »Langweilig fand ich schon immer nett.«

»Du hast recht, bloß nichts zu Aufregendes«, kommt es von Hanan.

»Aber nur, wenn du die Tür nicht absperrst.« Marcel sieht ihn bedeutungsvoll an. »Und ich werde persönlich überprüfen, ob dein Sicherungskasten in Ordnung ist.«

»Einverstanden.« Theo nickt eifrig.

»Ihr könnt gerne auch mal nach München kommen.« Marcel zögert einen Moment. »Ich bin übrigens umgezogen. Richte mir gerade ein altes Maleratelier her. Mann, mit riesiger Fensterfläche. So viel Licht, das ist das Paradies!«

Theo sieht, wie sich das Lächeln auf Lenas Gesicht ausbreitet. Hanan grinst verschmitzt und Eileen lacht ihr dreckiges Lachen.

Theo klopft Marcel auf die Schulter. »Das ist echt gut zu hören, Mann!«

Theo dreht sich ein letztes Mal um. Vielleicht wird er bald noch einmal herkommen. Und auch für ein anderes Grab Blumen bringen, für Josefines Papa. Er blickt zur Anhöhe hinauf. Das Flämmchen des Teelichts tanzt munter vor sich hin. Es sieht fast so aus, als würde es Theo zum Abschied winken.

Theo schließt sich seinen Freunden an. Sie laufen dem Städtchen entgegen. Gemeinsam.

# Danksagung

*Lupus Noctis* zu schreiben war die spannendste Werwolf-Runde aller Zeiten. Und das waren unsere Mitspieler:

Die Gefährten: unsere »Schlierseegruppe«
   Ihr seid die Besten! Ohne die zahlreichen Werwolfrunden mit euch hätte es *Lupus Noctis* nicht gegeben.
Die Weisen: Titus, Edgar und die Teilnehmer der Romanwerkstatt
   Niemand sonst kann ein Exposé derart konstruktiv fleddern!
Die Heiler: Elli, Micha
   Danke, dass wir uns bei Vergiftungen aller Art und Herz-Kreislauf-Stillstand immer vertrauensvoll an euch wenden durften!
Der Wächter: Jürn
   Wie praktisch, wenn man jemand kennt, der selbst in einem Atombunker noch ein ausgeklügeltes Überwachungssystem installieren könnte!
Die Versuchskaninchen: Ruth, Tina, Barbara, Christian, Jeanette, Mona, Laetitia, Julia, Maya, Andy, Lea-Victoria, Leonhard, Constantin, Michi, Paul, Jonathan
   Ihr wart die Ersten, die mit unseren leidgeprüften Figuren ins Dunkel hinabgestiegen sind! Vielen Dank für euer Feedback zum ersten Entwurf!

Der Künstler: Steven Feurer
Entspanntestes Shooting aller Zeiten! Danke an unseren
Fachmann für Bild und Ton!

Die Advokaten: Sophie und Beate Riess
Ein großes Dankeschön an unsere Agentinnen, die seit der
ersten Mail an uns und *Lupus Noctis* geglaubt haben!

Die Zauberer: Marie-Ann Helle und Team Dressler/Oetinger
Magisch, wie ihr aus unserem Manuskript ein Buch gezaubert habt! Vielen Dank für die tolle Zusammenarbeit!

Die Fährtenleser: Wolfgang Eckerlein und Wolfgang Faig
Man braucht einen Wolf(gang) an seiner Seite, wenn man
Bunkerluft schnuppern will! Danke für die einzigartige
Möglichkeit!

Die Maulwürfe: Steven Feurer, Christina Rebelein, Jeanette
Holzschuh
Danke, dass ihr euch so furchtlos mit uns in den Untergrund gewühlt und das Bunkershooting zu einem echten
Vergnügen gemacht habt!

Das Rudel: unsere Ehemänner und Kinder, Eltern und
Geschwister und der ganze Familienclan
Danke für eure Unterstützung, eure großartigen Ideen für
Marketing und Lesungen, die Verpflegung bei nächtlichen
Schreibsessions, eure Geduld und Bestärkung … und für
eure Begeisterung!

# Triggerwarnung

Eingesperrtsein
Gewaltsamer Tod
Stalking
Feuer
Dunkelheit
Verlust